AMELIA ELLIS

DIE LILIEN IM SAND

NPI

Die Lilien im Sand

2. Auflage

ISBN 978-3905965216

NPI

www.neafox.com

1

Es war an einem Freitagmorgen Mitte August, die Uhr des Big Ben hatte soeben elf Uhr geschlagen. Seit über zwei Wochen hatte es in London nicht mehr geregnet, und eine untypische, schwüle Hitze lag über der Stadt. Am Nachmittag stiegen die Temperaturen auf über dreißig Grad, und genauso ausdauernd die meisten Londoner sich normalerweise über das schlechte Wetter beschwerten, beklagten sie sich nun über die Hitze. Mir machten die hohen Temperaturen nichts aus. Die Fenster meines Büros standen offen, und ein leichter Luftzug wehte durch den Raum. Die Hitze hatte um diese Tageszeit ihren Höhepunkt noch nicht erreicht, und es lag noch immer ein Hauch der nächtlichen Frische in der Luft. Meine Füße lagen auf der Fensterbank, ich blickte hinaus auf die Themse und schlürfte an einem Glas Eistee.

Vor zehn Tagen hatte ich meinen letzten Fall abgeschlossen, seitdem war ich sozusagen arbeitslos. Es ist eine Eigenart des Detektivberufs, dass man nur schwer selbst nach Aufträgen suchen kann. Man macht eine Anzeige im Branchenverzeichnis und wartet darauf, dass das Telefon klingelt oder es an der Tür klopft. Herumsitzen und über Gott und die Welt nachdenken sind Dinge, die jede Privatdetektivin ab und zu für eine Weile tut. Nach einigen Tagen gelangt man dabei manchmal zu erstaunlichen Einsichten, nach ein paar Wochen werden die Erkenntnisse mitunter schon etwas eigenartiger. Wenn alle Akten nachgeführt und geordnet im richtigen Fach liegen, wenn alle quietschenden Türen geölt und alle tropfenden Wasserhähne repariert sind und jedes Fenster perfekt schließt, dann kann sich manchmal mitten in dieser riesigen Stadt eine eigenartige Einsamkeit einschleichen. Man sitzt in seinem Büro und sieht den Touristen auf dem Westminster Embankment zu, die Zeitung ist ausgelesen, ein weiteres Glas Tee ist leer getrunken, und das Telefon schweigt vor sich hin.

Das Telefon klingelte.

Ich nahm die Füße von der Fensterbank, drehte mich zu meinem Schreibtisch und griff nach dem Hörer: »Nea Fox, was kann ich für Sie tun?«

»Mein Name ist Marlee Fynn, ich brauche Ihre Hilfe«, sagte die Stimme einer jungen Frau. »Ich glaube, ich werde verfolgt!«

»Von wem?«, fragte ich.

»Von zwei Männern«, erwiderte Ms Fynn.

»Wo sind Sie jetzt?«

»In einer Telefonzelle am Piccadilly Circus.«

»Ich schlage vor, Sie kommen in mein Büro«, sagte ich, »es liegt direkt an der Themse, nicht mehr als zehn Minuten vom Piccadilly Circus entfernt.«

»Einverstanden, vielen Dank«, sagte Ms Fynn. »Soll ich versuchen, die beiden abzuschütteln?«

»Nein, bitte tun Sie das nicht«, erwiderte ich. »Ich würde mir Ihre Verfolger gerne selbst ansehen.«

»Alles klar.«

Nachdem ich Ms Fynn den Weg zu meinem Büro erklärt hatte und mir von ihr in groben Zügen ihr eigenes Aussehen und dasjenige der Männer, die sie verfolgten, hatte schildern lassen, legte ich auf, packte einige Sachen in meinen Rucksack und machte mich auf den Weg nach unten. Die Tür zu meinem Büro ließ ich unverschlossen, damit meine potenzielle neue Klientin später nicht im Flur warten musste.

Im Treppenhaus des alten Gebäudes fröstelte ich. Selbst die außergewöhnliche Sommerhitze der letzten Wochen hatte die Kälte nicht vollständig aus den dicken alten Steinmauern zu verdrängen vermocht. Als ich aus dem Haus trat, setzte ich meine Sonnenbrille auf und genoss für einen Augenblick die Wärme, dann überquerte ich die Straße und eilte Richtung Westminster Bridge. Ich ging den Weg, den Ms Fynn nehmen würde, in entgegengesetzter Richtung. Ungefähr zweihundert Meter von meinem Büro entfernt setzte ich mich auf eine Bank, die zwischen einer Statue von Admiral Jellicoe und einer großen Platane stand. Ich öffnete den Rucksack und packte meine Tarnung aus: eine schwarze Baseballmütze der New York Yankees, eine Wasserflasche, ein Stadtplan von London und meine Kamera. Nachdem ich den Plan halb entfaltet auf der Bank neben meinem Rucksack ausgebreitet und mit der Wasserflasche beschwert hatte, nahm ich die Kamera, lehnte mich an eine niedrige Mauer neben dem Gehsteig und tat so, als ob ich mich für die Statue des Admirals interessieren würde.

Kaum fünf Minuten später entdeckte ich auf der anderen Straßenseite Ms Fynn. Sie war Anfang zwanzig und hatte kurzes, dunkelbraunes Haar, das sie fast jungenhaft aussehen ließ. Mit raschen Schritten ging sie in Richtung meines Büros. Als Ms Fynn ungefähr auf gleicher Höhe war, warf sie einen Blick über die Straße in meine Richtung. Trotz der grellen Sonne trug sie keine Sonnenbrille. Zuerst glaubte ich, in ihren Augen Furcht zu erkennen, doch dann schlich sich eindeutig ein Lächeln auf ihr Gesicht, als ob sie mich erkannt hätte. Ich hatte am Telefon zwar um eine grobe Beschreibung ihrer Verfolger gebeten, hatte jedoch nicht erwähnt, dass ich plante, ihr entgegenzugehen. War meine Tarnung dermaßen leicht zu durchschauen? Das glaubte ich nicht, und ich war mir auch ziemlich sicher, dass wir uns noch nie zuvor begegnet waren. Bei solchen Ungereimtheiten geht bei mir unwillkürlich ein Alarm los, keine laut heulende Sirene, aber irgendwo blinkt ein kleines rotes Lämpchen.

Ms Fynn ging weiter in Richtung meines Büros. Ich beobachtete die wenigen Fußgänger, die in derselben Richtung unterwegs waren, und achtete auf langsam fahrende Wagen, konnte jedoch nichts Auffälliges entdecken. Sie hatte von zwei Männern zwischen dreißig und vierzig gesprochen, einer davon klein und untersetzt, der andere eher groß und hager. Die Beschreibungen passten auf niemanden, der in der Straße unterwegs war. Trotzdem machte ich einige Fotos. Manchmal entdeckt man später bei genauerer Betrachtung etwas, das einem zunächst entgangen ist. Nach fünf Minuten packte ich meine Sachen zusammen und machte mich auf den Weg zurück zu meinem Büro.

2

Ms Fynn wartete im dritten Stock vor meiner Bürotür. Sie hatte offenbar nicht bemerkt, dass die Tür unverschlossen war, oder sie hatte es für unangebracht gehalten, einfach einzutreten. Als sie mich sah, kam sie mir entgegen und sagte: »Hi, ich bin Marlee Fynn, ich habe Sie vorhin auf der Straße gesehen.«

»Das habe ich gemerkt«, sagte ich, während ich die Tür öffnete und eintrat. »Wie haben Sie mich erkannt?«

»Ich weiß nicht«, erwiderte sie. »Als Sie unten die Statue fotografierten und mich gleichzeitig beobachteten, sahen Sie irgendwie nett, aber auch schlau aus. So hatte ich Sie mir vorgestellt. Wie ein Schutzengel, der im Verborgenen auf mich aufpasst.«

»Vielen Dank für die Komplimente«, sagte ich verlegen. »Kann ich Ihnen etwas anbieten? Tee? Orangensaft?«

»Haben Sie auch Cola?«, fragte sie, während sie sich setzte. »Und bitte nennen Sie mich Marlee. Wenn ich mit *Ms Fynn* angesprochen werde, fühle ich mich wie dreißig.«

Autsch. Tja, so langsam wurde ich wohl wirklich alt.

»Okay Marlee, mein Name ist Nea«, sagte ich. »Jetzt wo das geklärt ist, können wir uns deinem Problem zuwenden. Ich hole nur kurz die Getränke, bin gleich zurück.«

Ich ging ins Vorzimmer und holte eine Dose Cola und eine Flasche Orangensaft aus dem kleinen Kühlschrank, der neben der Tür auf dem Boden stand. Als ich zurück in mein Büro kam, war Marlee gerade dabei, sich die beiden Fotos auf meinem Schreibtisch anzusehen. Völlig unbefangen betrachtete sie die ihr fremden Menschen, die mir so viel bedeuteten. Ich blieb im Türrahmen stehen und beobachtete sie. Nachdem sie sich die Fotos angesehen hatte, wandte sie ihre Aufmerksamkeit einer bunten Spielzeugpistole zu, die David mir mal geschenkt hatte. Kaum hatte ich mich wieder in Bewegung gesetzt, wirbelte Marlee herum, und noch bevor ich auch nur ein Wort sagen konnte, prallte auch schon eine rosafarbene Schaumstoffkugel von meiner Stirn ab.

»Gotcha!«, rief Marlee triumphierend. »Ich hoffe, du hast auch noch eine richtige Knarre!«

Sie hatte wirklich ein Talent dafür, mich mich alt fühlen zu lassen. Ich reichte ihr die Dose Cola, setzte mich hinter meinen Schreibtisch und sagte: »Okay, können wir uns jetzt deinem Problem zuwenden?«

»Na klar«, erwiderte Marlee, legte die Spielzeugpistole auf den Schreibtisch und öffnete ihre Dose. »Hast du die Typen gesehen?«

»Nein, ich konnte niemanden entdecken«, sagte ich. »Ich glaube nicht, dass dir jemand hierher gefolgt ist. Ich werde mir später trotzdem noch die Fotos ansehen, die ich auf der Straße gemacht habe.«

»Eigenartig, ich könnte schwören, dass die Typen mich schon beschatten, seit ich in Heathrow gelandet bin. Gestern sind sie mir sogar beinahe auf die Damentoilette der National Gallery gefolgt.«

»Warum erzählst du mir nicht mal alles von Anfang an«, schlug ich vor.

Eine Stunde später hatte Marlee mir nicht nur alles über ihre vermeintlichen Verfolger berichtet, sie hatte mir auch ihr halbes Leben erzählt. Sie war einundzwanzig, Amerikanerin und erst seit drei Tagen in London. Von ihrer einzigen Verwandten, ihrer Großmutter väterlicherseits, hatte sie ein Haus in London geerbt. Die alte Dame war vor drei Monaten im Alter von einundneunzig Jahren gestorben, was Marlee ihren eigenen Worten nach "schwer verwirbelt" hatte. Offenbar hatten die beiden ein inniges Verhältnis gehabt. Marlee hatte im Frühjahr das College abgeschlossen und plante nun, in London Kunstgeschichte zu studieren. Alles war bereits arrangiert, ihre Wohnung in Los Angeles war aufgelöst, und in drei Wochen würden ihre Vorlesungen an der London Metropolitan University beginnen. Bis dahin hatte sie Zeit, sich im Haus ihrer Großmutter häuslich einzurichten und sich in London einzuleben. Finanziell war sie einigermaßen abgesichert. Sie hatte etwas Geld von ihrem Vater geerbt, der vor zwei Jahren an Herzversagen gestorben war, und auch ihre Großmutter hatte ihr nebst dem Haus auch noch etwas Geld hinterlassen, sodass sie sich zumindest bis zum Ende ihres Studiums keine finanziellen

Sorgen zu machen brauchte, sofern sie einigermaßen vernünftig mit dem Geld umging.

Als Marlee vor zwei Tagen einkaufen gegangen war, waren ihr die zwei Männer zum ersten Mal aufgefallen. Sie glaubte, sich zu erinnern, die beiden auch schon am Flughafen gesehen zu haben. Als Marlee am Tag darauf die National Gallery besucht hatte, waren sie schon wieder aufgetaucht, und heute Morgen war sie am Piccadilly erneut auf die beiden gestoßen, woraufhin sie mich angerufen hatte.

»Und du bist sicher, dass es immer dieselben Männer waren?«, fragte ich.

»Natürlich«, erwiderte Marlee. »Die beiden waren zwar immer anders angezogen, aber mich können die nicht so leicht täuschen.«

»Okay«, sagte ich. »Was hast du heute Nachmittag vor?«

»Ich bin zu Hause, in Großmutters Haus gibt es jede Menge zu tun.«

»Und was hast du morgen vor?«, fragte ich.

»Da wollte ich eigentlich einen Baumarkt suchen und Pinsel und Farbe besorgen, und was man sonst noch so alles braucht. Ich habe vor, mein Schlafzimmer neu zu streichen.«

»Das heißt, du fährst jetzt nach Hause und gehst erst morgen wieder aus dem Haus?«

»Ich glaube schon«, sagte Marlee.

»Dann schlage ich vor, dass ich dir morgen bei deinem Einkaufsbummel unauffällig folge und dabei Ausschau nach deinen Verfolgern halte. Und falls die beiden sich blicken lassen, werde ich mal unverbindlich nachfragen, was sie von dir wollen.«

»Klingt gut, danke!«, sagte Marlee. »Muss ich jetzt so etwas wie eine Anzahlung leisten?«

»Nicht nötig«, sagte ich. »Lass uns erst mal sehen, was dabei herauskommt.«

Nachdem Marlee mir ihre Adresse gegeben hatte, verabschiedeten wir uns. Als sie auf die Straße trat und in Richtung Westminster der Themse entlang ging, stand ich am Fenster und beobachtete sie. Sie sah aus wie ein Teenager, nicht wie eine erwachsene Frau, und sie löste in mir den Impuls aus, sie zu beschützen und mich um sie zu kümmern. Genau wie ich selbst hatte sie keine lebenden Verwandten mehr. Ich hatte gute Freunde, auf die ich mich verlassen konnte, die noch viel mehr als nur eine Familie für mich waren, und ich war in London aufgewachsen, hier war ich zu Hause. Marlee jedoch war ganz allein in einer fremden Stadt, die, wie ich trotz allem wusste, auch äußerst grausam und kalt sein konnte.

Als sie außer Sicht war, kniete ich mich hin und machte mich daran, die rosafarbene Schaumstoffkugel unter dem Schrank hervorzukramen, wobei sich wohl unwillkürlich ein Grinsen auf mein Gesicht schlich.

3

Als ich kurz vor ein Uhr an Hopes Wohnungstür klopfte und eintrat, strömte mir der verführerische Duft von Melone und Portwein entgegen. Wir waren um halb eins zum Mittagessen verabredet, aber ich war wegen Marlees ausführlichem Bericht zu spät dran. Hope war meine beste Freundin, seit wir zusammen an der Uni gewesen waren. Sie war erst vor einem halben Jahr in die Wohnung gleich neben meiner eigenen gezogen, davor hatte sie in Rotherhithe gewohnt, in einer altmodischen Wohnung, die viel zu klein gewesen war für ihre diversen Computer und all die anderen technischen Spielereien. Hope arbeitete freiberuflich als Spezialistin für Informatiksicherheit. Sie half Firmen bei der Planung von Computernetzwerken, führte Sicherheitsüberprüfungen durch und spürte die Urheber von Angriffen auf. Sie hatte mir schon einige Male geholfen, wenn es bei einem Fall darum ging, an schwer zugängliche Informationen zu gelangen.

»Hi, tut mir leid, dass ich zu spät komme«, rief ich in Richtung des Wohnzimmers, während ich aus den Schuhen schlüpfte.

»Hey Nea, kein Problem«, hörte ich Hopes Stimme aus der Küche. »Hast du Hunger?«

»Klar, immer!«, erwiderte ich. »Kann ich helfen?«

»Nein, es ist schon alles bereit.«

Ich trat ins Wohnzimmer. Hope saß bereits an der Theke, die die Küche vom Wohnbereich trennte. Sie hatte belegte Brote mit Spargeln gemacht, und als Nachtisch gab es Melone mit Portwein. Genau das Richtige an einem heißen Sommertag. Ich setzte mich an die Theke, während Hope Eistee einschenkte.

»Ich habe vielleicht einen neuen Fall.«

»Oh, toll«, sagte Hope abwesend, was mich stutzig machte. Normalerweise wollte sie jede unbedeutende Einzelheit über meine Fälle erfahren, und nachdem ich nun schon seit Tagen wegen meiner Unterbeschäftigung rumgejammert hatte, erstaunte mich ihr Desinteresse erst recht. Ich legte mein Besteck auf den Teller und sah sie an. Nun erst fiel mir auf, dass sie ziemlich mitgenommen aussah. Sie hatte dunkle Ringe unter den Augen, und ihr Haar war unsorgfältig zu einem Pferdeschwanz zusammengebunden.

»Was ist los?«, fragte ich.

»Ich habe nicht viel geschlafen«, erwiderte Hope.

Ich sah sie fragend an, sagte jedoch nichts.

»Es ist wegen Rick«, fuhr Hope fort, bevor sie erneut eine lange Pause machte.

Ich schwieg. Hope und Rick waren seit acht Monaten ein Paar. Er war Fotograf und wohnte in einem großen Loft in Greenwich.

»Ich glaube, er trifft sich mit einer anderen«, sagte Hope.

Ich schluckte. Seit sich die beiden in der Vorweihnachtszeit des vergangenen Jahres kennengelernt hatten, waren sie unzertrennlich gewesen.

»Wie kommst du darauf?«, fragte ich.

»Gestern Abend war ich bei ihm. Als er unter der Dusche war, klingelte das Telefon. Ich ging ran, es war eine Frau. Sie sagte, sie hätte sich wohl verwählt, aber ich bin ziemlich sicher, dass das gelogen war.«

»Das ist alles?«, fragte ich.

»Nein, nach dem Anruf habe ich mich in Ricks Wohnung umgesehen und im Papierkorb zwei Eintrittskarten entdeckt, von einem Konzert im Dome am Freitag. Mir hatte er gesagt, er müsste an diesem Abend arbeiten, in Woking.«

Ich schwieg. Die Sache mit dem Konzert war wirklich eigenartig. Während ich noch nach einer harmlosen Erklärung für die Karten suchte, sagte Hope: »Ich möchte dich engagieren. Ich will, dass du Rick beschattest und herausfindest, ob er sich mit jemandem trifft.«

Die Bitte traf mich völlig unerwartet. Ich konnte solche Aufträge nicht leiden und vermied es wann immer möglich, mir mein Geld mit dem heimlichen Fotografieren von Verliebten zu verdienen.

»Das kann ich nicht«, sagte ich. »Seit ihr beiden zusammen seid, haben Rick und ich uns angefreundet. Es wäre nicht richtig, außerdem würde er mich doch sofort erkennen, wenn ich ihm folgen würde.«

»Ich brauche deine Hilfe, Nea«, sagte Hope und sah mich dabei eindringlich an.

»Okay, ich werde Harry fragen, ob er Zeit hat, mir dabei zu helfen«, willigte ich ein. »Er und Rick haben sich ja erst zwei oder drei Mal gesehen. Ich bin heute Nachmittag ohnehin mit ihm verabredet.«

Harry Moefield war ebenfalls Detektiv, wir hatten uns schon oft geholfen, außerdem war er ein guter Freund. Obwohl Harry fast doppelt so alt war wie ich, war er zweifellos noch immer einer der besten Privatdetektive Londons.

»Danke«, sagte Hope und senkte ihren Blick. »Morgen hat Rick angeblich wieder außerhalb zu tun, in Dartford. Er fährt heute Abend und kommt erst am Sonntag zurück.«

»Alles klar, ich werde mich um die Sache kümmern. Mach dir keine Sorgen. Ich bin sicher, es gibt eine völlig harmlose Erklärung für die Konzertkarten.«

»Ich habe ein ganz mieses Gefühl«, sagte Hope, während sie sich schneuzte. »Etwas ist ganz und gar nicht in Ordnung.«

Ich griff nach Hopes Hand und sah sie an. Obwohl sie ziemlich mitgenommen aussah, sagte mir der Ausdruck in ihren Augen, dass sie meine Hoffnung teilte.

4

Um halb drei nahm ich die *Emily-Ann* vom Fensterbrett, packte meinen Rucksack und rief mir ein Taxi. Ich war mit Harry im Regent's Park am See verabredet. Wie viele andere Londoner ließ Harry dort sein Modellsegelboot zu Wasser. Es war ein toller Platz, um an einem warmen Sommernachmittag ein paar Stunden zu faulenzen, ein Buch zu lesen oder mit einem Freund zu plaudern. Im letzten Frühjahr hatte Harry mir beim Bau meines eigenen Bootes geholfen, um in diesem Sommer wieder einmal die Gelegenheit zu bekommen, mit seinem Boot selbst zu segeln.

Als ich zum See kam, saß Harry bereits an unserer Lieblingsstelle am Wasser und stellte die Segel seines Bootes ein, das er zu Ehren von C. S. Lewis *Narnia* getauft hatte. Ich selbst hatte mich schwer damit getan, einen Namen für mein Boot zu finden, schließlich hatte ich mich für *Emily-Ann* entschieden. Der Name meiner Mutter war Ann gewesen. Sie war zusammen mit meinem Vater beim Absturz eines kleinen Flugzeugs im Osten Venezuelas ums Leben gekommen. Weder ihre Leichen noch das Wrack des Flugzeugs waren je gefunden worden. In der unzugänglichen Wildnis der Guiana Highlands hatten die beiden ihre letzte Ruhestätte gefunden. Ich war zwölf, als meine Mutter starb, und neunzehn Jahre später vermisste ich sie noch immer. Emily vermisste ich auch.

Als ich noch ungefähr zwanzig Meter von Harry entfernt war, entdeckte mich Frankie. Wie eine kleine Lawine kam der junge West Highland Terrier auf mich zugeschossen. Harry hatte ihn erst seit einem Jahr, aber das weiße Fellknäuel hatte die Zeit gut genutzt, um sich einen festen Platz in meinem Herzen zu erobern. Nachdem ich ihn begrüßt hatte, kreiste Frankie wie ein kleiner, pelziger Satellit um mich, während ich weiter auf Harry zu ging.

»Hi Harry«, sagte ich, während ich die *Emily-Ann* ins Gras legte. Ich beugte mich zu ihm und gab ihm einen Kuss auf die Wange.

»Hey Nea«, begrüßte mich Harry. »Ich glaube, heute haben wir Glück. Diese leichte Brise ist genau richtig, nicht zu stark und nicht zu schwach.«

Die Oberfläche des kleinen Sees war gekräuselt, aber frei von größeren Wellen. Harry hatte Recht, die Bedingungen waren ideal. Nachdem ich den Rucksack abgelegt hatte, zog ich meine Schuhe aus und setzte mich neben Harry ins Gras.

»Es ist wirklich eine Schande, dass Clara arbeiten muss«, sagte Harry. »So einen Tag sollte man nicht in einer düsteren Bibliothek verbringen.«

Clara war Harrys Freundin. Die beiden waren fast genauso lange zusammen wie Hope und Rick. In der Vorweihnachtszeit des letzten Jahres hatten sich gleich drei meiner besten Freunde verliebt. Clara arbeitete in der Bibliothek des British Museum und passte perfekt zu Harry, der ein echter Büchernarr war. An jeder Wand seiner Wohnung stand mindestens ein Bücherregal.

»Da kann ich dir nur zustimmen«, sagte ich. »Möglicherweise habe ich in nächster Zeit auch wieder mehr zu tun. Ich habe vielleicht einen neuen Fall.«

»Spann mich nicht auf die Folter!«, sagte Harry, legte sein Boot neben sich ins Gras und wandte sich mir zu.

Nachdem ich ihm alles über Marlee und ihr Problem berichtet hatte, erzählte ich Harry von der Sache mit Hope und Rick. Er war nicht gerade begeistert davon, sich auf diese Weise in die Beziehung von Freunden einzumischen, erklärte sich aber bereit, mir bei der Überwachung von Rick zu helfen. Wir vereinbarten, dass Harry am frühen Abend vor Ricks Haus in Stellung gehen würde. Mit etwas Geschick und einer leichten Verkleidung würde Rick ihn nicht entdecken, selbst wenn er aus jenem bestimmten Grund besonders auf der Hut sein sollte. Falls Rick tatsächlich nach Dartford fuhr, würde Harry das rasch merken. In diesem Fall war die Sache fürs Erste erledigt. Falls Rick woanders hinfuhr, würde Harry ihm folgen und mich per Telefon auf dem Laufenden halten, sodass ich gegebenenfalls übernehmen konnte. Je länger man jemandem folgen musste, desto größer wurde die Wahrscheinlichkeit, dass man entdeckt wurde. Als alles klar war, saßen Harry und ich im Gras und schwiegen. Uns war beiden nicht wohl bei der Sache.

»Lust, eine Runde zu segeln?«, fragte ich.

»Na klar!«, erwiderte Harry und packte seine Fernsteuerung aus.

Nachdem wir unsere Boote zu Wasser gelassen hatten, setzten wir uns ans Ufer und sahen den weißen Segeln nach, die sich rasch von uns entfernten. Die Bedingungen waren perfekt. Außer der *Narnia* und der *Emily-Ann* waren noch zwei weitere Segelboote unterwegs, und außerdem noch eine Motorjacht, die ich schon öfter auf dem See gesehen hatte. Fast lautlos glitt sie an uns vorbei und verschwand hinter der kleinen Insel. Harry und ich kreuzten Seite an Seite gegen den Wind, die beiden anderen Segelboote waren mit Rückenwind in entgegengesetzter Richtung unterwegs.

Ich saß mit einem Freund im Schatten einer großen Eiche im Gras, und eine warme Brise strich mir die Haare aus dem Gesicht und ließ mein Segelboot lautlos über das glitzernde Wasser gleiten. Besser konnte der Nachmittag nicht mehr werden.

Gerade als ich zum wiederholten Male die Windverhältnisse loben wollte, flaute die Brise unvermittelt ab. Urplötzlich herrschte Windstille. Die *Emily-Ann* glitt noch einen Augenblick weiter und kam schließlich ungefähr zwanzig Meter vom gegenüberliegenden Ufer entfernt zum Stehen. Harrys Boot befand sich ziemlich genau in der Mitte des kleinen Sees. In solchen Fällen kann man entweder warten oder schwimmen. Da wir den Nachmittag jedoch ohnehin im Park verbringen wollten, entschlossen wir uns für Ersteres. Falls der Wind bis am Abend noch nicht aufgefrischt haben sollte, und die Boote bis dahin auch nicht ans Ufer getrieben worden waren, konnte sich immer noch jemand von uns ins Wasser wagen.

Ich legte mich auf den Rücken und blickte durch die Äste des alten Baumes empor zum Himmel. Tiefblaue Flecken, schneeweiße Wolkenfetzen und sonnendurchflutete Blätter bildeten ein wundervolles Mosaik, das nur ich allein jemals zu Gesicht bekommen würde. Zu jedem anderen Zeitpunkt und von jeder anderen Stelle aus, würde ein anderes Muster zu sehen sein, das meinem zwar sehr ähnlich wäre, sich bei genauerer Betrachtung jedoch in unzähligen Kleinigkeiten unterscheiden würde. Harry lag neben mir im Gras und betrachtete sein eigenes vergängliches Gemälde in Blau, Weiß und Grün.

Nach einer Weile setzte ich mich auf und sagte: »Ich hole mir ein Zitroneneis. Möchtest du auch eines? Ich lade dich ein.«

»Sehr gern«, sagte Harry. »Soll ich dich begleiten?«

»Nicht nötig«, erwiderte ich, stand auf und machte mich auf den Weg zu dem Eisstand auf der gegenüberliegenden Seite der großen Rasenfläche. Frankie trottete neben mir her, er kannte den Weg.

Als ich zurückkam, lag Harry noch immer auf dem Rücken. Seine Augen waren geschlossen. Wie es schien, war er eingeschlafen. Als Frankie sich dicht neben Harrys Kopf ins Gras legte, schlug er die Augen auf und setzte sich auf.

»Bist du eingeschlafen?«, fragte ich und reichte Harry sein Eis.

»Nicht richtig«, sagte Harry. »Ich habe bloß ein wenig gedöst. Vielen Dank! Das nächste Mal lade ich dich ein.«

Ich setzte mich ins Gras, begann an meiner Eistüte zu knabbern und blickte auf den See. Harrys Boot hatte sich einige Meter in unsere Richtung bewegt, die *Emily-Ann* war nicht mehr zu sehen. Vielleicht war sie hinter die kleine Insel gedriftet. Bei der Windstille und der spiegelglatten Oberfläche des Sees war sie jedenfalls mit Sicherheit nicht gesunken.

»Wann genau reist David nun eigentlich ab?«, fragte Harry, während er für Frankie ein kleines Stück seiner Eistüte abbrach.

»Er fliegt am Montag«, sagte ich. »Wir sind morgen Abend zum Essen verabredet. Möchtest du mitkommen?«

»Nein, lieber nicht«, sagte Harry. »So ein Abschiedsessen ist nichts für mich, ich würde euch bloß die Stimmung verderben.«

»Sehr rücksichtsvoll von dir«, sagte ich. »Mir geht es nicht anders. Ich habe auch keine Lust, ihm für fast vier Monate auf Wiedersehen zu sagen.«

David war Tänzer und ging bis zum Ende des Jahres mit einer Stepptanztruppe auf eine Tour durch Australien. Kennengelernt hatten wir uns vor fünfeinhalb Jahren im winterlichen New York, wo wir eine kurze, aber leidenschaftliche Liebesbeziehung gehabt hatten. David und ich waren nie ein Paar geworden, dafür aber gute Freunde. Ich konnte den Gedanken nicht leiden, dass wir uns bis Weihnachten nicht mehr sehen würden.

»Ich schaue mal nach der *Emily-Ann*«, sagte ich und stand auf.

»Warte, ich begleite dich«, sagte Harry und erhob sich ebenfalls. »Wahrscheinlich ist sie hinter der Insel.«

Wir waren kaum zwanzig Meter dem Ufer entlang gegangen, als wir die *Emily-Ann* auch schon entdeckten. Sie war in den schmalen Schilfgürtel abgetrieben, der sich an der westlichen Seite der kleinen Insel entlangzog. Das rote Stoffband, das an der Mastspitze befestigt war, hatte sich an einem Schilfrohr verfangen, sodass das Segelboot sich in leichter Schräglage befand. Solange der Wind nicht auffrischte, befand es sich jedoch nicht in Gefahr. Allerdings sah es auch nicht so aus, als ob die *Emily-Ann* von selbst wieder freikommen würde.

Harry und ich holten unsere Sachen und setzten uns an einer Stelle ans Ufer, von der aus wir das Boot im Auge behalten konnten. Nachdem wir fünf Minuten darüber diskutiert hatten, wie es wohl am besten freizubekommen sei, setzte ein leichter Wind ein. Die *Emily-Ann* neigte sich gefährlich zur Seite. Ich war schon dabei, meine Jeans aufzuknöpfen, als die weiße Modelljacht mit erstaunlicher Geschwindigkeit auf der westlichen Seite der kleinen Insel auftauchte und direkten Kurs auf den Schilfgürtel nahm, in dem mein Segelboot festsaß. Ich versuchte, den Namen der Jacht zu erkennen, doch das Boot war zu weit entfernt. Als es den Schilfgürtel erreicht hatte, verschwand es so leise und mühelos darin wie ein schwerer Gegenstand, den man in tiefen Schnee fallen lässt.

Da ich die Jacht nicht mehr sehen konnte, wandte ich mich dem gegenüberliegenden Ufer zu, um einen Blick auf ihren Besitzer zu werfen, konnte jedoch niemanden mit einer Fernsteuerung ausmachen.

Ich wandte mich wieder dem Schilfgürtel zu. Die Motorjacht war nun wieder zu sehen. Mühelos glitt sie zwischen den Schilfhalmen hindurch und näherte sich rasch der *Emily-Ann*. Als sie noch knapp einen Meter von dem festsitzenden Segelboot entfernt war, bremste die Jacht ab und setzte einige Sekunden später sanft mit dem Bug auf dem Heck des Segelbootes auf. Offenbar gab der Besitzer der Jacht nun wieder mehr Schub, denn der Bug der *Emily-Ann* hob sich, und ihr Mast zerrte an dem Schilfhalm, an dessen Blatt sie sich verfangen hatte. Nach wenigen Augenblicken gab die Pflanze nach, und die *Emily-Ann* wurde von der Jacht aus dem Schilfgürtel geschoben. Kaum befand sie sich auf dem freien Wasser, legte sie sich in den Wind und nahm rasch Fahrt auf. Die Jacht blieb in der Nähe der kleinen Insel stehen. Nun konnte ich den Namen auf ihrem Bug entziffern. Sie hieß *Blue Marlin.*

Der Wind frischte weiter auf, und Harry und ich kreuzten nun wieder Seite an Seite über den kleinen See. Ich hielt noch immer nach meinem unbekannten Retter Ausschau, als ich eine Idee hatte. In unregelmäßigen Abständen drückte ich auf einen Knopf der Fernsteuerung. Die Positionslichter der *Emily-Ann* blinkten.

»Gute Idee!«, sagte Harry. »Nun erfahren wir, ob der Kapitän der *Blue Marlin* ein echter Seebär ist.«

»Dir entgeht nichts«, sagte ich grinsend.

Ich hatte die Positionslichter benutzt, um das Wort *DANKE* zu morsen. Gespannt blickte ich auf die Jacht, die weiterhin reglos vor der Insel im Wasser lag. Einen Augenblick lang geschah nichts, doch dann begannen die Lichter der *Blue Marlin* zu blinken.

»Ich bin beeindruckt«, sagte Harry. »Jetzt aber aufgepasst, ich hatte schon mit deinem *DANKE* Mühe. Ich bin wohl etwas aus der Übung.«

»Geht mir genauso«, sagte ich und konzentrierte mich auf die Lichter der Modelljacht. Harry und ich sprachen die Buchstaben, die wir zu erkennen glaubten, laut aus, sodass wir allfällige Unterschiede schnell bemerken würden. Die Zeichen wurden jedoch ziemlich langsam gesendet, sodass wir beide keine Mühe hatten, sie zu erkennen. Die Nachricht lautete: *KEINE URSACHE.*

Ich betätigte die Taste an meiner Fernsteuerung, die Lichter der *Emily-Ann* blinkten: *WO SIND SIE?*

Die Antwort folgte umgehend: *ZWEI UHR.*

Ich blickte nach rechts und suchte das gegenüberliegende Ufer des Sees ab. Auf einer Bank ziemlich weit vom Ufer entfernt saß ein junger Mann und winkte uns zu. Er trug helle Shorts, ein graues T-Shirt und eine Sonnenbrille mit außergewöhnlich kleinen, kreisrunden Gläsern. Ich winkte zurück und begann, eine weitere Nachricht zu senden: *TEE UND KUCHEN?*

Die Antwort ließ nicht lange auf sich warten: *SEHR GERN.*

Die *Blue Marlin* setzte sich in Bewegung, und der Fremde mit der eigenartigen Sonnenbrille erhob sich und ging auf das flache Ufer zu.

»Du bist natürlich auch eingeladen«, sagte ich zu Harry, während ich die *Emily-Ann* in Richtung Ufer lenkte.

»Vielen Dank«, sagte Harry, »aber ich sollte mich wirklich langsam auf den Weg machen, wenn ich um sieben bei Rick sein soll. Ich muss noch bei mir zu Hause vorbei, um den Wagen und meine Ausrüstung zu holen.«

»Okay«, sagte ich. »In einer halben Stunde mache ich mich ebenfalls auf den Weg nach Hause. Ruf an, sobald ich übernehmen soll.«

»Alles klar«, sagte Harry, während er die *Narnia* aus dem Wasser hob und abtrocknete. »Kommst du klar?«

»Ja«, erwiderte ich. »Ich will mich bloß für die Hilfe bedanken.«

»Natürlich«, sagte Harry. »Bis später.«

»Okay, und vielen Dank für deine Hilfe mit Rick.«

Nachdem ich mein Segelboot abgetrocknet hatte, stand ich auf und ging dem Fremden entgegen, der dem Ufer entlang auf mich zu kam. Als wir uns gegenüberstanden, nahm er die Sonnenbrille ab, streckte mir die Hand entgegen und sagte: »Hi, ich bin Matthew Milne, aber bitte nennen Sie mich Matt.«

»Hi Matt, mein Name ist Nea. Vielen Dank für deine Hilfe vorhin.«

»Ist nicht der Rede wert«, sagte Matt verlegen.

Fünf Minuten später saßen wir im Garden Café bei Pfingstblütentee und Kirschkuchen. Matt war zwei Jahre jünger als ich und arbeitete als Assistenzarzt am King's College Hospital, einem der größten Spitäler Londons, wo ich nach einer unangenehmen Begegnung mit einem scharfen Dolch schon einmal an der Hand genäht worden war. Als ich Matt erzählte, dass ich Privatdetektivin bin, weiteten sich seine Augen. Er fand meinen Beruf furchtbar aufregend und stellte mir tausend Fragen, es war unheimlich süß.

Um halb sieben verließen wir das Café und gingen zum Chester Gate im Osten des Parks. Befangen standen wir am Taxistand an der Albany Street.

»Vielen Dank für den Kuchen«, sagte Matt. »Vielleicht sehen wir uns wieder mal …«

»Ja, Harry und ich sind oft am See.«

»Okay …«, murmelte Matt und blickte auf seine Schuhe.

»Bye«, sagte ich und stieg in ein Taxi, »und nochmals vielen Dank für deine Hilfe.«

»Keine Ursache.«

Ich zog die Tür zu, und das Taxi fuhr los. Ich blickte nicht zurück. Der Nachmittag hatte eine eigenartige Wendung genommen. Man brauchte nicht Detektivin zu sein, um zu wissen, dass Matt an mir interessiert war. Er war unheimlich süß und auch attraktiv, und zweifellos hätten viele Frauen mich um sein Interesse beneidet, doch er hatte keine gute Wahl getroffen. Mein Herz war nicht bloß zerkratzt, es war gebrochen, jenseits jeder Reparatur.

Ein halbes Jahr war nun schon vergangen, seit meine letzte Beziehung viel zu früh geendet hatte, doch ich schaffte es einfach nicht, darüber hinwegzukommen. Sechs Monate Trauerarbeit für eine Beziehung, die kaum zwei Monate gedauert hatte. Viel zu viele schlaflose Nächte, in denen die Wände immer näher rückten und mir plötzlich jeder Atemzug schwer fiel, und doch nicht annähernd genug. Vielleicht war der Schmerz umso größer, je mehr man für eine Liebe hatte wagen müssen. Ich hatte viel gewagt, hatte Grenzen überschritten, war ganz nahe ans Feuer gegangen.

5

Nachdem mich das Taxi bei meinem Büro abgesetzt hatte, packte ich einige Sachen zusammen, die ich am Abend bei der Überwachung von Rick vielleicht brauchen würde, dann machte ich mich zu Fuß auf den Weg zu meiner Wohnung. Sie lag nur zehn Minuten entfernt auf der anderen Seite der Themse. Meinen Wagen ließ ich fast immer in der kleinen Tiefgarage des Hauses, in dem sich mein Büro befand. Es war ziemlich schwierig, in der Nähe meiner Wohnung einen Parkplatz zu finden, und die meisten Orte erreichte man ohnehin schneller mit der U-Bahn. In Annie's Corner Deli, einem kleinen Laden ganz in der Nähe meiner Wohnung, kaufte ich mir drei Äpfel und eine Tüte Aprikosen.

Als ich meine Wohnung betrat, warf ich als Erstes einen Blick auf den Anrufbeantworter, das kleine Lämpchen blinkte jedoch nicht, Harry hatte sich also noch nicht gemeldet. Nachdem ich in eine schwarze Jeans und ein graues T-Shirt geschlüpft war, öffnete ich die Fenster, setzte mich auf das Fensterbrett und blickte hinaus auf die Stadt. Ein sanfter, warmer Luftzug wehte durch die Wohnung. Ich finde, das Schönste am Sommer sind die lauen Abende und Nächte.

Um halb neun klingelte das Telefon, es war Harry. Er hatte Rick bis zu einem chinesischen Restaurant im West End verfolgt und wartete nun seit einer halben Stunde vor dem kleinen Lokal. Entweder aß Rick gerne allein, oder er hatte eine Verabredung, von der er Hope nichts erzählt hatte. Harry und ich vereinbarten, dass ich ihn in zwanzig Minuten ablösen würde. Nachdem wir uns verabschiedet hatten, nahm ich meinen Rucksack und machte mich auf den Weg. Der Verkehr in der Innenstadt war sogar für Freitagabend ungewöhnlich dicht, und obwohl ich mit dem Motorrad unterwegs war, kam ich nur langsam voran. Als ich endlich bei dem chinesischen Lokal ankam, war es bereits fast dunkel. Harry saß auf einer Bank ungefähr dreißig Meter vom Eingang entfernt. Ich stellte das Motorrad hinter der Bank ab und setzte mich neben ihn.

»Hi Harry, gibt es etwas Neues?«

»Hey Nea«, begrüßte mich Harry. »Nein, seit ich dich angerufen habe, ist nichts passiert. Er ist von seiner Wohnung mit einem Taxi direkt hierher gefahren, allein, und nun ist er schon fast eineinhalb Stunden da drin. Leider kann man nicht hineinsehen. Kennst du das Lokal?«

»Nein«, erwiderte ich. »Es ist eher unwahrscheinlich, dass er so lange allein da drin ist, was meinst du?«

»Da stimme ich dir zu«, sagte Harry. »Sieht leider ganz nach einer Verabredung zum Essen aus.«

»Vielen Dank nochmal für deine Hilfe.«

»Keine Ursache«, sagte Harry. »Hope ist auch meine Freundin.«

Harry verabschiedete sich und machte sich auf den Weg zu seinem Wagen. Ich setzte mich wieder auf mein Motorrad und wartete auf Rick, auf die gute Nachricht oder die traurige Wahrheit.

Nach zehn Minuten trat er aus dem chinesischen Restaurant, in Begleitung einer außergewöhnlich attraktiven Frau. Sie war groß und schlank und trug ein elegantes, blaugraues Sommerkleid. Sie sah nicht nur aus wie ein Fotomodell, sie bewegte sich auch so. Während ich noch überlegte, ob das gute oder schlechte Neuigkeiten waren, stiegen die beiden in ein Taxi und fuhren los. Rick war immerhin Modefotograf und hatte vermutlich oft mit Modellen zu tun. Ob das Abendessen vielleicht bloß geschäftlicher Natur gewesen war? Jedenfalls hatten sich die beiden auf dem kurzen Weg vom Restaurant zum Taxi nicht berührt und sich auch sonst nicht auf eine Weise verhalten, die auf eine intime Beziehung hätte schließen lassen.

Ich klappte das Visier meines Helms zu, startete den Motor und folgte dem Taxi in sicherem Abstand in westlicher Richtung aus der Innenstadt. Es war mittlerweile völlig dunkel, und die Gefahr, entdeckt zu werden, war äußerst gering.

Am Cumberland Gate des Hyde Parks hielt das Taxi an. Ich fuhr weiter und beobachtete im Rückspiegel, wie die beiden ausstiegen und in Richtung des riesigen Parks gingen.

Einige hundert Meter weiter hielt ich an, stellte das Motorrad neben einer niedrigen Hecke ab und betrat den Hyde Park durch das Albion Gate. Von dort eilte ich mit raschen Schritten Richtung Speakers' Corner, wo Rick und seine Begleiterin den Park vermutlich betreten hatten.

Als ich die nordöstliche Ecke des Parks schon fast erreicht hatte, entdeckte ich die beiden. Sie schlenderten quer über den Rasen in Richtung des Sees. Obwohl es auf den großen Grünflächen keine Lampen gab, konnte ich doch erkennen, dass die beiden sich nicht bei den Händen hielten. Der Abstand zwischen ihnen ließ eher auf gute Bekannte als auf Liebende schließen.

Ich folge Rick und der unbekannten Frau zum See, wo sie den Gehweg verließen und zwischen Büschen in der Dunkelheit verschwanden. Wahrscheinlich hatten sie vor, sich irgendwo ans Ufer zu setzen. Vorsichtig folgte ich ihnen, sorgfältig darauf achtend, keine verräterischen Geräusche zu verursachen.

Hinter den Büschen befand sich ein flacher, grasbewachsener Hügel, der sich in einem weiten Bogen dem Ufer des Sees entlangzog. Als ich die Hügelkuppe erreicht hatte, kauerte ich mich hin und suchte das Ufer nach Rick und seiner Begleiterin ab. Der Mond war noch nicht aufgegangen, und weit und breit befanden sich keine Laternen an diesem versteckten Abschnitt des Seeufers. Ich öffnete meinen Rucksack und holte mein Nachtsichtfernglas hervor. Auf dem Bauch liegend begann ich, das Ufer abzusuchen. Ich wollte schon aufgeben, als ich aus Richtung einer Gruppe dicht beieinander stehender Bäume links von mir ein leises Rascheln hörte. Ich richtete das Fernglas auf die Stelle, konnte jedoch nichts erkennen. In dem Bereich unter den Bäumen gab es selbst für den empfindlichen Restlichtverstärker des Fernglases nicht genügend Licht. Wahrscheinlich waren es bloß Enten, die in der Nähe des Sees den Sommer über allgegenwärtig sind.

Während meine Hand im Rucksack nach der kleinen Infrarottaschenlampe tastete, hörte ich erneut ein Geräusch aus Richtung der Bäume, und diesmal war ich mir sicher, dass nicht Tiere es verursacht hatten. Es war das leise Stöhnen einer Frau, die nicht von einer Privatdetektivin beobachtet werden möchte.

Meine Hand fand die Infrarottaschenlampe, die den Bereich unter den Bäumen in für das Nachtsichtgerät helles Licht tauchen würde. Langsam ließ ich das Fernglas sinken und dachte nach. Ich stellte mir vor, wie es wäre, wenn ich selbst unter den Bäumen liegen würde, die Beine um einen warmen Körper geschlungen, die Lippen auf einen feuchten Mund gepresst, versunken in leidenschaftlicher Umarmung.

Andererseits hatte ich Hope eine Antwort versprochen, die von großer Bedeutung für sie war. Ich stützte den Kopf in die Hände und konzentrierte mich auf den Geruch des frisch geschnittenen Grases. Die Nachtluft war warm, und in einiger Entfernung zirpte eine Grille. Ein perfekter Abend eines wundervollen Sommers, eine Nacht für Liebende. Ich hatte in den letzten Monaten so viel getrauert und mich nach meiner verlorenen Liebe gesehnt, dass ich den Gedanken kaum ertragen konnte, dass Hope nun wahrscheinlich dasselbe bevorstand.

Ich hob das Fernglas, schaltete die Taschenlampe ein und richtete den Strahl auf den Bereich unter den Bäumen. Das grelle Infrarotlicht enthüllte jede Einzelheit, während die Beobachteten sich weiterhin in der trügerischen Sicherheit tiefer Dunkelheit wiegten. Rick und die unbekannte Frau lagen im Gras und liebten sich. Sie saß rittlings auf seinen Hüften und beugte sich über ihn, während ihr Becken langsam kreiste. Ein leises Wimmern war zu hören, als die beiden sich küssten. Selbst in dem kalten grünen Licht des Nachtsichtfernglases sah der langsame, behutsame Liebesakt der beiden wie ein wundervoller, geheimer Tanz aus. Mir war sofort klar, dass ich nicht Zeugin einer oberflächlichen Affäre wurde, sondern einer ganz besonderen, magischen Nacht, einem Anfang. Es spielte keine Rolle, ob ich Hope erzählte, was ich herausgefunden hatte, ihre Zeit mit Rick war zu Ende.

Ich schaltete die Taschenlampe aus, drehte mich auf den Rücken und betrachtete den Nachthimmel. Ab und zu war aus Richtung der Bäume ein kaum vernehmliches Stöhnen zu hören. Die winzigen weißen Punkte verschwammen vor meinen Augen, verdoppelten sich, doch ich blinzelte nicht, und meine Handrücken lagen trocken über meinem Kopf im Gras. Als eine Sternschnuppe ihre leuchtende Bahn über den dunklen Himmel zog, wünschte ich mir nichts. Manchmal verabschiedet man sich erst lange, nachdem jemand fort ist. Nach einer Weile wurde es ganz still, nicht einmal die Grille war mehr zu hören. Ich stand auf, packte meine Sachen in den Rucksack und machte mich auf den Weg zu meinem Motorrad.

6

Als ich um halb zwölf bei meiner Wohnung ankam, stieg gerade Chris aus einem Taxi. Seit bald vier Jahren waren wir nun schon Nachbarn, seine Wohnung lag ebenfalls im dritten Stock, genau gegenüber auf der anderen Seite des Flures. Chris arbeitete bei einer Bank und war fast gleich alt wie ich, unsere Geburtstage lagen nur elf Tage auseinander.

Ich stellte das Motorrad ab und zog meinen Helm aus, während Chris den Taxifahrer bezahlte. Er trug einen Anzug und hatte seine Aktentasche dabei.

»Hi«, sagte ich. »Du hast doch nicht etwa bis jetzt gearbeitet?«

»Leider doch«, erwiderte Chris. »An den amerikanischen Börsen ist zurzeit unheimlich viel los. Wie steht's mit dir?«

»Ich habe auch gearbeitet, sozusagen.«

Chris warf mir einen fragenden Blick zu, während er die Tür aufschloss und ins Haus trat.

»Ich habe ein Liebespaar beobachtet«, erklärte ich. »Du weißt ja, dass ich das nicht gerne tue.«

Chris nickte und folgte mir zum Fahrstuhl.

»Wie geht es Amanda?«, fragte ich. »Muss sie auch so viel arbeiten?«

Amanda war Chris' Freundin, die beiden waren seit acht Monaten zusammen. Auch sie arbeitete im Aktienhandel, aber bei einer anderen Bank.

»Nein«, erwiderte Chris. »Sie hat vor allem mit den europäischen Börsen zu tun.«

Schweigend fuhren wir mit dem Fahrstuhl in den dritten Stock. Chris sah müde aus. Als wir vor unseren Wohnungen angekommen waren, sagte ich leise: »Wenn du möchtest, können wir das Abendessen am Sonntag verschieben. Vielleicht möchte Amanda dich auch wieder einmal sehen.«

»Nicht nötig«, flüsterte Chris. »Sie fliegt am Sonntagnachmittag für drei Tage geschäftlich nach Frankfurt. Außerdem haben wir beide schon viel zu lange keinen Mister-Hu-Abend mehr veranstaltet.«

Mr Hu war der Name eines chinesischen Take-Aways ganz in der Nähe, von dessen preiswerten Köstlichkeiten Chris und ich nie genug bekommen konnten. Früher hatten wir oft spontan zusammen zu Abend gegessen und uns einen Film angesehen oder geredet, doch seit Chris mit Amanda zusammen war, hatte sich alles verändert.

»Warum flüstern wir eigentlich?«, fragte Chris.

»Ich muss etwas Wichtiges mit Hope besprechen«, erwiderte ich, »aber wenn es sich vermeiden läßt, möchte ich das nicht mehr heute Abend tun.«

»Verstehe«, sagte Chris. »Möchtest du noch reinkommen und etwas trinken?«

»Nein, ich bin schrecklich müde, trotzdem vielen Dank für das Angebot.«

»Dann bis Sonntagabend, ich freue mich.«

»Ich mich auch«, sagte ich und wandte mich meiner Wohnungstür zu. »Schlaf gut.«

»Du auch«, flüsterte Chris.

So leise wie möglich drehte ich den Schlüssel, öffnete die Tür und betrat die dunkle Wohnung. Ich wusste, dass Hope es in ihrer Wohnung hören konnte, wenn ich nach Hause kam. Ohne das Licht einzuschalten, stellte ich den Rucksack neben die Tür und schlüpfte aus meinen Schuhen. Als ich über den Flur ins Schlafzimmer gehen wollte, entdeckte ich Hope. Sie saß im Wohnzimmer auf dem Fensterbrett, den Kopf an die Wand gelehnt, die Arme um die Knie geschlungen. Ein Platz, an dem ich selbst schon viel Zeit damit verbracht hatte, auf die Stadt zu blicken und nachzudenken. Hope hatte einen Schlüssel zu meiner Wohnung, genauso wie Chris. Ich blieb stehen. Hope hob den Kopf und sah mich an. Die Straßenbeleuchtung tauchte den Raum in oranges Dämmerlicht. Ohne etwas zu sagen, ging ich zu ihr, setzte mich auf das Fensterbrett und legte meine Arme um sie. Hope vergrub ihr Gesicht an meiner Schulter und begann zu weinen. Heiße Tränen rannen über meinen Hals.

Ich legte meine Hand in ihren Nacken und begann, sie langsam hin und her zu wiegen. Sie zitterte, als ob sie mitten in diesem heißen Sommer frieren würde.

Nach einer Weile wurde Hopes Schluchzen immer leiser und verstummte schließlich ganz. Ich strich ihr eine feuchte Strähne aus dem Gesicht, legte meinen Arm um ihre Schulter und blickte hinaus auf das nächtliche London.

7

Am nächsten Morgen vereitelte das Telefon meinen Plan, erst in der zweiten Tageshälfte aufzustehen. Es war Samstag, und ich hatte Schlaf dringend nötig. Hope war erst um halb vier auf meinem Sofa eingeschlafen. Ein Blick auf den Wecker verriet mir, dass es noch nicht mal acht Uhr war. Verschlafen setzte ich mich auf und griff nach dem Telefon, es war Marlee.

»Bei mir ist eingebrochen worden!«, sagte sie aufgeregt. »Die ganzen Bilder sind weg!«

»Bitte erzähl alles von Anfang an«, sagte ich.

Während Marlee in groben Zügen berichtete, was geschehen war, beruhigte sie sich langsam wieder. Im Haus ihrer verstorbenen Großmutter war eingebrochen worden. Als Marlee vor knapp einer Stunde erwacht und nach unten in die Küche gegangen war, hatte sie entdeckt, dass sämtliche Bilder im Erdgeschoss und im Flur des ersten Stocks fehlten. Offenbar hatten in dem alten Haus überall Ölbilder ihrer Großmutter gehangen, die, wie Marlee mir bereits in meinem Büro erzählt hatte, eine ziemlich bekannte Malerin gewesen war. Da Marlee nichts gemerkt hatte, obwohl sie die ganze Zeit über im Gästeschlafzimmer im ersten Stock geschlafen hatte, mussten die Einbrecher sehr vorsichtig vorgegangen sein. Seit einer halben Stunde war nun die Polizei bei Marlee, und wie es schien, verstand sie sich nicht besonders gut mit den Beamten. Offenbar nahm die Polizei die Sache nicht so ernst, wie Marlee es für angebracht hielt. London ist eine große Stadt, und es gibt weit schlimmere Verbrecher als Kunstdiebe, die derart vorsichtig einbrechen, dass die Hausbesitzer nicht einmal in ihrem Schlaf gestört werden. Ich versprach Marlee, mich schnellstmöglich auf den Weg zu machen, um ihr beizustehen.

Nachdem ich aufgelegt hatte, öffnete ich vorsichtig die Schlafzimmertür und lauschte in den Flur, doch es war nichts zu hören. Leise schlich ich ins Wohnzimmer und warf einen Blick auf das Sofa. Hope lag noch unter der Decke, mit der ich sie in der Nacht zugedeckt hatte, doch sie schlief nicht mehr. Mit müden Augen sah sie zu mir hoch.

»Tut mir leid, dass dich das Telefon geweckt hat«, sagte ich und setzte mich auf den Rand des Sofas.

»Ich war schon wach«, erwiderte Hope und senkte den Blick.

Sie machte einen ziemlich mitgenommenen Eindruck, aber nach dem gestrigen Abend und weniger als vier Stunden Schlaf sah ich selbst wahrscheinlich auch nicht viel besser aus.

»Kaffee?«, fragte ich.

»... wäre jetzt genau das Richtige«, sagte Hope und setzte sich auf.

Während wir frühstückten, erzählte ich ihr von Marlee und dem Einbruch. Über Rick sprachen wir kein Wort. Wenn Hope mit mir darüber reden wollte, konnte sie es jederzeit tun.

»So, ich werde mal versuchen, mich einigermaßen herzurichten und mich dann auf den Weg zu Marlee machen«, sagte ich, während ich aufstand. »Willst du mitkommen?«

Hope interessierte sich normalerweise sehr für meine Fälle und war für jedes Abenteuer zu haben, doch im Augenblick war natürlich nichts normal. Bei dem Gedanken, sie ganz allein zurückzulassen, hatte ich jedoch kein gutes Gefühl. Unentschlossen sah Hope mich an.

»Komm doch mit, wir nehmen das Motorrad.«

»Okay«, sagte Hope, »aber ich brauche mindestens eine Viertelstunde, um mich zurecht zu machen, bevor ich mich in der Öffentlichkeit blicken lassen kann.«

»Kein Problem«, erwiderte ich. »Wir treffen uns unten.«

Hope stand auf und ging in ihre Wohnung. Ich räumte das Geschirr ab und machte mich dann selbst auf den Weg vor den Badezimmerspiegel. Ich war froh, dass sie sich entschlossen hatte, mich zu begleiten. Wenn einem der Fahrtwind um die Nase weht, fühlt man sich gleich viel besser. Ich spreche aus Erfahrung.

Zwanzig Minuten später saß ich vor dem Haus auf meinem Motorrad und wartete auf Hope. Die Morgensonne strahlte aus einem wolkenlosen, kobaltblauen Himmel, und es war bereits wieder recht warm. Ein weiterer regenloser Sommertag erwartete London.

Etwas weiter die Straße runter belud eine Familie einen Mini-van mit allem, was für einen Ausflug auf das Land nötig war. Federballausrüstung, ein riesiger Picknickkorb, jede Menge Decken, ein unheimlich süßer Jack Russell Terrier, zwei offenbar ziemlich schwere Kühlboxen, diverse Spielsachen, ein großes Kofferradio. Es war ein Wunder, dass noch Platz für die Kinder war. Wehmütig beobachtete ich die junge Mutter dabei, wie sie ein kleines Mädchen mit einem sorgfältig geflochtenen Zopf in einen bunten Kindersitz setzte und anschnallte. Ich hatte gute Freunde und war bestimmt nicht allein, was man längst nicht von allen Menschen behaupten konnte, die noch Verwandte hatten. Trotzdem wünschte ich mir manchmal nichts sehnlicher, als Teil einer ganz normalen, furchtbar langweiligen, altmodischen Familie zu sein.

8

Nachdem Hope fast eine halbe Stunde nach Marlees Anruf endlich bereit zum Aufbruch war, machten wir uns auf den Weg. Der Verkehr in der Innenstadt war mörderisch. Zum Glück war Hope eine gute Beifahrerin, sodass wir problemlos durch die Lücken zwischen den stehenden Autokolonnen schlüpfen konnten. Unerfahrene Beifahrer versuchen oft, die seitliche Neigung des Motorrads durch eigene Gewichtsverlagerung auszugleichen, anstatt ruhig und gerade sitzen zu bleiben und die Bewegungen der Maschine und des Fahrers mitzumachen. Dadurch wird präzises Fahren praktisch unmöglich, da man immer nach allen Seiten genügend Platz einplanen muss, um bei unerwarteten Bewegungen des Beifahrers entsprechend reagieren zu können.

Als wir uns in südlicher Richtung vom Stadtzentrum entfernten, wurde der Verkehr weniger dicht und wir kamen schneller voran. Unterwegs hielt ich am Straßenrand vor einer Bäckerei an, und Hope holte eine Tüte Zimtschnecken. Etwas Süßes konnte Marlee jetzt sicherlich gebrauchen, und auch bei Polizeibeamten wirkten frische zuckerhaltige Backwaren mitunter wahre Wunder.

Um halb zehn erreichten wir Marlees Haus. Es lag in einer ruhigen, von uralten Bäumen gesäumten Vorortsstraße. Altmodische Zäune und immergrüne Hecken trennten die Grundstücke voneinander. Die Häuser waren alt und machten nicht den Eindruck, als ob in ihnen für Diebe besonders viel zu holen wäre. Trotz dieses Hauchs von Verfall wirkte die Straße auf eigenartige Weise gemütlich, wie ein Ort, an dem Kinder spielen sollten.

Auf dem Bürgersteig direkt vor Marlees Haus stand ein älteres Paar und unterhielt sich mit einer grauhaarigen Frau, an deren Handgelenk ein junger Pudel zerrte. Die Polizei war offenbar schon wieder abgezogen, weit und breit war kein Streifenwagen zu sehen. Ich fuhr langsam auf den Bürgersteig und hielt direkt neben Marlees Gartentor an. Hope stieg ab und nickte den älteren Herrschaften zu. Die drei grüßten verhalten zurück und gingen dann tuschelnd ein Stück weiter die Straße runter, wobei sie hin und wieder verstohlene Blicke zurückwarfen. Vermutlich waren in der Straße alle Anwohner außer Marlee und dem Pudel im Rentenalter.

Als ich gerade versuchte, die offenbar eingerostete Klinke des niedrigen Gartentors hinunterzudrücken, öffnete sich die Tür des Hauses und Marlee trat heraus. Winkend kam sie auf uns zu.

»Hi! Ich habe euer Motorrad gehört. Das Gartentor lässt sich leider nicht öffnen, ihr müsst über den Zaun klettern.«

»Kein Problem«, sagte ich und schwang ein Bein über den alten Lattenzaun, der kaum einen Meter hoch war. »Das ist meine Freundin Hope, ich hoffe es macht dir nichts aus, dass sie mich begleitet.«

»Natürlich nicht!«, sagte Marlee. »Hi Hope, ich bin Marlee.«

»Freut mich, dich kennenzulernen«, sagte Hope.

Marlees Aufregung schien verflogen zu sein. Während sie am Telefon noch verstört geklungen hatte, machte sie nun einen beinahe fröhlichen Eindruck. Als sie die drei älteren Herrschaften entdeckte, die etwas weiter die Straße runter Position bezogen hatten und uns von dort aus beobachteten, winkte sie ihnen zu und rief: »Hi Mrs Weingartner! Hi Mr und Mrs Featherstone!«

Die drei winkten leicht irritiert zurück, aber ich war mir ziemlich sicher, dass die Dame mit dem Pudel für einen Augenblick ein wenig gelächelt hatte. Marlees offene und unkomplizierte Art war erfrischend, und sie konnte damit wohl mitunter ganz außerordentliche Dinge bewerkstelligen.

»Seid ihr beiden ein Paar?«, fragte Marlee, als wir zum Haus gingen.

»Nein!«, stieß Hope hervor und blieb überrascht stehen.

»Wir sind Freundinnen aus Unitagen, und seit einem halben Jahr sind wir auch Nachbarn«, erklärte ich.

»Alles klar«, sagte Marlee, während sie schwungvoll die Eingangstür öffnete und ins Haus trat. »Kommt rein!«

Hope setzte sich wieder in Bewegung, sah jedoch nicht so aus, als ob für sie alles klar wäre.

Nach und nach zeigte Marlee uns alle Zimmer im Erdgeschoss und wiederholte dabei die Geschichte, die sie mir in groben Zügen bereits am Telefon erzählt hatte. Wie die Einbrecher ins Haus gelangt waren, war nicht klar. Sämtliche Fenster und Türen waren unbeschädigt, Fingerabdrücke gab es keine. Zwei Fußabdrücke von flachen Herrenschuhen im Blumenbeet unter einem Fenster waren die einzigen Spuren, die die Polizei gefunden hatte. Nachdem die Beamten alles untersucht und Marlees Aussage aufgenommen hatten, waren sie zu dem Schluss gekommen, dass es sich um einen normalen Einbruch handelte, bei dem die Täter es offenbar auf die Bilder von Marlees Großmutter abgesehen hatten. Die Gemälde waren zwar kein Vermögen wert, stellten jedoch durchaus einen respektablen Wert dar. Da die Einbrecher bis auf zwei kleine Aquarellzeichnungen sämtliche Bilder in ihren Besitz gebracht hatten, ging die Polizei davon aus, dass sie nicht zurückkehren würden. Die beiden Zeichnungen, die die Diebe zurückgelassen hatten, hingen im Gästeschlafzimmer, in dem Marlee zum Zeitpunkt des Einbruchs geschlafen hatte.

Als letzten Raum im Erdgeschoss zeigte Marlee uns die Küche. Sie war ziemlich groß und wirkte unheimlich gemütlich. Das Beste war jedoch eine winzige, zu einem Teelager umgebaute Abstellkammer. Hunderte kleiner Schubladen bedeckten die drei schmalen Wände. An jeder davon befand sich ein kleiner, altmodischer Messingknauf und darunter ein winziges Schild, auf dem mit verblasster Tinte in sorgfältiger Handschrift die Namen der darin gelagerten Teesorten geschrieben standen: *Moroccan Mint*, *Anhui Curled Dragon Silvertip*, *Brahmaputra Black*. Verheißungsvolle Namen, die von langen Reisen durch ferne Länder zeugten.

»Großmutter war eine richtige Teenärrin«, erklärte Marlee. »Ich glaube, ich habe nie zweimal denselben Tee in diesem Haus getrunken.«

»Darf ich?«, fragte ich und griff nach einem Messingknauf, unter dem die Worte *Pearl Dew*, *Green Kerala Cardamom* und *Espinheira Santa* standen.

»Klar doch«, sagte Marlee.

Ich öffnete die kleine Schublade. Drei runde Blechdosen kamen zum Vorschein. Auf jeder Dose klebte ein Etikett, auf das mit derselben Handschrift erneut der Name der darin enthaltenen Teesorte geschrieben stand. Ich nahm die vorderste Dose in die Hand und begann, ganz vorsichtig den Deckel zu lösen. Ich hatte nicht vor, den kostbaren Inhalt versehentlich zu verschütten. Es war ziemlich viel Kraft notwendig, da der Rand der Dose mit einer Art Wachs luftdicht versiegelt war. Kaum hatte sich der Deckel gelöst, strömte mir ein wundervoller, exotischer Duft entgegen. Es war wie eine kleine Reise.

Nachdem ich es geschafft hatte, mich von dem unglaublichen Teelager loszureißen, führte Marlee uns in den ersten Stock. Bereits im Erdgeschoss war ich von der vielfältigen und liebevollen Einrichtung fasziniert gewesen, doch in der Bibliothek im ersten Stock verliebte ich mich in das Haus. Marlees Großmutter musste ein äußerst interessantes Leben geführt haben, denn was sie Marlee hinterlassen hatte, war nicht bloß ein altes Haus, es war ein kleines, wundervolles Museum, ein geheimes Juwel, versteckt in einer furchtbar normalen Straße, getarnt mit einem langweiligen englischen Vorortsgarten. Es quoll regelrecht über von faszinierenden Dingen. Ägyptische Artefakte teilten sich dunkle Holzregale mit seltsamen, südamerikanischen Maya-Statuen, ein Stapel vergilbter Pergamentrollen lag eingeklemmt zwischen einem altmodischen Sextanten aus angelaufenem Messing und einem mysteriösen versiegelten Tongefäß. Ein Gestell mit afrikanischen Speeren flankierte die eine Seite des Kamins, ein riesiger antiker Globus die andere. Es war das Haus einer Abenteurerin.

Nachdem Marlee uns alle Räume im ersten Stock gezeigt hatte, blieb sie vor einer schmalen Holzleiter stehen, die mitten im Flur nach oben führte.

»Die Leiter führt in Großmutters Atelier und Arbeitszimmer«, erklärte Marlee. »Es wurde nachträglich auf das Haus gebaut und ist im Sommer von der Straße aus kaum zu sehen, da der Aufbau größtenteils vom Laub der Bäume verdeckt wird. Man hat den Eindruck, man befinde sich in den Baumkronen. Ihr müsst es euch unbedingt ansehen, es ist toll!«

Mit diesen Worten begann sie, die Leiter hochzusteigen, Hope und ich folgten ihr. Oben angekommen wusste ich, was Marlee gemeint hatte. Der geräumige, quadratische Raum hatte auf allen vier Seiten große Fenster, die vom Boden bis fast zur Decke reichten. Kaum mehr als einen halben Meter von den Scheiben entfernt wiegten sich die obersten Äste der umliegenden Bäume im Wind hin und her. In der strahlenden Sommersonne leuchteten die Blätter der Platanen hellgrün und tauchten das Atelier in ein faszinierendes, sich ständig veränderndes Licht.

Auf einer Seite des Raumes befand sich ein mächtiger Schreibtisch, der mit Papieren, Briefen, Büchern und jeder Menge Kleinkram überstellt war. Ich fragte mich, wie das sperrige Ungetüm wohl nach oben geschafft worden war. Auf der anderen Seite des Ateliers stand eine massive Staffelei, auf der sich eine leere Leinwand befand, die wohl noch von Marlees Großmutter dorthin gestellt worden war, Träger für ein Bild, das nun nie gemalt werden würde. Zwei kleine Tischchen neben der Staffelei waren überstellt mit Pinseln, Farbtuben, Fläschchen mit verschiedenen Terpentinölen, Lappen und anderen Utensilien, die man für die Ölmalerei brauchte.

Als mein Blick zufällig auf Marlee fiel, bemerkte ich, wie sie traurig auf das reine, leuchtende Weiß der leeren Leinwand blickte. Offenbar machte ihr der Verlust ihrer einzigen Verwandten noch immer sehr zu schaffen. Es würde wohl noch einige Zeit vergehen, bis sie die leere Leinwand für ein eigenes Bild verwenden oder sie zumindest zur Seite stellen würde, um die Staffelei zu benutzen.

»Wo führt die hin?«, fragte Hope und deutete auf eine weitere Leiter, die hinter dem Schreibtisch an der Wand befestigt war und nach oben zu einer runden Luke in der Decke führte.

»Großmutter hat sich sehr für Astronomie interessiert«, erklärte Marlee. »Auf dem Dach befindet sich ein ziemlich großes Teleskop, aber leider habe ich keine Ahnung, wie man es benutzt. Als Kind verbrachte ich in den Sommerferien jeweils einen Monat hier, und da nahm mich meine Großmutter in klaren Nächten oft mit nach oben und zeigte mir Nebel und Galaxien und Kometen und alle möglichen Objekte. Ich habe vor, mich schlau zu machen, damit ich das Teleskop selbst bedienen kann.«

»Hey, ich könnte dir dabei helfen!«, sagte Hope begeistert. »Ich verstehe ein bisschen was davon, als Jugendliche war ich eine begeisterte Hobbyastronomin.«

»Toll!«, sagte Marlee. »Sobald das Nötigste am Haus repariert ist, musst du mal vorbeikommen und mir alles erklären.«

»Abgemacht!«, sagte Hope.

Wenn ich daran dachte, wie Hope vor weniger als zwölf Stunden in meinen Armen bitterlich geweint hatte, konnte ich kaum glauben, wie guter Laune sie nun war.

»Was muss an dem Haus denn gemacht werden?«, fragte ich.

»Nun ja, am dringendsten ist die Sache mit dem Heißwasser«, erwiderte Marlee. »Selbst wenn man das Wasser einige Minuten laufen lässt, fließt bestenfalls lauwarmes Wasser aus den Hähnen. Jetzt, wo es so heiß ist, habe ich nichts gegen eine erfrischende Dusche, aber sobald es kühler wird, möchte ich auf ein heißes Bad nicht verzichten. Ich habe keine Ahnung, warum das Wasser nicht richtig warm wird. Am Montag werde ich einen Klempner anrufen. Außerdem möchte ich das Gästeschlafzimmer neu streichen und einrichten. Es kam mir komisch vor, im Schlafzimmer meiner Großmutter zu schlafen, deshalb habe ich mich im Gästezimmer eingerichtet. Allerdings ist der Raum ziemlich ungemütlich, ihr habt ihn ja gesehen. Das Bett ist zu weich und viel zu klein, und die Tapete blättert auch schon von den Wänden. Es ist das einzige Zimmer, dem meine Großmutter offenbar keine besondere Aufmerksamkeit geschenkt hat. Ein großes Bett und eine oder zwei moderne Lampen wären nicht schlecht.«

»Ich kann mir schon denken, was mit dem Boiler nicht stimmt«, sagte Hope. »Der ist wahrscheinlich bloß verkalkt.«

»Heißt das, dass ich einen Neuen kaufen muss?«, fragte Marlee besorgt.

»Nein«, sagte Hope, »die meisten Modelle lassen sich leicht entkalken. Soll ich ihn mir mal ansehen?«

»Klar, gern!«, erwiderte Marlee.

Nachdem sich Hope im Keller den Boiler angesehen hatte, setzten wir uns in die Küche und machten es uns gemütlich. Marlee füllte große Gläser mit selbstgemachtem Eistee, und Hope verteilte die Zimtschnecken, die wir mitgebracht hatten.

»Und du willst mir wirklich helfen, den Boiler zu reparieren?«, fragte Marlee. »Ich meine, das wäre natürlich toll! Ich bezahle dich auch dafür.«

»Nicht nötig«, sagte Hope verlegen. »Das ist wirklich keine große Sache.«

»Für mich schon!«, sagte Marlee strahlend.

Hope und ich versprachen, am Nachmittag mit Marlee in einen Baumarkt zu fahren und ihr beim Einkaufen und später ein wenig bei den Arbeiten im Haus zu helfen. Ich fand die Sache eine gute Idee. Hope konnte momentan Ablenkung gebrauchen, und ich bekam gleichzeitig die Gelegenheit, nach Marlees Verfolgern Ausschau zu halten. Außerdem hatte Marlee keinen Wagen und war froh, dass wir für den Einkauf meinen Range Rover benutzen konnten. Ihre Großmutter hatte ihr zwar einen echten Oldtimer aus den Fünfzigern hinterlassen, doch der war gegenwärtig weder fahrtüchtig, noch verfügte er über eine gültige Zulassung. Außerdem handelte es sich um einen Jaguar XK 150, nicht gerade ein Wagen, der sich gut für Möbeltransporte eignet.

Um halb elf verabschiedeten wir uns. Auf dem ganzen Weg nach Hause sagte Hope kein Wort. An einer Ampel wandte ich mich um und sah sie an. Sie erwiderte meinen Blick, sagte jedoch nichts. Ihre gute Laune war wie weggeblasen, und ich hatte auch eine Vermutung, was der Grund dafür war. Wahrscheinlich hatte Hope vor, mit Rick zu reden. Ich wusste nicht, ob sie versuchen wollte, die Beziehung zu retten, aber ich war mir ziemlich sicher, dass es für die beiden keine Hoffnung mehr gab. Ich hatte jedoch nicht vor, über die Sache zu sprechen, wenn Hope nicht von sich aus damit anfing.

»Ich hole dich um halb zwei hier ab, okay?«, sagte ich, als ich Hope bei uns zu Hause absetzte.

»Alles klar«, sagte Hope abwesend, ging zur Tür und verschwand im Haus.

Ich startete den Motor und machte mich auf den Weg zu meinem Büro, um das Motorrad gegen den Wagen einzutauschen.

9

Als Hope um halb zwei zu mir in den Wagen stieg, war sie erneut wie ausgewechselt. Die gute Laune, die sie am Morgen bei Marlee gehabt hatte, war zurückgekehrt.

»Was ist in der Tasche?«, fragte ich, als ich losfuhr.

»Eine kleine Elektropumpe«, erwiderte Hope. »Marlees Boiler ist im Keller, und wenn es dort unten keinen brauchbaren Abfluss gibt, müssen wir das ganze Wasser, das sich noch im Boiler befindet, irgendwie ins Erdgeschoss hochschaffen. Mit Eimern nach oben und wieder hinunter zu steigen, ist nicht mein Stil.«

»Verstehe«, sagte ich grinsend. »Es ist sehr nett von dir, dass du Marlee hilfst. Ich meine, sie ist meine Klientin, und ich hätte sie heute Nachmittag ohnehin im Auge behalten, aber bei dir ist das etwas anderes.«

»Das ist doch keine große Sache«, sagte Hope. »Ich finde sie nett, und außerdem müssen wir Single-Frauen zusammenhalten.«

So kannte ich Hope. Jede noch so üble Sache war bloß noch halb so schlimm, wenn man darüber einen lockeren Spruch machen konnte. Ihr trockener Humor hatte mich schon in den düstersten Zeiten zum Lachen gebracht, und ich war froh, dass er zurückgekehrt war.

»Dann hast du also mit Rick gesprochen?«, fragte ich.

»Ja, wir haben uns getrennt«, sagte Hope nach kurzem Zögern.

Ich warf ihr einen fragenden Blick zu.

Sie lächelte: »Ich bin okay, mach dir keine Sorgen.«

»Tue ich nicht«, sagte ich und blickte wieder auf die Straße.

Ich war mir nicht sicher, ob Hope die Wahrheit gesagt hatte. Nach dem, was ich in den letzten sechs Monaten durchgemacht hatte, konnte ich mir kaum vorstellen, dass es Hope am Tag ihrer Trennung schon wieder so gut gehen konnte. Andererseits lagen die Dinge bei ihr natürlich völlig anders.

Nachdem wir Marlee abgeholt hatten, fuhren wir zu einem Baumarkt in Croydon und kauften Farbe und Pinsel und einige Werkzeuge für die Renovierung von Marlees Schlafzimmer. Sie entschied sich für ein helles, gebrochenes Orange, obwohl Hope und ich ihr entschieden zu einer dezenteren Farbe rieten. Marlee hörte sich unsere Vorschläge und Einwände geduldig an, aber irgendwie hatte ich das Gefühl, dass sie unserer Meinung bezüglich Farbtönen keine allzu große Bedeutung beimaß. Jedenfalls ließ sie sich nicht von ihrer Entscheidung abbringen.

Auf dem Weg zurück in die Stadt machten wir Halt bei einem Möbelhaus, wo Marlee sich nach einem neuen Bett und Lampen umsehen wollte.

Obwohl ich immer aufmerksam nach möglichen Verfolgern Ausschau hielt, konnte ich niemanden entdecken. Ob Marlee vielleicht nur zufällig immer wieder auf dieselben Männer gestoßen war? Möglicherweise waren die beiden bloß Touristen, immerhin dürften viele Londonbesucher innerhalb weniger Tage auf dem Flughafen, in der National Gallery und am Piccadilly Circus anzutreffen sein.

Kaum hatten wir die Bettenabteilung des Möbelhauses betreten, hatte sich Marlee auch schon entschieden. Ein niedriges, äußerst modernes Bett aus hellblau lackiertem Holz, das mindestens zwei Meter breit war, hatte es ihr angetan. Obwohl die Farbe, vornehm ausgedrückt, ziemlich lebhaft war, versuchten Hope und ich erst gar nicht, sie dazu zu überreden, sich auch noch andere Modelle anzusehen.

Nachdem Marlee auch noch eine monströs große Bettdecke, ein breites Kissen und zwei dazu passende Bezüge ausgesucht hatte, machten wir uns auf den Weg zurück zu ihrem Haus. Das Bett würde am Dienstag geliefert werden, bis dahin musste ihr Schlafzimmer also bezugsbereit sein, und es gab viel zu tun.

Um halb sieben wusch ich mir die Hände und setzte mich mit einem Glas Eistee zu Marlee und Hope auf die Veranda hinter dem Haus. Während Hope sich um den Boiler gekümmert hatte, hatten Marlee und ich die alte Tapete in ihrem Schlafzimmer entfernt. An einigen Stellen war sie fast von selbst von den Wänden gefallen, an anderen hatte sie jedoch hartnäckig Widerstand geleistet. Meine Haare und Kleider waren voll von dem feinen Staub, der entstanden war, als wie die Reste der Tapete mit Spachteln von Wänden und Decke geschabt hatten. Marlee sah nicht besser aus, aber wir waren fertig geworden, sodass man nun die Grundierung für die Farbe anbringen konnte.

»Das Wasser war eiskalt, als ich mir vorhin die Hände gewaschen habe«, sagte ich.

»Das ist normal«, erklärte Hope. »Ich musste den Boiler vollständig entleeren und nach dem Entkalken neu füllen. Ich habe ihn erst vor zwanzig Minuten wieder eingeschaltet. Es wird noch einige Stunden dauern, bis das Wasser richtig warm wird.«

»Nochmals vielen Dank!«, sagte Marlee.

Gegen sieben stand ich auf, streckte mich und sagte: »Wir sollten uns so langsam auf den Weg machen, ich muss noch duschen und mich umziehen, bevor ich David treffe.«

»Oh, stimmt, das hatte ich ganz vergessen«, sagte Hope und stand ebenfalls auf. »Ich packe bloß schnell meine Sachen zusammen, dann können wir gehen.«

»Hast du heute Abend schon etwas vor?«, fragte Marlee an Hope gewandt. »Sonst könntest du ja noch etwas bleiben und dir das Teleskop ansehen. Wir könnten uns eine Pizza bestellen!«

Hope sah mich fragend an und sagte: »Ist das okay für dich?«

»Na klar«, erwiderte ich. »Soll ich dich später abholen?«

»Nicht nötig, ich werde mir ein Taxi nehmen.«

»Alles klar, und behalte meine Klientin im Auge, sie wird von finsteren Typen verfolgt.«

»Werd' ich tun!«, versprach Hope.

Auf der Fahrt zu meiner Wohnung konnte ich mich nicht auf die Nachrichten im Radio konzentrieren, stattdessen grübelte ich über Hope und Marlee nach. Irgendwie war es mir unangenehm, dass die beiden sich so schnell angefreundet hatten. Dabei tat Marlees Gesellschaft Hope offensichtlich gut, ich hatte sie den ganzen Nachmittag über nicht ein einziges Mal traurig oder auch nur nachdenklich gesehen. Nach dem, was in den letzten vierundzwanzig Stunden geschehen war, war dies mehr als erstaunlich.

Warum war es mir bloß so unangenehm, dass die beiden sich gut verstanden? Ich war Hopes beste Freundin, wir hatten viel zusammen erlebt, und als ich im letzten Jahr geglaubt hatte, unsere Freundschaft könnte verloren gehen, hatte Hope mir mit aller Deutlichkeit klar gemacht, dass das nie passieren würde. Manchmal werde ich aus mir selbst nicht schlau.

seit er mit Amanda zusammen war, hatte er kaum noch Zeit für solche Dinge. Manchmal wünsche ich mir die Zeit zurück, in der wir beide Singles waren.

Als ich auf den Flur trat, kam Hope aus dem Fahrstuhl.

»Hi«, begrüßte ich sie. »Wie war euer Abend? Konntet ihr das Teleskop in Betrieb nehmen?«

»Ja, es war toll!«, sagte Hope strahlend. »Wir haben uns die Andromeda-Galaxie angesehen und den Pferdekopfnebel, und Marlee hat uns einen tollen Tee aus dem Vorrat ihrer Großmutter gemacht. Sie ist wirklich nett und total lustig! Ständig fällt ihr irgendein Unsinn ein.«

»Ja, sie ist ganz in Ordnung«, sagte ich. »Hör mal, ich bin gerade auf dem Weg zur Dachterrasse. Leistest du mir Gesellschaft? Ich teile auch das Bier mit dir …«

»Ich bin total fertig, du weißt ja, dass ich letzte Nacht kaum geschlafen habe. Außerdem habe ich mir die Sterne schon den ganzen Abend mit Marlee angesehen. Ich haue mich auf's Ohr.«

»Alles klar, träum etwas Schönes.«

»Du auch«, sagte Hope und wandte sich ihrer Wohnungstür zu.

Eine Stunde später lag ich noch immer auf dem warmen Steinboden der Dachterrasse und starrte in die Sterne. Das Bier hatte ich nicht angerührt.

11

Als ich um halb zwei zurück in meine Wohnung kam, klingelte das Telefon, es war Marlee.

»Jemand ist im Garten!«, flüsterte sie aufgeregt.

»Wie kommst du darauf? Hast du etwas gesehen?«

»Nein, aber irgendjemand ist in der Dunkelheit gegen einen der Gartenstühle hinter dem Haus gestoßen!«

»Bist du ganz sicher?«, fragte ich. »Könnte es vielleicht auch eine Katze oder ein anderes Tier gewesen sein?«

Marlee dachte einen Augenblick nach, dann flüsterte sie: »Möglich wäre es schon, aber ich habe echt Angst! Immerhin wurde hier letzte Nacht eingebrochen!«

»Okay«, sagte ich, »schließ dich im Schlafzimmer deiner Großmutter ein und warte auf mich, ich mache mich sofort auf den Weg. Dort hast du ein Telefon, und wenn tatsächlich jemand ins Haus kommen sollte, rufst du die Polizei. Aber wahrscheinlich war es wirklich bloß eine Katze.«

»Einverstanden, aber bitte beeil dich!«, flüsterte Marlee eindringlich.

»Versprochen, bis gleich«, sagte ich und legte auf.

Ich brauchte keine zwei Minuten, um meine übliche Ausrüstung einzustecken und in die kurze schwarze Jacke zu schlüpfen, die ich immer dann trage, wenn ich möglichst unauffällig durch die Dunkelheit schleichen muss. Ich glaubte zwar nicht, dass tatsächlich schon wieder Einbrecher bei Marlee am Werk waren, doch sie war meine Klientin und hatte ganz offensichtlich furchtbare Angst. So schnell wie möglich zu ihr zu düsen und den Monstern in ihrem Schrank und unter ihrem Bett mal tief in die Augen zu blicken, war nicht mehr als meine Pflicht, dafür wurde ich schließlich bezahlt.

Obwohl es Samstagnacht war, war der Verkehr um diese Zeit kein Problem mehr, sodass ich schnell vorankam. Weniger als eine Viertelstunde nach ihrem Anruf hielt ich bereits am Straßenrand vor Marlees Haus. Ob ich für diese beachtliche Leistung mit einem Strafzettel würde büßen müssen, würde ich noch früh genug erfahren.

Sowohl das Haus wie auch der Garten lagen in tiefer Dunkelheit. Falls Marlee Wert darauf legte, keinen ungebetenen nächtlichen Besuch zu bekommen, sollte sie als Erstes eine Gartenbeleuchtung installieren. Ich stieg aus und kletterte so leise wie möglich über den niedrigen Zaun. Das Gartentor zu öffnen, versuchte ich gar nicht erst, ich konnte wohl kaum davon ausgehen, dass es seit unserem Besuch am Morgen repariert worden war. Auf der Vorderseite des Hauses, die durch Lücken zwischen den Bäumen von der Straßenbeleuchtung erhellt wurde, konnte ich nichts Ungewöhnliches entdecken.

Ohne meine Taschenlampe einzuschalten, schlich ich so leise wie möglich dem Haus entlang und lauschte dabei angestrengt in die Stille. Irgendwo zirpte eine Grille, sonst war nichts zu hören. Als ich schon fast an der hinteren Ecke des Hauses angelangt war, trat ich in der Dunkelheit auf einen trockenen Zweig, und im nächsten Augenblick hörte ich auch schon, wie jemand über den Rasen hinter dem Haus rannte. Ich schaltete die Taschenlampe ein und lief los. Als ich um die Ecke bog, sah ich gerade noch, wie jemand sich durch die Hecke zwängte, die zum Nachbargrundstück führte. Offenbar war die Hecke ziemlich dicht, denn Marlees unbekannter Besucher schien Mühe zu haben, sich hindurchzuzwängen. Ich schob meine Jacke zur Seite, zog die Pistole aus dem Gürtelhalfter in meinem Kreuz und rannte in Richtung eines alten, steinernen Gartentisches, der auf Marlees Seite ungefähr einen Meter von der Hecke entfernt leicht schief im Rasen stand. Ohne abzubremsen sprang ich auf den Tisch und stieß mich ab, so fest ich konnte. Während meine Schuhe noch über die Oberseite der Hecke kratzten und ich gleichzeitig nach vorne kippte, leuchtete ich bereits den Boden auf der anderen Seite der Hecke ab. Je nachdem, was sich dort befand, konnte meine Landung äußerst unangenehm werden. Ich hatte Glück. Ein außerordentlich gepflegter und offenbar frisch geharkter Gemüsegarten lag vor mir. Wie es aussah, würde ich im Bereich der Tomaten landen, und die sahen wirklich gut aus, reif für die Ernte. Ich ließ Taschenlampe und Pistole fallen und landete mit einer Vorwärtsrolle inmitten der Tomatenstauden.

Ein stechender Schmerz pochte an meiner linken Seite, als ich mich aufsetzte. Offenbar war das einladende Tomatenbeet mit spitzen Stützstäbchen aus Holz versehen, und eines davon musste ich wohl erwischt haben. Hastig stand ich auf, griff nach meiner Taschenlampe und ließ sie gleich wieder fallen. Unwillkürlich steckte ich den Ringfinger meiner linken Hand in den Mund. Seit ich älter als fünf war, hatte ich nicht mehr an meinen Fingern gelutscht, und auch an fremden tat ich es nur äußerst selten und ausschließlich bei ganz besonderen Gelegenheiten. Verfluchte Brombeeren!

Nachdem ich die Taschenlampe vorsichtig aus den Dornen gefischt hatte, griff ich nach meiner Pistole und wandte mich endlich wieder dem eigentlichen Grund meiner nächtlichen Aktivitäten zu. Mit einem schnellen Schwenk suchte ich den Garten ab, konnte jedoch niemanden entdecken. Im nächsten Augenblick hörte ich das Aufheulen eines Motors und rannte los. Als ich mit einem Satz über den Gartenzaun auf den Bürgersteig sprang, schoss der Wagen bereits mit quietschenden Reifen in Richtung Innenstadt davon, das Kennzeichen konnte ich zum Glück gerade noch erkennen. Ich prägte es mir ein, steckte meine Pistole zurück in das Halfter und machte mich daran, auf dem Bürgersteig um den Block zurück zu Marlees Haus zu humpeln. Ich hatte nicht vor, mich nochmal in die Nähe des gefährlichen Gemüsegartens zu wagen.

12

Ich setzte mich auf die Stufen vor Marlees Haustür, nahm das Handy aus meiner Jackentasche und wählte ihre Nummer. Sie meldete sich sofort.

»Ich bin vor der Tür, lässt du mich rein?«, fragte ich, während ich vorsichtig meine linke Hüfte abtastete. Das T-Shirt fühlte sich feucht an.

»Klar, ich komme sofort«, erwiderte sie noch immer flüsternd. »Konntest du dich schon im Garten umsehen?«

»Ja, und den Nachbargarten habe ich bei der Gelegenheit auch gleich unter die Lupe genommen. Ich erzähle dir alles, wenn wir uns gleich sehen, okay?«

»Natürlich, entschuldige bitte, bin schon auf dem Weg!«, sagte Marlee endlich nicht mehr im Flüsterton.

Ich steckte das Handy zurück in die Tasche und wartete. Ich war schon kurz davor, ein Pflaster für meinen Finger aus der Notfallapotheke meines Wagens zu holen, als sich hinter mir endlich die Tür öffnete. Ich stand auf, trat ins Haus und fragte: »Warum hat das so lange gedauert?«

»Tut mir leid«, erwiderte Marlee. »Ich hatte zusätzlich noch eine Kommode vor die Tür des Schlafzimmers geschoben, das Türschloss kam mir nicht besonders robust vor. Hey, du blutest! Hast du mit jemandem gekämpft?«

»Sozusagen«, sagte ich und sah mir im Licht des Flures meine linke Seite an. Auf dem T-Shirt befand sich tatsächlich ein ziemlich großer Blutfleck, und an den Rändern eines langen Risses im Stoff hingen noch einige Holzsplitter, die wohl von dem gefährlichen Stützstäbchen stammten, das ich im Gemüsegarten erledigt hatte. Ich zog das T-Shirt aus der Hose und schob es hoch. Das verflixte Gartenutensil hatte mir eine ziemlich üble Wunde ungefähr drei Zentimeter über dem Hüftknochen verpasst. Die Blutung hatte noch nicht aufgehört, und es steckten auch noch einige Holzsplitter in der Haut. Ich wandte mich wieder Marlee zu und fragte: »Hast du vielleicht eine Pinzette und etwas zum Desinfizieren und Verbinden im Haus?«

»Ich weiß nicht«, murmelte Marlee undeutlich und setzte sich abrupt auf einen Schemel neben der Garderobe. Sie war furchtbar bleich und sah aus, als ob sie jeden Moment umkippen würde.

Hastig zog ich das T-Shirt wieder nach unten und sagte: »Ich werde mich darum kümmern, wenn ich wieder zu Hause bin. Hör mal, da war tatsächlich jemand in deinem Garten, aber ich habe ihn verscheucht. Ich bin sicher, den wirst du so bald nicht wiedersehen. Ich konnte mir die Autonummer merken, morgen früh werde ich mich als Erstes darum kümmern. Ich rufe dich an, sobald ich mehr weiß.«

»Kannst du nicht hierbleiben?«, fragte Marlee.

»Der Kerl kommt ganz bestimmt nicht zurück«, sagte ich beruhigend. »Du brauchst dir wirklich keine Sorgen zu machen.«

Marlee starrte mich mit großen, glänzenden Augen an. Ich bin ein Einzelkind, doch in diesem Moment wusste ich, wie sich eine große Schwester fühlen musste. Auf den ersten Blick war Marlee eine selbständige junge Frau, die genau wusste, was sie wollte, aber ein Teil von ihr war noch immer ein kleines Mädchen.

»Warum kommst du nicht mit zu mir, du kannst auf dem Sofa schlafen?«, schlug ich vor. Wer konnte diesem Blick schon widerstehen, da könnte ich ja gleich Hundebabys am Polarkreis aussetzen.

Eine halbe Stunde später saß ich auf dem Rand der Badewanne in meiner Wohnung, hielt in einer Hand einen kleinen Spiegel und in der anderen eine spitze Pinzette, mit der ich tapfer die Holzsplitter aus der Wunde über meiner Hüfte entfernte. Marlee richtete sich gerade auf dem Sofa ein. Das war nun schon die zweite Nacht, in der eine unglückliche Frau auf meinem Sofa übernachtete. Allerdings war Marlee gar nicht mehr so unglücklich, seit ich ihr angeboten hatte, die Nacht bei mir zu verbringen. Sie war sogar richtig guter Dinge und wollte nun alles über meine nächtliche Begegnung mit dem Unbekannten und den Kampf im Gemüsegarten erfahren.

Als ich endlich alle Splitter entfernt hatte und gerade versuchte, die Wunde mit Desinfektionsmittel zu reinigen, ohne dabei laut zu schreien, klopfte Marlee an die angelehnte Badezimmertür und fragte: »Kann ich reinkommen?«

Ich hatte zwar das schmutzige T-Shirt ausgezogen, aber ich trug noch immer meinen BH, außerdem war ich nicht schüchtern: »Klar, komm rein.«

Marlee schob die Tür auf, lehnte sich gegen den Rahmen und sah sich die Wunde an. Nun, da es aufgehört hatte zu bluten und die Wunde gereinigt war, sah die Sache nur noch halb so schlimm aus.

»Kannst du mir vielleicht eine Zahnbürste borgen?«, fragte Marlee verlegen. »Ich habe total vergessen, meine eigene einzupacken. Zum Glück habe ich an mein Buch gedacht!«

Sie sprach von dem Taschenbuch, das sie gerade las, es war *Old Songs in a new Café* von Robert James Waller. Man muss eben Prioritäten setzen. Ich nahm eine neue Zahnbürste aus der Schublade neben dem Waschbecken, reichte sie Marlee und sagte: »Hier, Binden und Tampons findest du in dem kleinen Schrank neben der Badewanne. Falls du auch deine Pille vergessen hast, müssen wir wohl oder übel nochmal zu deinem Haus fahren.«

»Ich nehme die Pille nicht«, sagte Marlee und starrte verlegen zu Boden. Sie war schon eine seltsame Mischung aus Schüchternheit und Keckheit.

»Kann ich dir vielleicht irgendwie helfen?«, fragte Marlee.

Ich war gerade dabei, mit Hilfe meiner Zähne ein großes, wasserfestes Pflaster aus seiner sterilen Verpackung zu befreien.

»Gern, vielen Dank«, sagte ich und reichte Marlee das Pflaster. »Klebe es einfach so auf die Wunde, dass sie vollständig abgedeckt wird. Ich kann es kaum erwarten, unter die Dusche zu hüpfen.«

Marlee entfernte die Schutzfolie des Pflasters und kniete neben mir nieder. Ich hielt meinen linken Arm auf den Rücken und beobachtete, wie sie das Pflaster ganz vorsichtig über der Wunde platzierte. Als es sich an der richtigen Stelle befand, fuhr sie sanft mit einem Finger über die Klebestellen und vergewisserte sich, dass keine Luftblasen mehr vorhanden waren. All dies tat sie, ohne meine Haut dabei auch nur ein einziges Mal direkt zu berühren. Entweder ekelte sie sich vor meiner Wunde, oder sie litt unter ausgeprägter Berührungsangst.

»Vielen Dank, sitzt perfekt!«, sagte ich. »Ich gehe jetzt unter die Dusche, dauert nicht lange, dann hast du das Bad für dich.«

»Okay«, sagte Marlee und verließ das Badezimmer.

Ich schloss die Tür und zog mich aus. Als ich eine Viertelstunde später ins Wohnzimmer trat, war Marlee gerade dabei, sich mein E-Piano anzusehen.

»Spielst du in einer Band?«

»Nein, bloß für mich, nur so zum Spaß.«

»Morgen musst du mir unbedingt etwas vorspielen!«

»Mal sehen«, sagte ich. »Hast du alles, was du brauchst? Dann gehe ich jetzt ins Bett, ich habe schon letzte Nacht zu wenig geschlafen, und es ist schon fast drei Uhr früh.«

»Klar, ich komme zurecht. Süße Träume!«

Ich schleppte mich ins Schlafzimmer, zog meinen Pyjama an und ließ mich ins Bett fallen. Endlich schlafen! Und diesmal würde mich auch kein Anruf von Marlee wecken, denn sie war ja hier, gleich nebenan, in Sicherheit. Mit diesem beruhigenden Gedanken schlief ich ein.

Kurz nach sieben Uhr weckte mich Marlee. Sie hatte meine Schlafzimmertür einen Spalt breit geöffnet und klopfte nun leise aber beharrlich an den Türrahmen. Ich setzte mich auf, entspannte meine Hände, die ich reflexartig zu Fäusten geballt hatte, und fragte mürrisch: »Was ist los?«

»Ich habe einen Riesenhunger! Wie steht's mit dir? Ist es in Ordnung, wenn ich für uns beide Frühstück mache? Ich dachte, ich sollte besser erst fragen, bevor ich deine Küche benutze. Worauf hättest du Lust? Ich kann ganz tolle Pfannkuchen machen! Hast du Mehl und Eier da? Wie steht es mit Ahornsirup? Den Orangensaft habe ich schon gefunden.«

»Ist es nicht toll, dass wir alten Ladies kaum noch Schlaf brauchen?«, fragte ich und ließ mich zurück auf den Rücken fallen.

Ein stechender Schmerz erinnerte mich unsanft an mein unrühmliches Abenteuer im Gemüsegarten. Wenigstens hatte sie mit dem Klopfen aufgehört.

13

Als ich eine Stunde später gemütlich an der Theke saß und den Rest meines Kaffees trank, hatte sich meine Stimmung entschieden verbessert. Goldbraune Pfannkuchen mit warmem Ahornsirup, danach Rührei und Toast und zum Abschluss eine frisch aufgeschnittene Grapefruit, und alles fertig zubereitet und serviert. Ich könnte mich daran gewöhnen. Und das Beste war: Es war Sonntag! Gab es etwas Schöneres, als nach dem Frühstück satt zurück ins Bett zu fallen, ohne die geringsten Pläne für die Zeit vor dem Nachmittagstee zu haben?

»So, wie finden wir nun heraus, wem der Wagen gehört, dessen Kennzeichen du dir gemerkt hast?«, fragte Marlee und riss mich damit unsanft aus meinen wohligen Gedanken.

»Normalerweise müssten wir einen schriftlichen Antrag an die DVLA stellen, in dem wir unter anderem auch begründen müssten, weshalb wir die Information brauchen, aber das dauert viel zu lange. Zum Glück habe ich andere Quellen.«

Während Marlee sich um die Küche kümmerte, rief ich im Büro von Inspektor Friedman an. Seit wir uns im vergangenen Winter bei einem verzwickten Fall um einen fanatischen Geheimbund kennengelernt hatten, hatten wir uns schon einige Male gegenseitig geholfen. Er hatte Zugriff auf die umfangreichen Datenbanken und Ermittlungsmöglichkeiten der Londoner Polizei, und ich konnte Informationen mit Methoden beschaffen, die sich in einer Grauzone befanden, in die sich der Inspektor und seine Mitarbeiter nicht vorwagen durften.

»Ms Fox!«, sagte Sergeant Healey. »Ich freue mich sehr, von Ihnen zu hören!«

Der Sergeant war sozusagen die rechte Hand des Inspektors und teilte sich ein Büro mit ihm. Obwohl die beiden auf den ersten Blick völlig verschieden zu sein schienen, kamen sie offenbar gut miteinander zurecht. Der Inspektor war groß, kämpfte ständig mit seinem Übergewicht und hatte vermutlich kein einziges Kleidungsstück, das ihm wirklich passte. Auf seinem Schreibtisch herrschte meist Chaos. Akten stapelten sich schief unter leeren

Tassen, Plastikbeutel mit Beweismitteln lagen verstreut zwischen Süßigkeiten und unzähligen, mit der hieroglyphenartigen Handschrift des Inspektors vollgekritzelten Notizzetteln.

»Ich nehme an, Sie wollen den Inspektor sprechen«, sagte Sergeant Healey, nachdem wir uns begrüßt hatten. »Leider arbeitet er an diesem Wochenende nicht. Vielleicht kann ich Ihnen helfen?«

Ich schilderte ihm mein Anliegen, und nur wenige Minuten später wusste ich, wer der Halter des Wagens war. Allerdings brachte mich diese Information nicht so viel weiter, wie ich gehofft hatte. Der Wagen gehörte einem Autoverleih am Flughafen. Ich bat Sergeant Healey, den Inspektor von mir zu grüßen, und verabschiedete mich.

Während ich berichtete, was ich herausgefunden hatte, verpasste Marlee der Küche den letzten Schliff. Ich widerstand der Versuchung, sie zu bitten, bei mir einzuziehen.

Nachdem Marlee im Badezimmer verschwunden war, setzte ich mich an die Theke und dachte nach. Auf Anhieb fielen mir fünf Wege ein, den Mieter des Wagens in Erfahrung zu bringen, alle waren ein klein bisschen illegal. Am einfachsten schien mir, es mit einer kleinen Flunkerei zu versuchen.

Ich überlegte gerade, wie ich mich wieder ins Bett verdrücken konnte, als sich jemand von außen am Schloss meiner Wohnungstür zu schaffen machte. Das war wirklich seltsam, denn so früh an einem Sonntagmorgen bekomme ich nie Besuch. War uns Marlees mysteriöser Besucher letzte Nacht womöglich bis zu meiner Wohnung gefolgt? Ich tapste gerade barfuß in Richtung Schlafzimmer, um in meine Pantoffeln zu schlüpfen und meine Pistole zu holen, als das Schloss auch schon aufsprang. Mir blieb gerade noch genug Zeit, um in die Küche zu verschwinden und hinter der Theke in Deckung zu gehen. Durch die Lücke zwischen der Fruchtschale und dem kleinen Gestell für Teetassen beobachtete ich, wie sich die Tür langsam öffnete. Vor meinem geistigen Auge sah ich mich bereits mit Zitrusfrüchten nach einer Pistole werfen, als Hopes Gesicht im Türspalt auftauchte. Sie sah sich um, trat ein und schloss leise die Tür hinter sich. Im Badezimmer begann Marlee, sich die Zähne zu putzen. Hope ging an mir vorbei zur Badezimmertür, klopfte und sagte: »Hi Nea …«

Offene Rechnungen sollte man wann immer möglich sofort begleichen. Ich sprang aus der Küche, streckte die Arme in die Luft und rief: »Guten Morgen!«

Hope war jung und hatte ein starkes Herz, aber eines war klar: Marlee übte keinen guten Einfluss auf mich aus. Kaum hatte sich Hope von dem Schreck erholt, öffnete sich die Badezimmertür, und Marlee trat auf den Flur.

»Was ist los?«, fragte sie undeutlich mit Schaum am Kinn und der Zahnbürste in der Hand. »Oh! Hi Hope!«

»Ähm…«, stammelte Hope, während ihr Blick einige Male zwischen mir und Marlee hin und her wanderte und schließlich an mir haften blieb, »ich habe Geräusche gehört und gedacht, dass du schon aufgestanden bist und wir vielleicht zusammen frühstücken könnten. Ich wollte wirklich nicht stören, entschuldigt bitte.«

Sie wandte sich zur Tür.

»Du störst doch nicht!«, sagte ich. »Setz dich, Marlee hat Pfannkuchen gemacht, es sind noch welche übrig. Außerdem haben wir dir viel zu erzählen, letzte Nacht ist so einiges passiert.«

Hope setzte sich an die Theke, schien sich jedoch unbehaglich zu fühlen. Marlee verschwand wieder im Badezimmer. Ich stellte die Pfannkuchen in die Mikrowelle und goss Hope eine Tasse Kaffee ein, dabei berichtete ich, was in der vergangenen Nacht geschehen war. Hope entspannte sich zusehends, und als Marlee sich einige Minuten später zu uns setzte, war Hope bereits wieder ganz die Alte.

»Und was habt ihr nun vor?«, fragte sie.

»Ich werde versuchen, herauszufinden, wer den Wagen gemietet hat«, erwiderte ich. »Und am Abend bin ich mit Chris verabredet.«

»Ich hatte eigentlich vor, in meinem Schlafzimmer weiter zu arbeiten«, erklärte Marlee, »damit es am Dienstag fertig ist, wenn das neue Bett geliefert wird.«

»Wie steht's mit dir?«, fragte ich an Hope gewandt. Als sie noch mit Rick zusammen gewesen war, hatten die beiden den Sonntag meist zusammen verbracht.

»Nichts Besonderes«, murmelte Hope. »Ich sollte schon lange mal ein bisschen aufräumen …«

»Hast du Lust, mir beim Streichen zuzusehen?«, fragte Marlee. »Ich könnte am Nachmittag einen Apfelkuchen backen. Was hältst du davon?«

»Sehr gern!«, erwiderte Hope. »Aber ich werde natürlich nicht bloß zusehen, ich werde mir mein Stück Kuchen verdienen!«

Kurz nach zehn waren die beiden unterwegs zu Marlees Haus, und ich schleppte mich zurück in mein Schlafzimmer. Marlee war beschäftigt und in guten Händen, endlich konnte ich eine paar Stunden schlafen.

14

Um halb zwei erwachte ich völlig verschwitzt und mit dumpfen Kopfschmerzen. Zurück ins Bett zu gehen, war wohl doch keine so gute Idee gewesen. Durch eine Lücke zwischen den Vorhängen fiel ein gleißender Sonnenstrahl auf die Bettdecke, und die Luft im Schlafzimmer war warm und stickig. Ich stand auf, zog die Vorhänge zur Seite und öffnete das Fenster. Alle außer mir waren schon aufgestanden. Auf der Westminster Bridge staute sich der Verkehr, Touristen durchstöberten die Auslagen der Straßenverkäufer, und die Tauben kümmerten sich um die Reste von Eiswaffeln und belegten Broten. Keine einzige Wolke traute sich in den tiefblauen Himmel, London erlebte einen weiteren heißen Tag in einem ungewöhnlichen Sommer.

Nachdem ich den verschwitzten Pyjama ausgezogen hatte, ging ich ins Badezimmer und drehte das kalte Wasser in der Dusche auf. Ich atmete tief durch, hielt die Luft an und trat unter den eiskalten Wasserstrahl.

Als ich fünf Minuten später nach Seife duftend und fröstelnd zurück in mein Schlafzimmer kam, war die warme Luft, die durch das offene Fenster strömte, ein Genuss. Ich legte mich nackt auf das Bett und ließ den warmen Sommerwind die letzten Reste Feuchtigkeit auf meiner Haut trocknen. Meine Kopfschmerzen waren bereits zu einem undeutlichen Pochen abgeklungen. Ich schloss die Augen und atmete langsam und tief. Es war mehr als ein halbes Jahr her, seit ich das letzte Mal nackt in meinem Bett gelegen hatte. Ich hatte in dieser Zeit tausend Mal an die wilden Liebesnächte des vergangenen Winters gedacht, doch die Erinnerungen weckten keine leidenschaftlichen Gefühle in mir, sie verliehen dem Schmerz über den Verlust und die Zurückweisung bloß zusätzliche Schärfe.

Ich stand auf, zog mich an und machte mich auf den Weg zu dem Autoverleih am Flughafen. Es war höchste Zeit, etwas für mein Geld zu tun.

Der Autoverleih, bei dem Marlees geheimnisvoller Besucher seinen Wagen gemietet hatte, hieß Southern Wheels und lag etwas außerhalb des Flughafengeländes in einem Gewerbegebiet.

Ich parkte den Wagen auf der gegenüberliegenden Straßenseite, überquerte die Fahrbahn und schlenderte an dem hohen Maschendrahtzaun entlang, der den Wagenpark des Verleihs vor ungebetenen Besuchern schützen sollte. Zum Glück schützte der Zaun die Leihwagen nicht vor neugierigen Blicken. Bei einem Ford Focus, der mit der Heckklappe zum Zaun stand, blieb ich stehen und sah mir die Rückseite genauer an, fand jedoch nicht, wonach ich suchte. Ich ging einige Schritte weiter und wurde fündig: Auf der Fahrertür klebte ein kleiner roter Aufkleber mit dem Logo und dem Namen des Autoverleihs. Damit mein Plan funktionieren konnte, musste ich sicher sein, dass die Leihwagen von Southern Wheels von außen als solche erkennbar waren.

Ich ging zurück zu meinem Wagen, nahm mein Handy aus dem Handschuhfach und wählte die Nummer, die in riesigen roten Ziffern vom Fenster des Büros von Southern Wheels auf der gegenüberliegenden Straßenseite prangte. Nach kurzer Zeit meldete sich die Stimme eines Mannes: »Willkommen bei Southern Wheels, mein Name ist Geoffrey. Was kann ich für Sie tun?«

»Guten Tag, hier spricht Ms Watson vom Savoy«, sagte ich geschäftsmäßig in leicht gestresstem Tonfall. »Wir haben ein Problem mit einem Ihrer Wagen, er blockiert den Warenlift des Lieferanteneingangs. Es warten bereits zwei Lieferwagen mit Frischprodukten für die Abendkarte und die Thomson-Hochzeit. Vermutlich gehört der Wagen einem unserer Gäste. Wenn Sie mir den Namen des Mieters geben könnten, kann ich versuchen, ihn auf seinem Zimmer zu erreichen, sonst muss ich den Wagen leider abschleppen lassen.«

»Sämtliche Kundendaten werden bei uns vertraulich behandelt«, erklärte Geoffrey, »ich kann jedoch sofort jemanden losschicken, der den Wagen wegfahren kann, wir haben für sämtliche Fahrzeuge Ersatzschlüssel.«

»Verstehe«, sagte ich. »Wie lange würde es dauern, bis Ihr Kollege hier wäre?«

»Heute ist Sonntag, da dürfte die Strecke in weniger als einer Stunde zu schaffen sein«, erwiderte Geoffrey. »Unser Hauptsitz befindet sich in der Nähe des Flughafens Heathrow.«

»Tut mir sehr leid, aber das ist nicht annähernd schnell genug, bis dahin müssen die Hors d'oeuvres im Thames Foyer bereits serviert sein! Bitte entschuldigen Sie, dass ich mich nun verabschiede, aber ich muss dringend den Notfallabschleppdienst der Polizei anfordern. Vielen Dank für ...«

»Halt, bitte warten Sie!«, unterbrach mich Geoffrey. »Wie lautet das Kennzeichen des Wagens?«

Ich nannte ihm das Kennzeichen, das ich mir in der Nacht zuvor bei Marlee gemerkt hatte. Während ich zuhörte, wie Geoffrey hektisch auf einer Computertastatur tippte, griff ich nach dem kleinen Notizblock im Handschuhfach.

»Der Wagen wurde von Mr Verney Chevalier-Caron gemietet.«

»Alles klar, lassen Sie mich im Computer nachsehen«, sagte ich, während ich den Namen notierte.

»Tut mir leid, Mr Chevalier-Caron ist nicht in unserem System«, sagte ich nach einer Weile. »Haben Sie vielleicht noch andere Angaben, zum Beispiel eine Mobiltelefonnummer?«

»Wir haben noch seine Adresse in Frankreich«, sagte Geoffrey, »aber die wird uns bei diesem Problem ja wohl kaum weiterhelfen, außerdem dürfte ich sie Ihnen sowieso nicht mitteilen.«

»Natürlich nicht«, erwiderte ich. »Moment bitte ...«

Ich ließ ihn einen Augenblick warten und sagte dann: »Gute Nachrichten! Ich habe soeben erfahren, dass der Wagen weggefahren wurde. Trotzdem vielen Dank für Ihre Hilfe. Wiederhören!«

»Keine Ursache«, stammelte Geoffrey.

Der Mieter stammte also aus Frankreich und hieß Verney Chevalier-Caron. Der Name erschien mir ungewöhnlich, allerdings kannte ich nicht besonders viele französische Namen. Ich beschloss, es zunächst mit Recherchen im Internet zu versuchen. Falls ich nichts fand oder sehr viele Personen diesen Namen trugen, konnte ich immer noch Joely um Hilfe bitten. Wahrscheinlich war Monsieur Chevalier-Caron mit dem Flugzeug nach England gekommen. Joely arbeitete bei British Airways und hatte mir schon einige Male geholfen, Zugang zu vertraulichen Passagierdaten zu erhalten.

Eine Stunde später saß ich in meinem Büro am Computer und versuchte mit meinen eingerosteten Französischkenntnissen einige der Artikel über Verney Chevalier-Caron zu lesen, die schon die erste Suchmaschine zutage gefördert hatte. Sämtliche Artikel stammten vom März dieses Jahres und enthielten mindestens ein Foto, auf dem Monsieur Chevalier-Caron mit strahlendem Lächeln und einem ungefähr sechzig mal vierzig Zentimeter großen Gemälde in den Händen zu sehen war, das eine vorwiegend in Blautönen gemalte Lilie zeigte.

Mit Hilfe meines alten Französisch-Wörterbuches machte ich mich an die Übersetzung des kürzesten der zahlreichen Artikel, und eine halbe Stunde später hatte ich das Gefühl, das Wesentliche verstanden zu haben. Monsieur Chevalier-Caron war ein vierundfünfzigjähriger verarmter Adliger, der auf dem Familienanwesen in der Nähe von Rennes wohnte, das über eine bescheidene Sammlung von Skulpturen aus dem achtzehnten und neunzehnten Jahrhundert verfügte. Er war nicht verheiratet und hatte offenbar hauptsächlich von den Einkünften aus dem Verkauf von Eintrittskarten für die Skulpturenausstellung gelebt, als er im März dieses Jahres im Keller des Anwesens eine äußerst ungewöhnliche Entdeckung gemacht hatte. Im doppelten Boden einer alten Truhe war er auf jenes Gemälde gestoßen, das auf den Fotos zu sehen war, und bei dem es sich, wie Experten zweifelsfrei festgestellt hatten, um ein echtes und bisher unbekanntes Werk von Pablo Picasso handelte. Schätzungen zufolge belief sich der Wert des Bildes auf mindestens eineinhalb Millionen Pfund. Auf der Rückseite der Leinwand hatte Picasso eigenhändig die Jahreszahl *1933* und den Titel des Bildes geschrieben: *Die Lilien im Sand.*

Eine neue Suche mit den Stichworten *Picasso* und dem Titel des Bildes förderte eine große Anzahl weitere Artikel zutage, aus denen hervorging, dass das Bild sich seit Juli als Leihgabe im Museum of Modern Art in New York befand. Davor war es für drei Monate im Louvre in Paris gezeigt worden, und ab Oktober würde es in der Londoner Tate Gallery zu sehen sein.

Der Gedanke, dass Monsieur Chevalier-Carons Aufenthalt in London mit der bevorstehenden Leihgabe seines Bildes an die Tate zusammenhing, lag natürlich nahe, doch was hatte er dann mitten in der Nacht in Marlees Garten zu suchen? Außerdem konnte die Tatsache, dass in der Nacht zuvor jemand in Marlees Haus eingebrochen war und einen Großteil der Bilder ihrer Großmutter Agatha gestohlen hatte, unmöglich ein Zufall sein. Irgendwie hing der Diebstahl der Bilder und Monsieur Chevalier-Carons wertvoller Fund zusammen, davon war ich überzeugt. Womöglich war er es sogar gewesen, der in der Nacht von Freitag auf Samstag bei Marlee eingebrochen war, obwohl diese Möglichkeit natürlich die Frage aufwarf, warum er in der darauffolgenden Nacht nochmal zurückgekommen sein sollte. Laut Marlee waren bei dem Einbruch ja bis auf die beiden Aquarellzeichnungen in ihrem Schlafzimmer alle Bilder entwendet worden, für Kunstdiebe gab es in dem Haus also kaum noch etwas zu holen.

Ich druckte zwei der Artikel aus, um sie später Marlee zu geben. Soweit ich wusste, hatte sie weder einen Computer noch Zugang zum Internet. Ich lehnte mich zurück und betrachtete nachdenklich das in verwaschenen Blautönen gehaltene Gemälde auf dem Bildschirm, das irgendwie seinen Weg aus Pablo Picassos Atelier in das Geheimfach einer Truhe in Monsieur Chevalier-Carons Keller gefunden hatte. Obwohl das Bild *Die Lilien im Sand* hieß, konnte ich darauf beim besten Willen nur eine Lilie ausmachen.

15

Als ich um sieben meine Wohnung betrat, blinkte das rote Lämpchen des Anrufbeantworters. Die Nachricht war von Matt: »Hi Nea, ich bin's, Matthew. Ich habe selbst ein bisschen Detektiv gespielt, um deine Nummer rauszukriegen, ich hoffe du bist mir deswegen nicht böse. Ich möchte mich für die Einladung letzte Woche revanchieren. Hättest du Lust auf ein Picknick, zum Beispiel morgen Nachmittag am Teich in den Kensington Gardens? Meine Schicht geht bis drei Uhr, ich könnte so ab vier dort sein. Ich mache einen tollen Eiersalat, und …, also falls du schon etwas vorhast, verstehe ich das natürlich …, ich meine, wir könnten auch …, ruf mich an, okay? Meine Nummer ist 020 7946 0471. Ich würde mich riesig freuen, wenn du kommen könntest!«

Ich wollte schon zum Hörer greifen, um Matt abzusagen, als es an der Tür klopfte. Chris trat ein. Auf dem Arm trug er eine Tüte von Mr Hu's chinesischem Take-Away.

»Hey Chris!«, begrüßte ich ihn, während ich Teller und Gläser aus dem Schrank holte.

»Hi Nea!«, sagte Chris. »Ich hoffe, du hast Hunger!«

»Und wie!«, erwiderte ich. »Ich habe eine Flasche Rosé im Kühlschrank. Was hältst du davon?«

»Klingt gut!«

Während ich die Weinflasche öffnete, packte Chris diverse kleine, mit chinesischen Schriftzeichen verzierte Pappschachteln aus und verteilte sie auf der Theke.

»17, 19 und 21«, sagte er. »Ich hoffe, du hast Vanille-Eis da.«

»Na klar«, sagte ich. »Was schulde ich dir?«

»Nichts«, erwiderte Chris. »Du übernimmst den Wein und das Eis, ich bezahle das Essen. Warum mit alten Traditionen brechen?«

»Einverstanden, vielen Dank!«, sagte ich und setzte mich ihm gegenüber an die Theke.

»Wie lange haben wir das schon nicht mehr gemacht?«, fragte Chris, während wir gebratene Nudeln, Reis und gebackene Tofuwürfel auf unsere Teller verteilten. »Ein halbes Jahr?«

»Viel zu lange!«, sagte ich und hob mein Glas. »Auf Mr Hu!«

»… und seine preiswerten Köstlichkeiten!«, fügte Chris hinzu. »Guten Appetit!«

Während wir aßen, erzählte ich Chris von Hope und Rick.

»Unglaublich«, sagte Chris. »Das hätte ich Rick nicht zugetraut. Wahrscheinlich kennt man einen Menschen nie richtig. Wie geht es ihr?«

Ich berichtete von Hopes Übernachtung auf meinem Sofa und auch von Marlee und dem positiven Einfluss, den sie auf Hopes Stimmung hatte.

»Ein Glück, dass sie genau im richtigen Moment jemanden getroffen hat, der sie ein bisschen von der Sache ablenkt«, sagte Chris. »Das macht es ihr leichter, darüber hinwegzukommen.«

»Na ja, ich bin ja auch noch da.«

»Klar, natürlich«, sagte Chris, während er den Rest der Tofuwürfel auf unsere Teller verteilte.

Mich störte, dass Hope sich so schnell mit Marlee angefreundet hatte, und auch, dass sie in Marlees Gegenwart immer bester Laune war, während ich es in der Nacht von Freitag auf Samstag kaum geschafft hatte, sie dazu zu bringen, nicht mehr zu weinen. Eigentlich hatte ich vorgehabt, mit Chris darüber zu sprechen, doch nun hatte ich keine Lust mehr dazu.

»Ich weiß, dass du und Hope die besten Freundinnen seid«, fuhr Chris fort, »aber was Hope jetzt braucht, ist Ablenkung. Manche flüchten sich in solchen Situationen in ihre Arbeit. Du darfst das wirklich nicht persönlich nehmen.«

»Du hast wahrscheinlich Recht«, sagte ich. »Ich sollte froh sein, dass sie sich nicht abschottet und verkriecht, wie ich es getan habe, als Emily mich verlassen hat.«

Chris sah mich fragend an, sagte jedoch nichts. Ich hatte noch nie mit ihm über meine Trennung von Emily gesprochen, aber natürlich hatte er mitbekommen, wie sehr ich darunter gelitten hatte.

»Ja, ich glaube, ich bin darüber hinweg«, beantwortete ich seine unausgesprochene Frage. »Sie ist weg, aber ich kann ihr nicht mein ganzes Leben lang nachtrauern. Es tut mir aber nicht leid, dass ich mich mit ihr eingelassen habe, ich möchte die Zeit mit Emily gegen nichts eintauschen.«

Chris nickte schweigend.

»Okay, nun haben wir aber genug von mir gesprochen«, sagte ich verlegen. »Was gibt es bei dir Neues?«

»Es gibt da tatsächlich etwas, das ich dir erzählen möchte«, begann Chris. »Amanda und ich wollen zusammenziehen.«

»Hey, das ist ja toll!«, sagte ich. »Dann bist du in Zukunft wieder mehr zu Hause, und wir können zu dritt Mr Hu's Köstlichkeiten genießen!«

»Nun ja, sie wird nicht hierher ziehen«, sagte Chris. »Die Wohnung ist einfach zu klein. Wir haben uns ein Haus in Hampstead Garden angesehen, es wäre wirklich toll, aber es gibt natürlich noch andere Interessenten.«

Hampstead ist ein Vorort im Norden von London.

»Du willst ausziehen?«, fragte ich überrascht. »Wann?«

»Das weiß ich noch nicht«, erwiderte Chris. »Es hängt ganz davon ab, wann wir etwas Passendes finden. Wenn wir das Haus in Hampstead Garden bekommen würden, könnten wir wahrscheinlich im Dezember, vielleicht sogar schon im November einziehen.«

»Du willst ausziehen?«, wiederholte ich. »Könnte Amanda nicht vielleicht doch bei dir einziehen? Du kannst gerne einen Teil deiner Zimmerpflanzen bei mir unterstellen.«

Chris sah mich auf eigenartige Weise an, ohne zu antworten.

»Was ist?«, fragte ich.

»Wir möchten eine Familie gründen«, sagte Chris.

Ich war sprachlos. Entweder war ich eine ganz miese Detektivin, oder ich hatte der Entwicklung von Chris' und Amandas Beziehung nicht annähernd genug Aufmerksamkeit geschenkt. Vielleicht hatte ich auch einfach nicht gesehen, was ich nicht sehen wollte.

Um halb elf verabschiedete sich Chris, er musste am Montag früh aufstehen. Ich räumte das Geschirr ab und warf die leeren Schachteln von Mr Hu in den Abfalleimer, danach setzte ich mich mit einem Glas Wein aus der angebrochenen Flasche auf das Fensterbrett. Der Abend war nicht so verlaufen, wie ich es mir vorgestellt hatte. Alles veränderte sich. David war schon fast unterwegs nach Australien, Chris zog weg, um mit Amanda eine Familie zu gründen, und Hope hatte eine neue Freundin gefunden, mit der sie sich bestens verstand und ganz offensichtlich jede Menge Spaß hatte. Ich griff nach dem Telefon und wählte Matts Nummer. Nach dem ersten Klingeln meldete sich sein Anrufbeantworter. Ich hinterließ eine Nachricht: »Hi Matt, hier ist Nea. Vielen Dank für die Einladung, ich komme sehr gern. Wir sehen uns also morgen um vier am Teich in den Kensington Gardens.«

Ich zog die Beine an, stützte das Kinn auf meine Knie und blickte hinaus auf die dunkle Stadt.

16

Nachdem ich am nächsten Morgen wie üblich um halb neun aufgestanden war und in aller Ruhe gefrühstückt hatte, machte ich mich auf den Weg in mein Büro. Als ich die Post durchgesehen hatte, rief ich Marlee an. Ich wollte schon wieder auflegen, als sie sich doch noch meldete.

»Hallo?«, murmelte sie verschlafen.

»Guten Morgen!«, sagte ich. »Ich bin's, Nea. Habe ich dich etwa geweckt?«

»Irgendwie schon …«

»Tut mir wirklich leid!«, sagte ich. »Weil du am Sonntag so früh aufgestanden bist und Frühstück gemacht hast, dachte ich, du wärst Frühaufsteherin.«

Marlee brummte etwas Unverständliches.

»Soll ich später nochmal anrufen?«

»Nicht nötig, ich bin wach. Was gibt es?«

»Ich habe gestern einiges herausgefunden. Wenn du nichts anderes vorhast, würde ich heute gerne vorbeikommen und dir zeigen, worauf ich gestoßen bin. Ich könnte Mittagessen mitbringen.«

»Klingt gut«, sagte Marlee nun schon etwas wacher. »Wann bist du hier?«

»Wie wäre es um halb eins?«

»Abgemacht«, sagte Marlee, »dann bist später.«

Ich verabschiedete mich und legte auf.

Um halb zwölf packte ich die Ausdrucke der Artikel über Monsieur Chevalier-Caron und seinen erstaunlichen Fund in meinen Rucksack und ging zu Fuß zu Annie's Corner Deli, wo ich zwei Gurkensandwiches, ein Glas Oliven, zwei Marmeladebrötchen und vier Flaschen von Annies selbstgemachtem Eistee kaufte. Anschließend ging ich zurück zu meinem Büro, holte das Motorrad aus der Tiefgarage und machte mich auf den Weg zu Marlee.

Als ich um halb eins vor ihrer Tür stand und klingelte, geschah eine ganze Weile gar nichts. Ich begann schon, mir Sorgen zu machen, als sich die Tür endlich öffnete. Barfuß in kurzen blauen

Shorts, einem zerknitterten T-Shirt und mit wild zerzausten Haaren stand Marlee im Türrahmen und blinzelte in das grelle Licht der Mittagssonne. Ein Schlieren eingetrockneter, helloranger Farbe verlief von ihrer Stirn über die Schläfe bis zu ihrem linken Ohr.

»Auf die Gefahr hin, mich zu wiederholen«, begann ich. »Habe ich dich etwa geweckt?«

»Kein Problem«, erwiderte Marlee gähnend. »Ich gehe nur kurz unter die Dusche, dann können wir essen.«

»Tut mir echt leid!«, entschuldigte ich mich.

»Macht nichts«, sagte Marlee, während sie sich umdrehte und in Richtung Treppe schlurfte. »Bin gleich zurück, du kennst dich ja aus.«

Ich trat ins Haus und schloss die Tür hinter mir. Während Marlee unter der Dusche war, bereitete ich das Mittagessen vor.

Als das Essen auf dem Tisch stand, Marlee aber noch nicht aufgetaucht war, öffnete ich die Tür, die von der Küche in den hinteren Teil des Gartens führte, und trat hinaus. Die Hecke, über die ich zwei Tage zuvor so unbedacht in den gefährlichen Gemüsegarten gesprungen war, sah bei Tageslicht überhaupt nicht bedrohlich aus.

Ich schlenderte um das Haus, um mir den Rest des Gartens anzusehen. Auf der Westseite des Grundstücks, auf der ich bislang noch nicht gewesen war, stand eine Art Pavillon aus verwittertem Holz. Die altmodische Konstruktion wurde fast vollständig von einer feinblättrigen Efeuart überwuchert, die gerade in voller Blüte stand. Unzählige kleine goldgelbe Blüten bedeckten den siebeneckigen Pavillon. Ich trat durch die schmale Lücke, die die Ranke vom Eingang noch freigelassen hatte. Im Inneren war es erstaunlich dunkel und schätzungsweise zwei bis drei Grad kühler als draußen. Der Geruch des blühenden Efeus erfüllte den kleinen Raum wie ein unsichtbarer Geist. Der Innenwand entlang verlief eine Bank rund um den Pavillon, und genau in der Mitte des kleinen Raumes war eine große Windrose mit einem Durchmesser von vielleicht einem Meter in den Holzboden geschnitzt. Eigenartigerweise standen an den Enden der vier Hauptflügel jedoch nicht wie üblich die Buchstaben *N*, *O*, *S* und *W*, sondern *K*, *F*, *M* und *A*.

Als ich aus dem Pavillon trat, kam Marlee um die Ecke des Hauses. Sie trug dunkelrote Shorts und ein weißes, ärmelloses Oberteil. Die Farbe auf ihrem Gesicht war fast verschwunden, lediglich an der Schläfe war noch ein kleines bisschen Orange zu erkennen.

»Ich habe einen Riesenhunger!«, sagte Marlee. »Können wir essen?«

»Na klar!«, sagte ich. »Ich habe mich bloß ein bisschen im Garten umgesehen.«

Während des Essens erzählte ich Marlee, was ich über ihren nächtlichen Besucher in Erfahrung gebracht hatte. Wie sich herausstellte, hatte sie schon von dem neu entdeckten Gemälde von Pablo Picasso gehört.

»Sein Wert wird auf zwei bis drei Millionen Dollar geschätzt«, sagte Marlee.

»Ich weiß, in einem der Artikel ist von zwei Millionen Euro die Rede. Monsieur Chevalier-Caron ist also reich. Warum sollte er die Bilder deiner Großmutter stehlen wollen?«

»Na ja, er hat den Picasso ja noch nicht verkauft«, sagte Marlee, »aber wahrscheinlich sind diese Leihgaben auch ganz schön lukrativ.«

Ich reichte Marlee den Ausdruck eines Fotos, auf dem der Franzose zusammen mit seinem erstaunlichen Fund zu sehen war.

»Könnte er einer der Männer sein, die dich am letzten Freitag verfolgt haben?«

»Nein, da bin ich mir sicher. Die beiden, die mich beschattet haben, würde ich jederzeit wiedererkennen.«

»Hat deine Großmutter eigentlich viele Bilder verkauft?«, fragte ich.

»Ich glaube schon«, erwiderte Marlee. »Da ihre Gemälde nie einen besonders hohen Wert hatten, muss sie wohl eine ganze Menge davon verkauft haben, um davon leben zu können.«

»Wie hat sie ihre Bilder verkauft?«, fragte ich.

»In einer Galerie hier in London. Sie heißt Abbymarle & Summerville Fine Arts und liegt ganz in der Nähe des Hyde Parks. Die Adresse weiß ich nicht auswendig, ich erinnere mich jedoch noch, dass man bei der Marble Arch U-Bahn-Station aussteigen muss. Ich war vorletzte Woche dort.«

»Darf ich fragen weshalb?«

»Mr Summerville hat angerufen und mich gebeten, bei Gelegenheit vorbeizukommen. Sie haben immer noch über dreißig Bilder von Großmutter. Er hat mich gefragt, ob ich sie zurück haben möchte, oder ob sie weiterhin zum Verkauf stünden.«

»Und was hast du gesagt?«

»Dass ich darüber nachdenken muss. Eigentlich möchte ich sie behalten, besonders jetzt, wo die meisten Bilder hier im Haus weg sind. Andererseits habe ich nicht viel Geld, und ich werde eine Weile kein Einkommen haben. Ich habe schon daran gedacht, Großmutters Wagen zu verkaufen. Allerdings habe ich keine Ahnung, ob der überhaupt noch etwas wert ist.«

»Je nach Zustand könnte der sogar noch eine ganze Menge wert sein«, sagte ich. »Mein Freund Harry kennt sich mit Oldtimern aus. Er würde sich den Jaguar sicher gerne mal ansehen. Soll ich ihn fragen?«

»Das wäre toll!«, sagte Marlee. »Vielen Dank!«

»Keine Ursache. Wie steht es eigentlich mit deinem Schlafzimmer? Ist es schon neu gestrichen?«

»Ja, es sieht toll aus!«, sagte Marlee. »Hope hat mir ja geholfen, aber wir wurden trotzdem erst nach Mitternacht damit fertig. Anschließend haben wir noch Nudeln mit Tomatensauce gekocht und lange gequatscht, deshalb habe ich heute auch verschlafen.«

Ich nickte verständnisvoll, während ich in mein Kirschmarmeladebrötchen biss.

»Hör mal«, begann Marlee zögerlich, »du und Hope, ihr seid doch Freundinnen …«

»Ja, warum?«, fragte ich erstaunt. »Was ist mit ihr?«

»Gestern Nacht ist etwas Eigenartiges passiert«, begann Marlee. »Hope war den ganzen Tag über guter Laune, aber als ihr Taxi auftauchte, war sie plötzlich wie verwandelt. Sie wirkte richtig traurig und sagte kaum ein Wort, als wir uns verabschiedet haben.«

Ich erzählte Marlee von Hope und Rick.

17

Um halb drei verabschiedete ich mich von Marlee und machte mich auf den Weg zurück in die Stadt. Ich hatte vor, mir vor meinem Treffen mit Matt noch kurz die Galerie anzusehen, in der Marlees Großmutter ihre Bilder verkauft hatte. Abbymarle & Summerville lag an der Green Street in Westminster, ich hatte keine Mühe, das Geschäft zu finden. Ich stellte mein Motorrad direkt vor einem der beiden altmodischen Schaufenster ab, in denen Gemälde verschiedenster Stilrichtungen ausgestellt waren, und trat ein. Kaum hatte das winzige Glöckchen über der Tür aufgehört zu klingeln, tauchte auch schon ein älterer Herr aus dem hinteren Teil der Galerie auf.

»Willkommen bei Abbymarle & Summerville«, sagte er höflich. »Ich bin Walter Summerville. Wie kann ich Ihnen helfen?«

»Mein Name ist Nea Fox«, stellte ich mich vor. »Ich interessiere mich für die Bilder von Agatha Fynn. Man hat mir gesagt, dass Ihre Galerie sie vertreten hat.«

»Das ist korrekt«, sagte er. »Leider haben wir momentan nur wenige Werke von Ms Fynn in der Ausstellung. Interessieren Sie sich für etwas Bestimmtes?«

»Eigentlich nicht«, erwiderte ich. »Dürfte ich mir die ausgestellten Bilder ansehen?«

»Selbstverständlich, bitte folgen Sie mir.«

Er führte mich in einen kleinen, mit dunkelrotem Teppich ausgelegten Raum im hinteren Teil der Galerie, dessen Wände fast vollständig von dicht nebeneinander und übereinander hängenden Bildern bedeckt waren. Die untersten hingen knapp einen Meter über dem Boden, die obersten berührten beinahe die Decke.

»Da wären wir«, sagte Mr Summerville. »Darf ich fragen, woher Sie die Werke von Ms Fynn kennen?«

»Ich bin mit ihrer Enkelin befreundet«, erwiderte ich, während ich den Blick über die zahlreichen Bilder wandern ließ. »Welche dieser Gemälde stammen von Agatha Fynn?«

»Oh, bitte verzeihen Sie, ich dachte, Sie kennen sich mit den Werken von Ms Fynn aus«, sagte Mr Summerville. »Sie können sie ganz leicht am Zeichen der Künstlerin erkennen, einer Windrose mit ihren Initialen.«

Er deutete auf zwei kleine Bilder, die direkt vor uns gleich nebeneinander an der Wand hingen. Auf beiden war eine Wüstenlandschaft mit hoch aufragenden, orangeroten Felsen zu sehen. Am rechten unteren Rand befand sich auf beiden Bildern eine kleine, mit schwarzer Farbe gemalte Windrose, deren Hauptflügel mit den Buchstaben *N*, *F*, *S* und *A* gekennzeichnet waren.

»Diese Windrose habe ich tatsächlich schon einmal gesehen«, sagte ich. »Ich wusste allerdings nicht, dass es sich bei den Buchstaben um Initialen handelt. *A* und *F* stehen sicherlich für Agatha Fynn, doch wofür stehen *N* und *S*?«

»Für Norden und Süden, nehme ich an.«

»In Ms Fynns Garten habe ich eine Windrose gesehen, bei der genau wie auf diesen Bildern Westen und Osten mit *A* und *F* gekennzeichnet waren, die Bezeichnungen für Norden und Süden entsprachen jedoch ebenfalls nicht den normalen Buchstaben. Wenn ich mich recht erinnere, waren es *K* und *M*.«

»Seltsam«, sagte Mr Summerville. »Ich kann mich nicht daran erinnern, je auf einem ihrer Bilder eine andere Variante als *N*, *F*, *S* und *A* gesehen zu haben. Allerdings habe ich auch nicht besonders darauf geachtet. Vielleicht handelt es sich ebenfalls um Initialen? Möglicherweise sind es die Initialen einer Personen, die der Künstlerin nahe stand?«

»Da könnten Sie Recht haben«, sagte ich. »Hat Ms Fynn vornehmlich Landschaften gemalt?«

»Ganz und gar nicht«, erwiderte Mr Summerville. »Sie malte immer das, womit sie sich gerade beschäftigte. Als sie sich zum Beispiel für Orchideenzucht zu interessieren begann, malte sie ausschließlich Ansichten dieser exotischen Pflanzen. Die beiden Bilder hier stammen aus der Zeit, als sie den amerikanischen Südwesten bereiste. Das dürfte so zwischen 1955 und 1960 gewesen sein. Als sie auf dieser Reise war, hat sie uns besonders viele Bilder zukommen lassen.«

»Sie hat ihre Bilder von unterwegs direkt an Sie geschickt?«

»So ist es. Ms Fynn hat viele Reisen unternommen, und in der Regel haben wir zwei bis drei Bilder pro Monat von ihr erhalten.«

»In welcher Preisspanne liegen Ms Fynns Bilder?«

»Interessieren Sie sich für eines dieser beiden?«

»Eigentlich nicht, ich meine im Allgemeinen.«

»Nun, zwischen eintausend und dreitausend Pfund, würde ich sagen. Sicher wissen Sie, dass Ms Fynn im Frühjahr verstorben ist. Man kann davon ausgehen, dass die Preise in naher Zukunft steigen werden. Wenn Sie morgen noch einmal vorbeikommen möchten, könnte ich die restlichen Bilder von Ms Fynn aus unserem Lager holen lassen.«

»Das ist nicht nötig, vielen Dank, Sie haben mir schon sehr geholfen. Aber vielleicht werde ich später auf Ihr Angebot zurückkommen.«

»Verstehe«, sagte Mr Summerville enttäuscht.

Ich verabschiedete mich und machte mich auf den Weg zu meiner Verabredung.

Als ich um zehn vor vier an den Teich in den Kensington Gardens kam, saß Matt bereits in der Nähe des Ufers im Gras. Als er mich sah, stand er auf und kam mir entgegen. Er trug ausgewaschene Jeans und ein weites weißes Hemd mit hochgekrempelten Ärmeln.

»Hey Matt«, begrüßte ich ihn.

»Hi Nea! Toll, dass du kommen konntest.«

»Kommst du direkt aus dem Krankenhaus?«, fragte ich, während wir uns ans Ufer setzten.

»Ja, meine Schicht ging von Mitternacht bis drei«, erwiderte er. »Warum?«

»Du siehst müde aus. Willst du nicht lieber nach Hause und dich ein bisschen hinlegen?«

»Nein, ich habe heute Abend noch genug Zeit zum Schlafen.«

Matt packte seinen Eiersalat und zwei große Mohnbrötchen aus, und ich steuerte den Pfefferminzeistee bei, den ich am Morgen bei Annie gekauft hatte. Der Salat war kühl und schmeckte wie versprochen ausgezeichnet. Matt erzählte von seiner Arbeit im Krankenhaus, wo er momentan so viel Zeit verbrachte, dass ihm das King's College Hospital schon wie ein zweites Zuhause vorkam, und ich berichtete von meinen Abenteuern als Privatdetektivin, von denen ich einige sogar mit kleinen Narben belegen konnte.

Um sechs saßen wir noch immer am Ufer des kleinen Sees. Am Himmel zeigten sich zum ersten Mal seit Wochen kleine Quellwolken, und ein böiger Wind kräuselte die Oberfläche des klaren Wassers. Ich lag auf dem Rücken und beobachtete die Bewegungen der Äste im Wind, Matt saß mit angezogenen Beinen im Gras und blickte schweigend auf den See. Ich schloss die Augen und konzentrierte mich auf das an- und abschwellende Rauschen der Blätter.

»Darf ich dich etwas fragen?«, hörte ich Matts Stimme.

»Na klar, was möchtest du wissen?«

»Bist du mit jemandem zusammen?«

Ich öffnete die Augen, stützte mich auf die Ellbogen und sah zu ihm. Er blickte weiterhin auf den See.

»Nein.«

»Ich auch nicht«, sagte Matt und wandte sich mir zu.

Einen Augenblick sahen wir uns schweigend in die Augen, dann klingelte mein Handy. Ich setzte mich auf und griff nach meinem Rucksack, Matt wandte sich wieder dem Wasser zu. Ich warf einen Blick auf die Anzeige, es war Marlee.

»Hi«, sagte ich. »Was gibt es?«

»Hallo Nea, hast du einen Moment Zeit, ich will nicht stören.«

Ich hatte ihr von meiner Verabredung mit Matt erzählt.

»Klar, kein Problem, schieß los.«

»Gerade ist etwas Eigenartiges passiert«, begann Marlee. »Ein seltsamer Typ in einem piekfeinen Anzug ist aufgetaucht und hat mir einen Brief gegeben, der angeblich von meiner Großmutter stammt! Er hat behauptet, für eine Anwaltskanzlei zu arbeiten, der Großmutter vor ihrem Tod den Auftrag erteilt haben soll, mir den versiegelten Umschlag genau drei Monate nach ihrem Tod persönlich zu übergeben.«

»Was steht in dem Brief?«, fragte ich.

»Ich habe ihn noch nicht geöffnet«, erwiderte Marlee dermaßen leise, dass ich es kaum verstehen konnte.

Während ich Marlees unruhigem Atem zuhörte, überlegte ich, was genau sie von mir erwartete.

»Möchtest du, dass ich vorbeikomme?«, fragte ich.

»Okay«, erwiderte sie tonlos.

»Alles klar, ich könnte so ungefähr um sieben bei dir sein.«

»Danke«, sagte Marlee und legte auf.

Ich verstaute das Handy in meinem Rucksack und blickte zum Himmel. Die Quellwolken waren größer und dunkler geworden, und der Wind hatte aufgefrischt. Einige Blätter wirbelten durch die Luft, und die Oberfläche des Sees kräuselte sich unruhig. Die meisten Besucher des Parks waren bereits dabei, ihre Sachen einzupacken. Matt wandte sich mir zu und fragte: »Musst du los?«

»Nein, es reicht, wenn ich mich in einer halben Stunde auf den Weg mache. Wie steht es mit dir? Wann beginnt deine nächste Schicht?«

»Um Mitternacht«, erwiderte Matt und wandte sich wieder dem See zu.

Mindestens zehn Minuten saßen wir einfach so da und beobachteten, wie sich der Himmel weiter verdunkelte, während der Wind immer stürmischer wurde. In einiger Entfernung war Donnergrollen zu hören.

»Vielleicht sollten wir …«, begann Matt, doch er wurde vom lauten Knall eines Blitzes unterbrochen, der über dem angrenzenden Hyde Park durch die dunklen Wolken zuckte. Unmittelbar darauf folgte ein rollender Donner, den man in der Magengrube spüren konnte. Wir standen auf und packten hastig unsere Sachen zusammen. Kaum hatte ich den Reißverschluss meines Rucksacks zugezogen, begann es auch schon zu regnen. Riesige Tropfen durchschnitten die warme Luft, und die Oberfläche des kleinen Sees sah aus, als ob sie brodeln würde.

»Komm mit!«, sagte Matt und lief in Richtung des Musikpavillons, der ungefähr hundert Meter südlich des Sees lag. Ich streifte meinen Rucksack über die Schultern und folgte ihm. Als wir das schützende Dach endlich erreicht hatten, klebten mir bereits nasse Strähnen im Gesicht, und mein T-Shirt war bis zur Hüfte durchnässt, doch das machte mir nichts aus. Nach der langen, trockenen Hitze war der Regen herrlich! Der Geruch von nassem Gras erfüllte die Luft, und der stürmische Wind erzeugte ein wundervolles Rauschen in den Ästen der alten Bäume.

Obwohl Matt den Pavillon vor mir erreicht hatte, war er nicht viel trockener geblieben. Seine Jeans war dunkel verfärbt, und das Hemd klebte an seiner Brust. Zum Glück war es immer noch warm.

»Drei Wochen ohne einen Tropfen Regen«, sagte Matt, »und ausgerechnet bei unserem Picknick zieht ein Gewitter auf.«

»Ich finde es toll!«, sagte ich und wandte mich ihm zu.

Matt stand in der Mitte des Pavillons und sah mich auf eigenartige Weise an, ohne etwas zu sagen. Aus der Ferne war Donnergrollen zu hören. Ich lehnte mich rückwärts an das niedrige Geländer. Matt kam auf mich zu, blieb vor mir stehen und strich mir eine nasse Strähne aus der Stirn, ohne unseren Blickkontakt abbrechen zu lassen. Ich stand einfach so da, die Hände neben mir auf dem Geländer, und sah ihm in die Augen. Für den Bruchteil einer Sekunde streifte Emily durch meine Gedanken, doch sie verschwand wie ein Nachtfalter, den man eben noch aus dem Augenwinkel im Schein des Feuers zu sehen geglaubt hat, und im nächsten Augenblick ist er auch schon weg. Matt beugte sich zu mir und küsste mich. Ich weiß nicht, wie lange unsere Lippen sich berührten, doch in den wenigen Sekunden veränderte sich alles. Unsere Lippen lösten sich, und Matt trat einen Schritt zurück. Zwei Dinge waren mir soeben klar geworden: Ich war bereit für eine neue Beziehung, und Matt und ich würden nie ein Liebespaar werden.

»Tut mir leid«, begann Matt. »Ich …«

»Du brauchst nichts zu erklären«, sagte ich und lächelte. »Nun muss ich aber wirklich los! Ich rufe dich an!«

Hastig schlüpfte ich aus meinen Schuhen, gab Matt einen Kuss auf die Wange und lief barfuß über den nassen Rasen in Richtung des nächsten Gehwegs. Unterdessen hatte es schon wieder aufgehört zu regnen. Kleine Dampfwolken stiegen auf und erfüllten die

Luft mit dem unverwechselbaren Geruch von warmem Asphalt nach einem Sommerregen.

Als ich das Tor des Parks erreicht hatte, drehte ich mich um und warf einen Blick zurück. Matt stand noch immer in dem Pavillon und sah mir nach. Ich hob die Hand und winkte ihm kurz zu.

Manchmal bin ich so feige, dass ich mich vor mir selbst schäme.

18

Um Viertel nach sieben bog ich in die kleine Vorortsstraße, in der Marlee wohnte. Ich stellte mein Motorrad ab, kletterte über den Gartenzaun und ging zum Haus. Kaum hatte ich geklingelt, öffnete sich auch schon die Tür. Marlee sah mitgenommen aus. Sie trug ein weites, ausgeleiertes T-Shirt und eine verwaschene Jeans, und ihre Augen waren übel verheult.

»Komm rein«, sagte Marlee. »Ich mache gerade Tee.«

»Tut mir leid, dass ich zu spät komme«, sagte ich, schloss die Tür und folgte ihr in die Küche. Schon im Flur strömte mir ein wundervoller, exotischer Duft entgegen. Eine Tasse heißen Tee konnte ich gut gebrauchen, meine Kleider waren klamm von der Fahrt mit dem Motorrad. Als ich in die Küche trat, fiel mein Blick sofort auf den altmodischen Umschlag und den mehrseitigen Brief, der daneben auf dem Tisch lag.

»Nun hast du den Brief also gelesen?«, fragte ich.

»Ja, nachdem ich dich angerufen habe«, erwiderte Marlee.

»Stammt er wirklich von deiner Großmutter?«

»Sie hat ihn geschrieben, daran besteht kein Zweifel.«

»Und was steht drin?«, fragte ich vorsichtig.

»Am besten liest du ihn selbst«, sagte Marlee, während sie zwei Tassen Tee eingoss.

Ich setzte mich an den Tisch und begann zu lesen.

Liebe Marlee,

Wenn du diesen Brief liest, bin ich weitergezogen, und du bist allein. Obwohl ich dich seit deiner Geburt kenne und ganz genau weiß, dass niemand es je schaffen wird, dich von deinem Weg abzubringen oder dir zu sagen, was du tun sollst, will ich es doch versuchen. Ich bin alt und starrsinnig, du kennst mich ja. Wenn ich dich mir vorstelle, wie du allein in meinem alten Haus sitzt und diesen Brief liest, sehe ich dich weinen. Du hast das weiche Herz deines Vaters, eine Schwäche und ein Segen zugleich. Ich möchte nicht, dass du um mich trauerst, denn es gibt an meinem Leben nichts zu betrauern. Ich habe jeden einzelnen Tag genutzt und genossen, bin meinen Sehnsüchten gefolgt und meinem Herzen immer treu geblieben. Ich habe mir die Nordlichter angesehen und das Kreuz des Südens, ich habe die Sahara zu Fuß mit Nomaden durchquert und die Straße des Magellan auf einem Segelboot passiert. Ich habe geliebt und gelitten, habe mich nie von Grenzen und Verboten aufhalten lassen, ich bin immer frei gewesen. Mein größter Wunsch ist es, dass du in vielen Jahren dasselbe zu deiner Enkelin sagen kannst.

Vielleicht weinst du auch, weil du dich alleine fühlst. Du hast keine Geschwister, hattest nie eine Mutter, und dein Vater hat uns viel zu früh verlassen. Es gibt keine Verwandten, die dich unangemeldet besuchen werden, Familienfeste werden nicht viel Zeit in Anspruch nehmen! Doch auch dies ist kein Grund, traurig zu sein, denn wichtiger als Blutsverwandte sind die Seelenverwandten. Du musst sie dir selbst suchen, vielleicht findest du sie am anderen Ende der Welt, vielleicht im Haus nebenan. Ich habe in meinem Leben viele Freunde gefunden. Manche davon bleiben für immer, andere begleiten dich nur auf einem Stück deines Weges. Und genauso wie sie dein Leben bereichern, bist du für sie Tochter und Schwester, Geliebte und Mutter.

Nun muss ich dir etwas Wichtiges erzählen. Als ich noch sehr jung war, habe ich von einem Freund etwas sehr Wertvolles geschenkt bekommen. Außer einer guten Freundin hat niemand je erfahren, dass ich dieses Objekt besitze, und außer uns beiden und dem Mann, der es mir gegeben hat, weiß kein Mensch von seiner Existenz. Ich war niemals in Versuchung, dieses einzigartige Geschenk zu verkaufen, doch es hat mir trotzdem große Freiheit verliehen. Viele Dinge in meinem Leben habe ich nur gewagt, weil ich wusste, dass ich im Notfall auf diesen besonderen Schatz würde zurückgreifen können. Ein Leben lang habe ich ihn gehütet und oft an ihn gedacht, und nun stelle ich fest, dass ich ihn doch nie gebraucht habe! Ich kann dir nicht erklären, warum dieser

Gegenstand mir sehr viel bedeutet. Der Mann, der ihn mir gegeben hat, ist tot, genauso wie meine Freundin, die davon wusste und selbst ein ähnliches Objekt erhalten hat. Die beiden Geschenke waren Ausdruck einer ungewöhnlichen Liebe, wie nur wenige sie je erfahren. Für dich kann dieser Gegenstand nie dieselbe Bedeutung haben, und vielleicht ist es ohnehin an der Zeit, dass dieses außergewöhnliche Meisterwerk weiterzieht. Du solltest es verkaufen und dafür sorgen, dass es angemessen behandelt wird.

Wie du weißt, hatte ich schon immer eine Schwäche für Rätsel und Geheimnisse. Im Laufe der Jahre habe ich mir ein kleines Rätsel ausgedacht, das zu dem Ort führt, an dem besagter Gegenstand versteckt ist. Leider habe ich keinerlei Aufzeichnungen darüber gemacht, und nun, da ich dir diesen Brief schreibe, muss ich mit Schrecken feststellen, dass ich den größten Teil des Rätsels vergessen habe, und was noch schlimmer ist, ich weiß auch nicht mehr, wo besagtes Objekt versteckt ist! Ich erinnere mich daran, dass Koordinaten eine Rolle spielen, und die Kontinente, und ich bin mir sicher, dass der Anfang des Rätsels mit einem meiner Bilder zusammenhängt. Es ist ein Bild mit einem Kaktus, doch ich kann mich nicht daran erinnern, was es damit auf sich hat! Ich weiß auch noch, dass ich auf die Rückseite eines Bildes eine Nachricht geschrieben habe, doch leider habe ich keine Ahnung mehr, welches Bild das war. Morgen werde ich diesen Brief Mr Coppersmith übergeben. Falls mir noch etwas zu dem Rätsel einfallen sollte, werde ich es aufschreiben und in einem Umschlag mit deinem Namen in meinem Schreibtisch hinterlegen.

Da erkläre ich in quälender Ausführlichkeit, dass es keinen Grund gibt, traurig zu sein, und nun kommen mir selbst die Tränen, weil ich weiß, dass dies meine letzten Worte an dich sein werden. Welch sentimentale alte Närrin ich doch geworden bin! Ich hoffe, dass du ein langes und abenteuerliches Leben führen wirst, dass du immer deinem Herzen folgst und frei bist.

In Liebe, Agatha

Mein Herz ist schwach, das ist ein düsteres Geheimnis, das ich in der Regel erfolgreich zu verbergen vermag. Ich schluckte, stand auf und reichte Marlee den Brief. Sie sah mich auf äußerst eigenartige Weise an. Der Ausdruck in ihrem Gesicht war eine seltsame Mischung aus Ergriffenheit, Trauer und Zuneigung. Sie legte den Brief auf den Tisch, kam zu mir und nahm mich in die Arme. Zögerlich legte ich meine Hände auf ihren Rücken und blinzelte. Es war das erste Mal, das Marlee mich berührte. Durch den dünnen Stoff des T-Shirts spürte ich ihr Rückgrat und ihre Rippen, beides kam mir unheimlich fein und zerbrechlich vor. Nach einer Weile ließ sie mich los, trat einen Schritt zurück und sagte: »Tut mir leid …«

»Kein Problem«, murmelte ich und wandte mich ab.

Wenn ich nicht bald etwas völlig Verrücktes, spektakulär Mutiges tat, würde ich noch jeglichen Respekt vor mir selbst verlieren. Ich setzte mich wieder an den Tisch und griff nach meiner Teetasse.

»Nun ergibt alles einen Sinn«, begann ich. »Deine Großmutter hat Pablo Picasso gekannt und von ihm ein Bild geschenkt bekommen, davon bin ich überzeugt, genau wie Monsieur Chevalier-Carons Mutter oder Großmutter. Sicher war sie die Freundin, die Agatha in dem Brief erwähnt. Das erklärt auch den Titel *Die Lilien im Sand*. Vermutlich ist auf dem Bild deiner Großmutter ebenfalls eine Lilie zu sehen. Irgendwie muss Chevalier-Caron erfahren haben, dass noch ein zweites Bild existiert, und nun ist er auf der Suche danach.«

»Klingt einleuchtend«, sagte Marlee. »Warum hat sie mir bloß nie etwas davon erzählt?«

»Offenbar war das Bild und die Beziehung zu Picasso etwas, das deiner Großmutter sehr viel bedeutet hat. Nicht alles kann man teilen.«

Marlee nickte stumm.

»Glaubst du, das Bild von Picasso könnte in einem Gemälde deiner Großmutter versteckt sein? Wäre es möglich, eine zweite Leinwand aufzuziehen und darauf ein eigenes Bild zu malen, um dasjenige darunter zu verbergen?«

»Sicher, das wurde schon des öfteren gemacht«, erklärte Marlee. »Vor ein paar Jahren erst haben Konservatoren der Phillips Collection in Washington hinter einem Bild von Gifford Beal eine zweite Leinwand entdeckt, auf der sich ein weiteres Bild samt Unterschrift des Malers befand. Das versteckte Bild stammt ebenfalls von Beal, es ist fünfundsiebzig Jahre lang nicht entdeckt worden.«

»Warum hat er das getan?«, fragte ich.

»Darüber kann man bloß spekulieren. Ich finde es in diesem Fall besonders merkwürdig, weil das versteckte Bild eindeutig viel besser ist, als dasjenige, hinter dem es verborgen war. Es zeigt eine Frau und zwei Kinder, die vor einem Haus auf einem kleinen Hügel stehen und auf Soldaten hinabblicken, die entweder in den Krieg ziehen oder aus ihm zurückkehren. Im Hintergrund ist ein kleiner See zwischen Hügeln zu sehen. Es hat mich sofort berührt, als ich es zum ersten Mal gesehen habe. Du musst es dir unbedingt mal ansehen. Leider sind die Kisten mit meinen Büchern noch nicht eingetroffen, sonst hätte ich dir eine Abbildung zeigen können. Jedenfalls muss das Bild eine besondere Bedeutung für Beal gehabt haben, sonst hätte er es einfach übermalt, das kommt oft vor. Dass er eine zweite Leinwand darüber gespannt hat, zeigt, dass er es behalten wollte.«

»Also könnten Agathas Bilder gestohlen worden sein, weil jemand vermutet hat, der Picasso könnte hinter einem von ihnen versteckt sein.«

»Wäre möglich«, sagte Marlee. »Das würde aber bedeuten, dass das Bild von Picasso nicht in einem Gemälde meiner Großmutter versteckt war, sonst wäre der Franzose in der folgenden Nacht doch wohl kaum nochmal zurückgekommen.«

»Stimmt, aber nur, wenn es auch tatsächlich Chevalier-Caron war, der die Bilder gestohlen hat. Vielleicht ist ihm ja jemand zuvorgekommen.«

»Da ist was dran«, sagte Marlee nachdenklich. »Dann wäre das Gemälde von Picasso nun weg.«

»Die Sache mit der zweiten Leinwand ist ja bloß eine Theorie«, sagte ich. »Das Bild könnte irgendwo versteckt sein. Wir sollten unbedingt versuchen, mehr über dieses Rätsel in Erfahrung zu bringen. Hast du vielleicht eine Idee, welches ihrer Bilder deine Großmutter in dem Brief meint?«

»Sie hat jede Menge Bilder mit Kakteen gemalt, als sie im amerikanischen Südwesten unterwegs war«, erwiderte Marlee. »Die sind mittlerweile natürlich in alle Winde zerstreut, und diejenigen, die noch hier im Haus waren, sind nun auch weg.«

»Gibt es ein Gesamtverzeichnis ihrer Werke?«, fragte ich.

»Nein, aber oben im Atelier liegen jede Menge Jahreskataloge von Abbymarle & Summerville, da dürften die meisten Bilder drin sein!«, sagte Marlee, während sie aufstand. »Komm, lass uns nach den Kakteenbildern suchen!«

Ich folgte ihr in den ersten Stock und von da über die Leiter in das alte Atelier ihrer Großmutter. Gemeinsam holten Marlee und ich eine schwere, vergilbte Pappschachtel von einem der Regale und stellten sie auf den Schreibtisch. Marlee blies den Staub weg und öffnete den Deckel. Insgesamt dreiundsechzig Kataloge befanden sich darin, die ältesten stammten aus den Vierzigerjahren. Wir setzten uns auf den Boden und begannen, die Kataloge nach Agatha Fynns Bildern zu durchsuchen.

»Deine Großmutter schreibt in dem Brief, dass auch noch mindestens ein anderes Bild bei dem Rätsel eine Rolle spielt«, sagte ich. »Vielleicht sollten wir all ihre Bilder markieren, nicht bloß diejenigen mit Kakteen.«

»Gute Idee!«, stimme Marlee mir zu.

»Hast du eigentlich schon nachgesehen, ob sie einen Umschlag mit weiteren Hinweisen im Schreibtisch hinterlassen hat?«, fragte ich, während wir die Kataloge durchblätterten.

»Ja, ich habe schon danach gesucht. Da ist kein Umschlag mit meinem Namen. Wahrscheinlich ist ihr nichts mehr zu dem Rätsel eingefallen.«

Zwei Stunden später saßen wir noch immer in dem alten Atelier auf dem Boden. Vor den großen Fenstern hatte sich die Abenddämmerung in eine klare Sommernacht verwandelt, das Gewitter war längst weitergezogen. Im Licht einer kleinen Schreibtischlampe sahen wir uns die Bilder an, auf denen Kakteen abgebildet waren. Es waren mehr als dreißig, und sie sahen sich recht ähnlich. Alle zeigten Wüstenlandschaften mit rötlichen, hochaufragenden Felsen und Kakteen. Zwei davon hatte ich am Nachmittag bereits bei Abbymarle & Summerville gesehen, allerdings hatte ich da natürlich noch nicht besonders auf die Kakteen geachtet.

»Ich weiß nicht …«, sagte Marlee, »die sehen irgendwie alle gleich aus, findest du nicht? Ob sich der Hinweis auf der Rückseite des Bildes befindet? Oder vielleicht sind diese Abbildungen einfach zu klein, um ihn zu erkennen?«

»Wäre möglich«, sagte ich, »aber ich glaube, wir sollten nicht so schnell aufgeben. Mein Freund Harry, von dem ich dir ja schon erzählt habe, liebt solche Rätsel. Er sollte sich die Bilder vielleicht auch mal ansehen.«

Marlee setzte sich auf und sagte: »Meinst du, wir können das Rätsel lösen und den Picasso finden?«

»Na ja«, erwiderte ich, »du solltest es auf jeden Fall versuchen, immerhin ist das Gemälde sehr wertvoll. Mit dem Geld könntest du es dir leisten, die restlichen Bilder deiner Großmutter zu behalten, und auch ihre anderen Sachen wie den Wagen und das Haus. Vielleicht brauchst du das Rätsel ja auch gar nicht zu lösen, das Bild ist möglicherweise irgendwo hier im Haus versteckt, und du brauchst es bloß zu finden.«

»Nea, ich habe einen neuen Auftrag für dich!«, sagte Marlee feierlich. »Hilf mir, das Rätsel zu lösen und den Picasso zu finden!«

»Dir ist klar, dass es keine Garantie dafür gibt, dass wir das Bild, falls es überhaupt existiert, auch tatsächlich finden werden?«

»Ich weiß«, sagte Marlee, »aber ich möchte es trotzdem versuchen, es ist ein Abenteuer!«

19

Am nächsten Morgen stand ich wie üblich um halb neun auf und frühstückte in aller Ruhe. Als ich eine Stunde später über die Westminster Bridge zu meinem Büro ging, war das Thermometer beim London Aquarium bereits wieder auf über fünfundzwanzig Grad geklettert, und die Sonne strahlte aus einem tiefblauen, wolkenlosen Himmel. Im Büro angekommen startete ich den Computer und begann, im Internet nach Informationen über Picasso zu suchen. Wie ich erwartet hatte, gab es jede Menge Seiten zu dem Thema. Ganz besonders interessierte mich, was er im Jahre 1933 gemacht hatte, dem Jahr, in dem Monsieur Chevalier-Carons Bild entstanden war. Ich ging davon aus, dass Marlees Großmutter Picasso persönlich getroffen und möglicherweise eine Affäre mit ihm gehabt hatte. Immerhin hatte er ihr das Bild zu einer Zeit geschenkt, als er als Maler schon recht erfolgreich gewesen war. Außerdem war er bekannt für sein ausgeprägtes Interesse am weiblichen Geschlecht, und ganz besonders an jungen Frauen. Ich konnte mir gut vorstellen, dass Agatha als einundzwanzigjährige englische Künstlerin auf Wanderschaft sein Interesse geweckt hatte.

Nach einer Weile wurde ich fündig. Auf der Seite eines Pariser Museums fand ich einen äußerst detaillierten Lebenslauf, laut dem Picasso das Jahr 1933 fast vollständig in Paris und auf seinem Anwesen in der Normandie verbracht hatte. Lediglich im Sommer war er für ungefähr einen Monat in Cannes gewesen, und danach noch eine Woche in Barcelona. Falls Agatha ihn tatsächlich getroffen hatte, musste es also entweder in Frankreich oder in Spanien geschehen sein. Ich nahm mir vor, Marlee zu fragen, ob ihre Großmutter in dem Jahr eines der beiden Länder bereist hatte.

Um halb zwölf rief ich Harry an und erzählte ihm von Marlee, ihrer Großmutter Agatha, dem versteckten Picasso und dem Rätsel. Wie erwartet war er von der Sache begeistert und erklärte sich bereit, mich am Abend zu Marlee zu begleiten und sich die Bilder mit Kakteen in den Katalogen der Galerie anzusehen. Geheimnisvolle Rätsel und verborgene Hinweise sind Herausforderungen, denen Harry nur schwer widerstehen kann. Wir vereinbarten, uns um halb sieben bei ihm zu treffen.

Nachdem ich mich von Harry verabschiedet hatte, wählte ich Marlees Nummer, in der Hoffnung, sie nicht schon wieder zu wecken. Sie meldete sich nach kurzer Zeit und klang ausgeschlafen.

»Hi Marlee«, sagte ich. »Hattest du eine ruhige Nacht?«

»Ja, weder Einbrecher noch Sex«, erwiderte Marlee. »Hab' jede Menge Schlaf bekommen.«

»Alles klar«, sagte ich leicht irritiert. »Hör mal, ich habe gerade mit Harry telefoniert, er hätte heute Abend Zeit, sich die Bilder und den Wagen anzusehen.«

»Toll!«, sagte Marlee. »Kommt ihr zum Essen? Ich könnte eine Pizza für uns machen, ich lade euch ein!«

»Klingt gut. Wäre dir sieben Uhr recht?«

»Passt mir sehr gut, dann ist die Sache also abgemacht. Kommt Hope auch?«

»Keine Ahnung«, erwiderte ich, »aber ich sehe sie gleich beim Mittagessen. Soll ich sie fragen, ob sie kommen möchte?«

»Ja, bitte tu das!«, sagte Marlee.

»Ist dein neues Bett eigentlich schon geliefert worden?«

»Nein, aber ich rechne jeden Moment damit. Dienstagmorgen hieß es, und der ist ja schon fast vorbei.«

»Alles klar, dann sehen wir uns heute Abend.«

»Okay, bis dann!«, sagte Marlee und legte auf.

Ich packte meine Sachen zusammen und machte mich auf den Weg nach Hause. Um halb eins war ich mit Hope zum Mittagessen verabredet, und ich war schon spät dran. Auf dem Weg kaufte ich bei Annie eine Schale frischen Fruchtsalat und eine Flasche Rotwein für das Abendessen bei Marlee.

Als ich an Hopes Wohnungstür klopfte und eintrat, saß sie bereits an der kleinen Theke vor der Küche. Ich stellte den Fruchtsalat in den Kühlschrank und setzte mich ihr gegenüber an die Theke. Sie sah müde und traurig aus.

»Ich habe eine Gemüselasagne im Ofen«, sagte Hope, »die braucht aber noch ein paar Minuten.«

»Riecht toll!«

Ich erzählte Hope von Agathas Brief, dem Rätsel und dem Bild von Picasso, das Marlees Großmutter ihr wohl hinterlassen hatte. Hope hörte aufmerksam zu, während sie die Lasagne aus dem Ofen holte und auf zwei Teller verteilte.

»Hör mal«, begann ich, »Harry und ich gehen heute Abend zu Marlee, um im Haus nach dem Picasso zu suchen und uns die Bilder mit Kakteen genauer anzusehen. Marlee macht Pizza und lässt fragen, ob du auch kommen möchtest.«

»Verdammt!«, sagte Hope und ließ die leere Aluschale fallen, in der die Lasagne gewesen war.

»Was ist?«, fragte ich. »Hast du dich verbrannt?«

»Nein«, sagte Hope. »Ich wäre bloß gern mitgekommen, aber ich muss heute Abend arbeiten, das kann ich unmöglich verschieben.«

»Schade«, sagte ich. »Ich glaube aber nicht, dass du viel verpassen wirst. Wenn das Bild so schlecht versteckt wäre, hätte Marlee es längst per Zufall gefunden. Ich glaube, sie würde einen Picasso sofort erkennen.«

»Sicher«, murmelte Hope. »Ich wäre trotzdem gern mitgekommen.«

Nachdem ich Hope beim Aufräumen geholfen hatte, ging ich in meine Wohnung, um mir die Zähne zu putzen. Das rote Lämpchen des Anrufbeantworters blinkte. Ich drückte auf den Knopf und lehnte mich gegen den Schreibtisch.

»Hi Nea«, erklang Matts Stimme, »ich bin's, der Verrückte aus den Kensington Gardens, der Blitze anzieht und Frauen belästigt.«

Im Hintergrund waren Stimmen und Geräusche zu hören, wahrscheinlich hatte er aus dem Krankenhaus angerufen.

»Ich wollte bloß sagen, dass es mir leid tut. Ich möchte mich für den Überfall entschuldigen, und ich verspreche, mich in Zukunft zu beherrschen, falls du es noch einmal wagen solltest, dich mit mir zu treffen. Ich würde mich unheimlich freuen, von dir zu hören.«

20

Nachdem ich den Nachmittag damit verbracht hatte, untätig in meinem Büro zu sitzen, eiskalten Orangensaft zu trinken und mit dem Verzehr einer ganzen Packung Kartoffelchips etwas für meine gesunde Ernährung zu tun, machte ich mich um sechs mit dem Motorrad auf den Weg zu Harry. Am linken Arm transportierte ich meinen alten Helm, da Harry selbst keinen hatte. Er fuhr zwar nicht besonders gern Motorrad, aber das Wetter war einfach zu schön, um in einem Taxi oder in der U-Bahn zu sitzen.

Als ich bei Harrys Wohnung in der Nähe des Regent's Parks eintraf, wartete er bereits auf dem Bürgersteig.

»Ich habe dir doch gesagt, dass ich nicht mehr auf dieses Ding steige!«, protestierte Harry.

»Komm schon«, sagte ich verführerisch. »Ich fahre auch ganz langsam, und ich halte mich strikt an die Verkehrsregeln.«

»Hm…«, brummte Harry.

»Wenn wir ein Taxi nehmen, kommen wir zu spät«, fuhr ich fort.

»Warum dauert die Fahrt mit einem Taxi länger, wenn du vorhast, dich strikt an die Verkehrsregeln zu halten?«, fragte Harry.

Da mir darauf keine passende Antwort einfiel, musste ich auf eine andere Strategie ausweichen.

»Du brauchst wirklich keine Angst zu haben«, sagte ich beruhigend.

»Ich habe keine Angst!«, sagte Harry bestimmt und griff nach dem Helm.

Selbstverständlich kamen wir rechtzeitig bei Marlee an. Harry sah mich fragend an, als ich über den Gartenzaun kletterte.

»Das Tor lässt sich nicht öffnen«, erklärte ich.

Harry drückte auf die kleine Klinke und öffnete das Gartentor.

»Oh, jemand muss es wohl repariert haben«, sagte ich. »Gut zu wissen!«

Während Harry meiner zügigen Fahrweise wegen immer noch leicht schmollend seine vom Helm zerzausten Haare zu richten versuchte, klingelte ich. Als Marlee einen Augenblick später die Tür öffnete, hatten Harry und ich uns schon wieder versöhnt.

»Hey, ihr seid aber pünktlich!«, sagte Marlee. »Kommt rein!«

Wir traten ins Haus, und ich stellte die beiden vor. Marlee schloss die Tür, reichte Harry die Hand und sagte: »Bitte nennen Sie mich Marlee.«

»Hi Marlee«, sagte Harry, während er ihre Hand schüttelte. »Ist mir ein Vergnügen, dich kennenzulernen.«

»Habt ihr Hunger?«, fragte Marlee.

»Und wie!«, erwiderte ich, immerhin hatte ich seit der Tüte Kartoffelchips nichts mehr gegessen.

»Ich muss gestehen, dass ich etwas vertragen könnte«, sagte Harry. »Brauchst du Hilfe in der Küche?«

»Harry ist ein begeisterter Hobbykoch«, erklärte ich. »Und ein richtiger Künstler am Herd, wie ich hinzufügen darf.«

»Sie übertreibt«, murmelte Harry verlegen.

»Wow«, sagte Marlee ernst, »nun bin ich zum ersten Mal in meinem Leben beim Servieren einer selbstgemachten Pizza nervös.«

»Also ehrlich, Nea …«, begann Harry.

»Ich mache doch bloß Spaß!«, sagte Marlee grinsend. »Ich schiebe nur schnell die Pizza in den Ofen, dann haben wir zehn Minuten Zeit, uns den Wagen anzusehen, und danach können wir essen.«

»Klingt gut!«, sagte Harry.

»Alles klar«, fügte ich hinzu und reichte ihr die Flasche Rotwein, die ich am Mittag bei Annie gekauft hatte.

Marlee verschwand für eine Minute in der Küche, dann führte sie uns zur Garage, einem kleinen Häuschen, das einige Meter neben dem Haupthaus stand und durch ein verwittertes Holzdach mit diesem verbunden war.

Wir betraten die Garage durch eine Seitentür. Marlee zog an einer Schnur, und eine verstaubte Glühbirne, die an einem Kabel von der Decke hing, tauchte den Raum in dämmriges Licht. Es roch nach einer Mischung aus Reinigungsmittel, Mottenkugeln, getrocknetem Gras und Öl. Die Regale an den Wänden waren vollgestellt mit Pappschachteln, verrosteten Gartenwerkzeugen, Flaschen und Büchsen, verschmierten Farbtöpfen, altmodischen Küchengeräten und jeder Menge anderem Kram. Alles war von einer dicken Staubschicht überzogen. In der Mitte des Raumes stand der Wagen. Eine grobe Baumwollplane, die vor langer Zeit wohl einmal weiß gewesen war, bedeckte ihn.

»Vielleicht sollten wir das Tor öffnen«, meinte Harry, »des Staubes wegen, und Licht hätten wir dann auch mehr.«

»Gute Idee!«, sagte Marlee, und machte sich an dem kompliziert aussehenden Schloss zu schaffen.

Ich wollte ihr schon meine Hilfe anbieten, als das Tor sich mit einem lauten Knacken in Bewegung setzte. Marlee hustete und tauchte unter dem sich öffnenden Tor nach draußen. Die Strahlen der Abendsonne zeichneten leuchtende Balken in die Staubwolke, die das Öffnen des Tores verursacht hatte. Harry und ich griffen uns je eine Ecke der Plane und zogen sie vom Wagen, wobei wir gleichzeitig aus der Garage traten.

Wir warteten einen Augenblick, bis sich der Staub etwas gelegt hatte, dann sahen wir uns den Jaguar genauer an. Er war schwarz und sah eigentlich ganz gut aus. Alle vier Reifen waren platt, und das halb offene Verdeck sah vergilbt und spröde aus, aber sonst schien der kleine Sportwagen einigermaßen in Ordnung zu sein. Harry öffnete die Motorhaube, kramte eine kleine Taschenlampe aus seiner Jacke und beugte sich über den Kotflügel.

»Bist du früher schon mal damit gefahren«, fragte ich Marlee, während Harry sich den Motor ansah, »als du als Kind in den Ferien hier warst.«

»Nein, Großmutter hat schon vor langer Zeit aufgehört, Auto zu fahren, warum weiß ich auch nicht. Sie hat mir den Wagen mal gezeigt, aber da war er schon genauso wie jetzt.«

Harry war unterdessen halb unter dem Heck des Wagens verschwunden, wo er offenbar an irgendetwas Metallenem kratzte.

»Ich glaube, die Pizza ist bald fertig«, sagte Marlee.

Harry krabbelte unter dem Heck hervor, knipste die Taschenlampe aus und stand auf. Quer über seine Stirn zog sich ein schwarzer, öliger Streifen.

»Sieht ausgezeichnet aus«, sagte er begeistert. »In so gutem Zustand findet man nicht mehr viele, und schon gar nicht mit weniger als zehntausend Meilen auf dem Tacho. Der ist ein kleines Vermögen wert!«

»Echt?«, sagte Marlee. »Und was ist mit den kaputten Reifen und dem Verdeck?«

»Das sind bloß Kleinigkeiten«, erklärte Harry, »darauf kommt es nicht an. Viel wichtiger ist der Zustand der Karosserie, der Aufhängung und des Motors. Reifen, Verdeck, Sitzbezüge, Gummidichtungen, all diese Dinge kann man ohne Probleme und recht kostengünstig erneuern, aber beim Motor wird es schon deutlich schwieriger, und wenn die Karosserie im Eimer ist, kann man nicht mehr viel machen. Glaube mir, dieser XK 150 ist ein Juwel, ich beneide dich darum.«

Fünf Minuten später saßen wir gemütlich in der Küche, Harry schenkte Wein ein, und Marlee verteilte dampfende Pizzastücke auf unsere Teller.

»Wenn ich gewusst hätte, dass du keinen Wein trinkst, hätte ich etwas anderes mitgebracht«, sagte ich. »Trinkst du grundsätzlich keinen Alkohol?«

»Nein, ich mag bloß lieber Cola«, erwiderte Marlee. »Außerdem bin ich gerade erst einundzwanzig geworden. Bei uns darf man erst ab diesem Alter alkoholische Getränke bestellen oder sie in einem Laden kaufen.«

»Das hatte ich ganz vergessen …«

»Die Pizza ist wirklich ausgezeichnet«, kommentierte Harry, »knusprig und doch saftig, und auch perfekt gewürzt. Nicht zu salzig, aber auch nicht fad.«

Obwohl sie sich hinter einem riesigen Becher Cola versteckte, sah ich, dass Marlee sich sehr über das Kompliment freute.

»Was meinst du, Harry«, sagte ich. »Wie viel ist der Jaguar wert, grob geschätzt?«

»Zwischen fünfzig- und sechzigtausend Pfund, würde ich sagen.«

»Wow!«, stieß Marlee hervor. »Das ist ja verrückt!«

»Der Wagen hat Sammlerwert«, erklärte Harry, »und wie gesagt, es gibt nicht mehr viele, die so gut erhalten sind.«

»Was würde die Instandsetzung denn kosten?«

»Ich schätze so um die siebentausend Pfund«, sagte Harry, »vielleicht auch etwas mehr, je nachdem wo du es machen lässt. Die Arbeit verursacht den größten Teil der Kosten, das Material fällt weniger ins Gewicht.«

»Kennst du jemanden, der sowas macht?«, fragte Marlee.

»Nun ja«, sagte Harry, »ich kenne da tatsächlich jemanden …«

Ich grinste.

»Und ist dieser jemand teuer?«, fragte Marlee.

»Ganz und gar nicht«, sagte Harry, »aber er macht sowas nicht hauptberuflich, die Sache würde also deutlich länger dauern, als wenn du es in einer Werkstatt machen lässt.«

»Das ist kein Problem«, erklärte Marlee. »Ich will den Wagen ja nicht dringend verkaufen. Und wenn wir das Bild finden, kann ich ihn vielleicht sogar behalten! Wäre es nicht toll, am Sonntag damit zum Picknick aufs Land zu fahren?«

»Das wäre wirklich schön …«, dachte Harry laut nach.

»Dann ist alles klar«, sagte Marlee. »Frag deinen Freund, ob er Lust hat, den Wagen wieder in Schuss zu bringen, und was er dafür verlangt.«

Ich konnte mir ein Kichern kaum verkneifen.

»Er ist an der Sache interessiert«, sagte Harry, »und er ist möglicherweise sogar bereit, die Arbeiten kostenlos auszuführen und lediglich das Material in Rechnung zu stellen, allerdings unter zwei Bedingungen.«

»Und die wären?«, fragte Marlee misstrauisch.

»Dass er den Wagen, solange er sich in deinem Besitz befindet, einmal pro Monat kostenlos benutzen darf, und dass er das Vorkaufsrecht hat, falls du ihn verkaufen solltest.«

»Abgemacht!«, sagte Marlee begeistert. »Wer ist der verrückte Kerl?«

»Darf ich vorstellen«, sagte ich, »Harry Moefield, Privatdetektiv, Oldtimer-Experte, Schlitzohr.«

21

Nach dem Essen halfen Harry und ich Marlee beim Abwasch, dann machten wir einen Rundgang durch das Haus. In der wundervollen Bibliothek im ersten Stock war Harry für einen Augenblick sprachlos. Die Verbindung der umfangreichen Büchersammlung mit den unzähligen Artefakten, die Marlees Großmutter auf ihren Reisen zusammengetragen hatte, übte auf Harry dieselbe Faszination aus, die auch mich erfasst hatte, als ich zum ersten Mal in dem Raum gewesen war. Harry bewunderte gerade eine Erstausgabe von George Borrows *Lavengro*, als im Erdgeschoss mein Handy klingelte.

»Macht ruhig ohne mich weiter, ich habe das Haus ja schon gesehen«, sagte ich und ging zur Treppe.

Bei der kleinen Garderobe neben der Eingangstür angekommen nahm ich das Handy aus meinem Rucksack und blickte auf die Anzeige. Es war Alex, ein guter Freund, der mich allerdings nur sehr selten anrief. Er war nicht der Typ, der einfach so ohne besonderen Grund für ein kleines Schwätzchen zum Hörer griff. Alex war einer der Gründer und Mitinhaber von Scott, Braddock & Walker, einer Personenschutzagentur, und er hatte mir schon einige Male geholfen, wenn einer meiner Klienten in Gefahr geraten war. Ich drückte auf den Knopf und sagte: »Hi Alex, was gibt es?«

»Hey Nea, gut, dass ich dich erreiche, ich stecke gerade mächtig in Schwierigkeiten.«

»Was ist los? Wie kann ich dir helfen?«

»Wie sind heute Abend bis zum letzten Mann ausgelastet, ich selbst muss auch gleich los, und ausgerechnet heute bricht sich Tom den Knöchel, beim Skateboard fahren! Stell dir das mal vor! Seit sieben Jahren arbeitet er nun schon als Bodyguard bei uns, ohne jemals ernsthaft verletzt worden zu sein. Und was bringt ihn nun ins Krankenhaus? Ein Spielzeug!«

»Thomas Howard?«, fragte ich.

»Ja, genau. Ich hatte ganz vergessen, dass ihr euch kennt.«

»Wie geht es ihm?«

»Soweit gut, ich habe mit ihm telefoniert, er liegt im King's College. Sobald ich Zeit habe, sehe ich nach ihm.«

»Verstehe«, sagte ich. »Und wie kann ich dir helfen?«

»Durch Toms Ausfall habe ich für eine wichtige Sache bloß noch einen Mann zur Verfügung, und das reicht nicht, du kennst das Vorgehen. Wir übernehmen bei dem Auftrag auch das Fahren, zwei sind das absolute Minimum. Es geht um eine Stammkundin von uns, eine Amerikanerin, sie wohnt im Savoy. Sie und ihr Begleiter wollen zuerst im The Gate essen gehen und sich danach noch ein bisschen in den Klubs rumtreiben. Die Sache ist wahrscheinlich reine Routine, aber sie hat in den USA in den letzten zwei Monaten offenbar einige Drohbriefe erhalten, und es kann ja nicht schaden, ein bisschen vorsichtig zu sein. Hast du heute Abend schon etwas vor?«

»Eigentlich schon, ich bin gerade mit Harry auf Besuch bei einer Klientin, aber ich kann sofort aufbrechen.«

»Toll, vielen Dank!«, sagte Alex. »Ich schulde dir einen Riesengefallen!«

»Kein Problem«, sagte ich. »Du hast mir schon mehr als einmal geholfen. Wie sieht es mit Kleidung und Ausrüstung aus? Ich bin nicht gerade in Abendgarderobe, ich bin mit dem Motorrad unterwegs.«

»Solange du ins The Gate gelassen wirst, sollte die Kleidung kein Problem sein. Bist du bewaffnet?«

»Klar. Brauche ich auch eine Weste?«

»Immer wenn man sagt, man brauche keine, wird auf einen geschossen, was? Aber ich glaube wirklich nicht, dass die Sache gefährlich werden wird. Aber Scott kann dir eine Weste mitbringen, wenn du willst, wir haben jede Größe hier.«

»Nicht nötig, ich vertraue auf dein Urteil. Und falls ich doch umgenietet werde, verklage ich dich. Wann soll's losgehen?«

»Die beiden wollen um neun im Savoy abgeholt werden. Scott wird voraussichtlich etwas früher mit dem Wagen dort sein. Wo bist du gerade? Schaffst du es rechtzeitig zum Savoy?«

»Ja, das sollte reichen. Ich lasse mein Motorrad beim Hotel und nehme es wieder mit, wenn wir die beiden dort abliefern. Wer ist dieser Scott? Ist er neu in deiner Truppe?«

»Ja, er ist erst seit drei Monaten bei uns, ist aber ein guter Mann, das kann ich dir versichern. Bereits an seinem zweiten Arbeitstag wurden er und Leo in ein gefährliches Handgemenge mit Messern im Dome verwickelt. Leo hatte bereits eine üble Schnittwunde an der Hand und war praktisch außer Gefecht, als Scott dazu kam, er hatte den Wagen geparkt. Laut Leo beherrscht Scott eine außergewöhnliche Nahkampftechnik, mit der er den beiden Angreifern nicht nur innerhalb weniger Sekunden die Messer abnahm, sondern ihnen auch gleich noch Handschellen anlegte.«

»Bin beeindruckt«, sagte ich. »Dann brauche ich mir um meine Sicherheit wohl keine Sorgen zu machen.«

»Mach keine Witze, Calamity Jane«, sagte Alex. »Dir möchte ich auch nicht im Dunkeln begegnen. Andererseits …«

»Alex, du weißt, dass ich immer alles Joely erzähle?«

Joely war Alex' Freundin.

»Alles klar, dann informiere ich jetzt Scott, damit er dich nicht gleich entwaffnet und fesselt, wenn du dich beim Savoy seinem Wagen näherst.«

»Benutzt er einen eurer Firmenwagen?«

»Genau, die kennst du ja.«

»Alles klar, dann mache ich mich jetzt auf den Weg. Die Rechnung schicke ich dir gleich als Erstes morgen früh.«

»Geht in Ordnung! Nochmals vielen Dank!«

Wir verabschiedeten uns, und ich legte auf. Nachdem ich meine Backup-Pistole aus meinem Rucksack geholt und an meinem linken Knöchel befestigt hatte, ging ich nach oben und erzählte Harry und Marlee von dem Anruf. Harry beschloss, sich später ein Taxi zu nehmen, zuerst wollte Marlee ihm aber noch die Abbildungen der Wüstenbilder in den Katalogen von Abbymarle & Summerville zeigen. Vielleicht würde Harry ja etwas auffallen, das Marlee und ich übersehen hatten.

22

Um zehn vor neun stellte ich mein Motorrad beim Savoy ab, richtete kurz meine Haare im Rückspiegel und ging zum Haupteingang des exklusiven Hotels. Ich setzte mich auf eine Bank neben dem Wendeplatz und hielt Ausschau nach dem schwarzen Geländewagen von Scott, Braddock & Walker.

Es war bereits fünf Minuten nach neun, als der schwere Wagen endlich um die Ecke bog und auf den Eingang zufuhr, allerdings waren Alex' Kundin und ihr Begleiter ebenfalls noch nicht aufgetaucht. Wahrscheinlich warteten sie auf ihrem Zimmer, bis der Empfang meldete, dass wir da waren.

Als der Wagen mitten vor dem roten Teppich zum Stehen kam, stand ich auf und ging auf ihn zu. Ein mittelgroßer, schlanker Mann mit dunkler Sonnenbrille stieg aus, kam auf mich zu und reichte mir die Hand. Er hatte kurze dunkle Haare und trug Jeans, ein weißes Hemd ohne Krawatte und ein schwarzes Jackett. Ich schätzte ihn auf fünfunddreißig.

»Hi, ich bin Scott Porter«, sagte er mit rauer Stimme. »Und Sie sind bestimmt Ms Fox.«

»Bin ich«, erwiderte ich. »Aber bitte nennen Sie mich Nea.«

»Gern, ich bin Scott«, sagte er, nahm die Sonnenbrille ab und steckte sie ein. »Ich muss am Empfang melden, dass wir hier sind. Kannst du dich solange um den Wagen kümmern?«

»Klar, kein Problem«, erwiderte ich. »Wen beschützen wir heute Abend?«

»Sie heißt Lilian Elvey«, erwiderte Scott. »Soweit ich weiß, hat sie irgendetwas mit klassischer Musik zu tun, ich glaube sie ist Geigenspielerin. Über ihren Begleiter weiß ich nichts. Ich hatte schon mal einen Auftrag mit ihr, sie ist total locker und wirklich nett. Sie will ihre Ruhe haben, wir halten uns also immer im Hintergrund. Im Restaurant haben wir einen eigenen Tisch in ihrer Nähe, sodass wir sie immer im Auge behalten können und die beiden trotzdem ihre Privatsphäre haben.«

»Verstehe«, sagte ich, während ich mir Scotts Augen ansah. Sie hatten die Farbe von dunklem Kirschholz und waren wirklich faszinierend.

Er reichte mir den Schlüssel und verschwand durch eine der altmodischen Drehtüren. Als ich mich umdrehte, um zum Wagen zu gehen, kam bereits der Türsteher auf mich zugehumpelt. Er sah aus, als ob er mindestens neunzig wäre.

»Sie können hier nicht stehen bleiben«, krächzte er.

Ist London nicht furchtbar klein? Erst vor zwei Tagen hatte ich mich bei Southern Wheels als Mitarbeiterin des Savoy ausgegeben und mich über einen Wagen beschwert, der die Zufahrt versperrte, und nun blockierte ich selbst den Haupteingang.

»Selbstverständlich, ich fahre den Wagen sofort weg«, sagte ich, während ich hinter das Lenkrad kletterte. Der Sitz war bereits nahezu perfekt für mich eingestellt, Scott konnte kaum mehr als zehn Zentimeter größer sein als ich. Ich fuhr den Wagen rückwärts an den Rand des kleinen Wendeplatzes, sodass ich sofort zurück zum Teppich fahren konnte, sobald Scott mit unseren Schützlingen auftauchen würde.

Ein paar Minuten später kamen die drei durch eine der Drehtüren. Ich startete den Motor und fuhr zum Eingang. Scott öffnete die rechte Hintertür, und Ms Elvey und ihr Begleiter stiegen in den Wagen.

»Mein Name ist Nea Fox«, sagte ich, während ich mich umdrehte und ihr die Hand reichte. »Ich freue mich, Sie kennenzulernen, Ms Elvey.«

»Bitte nennen Sie mich Lily«, sagte sie fast schüchtern, »und das ist Josh.«

»Alles klar«, sagte ich, während ich Joshs Hand schüttelte. »Ich bin Nea.«

Unterdessen war Scott auf den Beifahrersitz geklettert. Er legte seinen Sicherheitsgurt an und fragte: »Seid ihr auch so hungrig?«

Lily und Josh sagten laut und beinahe unisono: »Ja!«

Scott grinste.

Ich startete den Motor und fuhr durch die schmale Gasse vor dem Savoy in Richtung Strand.

Eine halbe Stunde später saß ich mit Scott an einem Zweiertisch im The Gate und bestellte rotes Thai-Curry. Lily und Josh saßen zwei Tische von uns entfernt am Fenster. Lily war außergewöhnlich groß und schlank. Sie überragte selbst ihren Begleiter um mindestens zehn Zentimeter, der seinerseits Scott und mich klein aussehen ließ. Die beiden verstanden sich augenscheinlich sehr gut. Wie schon im Wagen hielten sie auch im Restaurant ständig Händchen, und Lily lachte viel und strahlte dabei über das ganze Gesicht. Die beiden waren schrecklich verliebt, das war offensichtlich. Ich konnte mir nicht vorstellen, wer dieser sympathischen Frau Drohbriefe schreiben sollte. Der Salat wurde gebracht.

»Guten Appetit!«, sagte Scott und griff nach einem Stück Brot.

»Gleichfalls«, murmelte ich abwesend.

»Ich glaube, du kannst die beiden jetzt für einen Augenblick aus den Augen lassen, um deinen Salat zu essen …«

»Wie bitte?«, fragte ich und blickte zu Scott.

Er lächelte mich mit einem schiefen Grinsen und einer hochgezogenen Augenbraue an.

»Sicher, klar«, sagte ich, nahm ein Stück Brot und wandte mich meinem Salat zu.

»So macht die Arbeit Spaß, was?«, sagte Scott. »Der Salat ist frisch, und das Brot scheint direkt aus dem Ofen zu kommen.«

»Ja, obwohl ich gestehen muss, dass ich heute schon zu Abend gegessen habe. Ist aber schon eine Weile her.«

»Ich habe schon einiges über dich gehört. Wie ist die Arbeit als Privatdetektivin so?«

»Mir gefällt es«, erwiderte ich. »Ich arbeite gern allein, und meinen Boss kann ich auch gut leiden. Und wie ist es, für Alex zu arbeiten?«

»Toll, und ich sage das nicht bloß, weil du mit ihm befreundet bist. Er arbeitet selbst mit und weiß, worum es geht, das gefällt mir. Außerdem ist die Bezahlung gut, die Truppe ist nicht allzu groß, und die meisten Kunden sind in Ordnung. Davor war ich bei

Condor Security, ein schrecklicher Laden mit vielen zwielichtigen Kunden. Ich weiß nicht, ob ich mir im Ernstfall eine Kugel für einen reichen Zuhälter oder einen Drogendealer einfangen würde. Bei Kunden wie ihr ist das etwas anderes.«

Ich tupfte mir mit der Serviette die Lippen ab und blickte zu Lily. Sie lächelte mir zu und deutete mit der Hand ein Winken an.

»So habe ich das noch gar nie betrachtet«, sagte ich und wandte mich wieder Scott zu. »Ich hatte mit meinen Klienten bislang wohl ziemliches Glück. Ich könnte nicht für jemanden arbeiten, wenn ich dabei das Gefühl hätte, auf der falschen Seite zu stehen.«

Das Essen wurde gebracht. Mein Curry duftete köstlich, und auch Scotts Auberginen-Teriyaki sah toll aus.

»Du sollst eine gute Schützin sein«, sagte Scott und nahm einen Schluck Wasser. »Was für eine Waffe trägst du?«

»Eine Glock 24C, und als Backup eine Glock 27. Wie steht's mit dir?«

»Beretta PX4«, sagte Scott mit vollem Mund. »Backup-Pistole habe ich keine, dafür zwei Messer und ein paar andere Sachen. Ich bin nicht wirklich der Schusswaffentyp.«

»Ja, Alex hat mir erzählt, du seist so eine Art Nahkampfspezialist. Was für eine Kampftechnik wendest du an?«

»Von allem ein bisschen, würde ich sagen, hab' meinen eigenen Stil entwickelt. Alex hat sicher übertrieben, ich bin schon des öfteren unter die Räder gekommen. Wie steht's mit dir?«

»Na ja, ich bin keine besonders gute Kämpferin. Ein paar Tricks kenne ich schon, aber ich muss mich wohl weiterhin hauptsächlich auf meine Knarren verlassen.«

»Ich kann dir ein paar Sachen beibringen, wenn du willst. Du machst den Eindruck, als ob du gut in Form wärst, und große Muskeln braucht man dazu nicht. Ist alles eine Frage der Technik.«

»Danke für das Angebot, ich werde es mir überlegen.«

Zwei Stunden später saßen Scott und ich an der Bar in der Soho Lounge und nippten an unseren alkoholfreien Getränken. Lily und Josh saßen in einer düsteren Nische auf einem dunkelroten Sofa, das wir von der Bar aus so einigermaßen im Auge behalten konnten. Die beiden waren seit fast einer halben Stunde heftig am knutschen.

»Man fragt sich, warum die nicht im Hotel sind, was?«, meinte Scott. »Kinder!«

»Als Kinder würde ich die beiden nicht bezeichnen, die sind doch mindestens fünfundzwanzig. Aber ich weiß, was du meinst.«

Eine Weile saßen wir schweigend nebeneinander an der Bar und beobachteten Lily und Josh, die beide die Augen geschlossen hatten und irgendwie am Mund miteinander verschmolzen zu sein schienen. Plötzlich schlug Lily die Augen auf und sah uns an, ohne den Kuss zu unterbrechen. Scott nickte irritiert, und ich deutete mit der Hand ein Winken an, dann wandten wir uns unseren Getränken zu.

»Peinlich«, murmelte Scott mit einem schiefen Grinsen. Trotz seines leicht zerknautschten Gesichtes und der asymmetrischen Delle auf seinem Nasenrücken wirkte er in dem dämmrigen Licht irgendwie attraktiv. Oder vielleicht gerade deswegen.

Um Viertel nach eins waren unsere Schützlinge endlich bereit zum Aufbruch. Wir fuhren zurück zum Savoy, wo Scott vor dem Haupteingang anhielt und den Motor ausschaltete. Die Nachtschicht hatte ein jüngerer Türsteher übernommen. Mit großen Schritten eilte er zu unserem Wagen und öffnete Lily die Tür. Ich stieg ebenfalls aus und ging um den Wagen, um die beiden noch bis zum Empfang zu begleiten. Lily nahm die Zimmerschlüssel und ein Fax in Empfang, das am Abend für sie gekommen war.

»Hat mich sehr gefreut, dich kennenzulernen, Nea«, sagte sie. »Vielleicht sehen wir uns wieder mal, ich bin häufig in London.«

»Das wird wahrscheinlich nicht passieren«, sagte ich. »Ich habe heute Abend bloß ausgeholfen, weil sich jemand den Knöchel gebrochen hat.«

»Echt?«, fragte Lily. »Was arbeitest du denn normalerweise?«

»Ich bin Privatdetektivin«, erwiderte ich.

»Bin beeindruckt!«, sagte sie. »Das werde ich mir merken! Man weiß ja nie, wann man mal Hilfe braucht.«

Wir verabschiedeten uns, wobei ich mir gerade noch verkneifen konnte, denn beiden viel Spaß zu wünschen. Eng umschlungen schlenderten sie in Richtung der Aufzüge.

Schon in der Drehtür konnte ich sehen, dass Scott den Mercedes ein Stück zurückgesetzt hatte, damit der Eingang frei war. An die Seite des Wagens gelehnt blickte er mir entgegen.

»Das wäre geschafft«, sagte Scott. »Soll ich dich irgendwo absetzen?«

»Nicht nötig«, erwiderte ich. »Mein Motorrad steht gleich da vorne.«

»Alles klar«, sagte Scott und blickte unentschlossen zur Fahrertür des Geländewagens. »Vielleicht sehen wir uns irgendwann …«

»Wäre durchaus möglich …«, murmelte ich. »Richte Alex einen Gruß von mir aus, okay?«

»Wird gemacht«, erwiderte Scott. »Also dann …«

»Okay«, sagte ich und ging rückwärts ein paar Schritte in Richtung meines Motorrads.

»Ich wünsche dir eine schöne Nacht«, sagte Scott.

»Vielen Dank, das wünsche ich dir auch«, erwiderte ich. »Viel Schlaf werden wir ja nicht mehr kriegen.«

Scott grinste, öffnete die Fahrertür und stieg ein. Ich drehte mich um und ging zu meinem Motorrad, obwohl Fünfzehnjährige ja eigentlich noch nicht fahren dürfen! Es war kaum zu glauben, dass Scott und ich uns kurz zuvor über Lily und Josh lustig gemacht hatten. Ich war gerade dabei, das Helmschloss zu öffnen, als Scott langsam an mir vorbeifuhr. Ich winkte ihm kurz zu, dann verschwand er auch schon um die Ecke.

Als ich um zwei Uhr meine Wohnung betrat, blinkte das rote Lämpchen des Anrufbeantworters. Ich schlüpfte aus meinen Schuhen, ging zum Telefon und drückte auf den Knopf. Die Nachricht war von Marlee: »Hallo Nea! Stell dir vor, Harry hat das Rätsel gelöst! Und er hat dazu kaum mehr als fünf Minuten gebraucht! In dem Bild mit dem einzelnen, etwas eigenartig gewachsenen Kaktus sind Koordinaten versteckt, bestimmt weißt du, welches ich meine. Wir haben natürlich sofort auf dem Globus nachgesehen, wo die Stelle liegt, und das hat uns endgültig bestätigt, dass wir auf der richtigen Spur sind! Die Koordinaten markieren eine Stelle in der Wüste von New Mexico, also dort, wo meine Großmutter das Bild höchstwahrscheinlich gemalt hat! Ist das nicht verrückt? Glaubst du, dass das Bild von Picasso dort versteckt ist? Wir müssen unbedingt planen, wie wir weiter vorgehen wollen! Komm doch morgen so gegen zehn zum Frühstück vorbei, dann können wir alles besprechen. Und bring Hope mit, wenn sie Lust dazu hat! Ich bin total aufgeregt, ich kriege bestimmt kein Auge zu! Also, bis morgen, ich freue mich!«

Ich war nicht besonders überrascht. Ich kannte niemanden, der es mit Harry aufnehmen konnte, wenn es um das Lösen kniffliger Rätsel ging. Wahrscheinlich war Harry angesichts der schnellen Entdeckung von Agathas geheimnisvollem Hinweis regelrecht enttäuscht gewesen. Das würde ihn natürlich nicht davon abhalten, mir genüsslich die Tatsache unter die Nase zu reiben, dass ich die Koordinaten nicht selbst entdeckt hatte.

Nachdem ich geduscht hatte, schlüpfte ich in meinen Pyjama, putze mir die Zähne und ging ins Bett. Ich war schrecklich müde und schlief sofort ein.

Um vier erwachte ich verschwitzt aus einem intensiven Traum, in dem Scott eine ziemlich wichtige Rolle gespielt hatte. Ich stand im Dunkeln auf, öffnete das Fenster und legte mich wieder auf das Bett. Laue, aber frische Luft strömte ins Zimmer. Durch das Fenster konnte ich den beinahe vollen Mond sehen, der in einem wolkenlosen Nachthimmel die Sterne überstrahlte und London in ein bleiches Licht tauchte. Der Traumfänger, den Joely mir zu Weihnachten geschenkt hatte, bewegte sich leicht im Wind und warf dabei einen filigranen Schatten auf das zweite Kopfkissen, das seit mehr als einem halben Jahr nicht mehr benutzt worden war.

Wie eine geheimnisvolle Reisende, die nur des Nachts unterwegs ist, legte sich meine Hand auf meinen nackten Bauch und machte Rast. Durch die Bauchdecke spürte ich meinen Herzschlag, stetig und kräftig, ein stummes, beharrliches Pochen in der Dunkelheit. Von irgendwoher strömte kaum wahrnehmbar der Duft von blühendem Lavendel ins Zimmer. Ich schloss die Augen und versuchte, mir die kleinen blauen Blüten im Mondlicht vorzustellen.

Meine Hand setzte ihre Reise fort. Ohne zu zögern glitt sie unter den Stoff meiner Pyjamahose und tat, was sie schon sehr lange nicht mehr getan hatte.

23

Am nächsten Morgen stand ich um acht Uhr auf und ging hinüber zu Hope, um sie zu fragen, ob sie Lust hatte, mich zu Marlee zu begleiten. Sie hatte, also vereinbarten wir, uns um halb zehn vor dem Haus zu treffen. Danach ging ich zurück in meine Wohnung, um zu duschen. Ich hatte in der Nacht viel geschwitzt, und außerdem musste ich noch etwas erledigen. Es dauerte eine Weile, bis ich in dem kleinen Schrank unter dem Waschbecken fand, wonach ich suchte, aber schließlich tauchte die angebrochene Packung mit den lilafarbenen Wegwerfrasierern doch noch auf. Ich stellte mich unter die Dusche und rasierte die Stoppeln unter meinen Armen, danach wandte ich mich den Beinen zu. Zum Schluss rasierte ich ganz vorsichtig, aber gründlich meine Schamhaare. Ich hatte so einiges von Emily gelernt.

Um zehn saßen Hope und ich in Marlees Küche und sahen uns die Abbildung des Gemäldes an, in dem Harry die Koordinaten entdeckt hatte. Im Zentrum stand ein großer Saguaro-Kaktus mit zwei unnatürlich verdreht abstehenden Ästen. Ich sah mir Agathas Zeichen genauer an, die Buchstaben der Windrose waren auf der kleinen Abbildung jedoch nicht zu erkennen.

»Und wo genau sollen hier nun Koordinaten versteckt sein?«, fragte Hope.

»Soll ich es euch wirklich verraten, oder wollt ihr zuerst versuchen, es selbst herauszufinden?«, fragte Marlee, während sie frischen Kaffee in drei knallgelbe, übergroße Tassen mit der Aufschrift *UCLA* goss.

»Also diese komischen Äste haben bestimmt etwas zu bedeuten«, sagte Hope. »Auf allen anderen Bildern mit Kakteen sind die Äste einigermaßen realistisch dargestellt, nur auf diesem Bild sind sie so eigenartig verdreht.«

»Du hast Recht«, stimmte ich ihr zu. »Den Ast auf der linken Seite könnte man als ein *N* deuten, und den auf der rechten Seite als ein *W*, dann würden nur noch die Zahlen fehlen.«

»Und ich weiß auch schon, wo die versteckt sind!«, sagte Hope. »Fällt dir auf, dass einer der kleinen Äste viel mehr Stacheln hat als die anderen?«

Marlee grinste wissend, während sie versuchte, ein Glas Kirschmarmelade zu öffnen. Die Knöchel ihrer schmalen Hände traten weiß hervor, doch der Deckel bewegte sich nicht.

»Du hast Recht«, sagte ich. »Der kleine Ast auf der rechten Seite, der sich am nächsten beim Stamm befindet, hat tatsächlich viel mehr Stacheln als die anderen. Soll das heißen, dass man die Stacheln zählen muss?«

»Volltreffer!«, sagte Marlee. »Harry ist wirklich ein Genie, da wäre ich nie drauf gekommen!«

»Und wie weiß man, welcher der sechs kleinen Äste welchem Teil der Koordinaten zugeordnet ist?«, fragte Hope.

»Ganz einfach«, erklärte Marlee. »Die kleinen Äste, die an dem N-förmigen großen Ast angewachsen sind, beziehen sich auf den Breitengrad, und die an dem W-förmigen Ast auf den Längengrad, soweit ist die Sache ja eigentlich klar. Doch auf welchen Teil der jeweiligen Koordinate bezieht sich welcher der kleinen Äste? Zuerst dachte Harry, man müsse die kleinen Äste vom Stamm ausgehend den Graden, den Minuten und den Sekunden zuordnen.«

»Klingt vernünftig«, sagte Hope.

»Doch dann habe ich etwas entdeckt!«, fuhr Marlee fort. »Seht ihr diese großen dunklen Flecken auf den Ästen?«

»Ja!«, sagte ich. »Das sind die Symbole für Grade, Minuten und Sekunden!«

»Verblüffend!«, sagte Hope. »Wenn man darauf achtet, ist es offensichtlich. Zwei der kleinen Äste sind mit einem Kreis markiert, zwei mit einem einzelnen Strich, und die letzten beiden mit zwei Strichen. Es könnte kaum deutlicher sein.«

»Da darf man sich beim Zählen der Stacheln aber nicht vertun«, sagte ich und griff nach dem Marmeladenglas, das Marlee soeben ungeöffnet zurück auf den Tisch gestellt hatte. »Eine Gradminute mehr oder weniger bedeutet eine Strecke von knapp zwei Kilometern.«

»1.852 Kilometer, um genau zu sein«, belehrte mich Marlee strahlend. »Was übrigens einer Seemeile entspricht.«

»Was man von Harry nicht alles lernen kann …«, sagte ich und reichte ihr das offene Marmeladenglas.

»Wir haben alle sechs Äste jeweils zweimal unabhängig voneinander gezählt«, fuhr Marlee fort. »Die Koordinaten stimmen, das steht fest.«

Sie kramte in den Taschen ihrer Jeans und legte schließlich feierlich einen zerknitterten Zettel auf den Tisch, auf dem in Harrys Handschrift stand:

N 36° 33' 43"   W 107° 51' 53"

»Und die Stelle liegt in den USA?«, fragte Hope.

»Ja, im Nordwesten von New Mexico, mitten in der Wüste!«, erklärte Marlee. »Harry und ich haben auf dem Globus in der Bibliothek nachgesehen. Leider habe ich weder einen Computer noch Internetzugang, aber Harry hat versprochen, zu Hause Genaueres über die Gegend herauszufinden und mich heute Morgen anzurufen.«

Es klopfte an der Haustür.

»Das muss mein Bett sein!«, sagte Marlee. »Eigentlich hätte es schon gestern geliefert werden sollen, aber die haben angerufen und erklärt, dass es erst heute kommen wird.«

Wir folgten ihr zur Tür, es war tatsächlich ihr Bett. Zwei kräftige Möbelpacker in blauen Overalls standen auf den Stufen vor dem Eingang, und am Straßenrand vor Marlees Gartentor parkte ein großer Möbelwagen.

»Sind wir hier richtig bei Fynn?«, fragte der größere der beiden. Beeindruckende Muskeln spannten die Ärmel seines Overalls, während er Formulare auf einem Klemmbrett durchsah.

»Ja, ich bin Marlee Fynn!«, sagte Marlee zappelig. »Ich schlafe meistens auf dem Bauch! Ich freue mich! Hey!«

Die Möbelpacker blickten zunächst leicht irritiert, doch schon nach wenigen Sekunden schmolzen sie dahin wie Milchschokolade in der Mittagssonne. Wortlos standen die beiden vor der Tür und strahlten über das ganze Gesicht. Marlee beherrschte einen mächtigen Zauber, und sie brauchte dazu weder bei Vollmond gepflückte Kräuter noch geheime magische Beschwörungen, und auch das Öffnen von widerspenstigen Marmeladengläsern war dazu nicht erforderlich.

Es dauerte fast eine halbe Stunde, bis wir zu fünft sämtliche Teile des übergroßen Bettes in Marlees Schlafzimmer im ersten Stock geschafft hatten. Während Hope, Marlee und ich uns wieder in die Küche setzten, machten sich die beiden Möbelpacker daran, das Bett zusammenzubauen.

»Also, wann fahren wir?«, fragte Marlee und sah abwechselnd Hope und mich an.

»Ich kann nicht wegfahren«, sagte Hope. »Ich muss arbeiten.«

»Willst du wirklich nach New Mexico reisen?«, fragte ich. »Wir könnten auch jemanden in den USA bitten, an der Stelle nachzusehen.«

»Wir können niemandem trauen!«, stieß Marlee hervor. »Wer würde mit einem so wertvollen Gemälde nicht sofort abhauen?«

»Ich kenne in Los Angeles eine Privatdetektivin, der ich voll und ganz vertrauen kann. Sie könnte für uns nachsehen. Außerdem ist es alles andere als sicher, dass deine Großmutter an der Stelle das Bild versteckt hat. In dem Brief ist die Rede von einem komplizierten Rätsel, das klingt nach mehr als ein paar versteckten Koordinaten in einem Bild.«

»Ich will unbedingt selbst dahin fahren«, sagte Marlee, »das ist Teil des Abenteuers, das will ich mir nicht entgehen lassen! Und ich wäre echt froh, wenn du mich begleiten würdest, und nicht bloß, weil ich sonst keine Marmelade zum Frühstück kriege.«

Das Telefon klingelte. Marlee ging in den Flur und nahm den Anruf entgegen. Nach ein paar Minuten kam sie zurück und berichtete uns, was Harry über den Ort herausgefunden hatte, auf den die Koordinaten deuteten.

»Also, die Stelle liegt in der Wüste von New Mexico, das wussten wir ja bereits. Offenbar gibt es in der näheren Umgebung keine Siedlungen, und Harry glaubt, dass auch keine Straße hinführt.«

»Das sind schon mal gute Voraussetzungen für ein sicheres Versteck«, stellte Hope fest, während sie unsere Tassen mit frischem Kaffee füllte.

»Die Stelle liegt in der Nähe eines kleinen Berges mit dem Namen Angel Peak, der in der Kultur der Navajo-Indianer offenbar von großer Bedeutung ist. Sie nennen den Berg *The dwelling place of the sacred ones*. Der Name Angel Peak kommt übrigens daher, dass die Gesteinsformation auf dem Gipfel aus der Ferne angeblich aussieht wie ein kniender Engel mit einem gebrochenen Flügel.«

»Klingt toll!«, sagte Hope.

»Das Ganze liegt inmitten von unzähligen kleinen Canyons, die im Laufe von Jahrmillionen durch Erosion entstanden sind«, fuhr Marlee fort. »Harry hat im Internet eine Luftaufnahme der Gegend gefunden, und er hat gesagt, die Landschaft sei atemberaubend schön. Ich kann es kaum erwarten, mir die Sache selbst anzusehen!«

»Dann willst du also wirklich fliegen?«, fragte ich.

»Klar!«, sagte Marlee. »Ich übernehme die Kosten!«

»Dir ist klar, dass wir den Picasso vielleicht nie finden werden? So eine Reise ist teuer, und höchstwahrscheinlich wird es nicht die einzige bleiben. Wer weiß, wo deine Großmutter sonst noch Hinweise versteckt hat.«

»Ja, aber die Chance können wir uns nicht entgehen lassen! Was haltet ihr von folgendem Vorschlag: Ihr helft mir, den Picasso zu finden, und wenn wir ihn gefunden und verkauft haben, teilen wir das Geld durch vier.«

»Du meinst Nea, Harry und mich?«, fragte Hope.

»Ja«, erwiderte Marlee. »Ich bin sicher, zusammen können wir das Rätsel lösen und das Bild finden. Was haltet ihr davon?«

»Die Idee hat etwas für sich«, sagte ich, »aber selbstverständlich können wir dir nicht fünfundsiebzig Prozent deines Erbes abnehmen. Ein Prozent pro Person wäre wohl angemessener.«

»Ich bin dabei!«, sagte Hope. »Allerdings kann ich erst ab Montag richtig helfen, ich muss noch einen Auftrag abschließen.«

»Toll!«, sagte Marlee. »Und wie steht's mit dir, Nea?«

»Einverstanden«, sagte ich. »Und ich glaube, Harry wird deinem Angebot ebenfalls nicht widerstehen können.«

Einer der Möbelpacker trat in den Türrahmen und sagte: »So, wir wären dann soweit. Wenn Sie sich das Bett angesehen haben und zufrieden damit sind, brauchen wir bloß noch eine Unterschrift, dann sind wir auch schon weg.«

Marlee sprang auf und düste nach oben, Hope, der breitschultrige Möbelpacker und ich folgten ihr. Als wir das Schlafzimmer betraten, lag Marlee bereits auf dem riesigen hellblauen Bett, Arme und Beine weit von sich gestreckt und mit einem zufriedenen Grinsen im Gesicht.

»Es ist toll!«, sagte sie zu den beiden Männern, während sie wieder aus dem Bett krabbelte. »Vielen vielen Dank!«

Ich muss zugeben, dass das hellblaue Bett in dem orangen Zimmer besser aussah, als ich in dem Möbelgeschäft gedacht hatte. Der schneeweiße Vorhang aus hauchdünnem Stoff, den Marlee offenbar bloß zu Dekorationszwecken neben dem Fenster aufgehängt und mit einer beigen Kordel zusammengebunden hatte, trug ebenfalls zu der angenehmen, mediterranen Atmosphäre des Raumes bei. Marlee hatte wirklich ein gutes Gefühl für Farben und Ästhetik, und sie konnte die richtige Kombination bereits erkennen, wenn andere noch versuchten, sie ihr auszureden.

24

Um halb zwei setzte ich Hope zu Hause ab und fuhr anschließend zu meinem Büro. Nachdem ich für Marlee und mich zwei Plätze auf dem Mittagsflug von British Airways nach Los Angeles für den nächsten Tag gebucht hatte, prüfte ich meine E-Mails. Scott hatte am frühen Morgen geschrieben, noch vor sechs Uhr. Er konnte kaum mehr als drei Stunden geschlafen haben, immerhin hatten wir uns erst um halb zwei verabschiedet. Ich klickte auf die Nachricht und begann zu lesen.

Hi Nea,

Hast du Lust, heute Abend mit mir zu joggen? Ich laufe zweimal die Woche um den See im Hyde Park. Du brauchst dich nicht zu melden, sei einfach um sieben beim Boathouse, wenn du Lust hast. Ich würde mich freuen!

Gruß, Scott

Wegen der Hitze war ich schon seit mehr als einem Monat nicht mehr gelaufen, doch auf meine Kondition bildete ich mir immer noch etwas ein. Immerhin schwamm ich vierhundert Meter in weniger als sieben Minuten, allerdings hatte ich auch das schon seit geraumer Zeit nicht mehr überprüft. Ich beschloss, Scotts Einladung anzunehmen. Um sieben war die größte Hitze bereits vorüber, und außerdem hatte ich plötzlich richtig Lust, mich zu bewegen und wieder mal richtig ins Schwitzen zu kommen. Die Strecke um den See im Hyde Park konnte nicht länger als drei Kilometer sein, also keine große Sache.

Um halb vier wählte ich die Nummer von Anne in Los Angeles. Sie war ebenfalls Privatdetektivin, und seit wir uns im Jahr zuvor bei einem Fall kennengelernt hatten, war sie zu einer guten

Freundin geworden. Wir hatten uns aufgrund der großen Distanz seither zwar nie mehr persönlich getroffen, doch in langen Telefongesprächen hatte ich mit ihr über all das gesprochen, was ich niemandem sonst hatte erzählen können. Meist hatte ich dabei lange nach Mitternacht in meinem Bett gelegen, während Anne im fernen Kalifornien vor ihrem kleinen Haus in Hermosa Beach in der Sonne saß. Sie war dabei gewesen, als Emily und ich uns kennengelernt hatten, und sie war eine gute Zuhörerin.

»Anne Ryder am Apparat«, meldete sich die vertraute Stimme.

»Hi Anne«, sagte ich. »Ich hoffe, ich habe dich nicht geweckt.«

»Natürlich nicht!«, protestierte sie gähnend. »Hab' heute schon jede Menge wichtige Dinge erledigt!«

»Hast du morgen Abend schon etwas vor?«

»Nein, was soll die Frage?«

»Ich lade dich zum Essen ein, was hältst du davon?«

»Bist du etwa in Los Angeles?«

Ich erzählte ihr die ganze Geschichte. Anne freute sich sehr darüber, dass wir uns endlich wiedersehen würden, und bestand darauf, Marlee und mich vom Flughafen abzuholen und uns in der Nacht von Donnerstag auf Freitag in ihrem Haus unterzubringen. Ich sagte zu, obwohl ich nicht sicher war, ob Marlee nicht Freunde besuchen und vielleicht bei diesen übernachten wollte, immerhin hatte sie noch bis vor kurzem in Los Angeles gelebt.

Wir verabschiedeten uns, und ich machte mich auf den Weg nach Hause, um zu packen.

Kaum hatte ich meine Wohnung betreten, klingelte das Telefon, es war Harry. Er lud mich zum Abendessen um acht in seine Wohnung ein, Marlee und Hope hatten bereits zugesagt. So konnten wir vor Marlees und meiner Abreise am folgenden Tag noch alles besprechen, und Harry konnte uns erzählen, was er über den Ort, auf den die Koordinaten deuteten, seit heute Morgen noch herausgefunden hatte. Ich nahm die Einladung an und entschuldigte mich vorsorglich, für den Fall, dass ich mich verspäten sollte.

Um Viertel vor sieben stand ich neben dem Boathouse hinter einer Bank, dehnte meine Oberschenkel und beobachtete das An- und Ablegen der Ruderboote. Am Nachmittag hatte ich in einer

Notfallaktion meine kurze schwarze Jogginghose und das dazu passende, bauchfreie Top gewaschen und in der Maschine getrocknet. Eitelkeit ist eine der sieben Todsünden, trotzdem hatte ich mir auch noch die Haare gewaschen und sie danach sorgfältig zu einem Zopf geflochten.

Während ich darüber nachdachte, wie schwerwiegend es wohl sein mochte, sich einer Todsünde schuldig zu machen, um eine andere Todsünde anzubahnen, tauchte Scott auf. Er trug ein zerknautschtes graues T-Shirt und eine schwarze Sporthose.

»Hi Nea! Schön, dass du gekommen bist!«

»Ich war wegen der Hitze schon viel zu lange nicht mehr joggen«, erklärte ich. »Kann's losgehen?«

»Klar doch!«, sagte Scott und lief los.

Während einiger Minuten liefen wir nebeneinander in Richtung Westen dem kleinen See entlang, dann bogen wir nach links ab, überquerten die Serpentine Bridge und liefen von da auf der anderen Seeseite zurück nach Osten. Scott schlug ein zügiges, aber angenehmes Tempo an, und ich hatte keine Mühe mitzuhalten. Als wir nach einer Viertelstunde das östliche Ende des Sees umrundet hatten und uns wieder dem Boathouse näherten, war ich allerdings schon ziemlich außer Atem, und mein Nacken war schweißnass. Bis zum Boathouse waren es zum Glück kaum noch hundert Meter, ich hatte mich gut geschlagen. Als wir unseren Ausgangspunkt erreichten, musste ich jedoch leider feststellen, dass Scott keinerlei Anstalten machte, stehenzubleiben. Ich ließ mir nichts anmerken und fragte: »Wie viele Runden drehst du denn normalerweise so?«

»Zwei oder drei, manchmal auch vier«, erklärte Scott. »Brauchst du eine Pause? Du kannst ja eine Runde aussetzen und dich ausruhen, danach machen wir noch eine letzte Runde zusammen.«

»Nein, kein Problem«, sagte ich. »Ich habe bloß gefragt, weil ich um acht zum Abendessen verabredet bin.«

»Verstehe, dann sollten wir das Tempo vielleicht ein bisschen erhöhen, damit du nicht zu spät kommst.«

»Gute Idee«, murmelte ich, während ich meine Schritte beschleunigte, um mit Scott mitzuhalten.

Um halb acht ließ ich mich im Schatten unter einem Baum hinter dem Boathouse ins Gras fallen, streckte Arme und Beine von mir und starrte keuchend durch die Blätter zum Abendhimmel hoch. Einen Augenblick später setzte Scott sich neben mich und reichte mir eine der beiden Wasserflaschen, die er soeben bei einem Straßenverkäufer neben der Serpentine Lodge gekauft hatte. Ich legte die eiskalte Flasche auf meinen nackten Bauch und nickte ihm dankend zu. Ich war weder in der Verfassung, den Verschluss der Flasche zu öffnen, noch hatte ich Luft zum Reden übrig. Ich schloss die Augen und hörte befriedigt Scotts schnellem Atem zu. Ich hatte für die drei Runden am Stück an meine Grenzen gehen müssen, ich war schweißnass und mein Herz raste, aber Scott war ebenfalls mächtig ins Schwitzen gekommen.

»Wenn du Kleider zum Wechseln dabei hast, kannst du gerne bei mir duschen«, sagte Scott immer noch außer Atem. »Ich wohne bloß ein paar Minuten von hier, in Knightsbridge.«

Ich hätte mich in den Hintern beißen können, warum hatte ich nicht daran gedacht! Einen Augenblick grübelte ich angestrengt darüber nach, wo ich in der Nähe auf die Schnelle und unbemerkt ein paar Klamotten kaufen könnte, doch schließlich sagte ich widerwillig: »Vielen Dank für das Angebot, aber ich habe leider nichts dabei.«

»Alles klar«, sagte Scott, drehte sich zur Seite und stützte sich auf den Ellbogen. »Ich glaube, du solltest langsam los, wenn du nicht zu spät zu deiner Verabredung kommen willst.«

»Du hast Recht«, sagte ich, setzte mich auf, öffnete meine Flasche und trank die Hälfte des eiskalten Wassers in einem Zug.

»Wir sollten das wiederholen«, schlug Scott vor. »Mit jemandem zusammen zu laufen, macht einfach mehr Spaß.«

Es war höchste Zeit, den Tatsachen ins Auge zu sehen. Scotts schiefes Grinsen, der Duft seines Aftershaves, die Lachfältchen in seinen Augenwinkeln, seine durchtrainierte Figur, die irgendwie immer ein bisschen verwuschelten Haare, die warmen braunen Augen, sogar sein Körpergeruch nach drei Runden um den See, einfach alles an ihm machte mich ganz kribbelig! Zum Glück wurde mein Gehirn so langsam wieder mit Sauerstoff versorgt, sodass ich mich nicht aus reiner Verzweiflung zu einem weiteren Lauftraining verabreden musste.

»Du hast gestern angeboten, mir ein paar Tricks zu zeigen. Gilt das Angebot noch?«

»Sicher, jederzeit«, sagte Scott. »Das Haus, in dem ich wohne, hat einen Trainingsraum, den alle Mieter kostenlos benutzen können. Dort gibt es auch ein paar gepolsterte Matten, da kann ich dir alles zeigen, ohne dass es ernsthaft weh tut. Sag einfach, wann es dir passt.«

»Ich fliege morgen für ein paar Tage in die USA, aber spätestens am Dienstag sollte ich zurück sein. Wie wäre Mittwochabend?«

»Passt sehr gut!«, sagte Scott. »Um sieben bei mir?«

»Abgemacht«, sagte ich und stand auf. »Dann sehen wir uns nächste Woche.«

»Alles klar, bis Mittwoch dann«, sagte Scott. »Ich wünsche dir einen schönen Abend!«

Auf dem Weg zu meinem Motorrad blickte ich kurz zurück und sah, dass Scott wieder auf dem Rücken im Rasen lag und zum Himmel blickte. Was war bloß mit den Männern los? Wenn selbst harte Jungs wie Scott es nicht wagten, den ersten Schritt zu tun, wer sollte dann die Initiative ergreifen? Die Antwort lag natürlich auf der Hand, mutige Mädchen wie ich, bloß dass ich mich in letzter Zeit nicht gerade durch Kühnheit ausgezeichnet hatte. Eigentlich war ich mir sicher, dass Scott mich ebenso anziehend fand wie ich ihn, und zwar schon seit unserem allerersten Blickkontakt vor dem Savoy. Andererseits konnten Hormone die Wahrnehmung mitunter erheblich trüben. Während ich noch darüber nachdachte, wie einfach es doch sein könnte, wenn die Männer bloß ein bisschen stürmischer wären, fiel mir ein, dass Matt bei unserer Verabredung im Park am Montag den ersten Schritt gemacht hatte. Er hatte mir in die Augen gesehen, eine Strähne aus meinem Gesicht gestrichen und mich geküsst, einfach so. Matt hatte getan, was weder der furchtlose Nahkampfexperte Scott noch die tapfere Detektivin Nea sich trauten.

25

Auf der Fahrt zu Harrys Wohnung genoss ich den wundervollen, warmen Sommerabend. Ich liebe die Zeit, wenn der Horizont noch in Pastelltönen leuchtet, während im dunklen Blau des Himmels schon die ersten Sterne zu sehen sind. Die Lichter der Stadt spiegeln sich im Wasser der Themse, die in der Dämmerung wie flüssiges Glas in ihrem dunklen Bett liegt, und selbst die Luft dieser riesigen Stadt, mit ihren zahllosen Autos und Bussen, den Docks und den Industriegebieten im Osten, riecht irgendwie nach Blüten und Gras, nach Sommer. Ich glaube, man kann ein ganzes Leben in London verbringen, und trotzdem hält die Stadt immer noch ein Geheimnis, eine Überraschung für einen bereit.

Als ich um halb neun endlich eintraf, waren Harry, Hope und Marlee am mutmaßen, was wir wohl auf dem geheimnisvollen Berg in New Mexico finden würden. Die Vorschläge reichten von einem Kaktus über weitere Koordinaten bis hin zu dem Gemälde selbst. Die drei saßen an dem großen Tisch in Harrys Wohnzimmer, die Fenster und die Tür des Balkons standen offen, und auf der steinernen Brüstung brannten Kerzen in flachen Schälchen aus farbigem Glas.

»Setz dich«, sagte Harry und reichte mir einen leeren Teller. »Wir hätten auf dich gewartet, aber weil du gesagt hast, dass du vielleicht später kommen wirst, haben wir schon gegessen. Bitte bedien' dich!«

Harry hatte verschiedene Salate angerichtet und ein dunkles Brot gebacken.

»Vielen Dank«, sagte ich und begann, meinen Teller zu füllen. »Habe ich etwas verpasst?«

»Und ob!«, sagte Marlee. »Heute Nachmittag hat jemand versucht, die restlichen Bilder meiner Großmutter zu kaufen, für fast hunderttausend Pfund!«

»Und nicht irgendjemand«, fügte Harry hinzu, »kein Geringerer als Sir Emmett Cray persönlich.«

»Der Meisterdieb?«, fragte ich ungläubig.

»Eben jener«, erwiderte Harry, »obwohl ihm ja bislang noch nie etwas nachgewiesen werden konnte.«

»Er ist heute Nachmittag bei Abbymarle & Summerville aufgetaucht und hat dreiundneunzigtausend Pfund geboten«, erklärte Marlee, »für die beiden Bilder in den Ausstellungsräumen und die neunundzwanzig Gemälde, die sich noch im Lager der Galerie befinden. Das ist exakt der Preis, zu dem die Bilder in der Preisliste der Galerie geführt werden.«

Emmett Cray war eine Legende. Er war Kunsthändler und stammte aus einer uralten Adelsfamilie, die sich angeblich bis zu Königin Elizabeth I zurückverfolgen ließ. Soweit ich wusste, lebte er zurückgezogen auf dem Landsitz seiner Familie in Schottland, wo sich angeblich auch seine sagenumwobene Privatsammlung befand, die der Öffentlichkeit bislang noch nie zugänglich gemacht worden war. Viele bekannte Werke, die durch anonyme Käufe bei Auktionen den Besitzer gewechselt hatten, wurden in der Cray-Sammlung vermutet. Zweifellos war Emmett Cray ein erfolgreicher Kunsthändler, richtig berühmt war er jedoch, weil viele ihn für einen der genialsten und geschicktesten Kunstdiebe aller Zeiten hielten. Jedes Mal, wenn ein bekanntes Gemälde oder ein anderes wertvolles Kunstobjekt auf spektakuläre Weise gestohlen wurde, tauchte unweigerlich sein Name in den Zeitungen auf. Da er mittlerweile mindestens siebzig sein musste, konnte an den meisten Spekulationen – zumindest an denen der letzten Jahre – wohl nicht viel dran sein. Als im Jahr zuvor der Anapura Mahaprabhu Rubin, eine Leihgabe des indischen Staatsmuseums in Neu Delhi, aus dem Leishman Museum in Newington gestohlen worden war, hatten viele Emmett Cray hinter dem unglaublichen Coup vermutet, obwohl der Dieb zweifellos über außergewöhnliches akrobatisches Geschick verfügt haben musste, als er sich mit Hilfe von dünnen Drahtseilen von der historischen Kuppel über dem Hauptsaal des Museums aus durch ein Netz unsichtbarer Lichtschranken bis zu der Hochsicherheitsvitrine in einem Nebensaal gehangelt hatte, in welchem der einzigartige Edelstein ausgestellt gewesen war. Da die Ausstellungsräume des Museums außerdem mit Infrarotsensoren und hochempfindlichen Mikrofonen ausgestattet waren, hatte er bei dem Einbruch nicht nur völlig lautlos vorgehen müssen, er hatte zusätzlich auch noch einen speziellen Schutzanzug tragen müssen, der Wärmestrahlung dämmte. Eigentlich war klar, dass der alte Mann unmöglich für den Diebstahl verantwortlich sein konnte, doch die Legenden, die sich um ihn rankten, waren so groß, dass man es ihm nicht bloß noch immer zutraute, viele waren sogar davon überzeugt, dass nur er einen so schwierigen Raub überhaupt schaffen konnte.

Die Tatsache, dass Emmett Cray sich für die Bilder von Marlees Großmutter interessierte, überzeugte mich endgültig davon, dass der zweite Picasso tatsächlich existierte. Gewiss interessierte er sich nicht zufällig plötzlich für Agathas Werke, und genauso sicher war, dass er nicht so viel Geld ausgeben würde, wenn er nicht davon überzeugt wäre, dass es etwas Lohnendes zu holen gab. Ein bislang unbekanntes Gemälde von Pablo Picasso wäre wohl genau nach seinem Geschmack. Sicherlich verfügte er über die richtigen Kontakte, um das Bild zu einem guten Preis zu verkaufen, möglicherweise wollte er es sogar für seine eigene Sammlung behalten.

»Das legt natürlich die Vermutung nahe, dass Emmett Cray es gewesen ist, der die Bilder aus Marlees Haus gestohlen hat, ohne dass sie auch nur das Geringste davon mitbekommen hat«, mutmaßte Hope. »Und das bedeutet wohl, dass diese Bilder ihn bei der Suche nach dem Picasso nicht weitergebracht haben, sonst würde er sich nicht um weitere bemühen.«

»Wäre möglich«, sagte Harry, »er könnte allerdings auch tatsächlich auf einen Hinweis in einem der Bilder gestoßen sein, der wiederum auf andere Bilder von Agatha hindeutet, die sich noch nicht in seinem Besitz befinden.«

»Stimmt«, sagte Marlee. »Ich werde ihm die Bilder jedenfalls nicht verkaufen, das steht fest.«

»Obwohl du dir dadurch finanziell vorerst keine Sorgen mehr zu machen brauchtest, und die Bilder deiner Großmutter außerdem zusammen bleiben und in eine der vermutlich bedeutendsten Sammlungen des Landes kommen würden?«, fragte Harry. »Das Rätsel deiner Großmutter zu lösen und am Ende vielleicht ein unbekanntes Gemälde von Picasso zu entdecken, ist eine unglaubliche Herausforderung, ein echtes Abenteuer. Ich würde nichts lieber tun, als mich mit euch zusammen auf die Suche zu machen. Aber das Angebot von Emmett Cray könnte eine einmalige Chance sein, du solltest ernsthaft darüber nachdenken.«

»Ein Verkauf kommt nicht in Frage«, sagte Marlee. »Wir haben eine Abmachung! Zusammen lösen wir das Rätsel, und wenn wir das Bild gefunden haben, kommt es in ein Museum, und alle können es sich ansehen. Was bringt es, einen unbekannten Picasso zu entdecken, wenn das Gemälde danach in einer Privatsammlung verstaubt? Außerdem gehörte der Picasso meiner Großmutter. Wenn Emmett Cray ihn mit Hilfe von Agathas Bildern aufspürt und in seinen Besitz bringt, ist das nichts anderes als Diebstahl, und dabei soll ich ihm auch noch behilflich sein?«

»Der Punkt ist, dass es alles andere als sicher ist, dass wir den Picasso auch tatsächlich finden werden«, sagte ich. »Eigentlich steht nicht einmal zweifelsfrei fest, dass er überhaupt existiert.«

»Ihr denkt zu viel nach!«, sagte Marlee. »Wir haben ein Rätsel, das uns zu einem unheimlich wertvollen und bedeutenden Kunstwerk führt, das uns rechtmäßig gehört. Was gibt es da zu überlegen? Morgen früh geht es los!«

26

Um halb zwölf verabschiedeten wir uns von Harry und machten uns auf den Weg. Da ich keinen zweiten Helm dabei hatte, teilte Hope sich mit Marlee ein Taxi. Ich fuhr Richtung Süden und genoss die warme Nachtluft. Anstatt auf der Regent weiter in Richtung Themse zu fahren, bog ich am Oxford Circus links ab, fuhr bis zur Dean Street und folgte dieser bis zur Ecke Meard. Da ich nun schon mal hier war, konnte ich die Gelegenheit nutzen, um in der Soho Lounge einen World Fusion Tortilla und ein Glas australischen Chardonnay zu mir zu nehmen, als Mitternachtsimbiss sozusagen.

Ich stellte das Motorrad in der Meard Street ab und betrat den Klub fast genau zur selben Zeit wie am Tag zuvor mit Scott, Lily und Josh. Das Licht war gedämpft, und auf den kleinen Tischchen brannten Kerzen in klaren Glasschalen, die zu einem Viertel mit feinem, hellem Sand gefüllt waren. Eng umschlungen tanzten Paare zu *Ballad* von Leonard Cohen. Auf meinem Weg zur Bar warf ich unwillkürlich einen Blick zu dem dunkelroten Sofa, auf dem Lily und Josh es sich am Abend zuvor gemütlich gemacht hatten. Für einen kurzen Augenblick beschleunigte sich mein Puls, als mein Blick auf Scott fiel, der entspannt auf dem Sofa saß und mich ansah, aber richtig überrascht war ich nicht. Ich nickte ihm zu und setzte meinen Weg zur Bar fort. Nachdem mir der Barkeeper ein Glas Weißwein gebracht hatte, ging ich zurück zu dem roten Sofa. Scott saß allein auf der rechten Seite, den Arm auf die breite Lehne gelegt. Auf seinem Handrücken balancierte in leichter Schräglage ein halbvolles Glas Orangensaft. Ich setzte mich neben ihn und fragte: »Bist du beruflich hier?«

»Nein«, erwiderte er, »im Dienst würde ich nicht trinken.«

Ich warf einen fragenden Blick auf das Glas, das noch immer leicht wankend auf Scotts rechtem Handrücken stand.

»Ach so, das ist ein Screwdriver ohne Eis«, erklärte er. »Ich halte mich schon eine ganze Weile daran fest, muss wohl geschmolzen sein. Wie steht's mit dir?«

»Bin ausschließlich zum Vergnügen hier«, sagte ich, nahm einen Schluck Wein und blickte zu den tanzenden Paaren, die sich im Halbdunkel vor der Bar langsam um sich selbst drehten.

»Hast du Lust?«, fragte Scott.

»Sehr«, erwiderte ich. »Ist schon eine ganze Weile her, seit ich es das letzte Mal getan habe.«

»Bei mir auch«, sagte Scott, ohne mich dabei anzusehen.

Ich griff nach seiner linken Hand, stand auf und führte ihn zwischen die tanzenden Paare. Aus den Lautsprechern erklangen die ersten Akkorde von *Love & Texaco* von Gretchen Peters. Ich legte meine Hände auf Scotts Schultern und fing ganz langsam an zu tanzen. Für einen Augenblick bestand ein Abstand zwischen uns, ein kurzes Zögern, doch eine Drehung in Zeitlupe später berührten sich unsere Hüften, und ich spürte Scotts Körperwärme durch den Stoff meines T-Shirts. Unsere Wangen berührten sich, und ich schloss die Augen, konzentrierte mich auf den Klang der Musik und Scotts Geruch, auf den Druck seiner Hände auf meinen Hüften und die unerträglich langsame Bewegung seines Oberschenkels zwischen meinen Beinen. Alles andere trat in den Hintergrund und verblasste, verschwand aus meiner Wahrnehmung, verbannt aus der Dunkelheit hinter meinen Augenlidern. Meine Lippen glitten über Scotts Wange, streiften seinen Mundwinkel. Wir verharrten für einen kurzen Augenblick, den warmen Atem des anderen auf den Lippen, dann küssten wir uns. Die Augen noch immer geschlossen drehte ich mich im Kreis, versunken und verloren, aufgebrochen und angekommen.

Kaum zwanzig Minuten später schloss Scott die Tür seiner Wohnung hinter uns. Sie schien aus einem einzigen großen Raum zu bestehen. Ohne das Licht einzuschalten, stolperten wir zu einem breiten Bett, das schräg in der Ecke zwischen zwei Fenstern stand. Wir küssten uns, wälzten uns hin und her, während ich Dutzende von widerspenstigen Kleidungstücken abstreifte, von denen ich beim besten Willen nicht mehr wusste, wann ich sie alle angezogen hatte.

27

Ich habe in meinem ganzen Erwachsenenleben noch nie in einem Flugzeug geschlafen, ich kann es einfach nicht, und der Grund dafür ist nicht etwa, dass ich Angst vor dem Fliegen hätte. Ich habe keine Ahnung, woran es liegen könnte, probiert habe ich jedenfalls schon so einiges, leider ohne Erfolg. Als Kind bin ich oft mit meinen Eltern geflogen. Mein Vater war Archäologe und meine Mutter Ethnologin. Aufgrund ihrer Arbeit waren sie viel gereist, und wann immer möglich hatten sie mich mitgenommen. Damals war die Sache mit dem Schlafen im Flugzeug noch kein Problem gewesen. Ich konnte mich noch sehr gut daran erinnern, wie ich einmal in Botswana einen wunderschönen Sonnenuntergang durch das Fenster eines startenden Flugzeugs bewundert hatte, um nur einen Augenblick später in London zu landen. So sollte man fliegen.

Jedenfalls hatte ich nun, da ich neben Marlee in der Mittagsmaschine von British Airways nach Los Angeles saß, während wir auf die Startbahn rollten, beste Voraussetzungen, einen erneuten und diesmal hoffentlich erfolgreichen Versuch zu wagen, einen langweiligen Langstreckenflug zu verschlafen. Immerhin hatte ich in der letzten Nacht kaum zwei Stunden geschlafen, und gefrühstückt hatte ich auch nicht angemessen. Nachdem Scotts Wecker uns um sieben unsanft daran erinnert hatte, dass wir beide berufstätig waren, hatten wir lediglich eine Tasse Kaffee im Stehen getrunken, dann waren wir auch schon losgedüst. Ich zu mir nach Hause, um zu duschen, mich halbwegs zurecht zu machen und anschließend mit meinem Gepäck in einem Taxi zum Flughafen zu fahren, Scott zu einem Auftrag in der Innenstadt.

»Geht es dir gut?«, fragte Marlee. »Du hast dunkle Ringe unter den Augen und machst überhaupt einen ziemlich mitgenommenen Eindruck.«

»Ich weiß deine Ehrlichkeit zu schätzen«, sagte ich, schloss die Augen und lehnte mich zurück. »Ich habe kaum geschlafen, aber sobald wir das Essen hinter uns haben, werde ich das nachholen. Ich habe vor, den größten Teil des Fluges zu verschlafen.«

»Ich bin überhaupt nicht müde«, erklärte Marlee. »Hoffentlich haben sie interessante Filme.«

Nachdem wir seit gut zwei Stunden in der Luft und soeben mit dem Essen fertig waren, kramte ich meinen Pullover aus dem Rucksack und schlüpfte hinein.

»Falls du nochmal auf die Toilette musst, wäre ich dir sehr dankbar, wenn du das jetzt erledigen könntest«, sagte ich.

Ich saß am Gang, Marlee am Fenster.

»Ich muss im Flugzeug leider ziemlich oft«, erklärte Marlee. »Vielleicht sollten wir besser die Plätze tauschen?«

»Einverstanden«, sagte ich, »aber nur, wenn es dir wirklich nichts ausmacht, ich will dir nicht den Fensterplatz wegnehmen.«

»Kein Problem, echt«, versicherte Marlee.

Nachdem wir die Plätze getauscht hatten, kippte ich die Rückenlehne nach hinten und kuschelte mich in die Wolldecke. Schlafmangel, ein voller Bauch, ein warmer Pullover und eine kuschelige Decke, eigentlich konnte nichts mehr schiefgehen.

»Viel Spaß bei den Filmen«, murmelte ich. »Wir sehen uns in Amerika.«

»Alles klar«, sagte Marlee. »Schlaf gut!«

Ich schloss die Augen und begann, die Ereignisse der letzten Nacht vor meinem inneren Auge noch einmal Revue passieren zu lassen. Schritt für Schritt ging ich jede Bewegung, jede Geste, jedes Wort noch einmal durch. Wie ich Scott auf dem Sofa entdeckt und ihm zugenickt hatte, wie er mich gefragt hatte, ob ich tanzen möchte, wie ich seine Hand genommen und ihn zwischen die tanzenden Paare geführt hatte. Mit der Erinnerung an den scheinbar endlosen Kuss im Halbdunkel der Soho Lounge schlief ich ein.

Eine knifflige Frage beschäftigte mich, als ich aufwachte: Wie um alles in der Welt hatte Scott seine rechte Hand unter dem halbvollen Glas wegbekommen, ohne den Drink zu verschütten? Ich sah mich um. Marlee kramte in ihrer Tasche.

»Wie lange habe ich geschlafen?«, fragte ich.

»Oh, hast du schon geschlafen?«, erwiderte Marlee.

Ich setzte mich auf und sah auf die Uhr. Es war tatsächlich kaum fünf Minuten her, seit ich mich hingelegt hatte. Ein Blick auf die kleine Karte mit der Position des Flugzeugs auf dem Bildschirm über dem Gang bestätigte es: Los Angeles war noch Tausende von Kilometern entfernt.

»Ich wollte gerade den ersten Film starten«, erklärte Marlee. »Ich habe Schokolade und gesalzene Pistazien, du bist eingeladen!«

Irgendwie wusste ich zu dem Zeitpunkt schon, dass die fünf Minuten Schlaf zwar kurz, verglichen mit früheren Flügen jedoch schon als Fortschritt zu werten waren. Man darf nicht zu viel erwarten.

Sechs Stunden später hatten wir das amerikanische Festland erreicht, ich sah mir das Ende des zweiten Films an, und Marlee schlief tief und fest, den Kopf an meine Schulter gelehnt.

28

Nachdem Marlee und ich unser Gepäck abgeholt hatten, trennten sich unsere Wege vorübergehend, da es für amerikanische Staatsangehörige separate Zollabfertigungsstellen gab. Offenbar waren auf unserem Flug hauptsächlich Amerikaner gewesen, denn vor den beiden Schaltern für US-Bürger bildeten sich rasch lange Schlangen, während sich bloß einige Dutzend Personen an den Schaltern für Ausländer anstellten.

Nachdem mich eine freundliche Zollbeamtin in Kalifornien begrüßt hatte, warf ich einen Blick zu Marlee, die noch eine lange Schlange vor sich hatte, und deutete in Richtung Ausgang. Marlee gab mir mit einem Nicken zu verstehen, dass sie verstanden hatte. Ich betrat die Empfangshalle und hielt Ausschau nach Anne, konnte sie jedoch nirgends entdecken.

»Nea!«, hörte ich die vertraute Stimme sagen. »Ich freue mich so, dass wir uns endlich wiedersehen!«

Ich wandte mich um und blickte in das Gesicht der Frau, die mir vor acht Monaten, ohne es zu dem Zeitpunkt zu wissen, mit einem Schrei das Leben gerettet hatte. Wenn nicht ihre außergewöhnlichen, grünblauen Augen gewesen wären, hätte ich sie nicht erkannt. Annes Äußeres hatte sich seit unserer letzten Begegnung erheblich verändert. Ihre Haare waren nicht mehr so kurz, die Haut war gebräunt, und ihr Gesicht wirkte irgendwie schlanker, als ob sie abgenommen hätte. Sie sah toll aus.

»Du siehst schrecklich aus!«, stieß Anne hervor, noch bevor ich sie begrüßen konnte. »Der Flug muss ja furchtbar gewesen sein!«

Ich verkniff mir eine sarkastische Bemerkung, sagte »Hi Anne« und nahm sie in die Arme. Unter Freunden sollte man spontan die Wahrheit sagen können, und ich war ja tatsächlich nicht in Bestform.

Eine Viertelstunde später tauchte Marlee auf. Ich stellte die beiden vor, dann machten wir uns auf den Weg. Anne führte uns über den Parkplatz und blieb schließlich hinter einer riesigen, dunkelgrauen Limousine stehen und öffnete den Kofferraumdeckel, der länger war als bei manchen Autos die Motorhaube.

»Das ist ein Buick Roadmaster Jahrgang 1995«, erklärte Anne, »eine der größten Limousinen, die man finden kann, und trotzdem praktisch unsichtbar. Perfekt für Überwachungen, glaubt mir.«

Wir packten unsere Taschen in den Kofferraum, stiegen ein und fuhren los. Eine halbe Stunde später setzten wir Marlee bei ihren Freunden in Inglewood ab. Sie hatte vor, den Rest des Tages und die Nacht dort zu verbringen. Wir vereinbarten, dass ich sie am nächsten Morgen um zehn Uhr dort abholen würde, dann verabschiedeten wir uns, und Anne und ich fuhren zurück in Richtung Küste. Als wir um Viertel nach drei in Hermosa Beach auf die Küstenstraße Richtung Süden bogen, überkam mich ein Gefühl der Heimkehr. Immer, wenn ich nach längerer Zeit wieder ans Meer komme, erinnere ich mich daran, wie sehr ich den Anblick der scheinbar endlosen Weite liebe, den salzigen Geruch des Windes und das Geräusch der Brandung.

Anne bog in die Einfahrt eines kleinen hellblauen Hauses und stellte den Motor ab. Zwischen Hintereingang und Garage lehnte ein gelbes Fahrrad an der leicht verwitterten Holzfassade.

Wir stiegen aus und holten mein Gepäck aus dem Kofferraum, dann führte mich Anne über einen ausgetretenen Gehweg zur Vorderseite des Hauses, die dem Pazifik zugewandt war. Der Anblick war atemberaubend. Zwischen dem Meer und Annes Veranda lag nichts als schätzungsweise hundert Meter Sandstrand, der zudem fast menschenleer war. Ich stellte meine Tasche ab, setzte mich auf die Stufen vor der Veranda, blickte auf das Meer und sagte: »Wie kommt es, dass an einem so perfekten Tag nicht mehr Menschen am Strand sind? Ist dieser Abschnitt privat?«

»Nein, der Strand ist öffentlich«, erklärte Anne, »aber es gibt jede Menge Strände in Los Angeles, genug Platz für alle.«

»Unglaublich«, murmelte ich. »Wenn du an einem so sonnigen Tag in Portsmouth oder Brighton an den Strand gehst, kannst du von Glück reden, wenn du eine freie Stelle findest, die groß genug ist, um dich hinzulegen.«

»Komm mit, ich zeige dir dein Zimmer«, sagte Anne und ging zur Verandatür. »Ich glaube, es wird dir gefallen.«

Ich nahm meine Tasche und folgte ihr ins Haus. Sie führte mich über eine schmale Treppe in den ersten Stock, blieb neben einer offenen Tür stehen und sagte: »Da wären wir.«

Ich betrat den kleinen Raum und staunte. Fast die gesamte Westseite des Zimmers wurde von einem großen Fenster eingenommen, das durch die erhöhte Lage einen noch schöneren Ausblick auf den Strand und den Pazifik bot als die Veranda. Als Nächstes fiel mein Blick auf ein modernes Doppelbett aus hellem Holz, das an der Rückwand zwischen Tür und einer altmodischen Truhe stand, die offenbar als Stauraum und Nachttisch zugleich diente. Kissen und Bettdecke steckten in sandfarbenen Überzügen, auf denen in unregelmäßigen Abständen Farbschlieren in verschiedenen Pastelltönen verteilt waren. Das Bett sah unheimlich gemütlich aus, und irgendwie rief es nach mir.

»Möchtest du dich eine Weile hinlegen?«, fragte Anne, der mein sehnsüchtiger Blick auf das Bett offenbar nicht entgangen war. »Immerhin ist für dich ja schon fast Mitternacht.«

Ich warf einen Blick auf meine Uhr, die ich im Flugzeug umgestellt hatte. Es war Viertel vor vier.

»Soll ich dich so gegen sieben Uhr wecken? Wir könnten uns den Sonnenuntergang ansehen und danach Essen gehen.«

»Klingt toll!«, sagte ich. »Ich könnte wirklich ein paar Stunden Schlaf vertragen.«

Zehn Minuten später ließ ich mich frisch geduscht in Annes Gästebett fallen und schlief sofort ein.

29

Um halb acht saßen Anne und ich auf der kleinen Treppe vor der Veranda und sahen zu, wie die Sonne am Horizont scheinbar im Pazifik versank. Ein warmer, stetiger Wind setzte die langen Blätter der Palmen neben dem Haus in Bewegung und erzeugte dabei ein angenehmes, ruhiges Rauschen.

Ich warf einen Blick zu Anne, die mit angezogenen Beinen auf der obersten Stufe saß und sich seitlich an das verwitterte Holzgeländer lehnte. Die untergehende Sonne tauchte ihr Gesicht in jenes wundervolle, goldene Licht, in dem alles irgendwie schön und hoffnungsvoll aussieht. Annes Gesichtsausdruck war ernst und nachdenklich, und ich hatte das Gefühl, dass ihre Augen möglicherweise ein bisschen zu sehr glänzten, ich sagte jedoch nichts.

Als die Sonne ganz verschwunden war, spazierten wir dem Strand entlang Richtung Norden, wo Anne ein mexikanisches Restaurant kannte, in dem wir zu Abend essen wollten. Außer uns waren nicht besonders viele Leute unterwegs. Ab und zu kamen uns Jogger entgegen oder überholten uns, eine Frau war mit einem Hund unterwegs, und ganz nahe am Ufer schlenderte ein Paar eng umschlungen der Brandung entlang.

Ich erzählte Anne von der Sache mit Hope und Rick, von Matt und natürlich auch von Scott.

»Ich bin froh, dass du endlich über Emily hinweg bist«, sagte Anne nach kurzem Zögern.

War ich das wirklich? Ich hatte in letzter Zeit viel über diese Frage nachgedacht, und eines wusste ich mit Sicherheit: Emily hatte noch immer einen besonderen Platz in meinem Herzen, auch wenn ich für sie vielleicht nie mehr als eine flüchtige Affäre gewesen war. Sie hatte eine sexuelle Beziehung mit mir begonnen, und ich hatte mich schrecklich in sie verliebt. Ungleiche Voraussetzungen und Erwartungen, die wohl ebenso häufig vorkamen, wie sie zu Leid und Tränen führten. Emily hatte mir nichts getan, sie hatte mich nicht betrogen oder mich absichtlich verletzt, hatte mir nichts versprochen und nichts von mir verlangt, sie schuldete mir gar nichts. Emily hatte mich lediglich zurückgelassen, hatte nicht mehr getan, als ihrem Herzen zu folgen. Wahrscheinlich war es mir gerade deswegen so schwer gefallen, sie loszulassen.

Anne hatte Recht, in gewisser Weise war ich über Emily hinweg. Ich dachte nicht mehr ständig an sie, und wenn ich mich doch an unsere gemeinsame Zeit erinnerte, empfand ich nicht mehr den erstickenden Schmerz, der mich in den letzten Monaten stets begleitet hatte. Und seit zwei Tagen war nun auch die Leidenschaft in mein Leben zurückgekehrt. Seit Emily mich verlassen hatte, war mir jeder Gedanke an Sex geradezu absurd vorgekommen, doch nun konnte ich mich kaum eine halbe Stunde auf etwas konzentrieren, ohne an all die interessanten Dinge zu denken, die Scott und ich unbedingt noch tun sollten.

»Tut mir leid, wenn ich etwas Falsches gesagt habe …«, begann Anne, offenbar irritiert von meinem Schweigen.

»Nein, keine Sorge«, sagte ich, »ich habe bloß nachgedacht. Du hast Recht, ich bin über Emily hinweg.«

Zehn Minuten später saßen wir an einem Zweiertisch auf der Terrasse des kleinen Restaurants, von dem Anne mir erzählt hatte. Es hieß Cientos Candelas, und das Lokal wurde dem Namen mehr als gerecht. Auf den Tischen und in kleinen Nischen in den Wänden brannten unzählige weiße Kerzen in bemalten Tontöpfchen. Ihre Flammen tauchten die Terrasse in warmes Dämmerlicht, und es roch verführerisch nach mexikanischem Essen. Wir bestellten eine Flasche kalifornischen Rotwein und Gemüse-Quesadillas mit verschiedenen Saucen, dazu grünen Salat mit frischen Tomaten.

Am Telefon hatte ich Anne lediglich in groben Zügen geschildert, weshalb Marlee und ich in die USA reisten. Beim Essen berichtete ich ihr nun ausführlich von der Sache. Ich erzählte ihr von Agatha, dem Gemälde, das Picasso ihr höchstwahrscheinlich geschenkt und womöglich sogar extra für sie gemalt hatte, und natürlich auch von dem Rätsel und den Koordinaten.

»Ich glaube nicht, dass das Bild in der Wüste versteckt ist«, sagte Anne. »So ein Gemälde muss richtig gelagert werden, sonst nimmt es leicht Schaden.«

»Das habe ich zuerst auch gedacht«, erwiderte ich, »aber Marlee hat mir erklärt, es komme dabei hauptsächlich auf drei Dinge an: Temperatur, Luftfeuchtigkeit und Licht. Eine Höhle könnte möglicherweise eine recht stabile, niedrige Temperatur bieten, und ein luftdichter Behälter könnte für die richtige Luftfeuchtigkeit und Schutz vor Licht sorgen. Sicher wäre es nicht optimal, aber ausgeschlossen ist es auch nicht.«

Zum Nachtisch bestellten wir Sopaipillas de la Cosecha, eine Art Teigtaschen, die mit kleinen Bananenstücken gefüllt sind und mit warmem Honig serviert werden. Bislang hatte ich mexikanischem Essen keine besondere Beachtung geschenkt, doch nach dem ersten Bissen des knusprigen Gebäcks nahm ich mir vor, in London nach mexikanischen Restaurants Ausschau zu halten, sobald Marlee und ich zurück waren. Die Sopaipillas waren köstlich!

Als Anne und ich um halb elf zurück zu ihrem Haus kamen, war es längst dunkel. Der Himmel war klar, doch es war immer noch warm genug, um ohne Pullover draußen zu sitzen. Anne zündete eine Kerze an und stellte sie auf den Boden neben das Geländer. Wir setzten uns auf die Veranda und sahen hinaus auf das Meer. Vereinzelt waren die Lichter von Booten zu sehen, die langsam der Küste entlang Richtung Norden fuhren, auf dem Weg zu ihren Liegeplätzen in der Marina del Rey, wie Anne mir erklärte.

Irgendwo in der Dunkelheit wurde eine leise quietschende Tür geöffnet, und einen Augenblick später tauchte ein junger Mann im Lichtschein der Kerze auf. Er hatte schulterlanges schwarzes Haar und trug nicht mehr als ein Paar Shorts und ein weites weißes Hemd, das offenstand und den Blick auf einen schlanken, durchtrainierten Oberkörper freigab. In der Armbeuge hielt er eine kleine Tonschüssel.

»Hi Anne«, sagte der Fremde, während er die kleine Treppe heraufkam. »Ich habe deine Kerze gesehen und wollte fragen …«

Als er mich sah, hielt er mitten im Satz inne und blieb stehen.

»Tut mir leid, ich wusste nicht, dass du Besuch hast«, fuhr er fort. »Ich wollte nicht stören.«

»Kein Problem«, sagte Anne. »Dylan, das ist Nea, sie ist heute Nachmittag mit dem Flugzeug aus London gekommen. Nea, das ist Dylan, mein Nachbar und ein guter Freund.«

»Freut mich sehr, dich endlich kennenzulernen«, sagte Dylan und schüttelte mir die Hand. »Anne hat mir schon viel von dir erzählt.«

»Hey Dylan«, sagte ich. »Was hat sie denn so erzählt?«

»Nur Gutes!«, beteuerte Dylan nach kurzem Zögern. »Hört mal, ich wollte bloß die Schüssel vorbeibringen, ich war heute in San Diego und habe auf der Fahrt in Escondido Honigmelonen gekauft. Falls ihr Appetit auf mehr bekommt, ihr wisst ja, wo ihr mich findet, ich habe eine ganze Kiste davon.«

Anne nahm ihm die Schüssel ab und sagte: »Danke! Möchtest du dich zu uns setzen?«

»Kann leider nicht«, erwiderte Dylan. »Ich muss noch eine Menge Text einstudieren, hab' morgen ein wichtiges Vorsprechen.«

»Dylan ist Schauspieler«, erklärte Anne.

»Also dann, ich muss los. Ich wünsche euch beiden noch einen schönen Abend!«

Nachdem Dylan weg war, holte Anne zwei Gabeln aus der Küche und setzte sich wieder.

»Du hast ziemlich nette Nachbarn«, sagte ich und schob mir ein Stück Melone in den Mund. Sie war kühl und schmeckte ausgezeichnet, fest und trotzdem saftig und mit viel Geschmack.

»Ja, Dylan ist ein netter Kerl«, sagte Anne, »ein richtig guter Kumpel.«

»Arbeitest du zurzeit an einem Fall?«, fragte ich, erstaunt darüber, dass ich nicht schon früher daran gedacht hatte.

»Ja, eine langweilige Versicherungssache, nimmt richtig viel Zeit in Anspruch. Dabei fällt mir ein: Ich muss morgen früh schon um sieben los, wir sollten noch heute Abend alles Nötige vorbereiten. So kannst du bis neun Uhr schlafen und anschließend in aller Ruhe Marlee in Inglewood abholen und mit ihr frühstücken gehen.«

»Klingt gut«, sagte ich.

Nachdem wir die Melone gegessen hatten, führte Anne mich in die Garage und zeigte mir ihren anderen Wagen, einen roten Jeep Wrangler. Sie hatte angeboten, ihn Marlee und mir für die Fahrt nach New Mexico zu leihen. Als Privatdetektivin hatte man eigentlich nie genügend verschiedene Fahrzeuge zur Verfügung. Oft musste man eine Person über längere Zeit beobachten, und jedes Mal, wenn man dabei dasselbe Fahrzeug verwendete, nahm die Gefahr zu, entdeckt zu werden. Harry und ich hatten schon einige Male darüber gesprochen, zusammen einen günstigen Gebrauchtwagen zu kaufen, den wir beide bei Bedarf verwenden konnten.

»Ist nicht gerade ein Auto für lange Reisen«, sagte Anne, »dafür wäre der Roadmaster besser geeignet. Aber wenn das Versteck wirklich so abgelegen in der Wüste liegt, wie dein Freund Harry glaubt, dann seid ihr mit dem Jeep besser dran.«

»Bestimmt«, sagte ich, »offenbar gibt es dort nicht einmal unbefestigte Straßen.«

Anne erklärte mir die Bedienung des Allradantriebs, der Geländereduktion und der Differentialsperre, zeigte mir, wie die Befestigung des Reserverades funktionierte und wo sich Werkzeuge und Wagenheber befanden. Zum Schluss reichte sie mir den Schlüssel und sagte: »Viel Spaß! Und denk daran: Nicht durch Gewässer fahren, die tiefer als sechzig Zentimeter sind.«

»Ich werd's versuchen«, sagte ich grinsend.

»Okay, was könntest du sonst noch brauchen …«, dachte Anne laut nach. »Funktioniert dein Handy hier?«

»Ja, das habe ich bereits am Flughafen getestet«, erwiderte ich.

»Campingausrüstung kann ich dir leider nicht anbieten, Wandern ist nicht so mein Ding.«

»Vielleicht kann sich Marlee ein paar Sachen von ihren Freunden ausleihen, den Rest kaufen wir einfach unterwegs.«

»Ich nehme nicht an, dass du eine Waffe mitgebracht hast?«, sagte Anne und sah mich fragend an.

»Nur mein Taschenmesser«, erwiderte ich.

»Alles klar, komm mit.«

Ich folgte ihr in ihr Schlafzimmer im ersten Stock. Anne öffnete die unterste Schublade ihres Kleiderschranks und zog einen kleinen, matt glänzenden Revolver unter einem Stapel T-Shirts hervor, reichte ihn mir und sagte: »Für alle Fälle, und ich denke dabei nicht bloß an Schlangen und Kojoten.«

»Vielen Dank«, sagte ich und sah mir die Waffe genauer an. Sie war äußerst kompakt und erstaunlich leicht.

»Das ist ein S&W 337Ti Revolver, fünf Patronen in der Trommel, Kaliber .38«, erklärte Anne, während sie mir eine Schachtel Munition reichte. »Ich benutze ihn normalerweise als Backup-Waffe.«

»Alles klar«, sagte ich.

Um ein Uhr früh lag ich hellwach im Bett, beobachtete die Schatten an der Zimmerdecke und hörte dem leisen Rauschen der Brandung zu. In London war es Zeit für das Frühstück, in Kalifornien konnte ich nicht schlafen, und irgendwie hatte ich Lust auf eine Tasse Kaffee und Corn Flakes mit Milch und Zucker.

30

Es war schon fast zehn Uhr, als ich am nächsten Morgen endlich in Annes roten Jeep kletterte und mich auf den Weg zu Marlee machte. Ich gewöhnte mich rasch daran, auf der falschen Straßenseite zu fahren, auf der linken Seite im Wagen zu sitzen, machte mir da schon erheblich mehr zu schaffen. Als ich eine halbe Stunde zu spät vor dem Haus von Marlees Freunden anhielt, hatte ich mich noch immer nicht richtig daran gewöhnt. Marlee verstaute ihr Gepäck auf der Rückbank, stieg ein und fragte: »Hast du schon gefrühstückt?«

»Nein, ich habe verschlafen«, erwiderte ich. »Wie steht's mit dir?«

»Bloß eine Tasse Kaffee«, sagte Marlee. »Ich lade dich zu einem echt amerikanischen Frühstück ein. Vor so einer langen Fahrt müssen wir uns stärken!«

»Klingt gut!«, sagte ich und fuhr los.

Eine Stunde später verließen wir mit vollen Bäuchen ein International House of Pancakes, ein Lokal, das zu einer Kette gehörte, die laut Marlee überall in den USA zu finden war. Marlee hatte darauf bestanden, für uns beide zu bestellen, und ich muss zugeben, dass sie genau wusste, was sie tat. Ich war mir sicher, mindestens vierundzwanzig Stunden nichts mehr essen zu können. Nach einer Portion Rührei mit Toast, gebratenen Kartoffeln und einem Glas Orangensaft gab es Pfannkuchen mit Ahornsirup und gesalzener Butter, dazu kalte Milch und Kaffee so viel man trinken konnte. Ich könnte mich an die Art Frühstück gewöhnen.

Wir fuhren auf der Interstate 40 Richtung Osten. Je weiter wir uns von Los Angeles entfernten, desto weniger wurde der Verkehr. An einer Tankstelle in Needles tauschten wir die Plätze. Jetzt saß ich zwar auf der richtigen Seite, doch nun fehlten mir das Lenkrad und die Pedale. Mittlerweile waren wir in Arizona, die Straße verlief geradeaus bis zum Horizont, und zu beiden Seiten erstreckte sich eine hügelige, von ausgetrockneten Flussläufen durchzogene

Wüstenlandschaft. Ich schloss die Augen und versuchte, mich zu entspannen.

Ich träumte gerade von Scott und einer äußerst interessanten Sache, die Emily mir mal gezeigt hatte, als Marlee mich weckte. Ich setzte mich auf und sah hinaus. Wir standen auf dem Parkplatz vor einem Geschäft mit dem Namen Frank's Outdoor Gear.

»Na, gut geschlafen?«, fragte Marlee.

»Ja, das habe ich wohl dem üppigen Frühstück zu verdanken«, erwiderte ich. »Außerdem ist zu Hause schon …«, ich sah auf die Uhr und begann zu rechnen, »… ein Uhr früh!«

»Ich glaube, meine innere Uhr ist schon wieder umgestellt«, sagte Marlee. »Ich bin jedenfalls überhaupt nicht müde. In dem Laden können wir alles besorgen, was wir für unseren Ausflug in die Wüste brauchen. Kommst du mit?«

»Na klar«, sagte ich, öffnete die Tür und stieg aus.

Wir wählten zwei Schlafsäcke aus, ein kleines Zelt, einen Gaskocher samt Geschirr für zwei Personen und einen Rucksack für Marlee. Ich hatte meinen eigenen Rucksack aus England mitgebracht. Als wir an der Kasse standen, entdeckte Marlee ein Taschenmesser, das in einer kleinen Glasvitrine neben dem Ausgang ausgestellt war.

»Sieh dir dieses Messer an!«, sagte Marlee begeistert. »Da steht, dass es dreiunddreißig verschiedene Funktionen hat!«

»Das ist ein Schweizer Armeemesser«, erklärte ich. »Eines mit so vielen Werkzeugen habe ich allerdings auch noch nie gesehen, muss wohl ein neues Modell sein.«

Das Messer war dunkelrot und außerordentlich klobig, eigentlich konnte man es kaum noch als Taschenmesser bezeichnen.

»Ich habe ein Messer dabei«, begann ich, »du kannst es jederzeit benutzen, wenn du …«

Marlee schenkte meinem Angebot keinerlei Beachtung, denn unterdessen hatte der Verkäufer die Vitrine geöffnet und reichte ihr das faszinierende Multifunktionsmesser zur genaueren Betrachtung.

»Wow …«, flüsterte Marlee ehrfürchtig, während sie das hässliche Ding behutsam von allen Seiten betrachtete.

»Eine lebenslange Garantie ist im Preis inbegriffen«, erklärte der Verkäufer. »So ein Messer kann einem das Leben retten!«

Wenig später waren wir wieder unterwegs. Ich saß hinter dem Lenkrad und fuhr auf der Bundesstraße 491 Richtung Norden, und neben mir saß die stolze Besitzerin eines nagelneuen Schweizer Armeemessers. Mit ernster Stimme las Marlee mir die Gebrauchsanleitung vor, die zwar in winziger Schrift auf ein geradezu lächerlich kleines, unzählige Male gefaltetes Stück Papier gedruckt war, jedoch trotzdem jede Funktion einzeln und ausführlich erklärte.

Als wir gegen sieben Uhr Bloomfield erreichten, warfen die Wacholderbüsche entlang der Straße bereits lange Schatten auf den Asphalt. Wir hielten an einer Tankstelle, kauften eine detaillierte Karte der Gegend und füllten zum zweiten Mal an diesem Tag den Tank, danach statteten wir dem angrenzenden Supermarkt einen Besuch ab, um Proviant einzukaufen. Eine halbe Stunde später hatten wir unsere Einkäufe im Wagen verstaut und verließen Bloomfield auf der Bundesstraße 550 Richtung Süden. Wir waren nun schon recht nahe an der Stelle, auf welche die Koordinaten deuteten. Ich saß auf dem Beifahrersitz und blickte auf die Anzeige meines GPS-Empfängers. Agathas Versteck war noch gut fünfzehn Kilometer in südöstlicher Richtung von uns entfernt. Laut Karte mussten wir bald auf die Country Road 7175 stoßen, die uns in die Wüste führen würde. Kaum hatte ich Marlee darauf aufmerksam gemacht, tauchte die unbefestigte, einspurige Straße auch schon auf. Sie führte in rechtem Winkel zur Bundesstraße in die Wüste hinaus. Marlee bog ab und folgte langsam dem holprigen Weg Richtung Osten. Laut dem Navigationsgerät bewegten wir uns nun nahezu direkt auf die gesuchte Stelle zu.

Je weiter wir in die Wüste fuhren, desto hügeliger wurde das Gelände. Zu unserer Linken tat sich eine Landschaft aus unzähligen kleinen Klippen und Schluchten auf, deren Sedimentschichten im Licht der Abendsonne in den verschiedensten Orangetönen leuchteten.

Nach ungefähr zehn Kilometern trafen wir auf einen kleinen Rastplatz. Er lag auf einer Klippe und bestand lediglich aus einer Feuerstelle, einer Bank aus verwittertem Holz und ein paar Reifenspuren. Marlee hielt an, und wir stiegen aus. Die Stelle bot einen atemberaubenden Blick auf die verwinkelte Landschaft, die sich in nördlicher Richtung unterhalb der Klippen ausbreitete. Laut GPS-Empfänger lag die Stelle, die wir suchten, noch eineinhalb Kilometer von uns entfernt. Irgendwo in diesen Canyons hatte Agatha vor vielen Jahren etwas für ihre Enkelin versteckt.

»Da ist der Angel Peak!«, sagte Marlee aufgeregt und deutete auf eine eigenartige Felsformation, die in nordwestlicher Richtung vor uns lag.

Sie hatte Recht. Die Form der Spitze ähnelte tatsächlich einer knienden Person mit einem ausgebreiteten und einem gebrochenen Flügel. Die letzten Sonnenstrahlen verwandelten die Gesteinsformation, die laut Harry vierzig Millionen Jahre alt und über zweitausend Meter hoch war, in eine wundervolle Skulptur aus Goldtönen und tiefschwarzen Schatten. Schweigend standen Marlee und ich am Rand der Klippe und sahen zu, wie die Schatten langsam höher glitten. Ganz egal, was Agatha hier versteckt haben mochte, sie hatte uns an einen besonderen, wundervollen Ort geführt, der eine lange Reise wert war.

31

Nachdem die Sonne untergegangen war, wurde es rasch dunkler. Ein kühler Wind wehte von den Canyons herauf und ließ mich frösteln. Auf dem GPS-Empfänger hatte ich gesehen, dass wir uns auf einer Höhe von über tausend Metern über Meer befanden. Ich holte meinen Pullover aus dem Wagen und zog ihn an, Marlee schlüpfte in ihren Faserpelz, danach begannen wir, im Windschatten des Wagens das Zelt aufzubauen. Die Heringe in dem ausgetrockneten Boden zu befestigen, stellte sich als schwieriger heraus, als erwartet. Als wir es endlich geschafft hatten, war es schon fast dunkel. Voller Stolz betrachteten wir unsere neue Unterkunft, knallgelb und in der Form einer überdimensionalen Schildkröte.

Während Marlee das Abendessen vorbereitete, zündete ich ein Feuer an. Zum Glück hatten wir ein Bündel Holz gekauft, denn in der näheren Umgebung gab es nichts, was man als Brennstoff hätte verwenden können. Die Hochebene war, abgesehen von einigen Gräsern, die zwischen größeren Felsbrocken sprossen, praktisch kahl. In den Canyons gab es zwar vereinzelt Büsche – Wüstensalbei, den wir seit Arizona überall entlang der Straße gesehen hatten – doch in der Dunkelheit in den steinigen Abhängen unter den Klippen nach vertrockneten Zweigen der kleinen Büsche zu suchen, wäre nicht unbedingt nach meinem Geschmack gewesen. Immerhin gab es in New Mexico sieben verschiedene Arten von Klapperschlangen, wie Harry uns am Abend vor unserer Abreise erzählt hatte, und außerdem eine farblich angeblich äußerst reizvolle, hochgiftige Korallenschlange.

Als das Feuer richtig brannte, setzte ich mich zu Marlee und half ihr beim Kochen. Es gab Gemüsesuppe mit Teigwareneinlage, genau das Richtige, denn unterdessen war es noch deutlich kühler geworden.

»Als es noch hell war, habe ich einen schmalen Pfad gesehen, der von der Klippe in nordwestlicher Richtung in die Canyons hinab führt. Wenn wir früh aufstehen und nichts Unvorhergesehenes dazwischen kommt, sollten wir das Versteck noch vor dem Mittag erreichen können, die Stelle ist ja bloß noch eineinhalb

Kilometer entfernt. Im Verlaufe des Nachmittags könnten wir dann schon wieder auf dem Rückweg nach Los Angeles sein.«

»Ich habe es nicht eilig«, sagte Marlee. »Ich finde es toll hier. Ich kann gut verstehen, dass die Landschaft meine Großmutter inspiriert hat.«

»Ja, schade, dass Hope nicht mitkommen konnte.«

»Hm…«, murmelte Marlee zustimmend.

Eine Stunde später saßen wir am Rand der Klippe und blickten Richtung Norden, wo sich die markante Kontur des Angel Peak schemenhaft gegen das dunkle Blau des Nachthimmels abzeichnete. Die Luft war klar und kühl, und eine leichte Brise trug den an Terpentin und Kampfer erinnernde Duft des Wüstensalbeis aus den Canyons zu uns herauf.

Marlee saß mit angezogenen Beinen da, Kinn und Mund im Kragen ihrer Jacke vergraben. Seit einer ganzen Weile hatte sie nichts mehr gesagt, was ziemlich ungewöhnlich für sie war. Während ich ihre Silhouette betrachtete, dachte ich darüber nach, wie sehr ich mir immer Geschwister gewünscht hatte. Immer wieder hatte ich mir zu Weihnachten und zum Geburtstag einen Bruder oder eine Schwester gewünscht, doch meine Eltern hatten sich offenbar schon vor langer Zeit entschieden, keine weiteren Kinder zu bekommen. Sie amüsierten sich zwar über meinen Wunsch und machten Scherze darüber, aber ich blieb trotzdem ein Einzelkind.

Marlee zog die Hände in die Ärmel ihrer Jacke und schlang die Arme um ihre Beine. So langsam wurde es wirklich kalt. Ich hatte das Bedürfnis, sie in den Arm zu nehmen und zu wärmen, doch ich tat es nicht. Mir war klar, dass Marlee ziemlich genau dem Bild einer kleinen Schwester entsprach, wie ich es mir immer vorgestellt hatte, und ich empfand auch so für sie. Instinktiv fühlte ich mich für sie verantwortlich, und der Impuls, auf sie aufzupassen und sie zu beschützen, war enorm stark. Auch war Marlee mir in der kurzen Zeit, in der wir uns kannten, bereits richtig ans Herz gewachsen. Sie war freundlich und ehrlich, konnte stark und mutig sein, und im nächsten Augenblick wieder furchtbar albern. Es war schwer, sich eine bessere kleine Schwester vorzustellen.

Allerdings hatte ich auch nicht vergessen, wie konsequent sie zunächst jeglichen Körperkontakt mit mir vermieden hatte. Egal wie sehr ich mir wünschte, Marlee und ich könnten ein Verhältnis wie Schwestern haben, ihre eigenen Gefühle sahen vielleicht ganz anders aus.

»Wünschst du dir auch manchmal jemanden, mit dem du über alles sprechen könntest?«, unterbrach Marlee das Schweigen. »Ich meine die wirklich wichtigen Dinge, über die du nur mit jemandem reden kannst, dem du ganz und gar vertraust, und der immer auf deiner Seite stehen wird, ganz egal, was für Mist du gebaut hast.«

»Ja«, sagte ich leise, »sehr sogar.«

Marlee drehte den Kopf und sah mich an. Obwohl es dunkel war, konnte ich erkennen, dass sie lächelte. Ich rutschte zu ihr und legte meinen Arm um sie. Eine Weile saßen wir einfach so da und blickten auf die zerklüftete Landschaft, die im Mondlicht vor uns lag.

32

Während Marlee das Zelt abbaute, kümmerte ich mich um das Frühstück. Es gab frischen Kaffee, weißes Toastbrot und reichlich Rührei, das ich in der kleinen Pfanne des Gaskochers zubereitete, außerdem hatten wir ein Glas Kirschmarmelade und ein Dutzend Einzelportionen Margarine gekauft.

»Der Kaffee riecht köstlich!«, sagte Marlee, während sie das Zelt im Wagen verstaute. »Ich habe einen Bärenhunger!«

Mir ging es genauso. Vielleicht lag es an der frischen Luft oder der kalten Nacht im Zelt. Marlee setzte sich zu mir. Während sie Kaffee eingoss und das Rührei auf zwei Teller verteilte, toastete ich Brotscheiben über der offenen Flamme des Gaskochers, was besser klappte, als ich erwartet hatte.

Zwanzig Minuten später verteilte Marlee den Rest des Kaffees auf unsere beiden Tassen und sagte: »Das Frühstück war toll, vielen Dank! Zu blöd, dass ich das Zelt schon abgebaut habe, jetzt hätte ich unheimlich Lust, noch eine Runde zu schlafen.«

»Geht mir genauso«, sagte ich, als mein Blick auf eine Staubwolke im Süden fiel. Im nächsten Augenblick waren auch schon leise Motorengeräusche zu hören. Marlee warf mir einen fragenden Blick zu, dann wandte sie sich wieder dem näher kommenden Wagen zu. Seit wir am Tag zuvor von der Bundesstraße 550 abgebogen und in die Wüste gefahren waren, hatten wir niemanden mehr getroffen. Der Wagen kam langsam näher.

Ich dachte kurz daran, zum Jeep zu gehen, um in der Nähe meines Rucksacks zu sein, in dem sich Annes kleiner Revolver befand, doch dann blieb ich sitzen. Ich fühlte, dass Marlee angespannt war, doch gleich nach einer Waffe zu greifen, bloß weil wir seit einer Weile auf keine anderen Menschen gestoßen waren, wäre wohl doch ein bisschen übertrieben. Höchstwahrscheinlich handelte es sich um Touristen, die sich diese wunderschöne Stelle ansehen und vielleicht ein Picknick machen wollten. Ich setzte meine Sonnenbrille auf und beobachtete, wie der Wagen langsam näher kam.

Es waren keine Touristen. Als der Wagen noch zwanzig Meter von uns entfernt war, verlangsamte er seine Fahrt und fuhr im Schritttempo auf uns zu. Es handelte sich um einen blassgrünen, verbeulten Pickup, der wohl schon unterwegs gewesen war, als meine Eltern sich noch darüber unterhalten hatten, vielleicht ein Kind zu bekommen. In der Fahrerkabine saßen zwei Indianer, die uns aufmerksam musterten, auf der Ladefläche befanden sich drei weitere, die uns ebenfalls mit ernsten Mienen anstarrten. Sie standen hinter der Fahrerkabine und hielten sich an den verrosteten Stangen des Überrollbügels fest.

Als der Wagen auf unserer Höhe war, hob ich die Hand und deutete einen Gruß an, Marlee tat es mir gleich. Keiner der fünf Männer reagierte, sie starrten uns weiterhin mit ausdruckslosen Mienen an, während der Pickup quälend langsam an uns vorbeifuhr. Erst als sie schon mindestens dreißig Meter von uns entfernt waren, beschleunigte der Fahrer wieder. Der Wagen entfernte sich in Richtung Westen, der schmalen, unbefestigten Straße folgend, auf der wir gekommen waren.

»Gruselig …«, sagte Marlee, als von dem Pickup bloß noch eine Staubwolke in der Ferne zu sehen war. »Ich hatte echt eine Gänsehaut!«

»Wahrscheinlich sind die bloß ein bisschen misstrauisch«, sagte ich. »Vielleicht haben sie mit Fremden schon schlechte Erfahrungen gemacht.«

»Hm…«, murmelte Marlee zustimmend, aber irgendwie hatten wir nun doch keine Lust mehr, uns nochmal hinzulegen.

Es war schon nach zehn, als wir endlich aufbrechen konnten. Ich ging voraus und folgte dem schmalen Pfad, den ich am Abend zuvor entdeckt hatte. Er führte in nordwestlicher Richtung hinab in die Canyons. Obwohl ich lange Hosen und hohe, robuste Schuhe trug, achtete ich aufmerksam auf Schlangen. Nach ungefähr einer halben Stunde erreichten wir die Talsohle. Der Angel Peak lag in nördlicher Richtung vor uns, das Navigationsgerät zeigte eine Entfernung von gut einem Kilometer zu der Stelle an, auf die Agathas Koordinaten deuteten.

Nach ungefähr einem halben Kilometer stießen wir auf einen schmalen, ausgetrockneten Flusslauf, der genau in Richtung Angel Peak führte. Wir folgten ihm bis zum Fuß des Berges, wo er in einer kaum zwanzig Zentimeter breiten Spalte im Fels verschwand. Wir machten uns an den Aufstieg. Er stellte sich als schwieriger heraus, als wir gedacht hatten. Lose Steine und die teilweise starke Steigung machten die Sache zu einer anstrengenden Angelegenheit. Dass man zugleich auch noch auf Schlangen achten musste, erschwerte die Kletterei zusätzlich.

Gegen zwei Uhr nachmittags hatten wir es endlich geschafft, wir standen auf dem Gipfel des Angel Peak, am Fuß der eigenartigen Felsformation, die aus der Ferne wie ein kniender Engel aussah. Nun, da wir direkt davor standen, war die Figur nicht zu erkennen.

Ich wischte mir den Schweiß von der Stirn und blickte auf die Anzeige des GPS-Empfängers. Agathas Versteck war noch hundert Meter entfernt, in östlicher Richtung, was bedeutete, dass es sich nicht auf dem Gipfel selbst, sondern irgendwo an der Ostflanke des Berges befinden musste. Den Richtungsanzeiger des Navigationsgerätes im Auge behaltend ging ich den Abhang hinab auf die Stelle zu, Marlee folgte mir. Wenige Meter, bevor der Abhang in eine senkrechte Felswand überging, hatten wir das Ziel erreicht, auf der Distanzanzeige des kleinen Navigationsgerätes blinkte die Zahl Null. Ich blieb stehen und sah mich um, konnte jedoch nichts Außergewöhnliches entdecken.

»Meinst du, wir müssen graben?«, fragte Marlee.

»Wohl kaum«, erwiderte ich und begann, mit der Schuhspitze eine kleine Stelle von dem feinen, hellbraunen Staub zu befreien, der auf dem Angel Peak und in den umliegenden Canyons allgegenwärtig war. Darunter kam eine feste, rötlichbraune Steinoberfläche zum Vorschein, deren Kanten und Furchen von Wind und Regen abgeschliffen waren.

Ich streifte den Rucksack von den Schultern, lehnte ihn einige Meter weiter oben gegen einen Felsvorsprung und näherte mich vorsichtig dem Rand des Abhangs, um einen Blick hinunter zu werfen.

»Sei vorsichtig!«, sagte Marlee, während sie ihren Rucksack zu meinem stellte.

Ich ging in die Hocke und spähte über den Rand in die Tiefe. Die Felswand bestand aus demselben rötlichen Stein wie der Boden auf der Kuppe. Sie fiel ungefähr fünfzig Meter senkrecht ab und endete in einem steilen Abhang, der von unzähligen kleinen Felsbrocken übersät war.

»Siehst du etwas?«, fragte Marlee ungeduldig.

»Jedenfalls nichts Ungewöhnliches«, begann ich, als mein Blick auf einen altmodischen Kletterhaken fiel, der knapp sechs Meter unterhalb des Randes aus dem Fels ragte. Auf der Suche nach weiteren Hinterlassenschaften von Bergsteigern ließ ich den Blick über die Wand gleiten, als mir ein eigenartig regelmäßiger Felsvorsprung ins Auge fiel. Er befand sich ungefähr vier Meter tiefer als der Kletterhaken und lag zur Hälfte im Schatten. Da die Wand oberhalb des Vorsprungs leicht überhängend war, konnte ich von meiner Position aus leider nur einen kleinen Teil des Vorsprungs einsehen, doch es sah so aus, als ob es sich dabei um den Abschluss einer ebenen Fläche handeln würde. Ich stand auf, trat einige Schritte zurück und sagte: »Wir sollten uns diese Wand unbedingt mal von unten ansehen.«

Eine halbe Stunde später standen Marlee und ich auf dem steilen Abhang unterhalb der Felswand und blickten nach oben. Von dieser Stelle aus war der eigenartigen Vorsprung auf den ersten Blick nicht zu erkennen. Ich holte das Fernglas aus meinem Rucksack und begann, systematisch die Wand abzusuchen. Nach einer Weile entdeckte ich den zurückgelassenen Kletterhaken. Nun hatte ich einen Anhaltspunkt, wo sich der Vorsprung ungefähr befinden musste. Es dauerte weitere drei Minuten, bis ich die Stelle endlich gefunden hatte. Der Vorsprung selbst war zwar nicht zu erkennen, doch im Schatten des überhängenden Teils der Felswand entdeckte ich etwas viel Aufregenderes.

33

Um halb vier saßen Marlee und ich im Schatten eines großen Felsbrockens, aßen Sandwiches und besprachen, wie wir weiter vorgehen wollten. Ungefähr zehn Meter unterhalb des oberen Randes der Felswand führte ein Gang in den Berg, daran bestand kein Zweifel. Mit dem Fernglas waren deutlich ein Teil der Seitenwand und die gewölbte Decke des Durchgangs zu erkennen. Die Wand war ungewöhnlich flach und wies grobe Bearbeitungsspuren auf, was darauf schließen ließ, dass der Gang von Menschen ausgebaut worden war.

»Wir müssen irgendwie diesen Eingang erreichen«, sagte Marlee. »Aber wie?«

»Meiner Meinung nach ist der einfachste Weg, sich von oben zu dem Felsvorsprung abzuseilen«, erwiderte ich. »Dazu benötigen wir jedoch richtige Kletterausrüstung, das Seil im Jeep reicht dafür nicht.«

»Ich verstehe nichts vom Klettern«, sagte Marlee. »An einem Seil in dieser Wand zu hängen, kann ich mir nicht vorstellen.«

»Wir müssen ja nicht beide zu dem Gang«, erklärte ich. »Es wäre ohnehin besser, wenn eine von uns oben bleiben würde, für Notfälle. Ich habe ein wenig Klettererfahrung, die zehn Meter traue ich mir zur. Und falls sich der Aufstieg der überhängenden Stelle wegen als zu schwierig herausstellen sollte, könnte ich mich immer noch auf den darunterliegenden Abhang abseilen.«

»Und wo kriegen wir die Ausrüstung her?«, fragte Marlee, die gerade eine winzige Klinge aus ihrem neuen Multifunktionsmesser geklappt hatte und begann, damit einen Apfel zu halbieren.

»Ist das die größte Klinge in dem Messer?«, fragte ich, während ich beobachtete, wie Marlee den Apfel auf beiden Seiten vom Stiel bis zur Fliege einschnitt.

»Nein, aber die habe ich noch nie ausprobiert. Ich muss mich mit allen Werkzeugen vertraut machen, damit ich im Notfall optimal damit umgehen kann.«

»Verstehe«, sagte ich. »Also, hier ist mein Vorschlag: Wir gehen zurück zum Wagen und fahren nach Bloomfield. Dort beschaffen wir die nötige Kletterausrüstung und frischen unseren Proviant auf. Danach kommen wir zurück und übernachten noch einmal im Zelt. Wenn wir etwas früher aufstehen als heute, können wir morgen um zehn Uhr zurück auf dem Berg sein.«

»Klingt gut«, sagte Marlee, während sie mit aller Kraft an den beiden Hälften des Apfels zerrte. »Wir könnten auch schon heute Abend hierher zurückkommen und unser Zelt gleich hier auf dem Angel Peak aufschlagen. Auf diese Weise könntest du dich morgen frisch und ausgeruht ans Klettern machen, und außerdem wären wir dann etwas weiter von der Straße entfernt. Ich kriege immer noch eine Gänsehaut, wenn ich an die finsteren Typen in dem Pickup denke.«

»Einverstanden«, sagte ich, »so machen wir es.«

Mit einem lauten Knirschen gab der Apfel endlich nach. Stolz und mit einem breiten Grinsen im Gesicht reichte mir Marlee eine Hälfte, die andere legte sie sorgsam ausbalanciert auf einen glattpolierten Stein neben sich. Danach begann sie, mit einem Taschentuch ganz sorgfältig und gründlich die winzige Klinge zu reinigen.

Es war schon beinahe neun Uhr, als wir endlich zurück auf dem Angel Peak waren. Die Sonne war längst untergegangen, und es war schon fast dunkel. Während der letzten halben Stunde hatten Marlee und ich unsere Taschenlampen benutzt, um ganz sicher nicht auf Schlangen zu treten. Ich war total erschöpft. Der zusätzliche Proviant, die Kletterausrüstung, das Zelt und die Schlafsäcke hatten den Marsch zurück auf den Berg zu einer ermüdenden Angelegenheit gemacht. Ich streifte den Rucksack ab, setzte mich auf einen Stein und atmete tief durch. Erstaunlicherweise hatte die Plackerei Marlee weniger zugesetzt als mir, obwohl wir das Gepäck gleichmäßig aufgeteilt hatten. Während ich eine Wasserflasche aus meinem Rucksack holte und einen Schluck trank, war Marlee bereits dabei, ein Feuer anzuzünden.

Zum Glück quälte mich ein schrecklicher Hunger, sonst wäre ich wohl auf der Stelle eingeschlafen. Ich packte den Gaskocher aus und machte mich daran, das Abendessen zuzubereiten. Es gab

Gemüseravioli mit Tomatensauce, Oliven und Parmesan, dazu Mohnbrötchen und eine Schale Fertigsalat aus dem Supermarkt. Während die Ravioli in der Pfanne vor sich hin köchelten, half ich Marlee beim Aufbau des Zeltes.

»Hoffentlich haben wir genug Ravioli«, sagte Marlee. »Seit wir hier draußen sind, habe ich ständig Hunger.«

»Mach dir diesbezüglich keine Sorgen«, beruhigte ich sie. »Außerdem habe ich auch noch eine kleine, äußerst nahrhafte Überraschung zum Nachtisch für dich.«

Während Marlee sich in der Kleiderabteilung des Supermarktes nach einer wärmeren Jacke oder einem zweiten Pullover umgesehen hatte, war ich in einer Bäckerei gewesen und hatte vier Zuckerschlingen gekauft, eine Art weiche, längliche Brezeln, die mit Zucker und Zimt bestreut waren und einfach unwiderstehlich rochen.

Marlee hielt inne, blickte mich grinsend an und sagte: »Ich mag Süßes!«

»Ich weiß«, erwiderte ich.

Für einen Augenblick standen wir einfach so da, Zeltstangen und Seile in den Händen, und sahen uns an, dann lachten wir beide gleichzeitig laut los.

34

Nach dem Abendessen kletterten Marlee und ich auf den Gipfel des Berges, um uns den ungewöhnlich großen, bernsteinfarbenen Mond anzusehen, der tief über der zerklüfteten Wüstenlandschaft hing und von unserem Lager aus nicht zu sehen war. Wir setzten uns auf eine breite Felsplatte etwas unterhalb der Kuppe und blickten auf die weite Ebene, die sich vor uns ausbreitete. Das Mondlicht verwandelte die Canyons um den Angel Peak in ein atemberaubendes Gemälde aus silbernem Licht und tiefschwarzen Schatten. In der Ferne zeichneten sich die Umrisse von Bergen gegen den nachtblauen Horizont ab.

»Das müssen die San Juan oder die Ute Mountains in Colorado sein«, sagte Marlee. »In dem Bericht, den Harry mir ausgedruckt hat, steht, dass man sie an klaren Tagen vom Angel Peak aus sehen kann.«

Eine Weile saßen wir einfach so da und genossen die einzigartige Aussicht. Die Felsplatte, auf der wir saßen, war noch immer warm von der Sonneneinstrahlung des Tages. Ich legte mich auf den Rücken und blickte zum Nachthimmel hoch.

»Ich würde dich gern etwas fragen«, begann Marlee mit beunruhigend ernster Stimme.

»Worum geht es?«

»Erst musst du mir versprechen, dass du niemals mit irgendjemandem darüber reden wirst«, sagte Marlee, die sich mir zugewandt hatte. Ihr Gesicht lag im Schatten.

»Ich verspreche es.«

»Du wirst vielleicht denken, du müsstest einer bestimmten Person davon erzählen, sobald zu weißt, worum es geht.«

»Ich gebe dir mein Wort, dass ich deinen Wunsch respektieren werde«, sagte ich und stützte mich auf meine Ellbogen, »selbst wenn ich denken sollte, dass dies nicht das Beste für dich ist.«

»Okay«, sagte Marlee leise.

Ich blickte wieder zum Himmel und wartete. Marlee brauchte fast eine Minute, bis sie ihre Frage endlich stellte: »Wie hat Hope reagiert, als sie von dir und Emily erfahren hat?«

Verwirrt wandte ich mich ihr zu.

»Harry hat mir davon erzählt«, erklärte Marlee. »Nicht viel, bloß dass du eine schwere Zeit hinter dir hast.«

»Verstehe«, sagte ich und dachte über die Frage nach. Weshalb wollte Marlee wissen, wie Hope darüber dachte?

»Wie eine beste Freundin«, sagte ich schließlich.

»Hm…«, murmelte Marlee, nickte und blickte wieder auf die weite Ebene, die im Mondlicht vor uns lag.

Worauf wollte Marlee bloß hinaus?

»Wie hat sie auf die Tatsache reagiert, dass du dich in eine Frau verliebt hast?«

»Dazu hat sie nie etwas gesagt«, erwiderte ich. »Warum interessiert dich das?«

Noch während ich die Frage stellte, begriff ich endlich. Ich setzte mich auf und fragte: »Bist du in sie verliebt?«

Marlee nickte.

»Hope hat mir gegenüber noch nie etwas zu diesem Thema gesagt, aber ich weiß mit ziemlicher Sicherheit, dass sie noch nie eine Liebesbeziehung zu einer Frau hatte, jedenfalls nicht, seit wir uns kennen.«

Eine Weile saßen wir schweigend da und beobachteten den Mond, der langsam hinter den Bergen am Horizont verschwand. Die Canyons lagen nun vollständig im Schatten, und je weiter der Mond sich zurückzog, desto dunkler wurde es. Ich sah auf die Uhr, es war knapp elf. Ich wollte gerade vorschlagen, zurück zum Lager zu gehen, als hinter uns ein Geräusch zu hören war. Irgendwo in der Dunkelheit rutschten ein paar Kiesel einen Abhang hinunter, ein Geräusch, das uns den Tag über ständig begleitet hatte. Es war beinahe unmöglich, sich auf dem Angel Peak und in den umliegenden Canyons zu bewegen, ohne kleine Steine loszutreten. Nach wenigen Sekunden herrschte wieder Stille. Marlee und ich starrten in die Dunkelheit. Von dem Feuer neben unserem

Zelt war bloß noch Glut übrig. Das ganze Gelände lag in tiefer Dunkelheit.

»Ob es hier größere Tiere gibt?«, flüsterte Marlee.

»Vielleicht Kojoten«, erwiderte ich ebenso leise.

»Und wenn es die Typen aus dem Truck sind?«, fragte Marlee.

Ich wollte gerade antworten, als ungefähr vierzig Meter von uns entfernt ein schwaches, dunkelrotes Licht aufleuchtete. Lautlos schwebte es auf unser Zelt zu.

35

»Irgendwie habe ich mir die indianischen Geister anders vorgestellt«, sagte Marlee.

»Das ist bloß eine Taschenlampe mit Rotfilter«, flüsterte ich. »Auch die kleine Notfalllampe in meinem Rucksack verfügt zusätzlich zur normalen Glühbirne über drei rote Leuchtdioden.«

»Und wozu soll das gut sein?«, fragte Marlee.

»Rotes Licht beeinträchtigt die Nachtsicht am wenigsten. Man benutzt es zum Beispiel, um in der Dunkelheit einen kurzen Blick auf eine Karte zu werfen. Wenn du dazu eine normale Taschenlampe verwendest, brauchen die Augen danach eine Weile, um wieder die volle Nachtsicht zu erlangen. Nach hellem Licht kann es bis zu zwanzig Minuten dauern, bis die Augen sich vollständig an die Dunkelheit angepasst haben.«

»Ich glaube, ich brauche eine neue Taschenlampe«, flüsterte Marlee.

Mittlerweile war der rote Lichtkegel beinahe bei unserem Zelt angelangt. Er wurde langsamer, blieb stehen und erlosch. Außer dem schwachen Glimmen der Überreste unseres Feuers war nichts mehr zu sehen. Achttausend Kilometer entfernt in der untersten Schublade meines Schreibtisches lag mein Nachtsichtfernglas. Ich war noch nie gut im Packen.

»Was machen wir nun?«, flüsterte Marlee viel zu nahe an meinem Ohr. Ich hätte vor Schreck fast geschrien.

»Wir sollten uns auf keinen Fall zu erkennen geben. Ich habe keine Ahnung, wer das ist, aber wer auf diese Weise durch die Finsternis schleicht, führt nichts Gutes im Schilde. Außer den Taschenlampen und den zwei restlichen Zuckerschlingen haben wir nichts dabei. Ganz besonders den Revolver hätte ich jetzt ganz gerne im Hosenbund stecken. Ich könnte mich in den Hintern treten, dass ich ihn im Rucksack gelassen habe.«

»Ich habe mein Messer dabei«, flüsterte Marlee beruhigend.

Eine ironische Bemerkung lag mir bereits auf der Zunge, doch ich schaffte es gerade noch, mich zu beherrschen. Die Klingen von Marlees Wundermesser waren zwar klein und nicht zum

Kämpfen gedacht, ich selbst war jedoch noch schlechter ausgerüstet. Ich nahm mir fest vor, mir von Scott ein paar Nahkampftricks zeigen zu lassen.

»Glaubst du, das könnte dieser Kunstdieb sein?«, fragte Marlee. »Vielleicht hat er die Koordinaten in dem Bild ebenfalls entdeckt und ist wie wir hierher gereist. Sicher wäre es für ihn keine große Sache, an alte Kataloge mit Abbildungen der Bilder zu kommen. Falls er es war, der bei mir eingebrochen ist, hat er vielleicht sogar das Original. Ich kann mich allerdings nicht erinnern, das Bild jemals im Haus gesehen zu haben.«

»Bedeutet die Tatsache, dass es in dem Katalog von Abbymarle & Summerville abgebildet ist, nicht, dass Agatha es der Galerie zum Verkauf übergeben hat?«

»Doch, natürlich, du hast Recht«, sagte Marlee.

»Ich traue Emmett Cray durchaus zu, die Koordinaten in dem Gemälde zu finden, doch woher sollte er gewusst haben, dass er überhaupt danach suchen muss? Dass deine Großmutter das Bild von Picasso versteckt und mit einem Rätsel geschützt hat, kann außer uns doch niemand wissen.«

Ein Schatten huschte vor der Glut des Feuers vorbei. Die dunkle Silhouette war bloß für den Bruchteil einer Sekunde zu sehen gewesen, doch ich war mir sicher, dass es sich dabei keinesfalls um Emmett Cray gehandelt hatte, und dies nicht bloß, weil er sich in seinem Alter wohl kaum mehr derart flink und leichtfüßig bewegen konnte. Die Person, die soeben lautlos wie ein Gespenst vor der Glut des Feuers vorbeigeglitten war, trug die Haare zu einem langen Pferdeschwanz zusammengebunden, der bis zur schlanken Taille einer Frau hinunterreichte.

»Hast du sie auch gesehen?«, flüsterte ich Marlee zu.

»Na klar. Das wird ja wohl nicht Anne sein, die ihren Wagen zurückhaben will?«

»Quatsch!«, sagte ich und blickte zu Marlee. Trotz der Dunkelheit konnte ich erkennen, dass sie über das ganze Gesicht grinste. Ich wurde einfach nicht schlau aus ihr! Als mitten in London jemand um ihr verschlossenes Haus geschlichen war, hatte sie solche Angst gehabt, dass sie sich in einem Zimmer verbarrikadiert und zusätzlich auch noch eine schwere Kommode vor die Tür geschoben hatte. Und selbst nachdem der unerwünschte Besucher vor mir geflohen war, hatte sie sich noch davor gefürchtet, allein in dem Haus zu bleiben. Und nun, da wir mitten in der Nacht fernab der Zivilisation ganz auf uns allein gestellt und lediglich mit Süßgebäck und einem Schweizer Armeemesser bewaffnet auf dem Gipfel eines Berges lagen und eine Person beobachteten, die um unser Zelt schlich und eindeutig nichts Gutes im Schilde führte, war Marlee zu Scherzen aufgelegt!

Aus der Dunkelheit unter uns war ein leises, metallisches Klicken zu hören, dann herrschte erneut Stille. Kurz darauf ging das dunkelrote Licht wieder an. Diesmal bewegte es sich nicht. Die Lampe lag auf dem Boden und beleuchtete einen Felsvorsprung, an dem gerade ein Seil befestigt wurde. Der Anblick der beiden, in den roten Lichtkegel ragenden Hände war gespenstisch. Geschickt schlangen sie das Ende eines Kletterseils um den Stein und verknoteten es, der Rest des Körpers blieb verborgen in der Dunkelheit.

»Sie weiß von der Höhle!«, flüsterte Marlee aufgeregt.

»Wahrscheinlich ist sie uns schon eine ganze Weile gefolgt und hat uns beobachtet, vielleicht schon seit wir heute Morgen aufgebrochen sind. Und wir haben sie nicht nur hierher geführt, vermutlich haben wir ihr auch den Eingang in der Felswand gezeigt. Während wir die Wand erst von oben und anschließend von unten untersucht haben, konnte sie sich in aller Ruhe irgendwo im Schatten hinsetzen und uns dabei zusehen.«

»Und weshalb hat sie bis jetzt gewartet?«, fragte Marlee. »Die Zeit, in der wir in der Stadt waren, wäre doch perfekt gewesen, um sich zu dem Eingang abzuseilen. Wir waren weg, und es war noch hell.«

»Weil sie wahrscheinlich genau wie wir keine Kletterausrüstung dabei hatte. Auch sie musste sich irgendwo Seile und Material besorgen. Es würde mich nicht wundern, wenn sie im selben Sportgeschäft eingekauft hat wie wir.«

Erneut war ein metallisches Klicken zu hören, dann erhob sich die rot leuchtende Taschenlampe wie von Geisterhand in die Luft und tanzte eine Weile an Ort und Stelle. Für den Bruchteil einer Sekunde leuchtete schemenhaft das Gesicht einer jungen Frau in der Dunkelheit auf. Offenbar befestigte sie die Lampe an einem Kletterhelm.

»Was machen wir nun?«, fragte Marlee. »Wir können sie doch nicht mit dem Picasso abhauen lassen?«

Während ich noch überlegte, richtete sich der Strahl der roten Lampe auf uns. Obwohl das Licht viel zu schwach war, um uns auf diese Distanz zu verraten, duckten Marlee und ich uns instinktiv.

»Mist!«, hauchte Marlee kaum wahrnehmbar.

»Vermutlich hat sie etwas gehört«, flüsterte ich.

Nach einigen Sekunden setzte sich das rote Licht wieder in Bewegung. Lautlos näherte es sich dem Boden und verschwand schließlich hinter dem Rand der Felswand.

Ich setzte mich auf und dachte nach. Es stand außer Frage, dass die Frau von Agathas Rätsel wusste, ganz egal ob sie die Stelle und den Eingang durch uns gefunden hatte oder nicht. Irgendwie hatte sie von dem zweiten Picasso erfahren, und ganz offensichtlich war sie nicht nur geschickt, sondern auch äußerst effizient. Nicht nur, dass sie uns in der menschenleeren Gegend unbemerkt gefolgt war, sie hatte sich auch in Windeseile eine Kletterausrüstung besorgt und war soeben dabei, noch vor uns zu dem geheimnisvollen Eingang abzusteigen, und zwar ganz allein und in der Dunkelheit.

Die Sache war klar: Ich musste ihr folgen, und zwar sofort. Eigentlich war das gar kein so großes Risiko, immerhin konnte ich nun Annes Revolver aus dem Zelt holen, und außerdem wusste die Frau nicht, dass wir sie bemerkt hatten. Zusätzlich bestand natürlich auch immer noch die Möglichkeit, dass sie überhaupt nicht gefährlich war. Womöglich würde sie uns das Gemälde sogar widerstandslos überlassen, wenn wir Marlees rechtmäßigen Anspruch darauf klargestellt hatten. Nein, das wohl doch eher nicht.

»Wie lautet unser Plan?«, flüsterte Marlee.

»Ganz einfach«, erwiderte ich. »Ich folge ihr.«

36

Marlee und ich waren kaum aufgestanden, als ungefähr zweihundert Meter unterhalb unseres Zeltes eine Taschenlampe in der Dunkelheit auftauchte, zwei weitere folgten wenige Sekunden später. Im Gegensatz zu der Lampe der unbekannten Frau handelte es sich um ganz normale Taschenlampen. Ihr helles weißes Licht war in der mittlerweile mondlosen Nacht nicht zu übersehen. Sofort gingen Marlee und ich wieder in Deckung.

»Hier ist ja ganz schön was los«, flüsterte ich.

Bereits waren leise Geräusche zu vernehmen. Die Gruppe trat jede Menge Steine los, und ab und zu glaubte ich sogar, Stimmen zu hören.

»Meinst du, die gehören zu ihr?«, fragte Marlee.

»Das glaube ich kaum«, erwiderte ich. »Erstens würde sie sich nicht allein abseilen, wenn sie Hilfe dabei hätte, und zweitens würde sie sich ja wohl kaum derart geschickt an unserem Zelt vorbeischleichen, bloß damit uns ihre Begleiter danach mit hellen Lampen und Gerede wecken konnten.«

Die drei Lichter kamen schnell näher, sie waren höchstens noch hundertfünfzig Meter von unserem Lager entfernt.

»Komm mit!«, sagte ich. »Wir müssen unsere Rucksäcke und die Kletterausrüstung aus dem Zelt holen und uns wieder verstecken, bevor die drei unser Lager erreicht haben!«

Ich stand auf und eilte so schnell ich konnte in Richtung unseres Zeltes, Marlee folgte dicht hinter mir. Weil wir unsere Taschenlampen nicht benutzen konnten, kamen wir nur langsam voran. Als wir das Zelt endlich erreicht hatten, waren die Stimmen unserer neuesten Besucher bereits deutlich zu hören, offenbar alles Männer. Ich duckte mich in das Zelt und tastete in der Dunkelheit nach unseren Rucksäcken. Nachdem ich Marlee ihren Rucksack hinausgereicht hatte, streifte ich meinen eigenen über die Schultern und suchte verzweifelt nach der Tasche mit der Kletterausrüstung, fand sie jedoch nicht. Im nächsten Augenblick glitt der Strahl einer Taschenlampe über die Außenwand des Zeltes und tauchte den Innenraum für den Bruchteil einer Sekunde in einen gelborangen Schimmer. So schnell ich konnte krabbelte ich zum Ausgang, der glücklicherweise auf der den Männern abgewandten Seite des Zeltes lag, und machte mich auf den Weg zurück auf den Kamm oberhalb unseres Lagers. Marlee war einige Meter vor mir und bewegte sich schnell. Ich folgte ihrem schemenhaften Umriss und dem leisen Knirschen ihrer Schritte zurück zu der breiten Felsplatte auf dem Gipfel, von der aus wir unser Lager gefahrlos beobachten konnten.

Die drei Männer hatten unser Zelt erreicht, einer war bereits im Inneren, die beiden anderen suchten mit den Lampen die Umgebung ab. Für einen kurzen Augenblick waren vor dem Hintergrund der gelben, von einer Lampe erhellten Zeltplane die Umrisse einer Pistole zu sehen.

»Zwei davon kenne ich!«, sagte Marlee. »Das sind die Typen, die mich in London verfolgt haben!«

»Bist du sicher?«, fragte ich zweifelnd. »Deren Gesichter sind im Schein der Taschenlampen aus der Distanz doch kaum zu erkennen.«

»Es sind nicht bloß die Gesichter, ich erkenne auch den Körperbau und die Art, wie sie sich bewegen. Der eine ist klein und pummelig, der andere groß und hager. Das sind die beiden, ganz bestimmt!«

»Die Sache mit dem Picasso scheint kein großes Geheimnis mehr zu sein«, sagte ich. »Nun sind außer uns schon mindestens vier andere Parteien dem Gemälde auf der Spur.«

»Vier?«, fragte Marlee.

»Der Franzose, Emmett Cray, die Unbekannte mit der roten Taschenlampe und diese Männer.«

»Du hast Recht«, sagte Marlee. »Woher wissen die bloß alle davon?«

»Wenn man der Geschichte von Chevalier-Carons Picasso nachgeht, findet man schnell heraus, dass sich die Wege von Picasso und der Großmutter des Franzosen irgendwann gekreuzt haben müssen. Dadurch stößt man unweigerlich auch auf Agatha, die zu der Zeit mit ihr in Südfrankreich unterwegs war. Der Gedanke, dass möglicherweise auch sie ein Gemälde von Picasso erhalten haben könnte, liegt da natürlich ziemlich nahe, besonders wenn man den Titel von Chevalier-Carons Bild bedenkt. Viel interessanter finde ich die Frage, woher die alle von dem Rätsel wissen.«

Marlee setzte gerade zu einer Antwort an, als einer der Männer den anderen beiden etwas zurief, und zwar eindeutig auf Italienisch. Er stand am Rand der Klippe und leuchtete auf das Seil der Unbekannten, die vor wenigen Minuten in der Dunkelheit der Felswand verschwunden war. Eine Weile standen die drei bei dem Seil, leuchteten mit den Taschenlampen nach unten in die Wand und diskutierten, dann ging einer zum Zelt und holte die Tasche mit unserer Kletterausrüstung. Diebe mit Pistolen. So langsam mussten wir uns wirklich etwas einfallen lassen.

Eine Viertelstunde später machte sich der letzte der drei Männer an den Abstieg. Da wir nur einen Klettergurt gekauft hatten, mussten die drei einzeln zu dem Eingang in der Wand absteigen. Nachdem der Erste unten war, wurde der leere Gurt wieder nach oben gezogen und die Sache wiederholte sich.

»Und was machen wir nun?«, fragte Marlee.

»Der Plan hat sich nicht geändert«, erwiderte ich. »Ich folge der Frau und den Männern.«

»Und wie willst du das machen? Unsere Kletterausrüstung ist weg.«

»Die ist nicht weg. Bestimmt lassen sie den Gurt auf dem Felsvorsprung vor dem Eingang zurück, wir brauchen ihn bloß hochzuziehen.«

»Und was ist, wenn die Typen gefährlich sind?«, fragte Marlee. »Die haben immerhin Pistolen, für mich ist das kein gutes Zeichen!«

»Ich werde vorsichtig sein, und außerdem haben wir ja noch die Funkgeräte. Wenn etwas schiefgeht, gebe ich dir Bescheid, und du holst Hilfe.«

37

Zehn Minuten später hing ich in der Wand. Ungefähr sieben Meter unter meinen Füßen sah ich den Felsvorsprung vor dem Eingang. Er wurde von einem eigenartigen, orangen Lichtschein erhellt. Seltsamerweise bewegte er sich nicht. Ich lauschte angestrengt, konnte jedoch weder Stimmen noch Geräusche hören. Offenbar hatten entweder die Frau mit dem langen Pferdeschwanz oder die Männer eine Lampe beim Eingang zurückgelassen. Vorsichtig setzte ich den Abstieg fort. Als meine Beine den oberen Rand des Eingangs beinahe erreicht hatten, schob ich mich ungefähr einen Meter zur Seite, sodass ich knapp neben der Öffnung vorbeiglitt. Auf diese Weise konnte ich einen Blick in den Durchgang werfen, ohne gleich entdeckt zu werden. Mein ganzes Gewicht noch immer im Seil hängend näherte ich mich langsam der erleuchteten Öffnung. Vorsichtig setzte ich einen Fuß auf den schmalen Felsvorsprung und spähte um die Ecke. Ein schmaler Gang führte ungefähr sechs Meter gerade in den Fels und endete in einem größeren Gang, der offenbar parallel zur Felswand im Inneren des Berges verlief. Ungefähr zwei Meter vor der Stelle, an der die beiden Gänge aufeinander trafen, lag ein ungewöhnlich heller, chemischer Leuchtstab auf dem Boden. Sein oranges Licht warf gespenstische Schatten auf die erstaunlich glatten Wände. Falls der Gang künstlich in den Fels getrieben worden war, musste er danach entweder von den Erbauern selbst oder durch Erosion poliert worden sein.

Nachdem ich mich vergewissert hatte, dass niemand in der Nähe war, betrat ich den Gang und stieg aus dem Klettergurt. Mit der ausgeschalteten Taschenlampe in der linken und dem Revolver in der rechten Hand näherte ich mich ganz vorsichtig der Verzweigung. Nachdem ich den orangen Leuchtstab passiert hatte, warf sein helles Licht einen kleiner werdenden Schatten von mir auf die Wand in dem Quergang. So viel zum Thema unbemerkt anschleichen. Ich beschleunigte meine Schritte, schaltete die Taschenlampe ein und trat entschlossen in den Gang. Der Abschnitt zu meiner Linken lag im Dunkeln. Der Strahl meiner Lampe reichte gerade aus, um zu erkennen, dass er nach schätzungsweise dreißig Metern nach Westen, also ins Innere des Berges abbog. Der Gang zu meiner Rechten führte ungefähr fünfzehn Meter geradeaus nach Norden und fiel dann steil ab. An der Decke vor der Senke war schwach das orange Licht eines weiteren Leuchtstabs zu sehen, der sich irgendwo weiter unten im Gang befinden musste. Ich nahm diesen Weg. Der Gang fiel in einem Winkel von ungefähr fünfundvierzig Grad ab, doch der felsige Boden war sauber und trocken, sodass das Gefälle kein Problem darstellte. Nach zehn Metern passierte ich den Leuchtstab, dessen Schein ich von oben gesehen hatte. Nun eilte mir erneut ein verräterischer Schatten voraus.

Einige Biegungen weiter hörte ich Stimmen. Ich blieb stehen, löschte meine Taschenlampe und lauschte. Offenbar hatten die Männer die Frau eingeholt, denn eine der Stimmen war eindeutig weiblich. Vorsichtig bog ich um eine Ecke in einen Abschnitt, der vollständig im Dunkeln lag. An seinem Ende schimmerten die Umrisse eines orange erleuchteten Durchgangs. Lautlos schlich ich zu der Öffnung und spähte vorsichtig um die Ecke. Eine große Höhle lag vor mir, mit einer kuppelartigen, schätzungsweise fünf Meter hohen Decke, auf der ich undeutlich indianische Wandmalereien erkennen konnte. Die Frau mit dem Pferdeschwanz stand in der Mitte des Raumes, eingekreist von den drei Männern. In einer Hand hielt sie einen der orangen Leuchtstäbe, in der anderen ein kleines, im Licht des Stabes glänzendes Metallröhrchen von der Größe eines dicken Filzstiftes. Sie trug noch immer ihren Klettergurt. Zwei der Männer richteten ihre Pistolen auf sie, der dritte leuchtete mit einer Taschenlampe auf das Metallröhrchen und ging langsam auf sie zu. Der Gesichtsausdruck der Frau ließ keine Zweifel daran, dass sie nicht vorhatte, den geheimnisvollen kleinen Behälter freiwillig herzugeben. Nun war es natürlich so, dass das Röhrchen mit großer Wahrscheinlichkeit rechtmäßig Marlee gehörte, weshalb sowohl die Frau wie auch die drei Männer keinerlei Anspruch darauf hatten. Es war höchste Zeit, die vier auf diese wichtige Tatsache aufmerksam zu machen.

Ich trat in die Höhle, richtete den Revolver auf die Gruppe und sagte laut und deutlich: »Sofort die Waffen fallenlassen!«

Von da an ging alles sehr schnell. Der Typ mit der Taschenlampe richtete den Strahl auf mich, doch im nächsten Augenblick wirbelte die Lampe auch schon durch die Luft, landete mit einem metallischen Poltern auf einem Felsen und ging aus. Offenbar hatte die Frau ihm die Taschenlampe aus der Hand getreten. Das Mündungsfeuer einer Pistole blitzte auf, und ein ohrenbetäubender Knall hallte durch die Höhle. Ich hatte keine Ahnung, worauf der Typ gezielt hatte, hielt es aber für ratsam, schnellstens in Deckung zu gehen. Mit einem Sprung verschwand ich in einer Nische im Fels zu meiner Linken. Aus dem Augenwinkel sah ich, wie die Frau den Leuchtstab über eine Felskuppe im hinteren Teil der Höhle warf. Ich kauerte mich mit dem Rücken zur Wand in die Ecke. Ein Platschen war zu hören, gleichzeitig versank die Höhle in vollkommener Dunkelheit. Offenbar war der Leuchtstab in einen Teich oder einen Fluss gefallen. Ich hörte, wie jemand in der Dunkelheit in meine Richtung lief. Den Finger bereits auf dem Schalter meiner Taschenlampe sprang ich auf, als ein ersticktes Stöhnen der unbekannten Frau und kurz darauf ein italienischer Fluch zu hören waren. Ein metallisches Klimpern kam direkt auf mich zu. Mir war klar, dass es nun auf jede Sekunde ankam. Ich schaltete meine Taschenlampe ein, bereit, sie gleich wieder auszuschalten und zur Seite zu springen, falls jemand auf mich zielen sollte. Das geheimnisvolle Metallröhrchen lag direkt vor meinen Füßen, zwei Meter dahinter lag flach auf dem Bauch die Frau und gleich daneben einer der Italiener. Weiter hinten in der Höhle ging eine Taschenlampe an. Der Strahl glitt über die Frau auf dem Boden und erfasste kurz darauf mich. Ich leuchtete mit meiner eigenen Lampe zurück und griff gleichzeitig nach dem kupferfarbenen Röhrchen. Während ich zurück in die Nische sprang, sah ich gerade noch, wie die Frau in dem Gang verschwand, durch den ich vor wenigen Augenblicken gekommen war, einer der Männer war ihr dicht auf den Fersen.

Eine zweite Lampe leuchtete auf und bewegte sich seitlich zum Eingang der Höhle. Die Nische, in der ich mich befand, würde nur noch für wenige Sekunden Schutz bieten. Ich feuerte zweimal in die Lücke zwischen den beiden Lampen und rannte gleichzeitig los in den hinteren Teil der Höhle. Hinter mir blitzte Mündungsfeuer auf. Es war erst zwei Sekunden her, seit ich den kleinen Revolver abgefeuert hatte, und doch wünschte ich mir bereits, ich hätte nicht bloß Warnschüsse abgegeben. Mit einem Satz sprang ich über eine niedrige Felskuppe, bereit für eine harte Landung. Immerhin würde die Kuppe eine gute Deckung abgeben, die die Italiener unmöglich überwinden konnten, solange ich selbst noch Munition hatte.

Erneut hallte ein ohrenbetäubender Knall durch die Höhle, und nur einen halben Meter von mir entfernt schossen Felssplitter in die Luft. Die harte Landung blieb aus. Hinter der Kuppe fiel der Fels steil ab. Zuerst auf der linken Seite, dann auf dem Rücken liegend rutschte ich den unebenen, steinigen Abhang hinunter. Nun erschien es mir leichtsinnig, in einer völlig unbekannten Höhle einfach so über Felskuppen ins Unbekannte zu springen. Andererseits macht man so manche Dinge, wenn gerade auf einen geschossen wird.

Meine Taschenlampe, die ich beim Abrollen offenbar losgelassen hatte, schlitterte ungefähr zwei Meter vor mir über den rötlichen Fels und verursachte dabei ein unangenehmes, schleifendes Geräusch von Metall auf Stein. Ihr Strahl zuckte wild nach allen Seiten. Mit einem Mal war sie verschwunden, und während ich noch darüber nachdachte, was das wohl zu bedeuten hatte, rutschte ich über eine Kante. Ich befand mich im freien Fall und dachte an Marlee.

38

Für einen Augenblick konnte ich kaum atmen. Eisige Kälte presste die Luft aus meinen Lungen, und mein Herz schien still zu stehen. Weit unter mir sah ich ein eigenartiges, türkisblaues Licht. Sein Schein breitete sich sanft nach allen Seiten aus, es sah wunderschön und beängstigend zugleich aus. Alle Geräusche schienen eigenartig gedämpft. Ich atmete tief ein, und im selben Augenblick explodierte ein brennender Schmerz in meinen Lungen. Verzweifelt begann ich, mit den Armen zu rudern, bis ich nach scheinbar endlosen Sekunden endlich durch die Wasseroberfläche brach. Ich spuckte Wasser aus, hustete und bekam endlich wieder Luft. Irgendwo über mir tauchten Lichter auf. Ich blickte nach oben und sah schätzungsweise fünfundzwanzig Meter über mir die Strahlen von Taschenlampen über die Decke der Höhle gleiten. Nach einigen Sekunden verschwanden sie, und der obere Teil der Höhle versank wieder in Dunkelheit.

Ich sah mich um. Ich war in einem kleinen See von ungefähr dreißig Metern Durchmesser, der von senkrecht aufsteigenden Felswänden umgeben war. Das Wasser schimmerte grünblau im Licht meiner Taschenlampe, die ungefähr fünf Meter unter mir auf dem Grund des kleinen Sees lag. Die Wände oberhalb der Wasseroberfläche bildeten einen starken Kontrast zu der kühlen Farbe des Wassers. Erhellt vom Leuchtstab der unbekannten Frau, der zehn Meter von mir entfernt an der Oberfläche trieb, glommen sie in dunklem Orange.

Ich prüfte meine Ausrüstung. Die kleine Tasche an meinem Gürtel hatte die Rutschpartie offenbar unversehrt überstanden. Ich hatte also mein Messer, einen Kompass, ein wasserfestes Feuerzeug, einen Schokoriegel, ein paar Pflaster und eines der beiden Funkgeräte, die Marlee und ich in Bloomfield gekauft hatten. Ich erinnerte mich daran, auf der Packung gelesen zu haben, dass die Geräte bis zu einer Wassertiefe von einem Meter zertifiziert waren. Sicher war ich beim Eintauchen kurzfristig deutlich tiefer untergetaucht, doch die Gürteltasche und die Kunststoffhülle des Funkgerätes selbst hatten bestimmt auch einen gewissen Schutz geboten. Ich löste die Tasche vom Gürtel und hielt sie über die Wasseroberfläche.

Während das Wasser aus der Tasche lief, setzte ich meine Bestandsaufnahme fort. Die Taschenlampe lag auf dem Grund des Sees, wo sich vermutlich auch Annes Revolver befand. Als ich über die Felskuppe in Deckung gesprungen war, hatte ich ihn in der Hand gehalten, und nun war er weg. Das kleine Metallröhrchen hatte ich ebenfalls verloren. Ich hatte es in die Gesäßtasche meiner Jeans gesteckt, bevor ich aus der Nische gestürmt war. Wahrscheinlich war es während meiner Schlitterpartie herausgerutscht.

Die kleine Tasche weiterhin über die Wasseroberfläche haltend schwamm ich langsam zum Rand des Sees, wo eine kleine Nische im Fels eine trockene Ablage bot. Ich legte die Tasche hinein und schwamm zurück zu der Stelle, an der meine Taschenlampe versunken war. Jede Bewegung verursachte dumpfe Schmerzen in meinem Rücken. Wahrscheinlich hatte ich mir auf dem Weg nach unten einige Schürfungen und Prellungen zugezogen, deren volles Ausmaß sich wohl erst offenbaren würde, wenn ich nicht mehr in dem kühlenden Wasser war. Allerdings standen die Chancen dafür momentan nicht besonders gut.

Ich atmete einige Male tief durch und tauchte ab. Nach wenigen Zügen hatte ich den Grund erreicht. Ich nahm die Lampe, wandte mich um und schwamm wieder nach oben. An der Oberfläche atmete ich tief durch und leuchtete gleichzeitig die Wände ab. Sie waren glatt und boten keinerlei Vorsprünge oder Kerben, mit deren Hilfe man hätte hochklettern können.

Ich richtete den Strahl der Lampe auf den Grund des Sees. Nicht weit von der Stelle entfernt, an der die Taschenlampe gelegen hatte, entdeckte ich Annes Revolver. Die polierte Metalloberfläche blitzte im Strahl der Taschenlampe auf. Zwei Minuten später war auch die kleine Waffe geborgen. Ich schwamm zurück zum Rand und legte sie in die trockene Nische, dann öffnete ich die Gürteltasche und sah mir das Funkgerät an. Das Wasser war zwar in die Tasche eingedrungen, in die Kunststoffhülle des Funkgerätes selbst hatten es jedoch erst ein paar Tropfen geschafft.

Wenn das Gerät eine Tauchtiefe von einem Meter verkraften konnte, würde dieses bisschen Wasser sicherlich kein Problem darstellen. Ich drückte auf den Einschaltknopf und wurde nicht enttäuscht. Die Anzeige leuchtete rot auf, und ein statisches Rauschen erklang. Ich drückte auf den Sendeknopf und sagte: »Hallo, kannst du mich hören?«

Als ich nach einer halben Minute noch keine Antwort erhalten hatte, wiederholte ich das Ganze. Nichts. Wahrscheinlich reichte die Sendeleistung des Gerätes nicht aus, um den Fels zu durchdringen. Oder aber, Marlee war nicht mehr in der Lage, auf einen Funkspruch von mir zu reagieren. Nein, bestimmt war sie in Sicherheit, irgendwo versteckt in der Dunkelheit.

39

Ich sah keine Möglichkeit, wie ich den See aus eigener Kraft verlassen konnte. Meine einzige Hoffnung war nun Marlee. Wenn ich nicht auftauchen würde, nachdem die Frau und die Männer die Höhle verlassen hatten, würde sie Hilfe holen. Ich sah auf die Uhr, Mitternacht war gerade vorbei. Ich schaltete die Taschenlampe aus, um Batterien zu sparen, hielt mich am Rand der Nische fest und lauschte. Die Stille war vollkommen. Nicht einmal das Tropfen von Wasser war zu hören. Ich fragte mich, woher der kleine See gespiesen wurde, immerhin befand er sich ganz in der Nähe des Gipfels. Mir fiel nur eine Antwort darauf ein. Vermutlich drang bei Regen Wasser durch den Fels und sammelte sich in dem kleinen Becken. Das warf natürlich die Frage auf, was geschehen würde, falls es regnen sollte. Würde sich der Wasserspiegel so weit heben, dass ich den oberen Teil der Höhle erreichen konnte? Oder gab es irgendwo einen Überlauf, durch den das Wasser abfließen würde? Ich leuchtete noch einmal die Wände ab, konnte jedoch keine Lücke entdecken, die als Abfluss hätte dienen können. Oder floss das Wasser womöglich durch viele kleine Spalten ab? Die glatten Wände schienen jedoch keinerlei Risse aufzuweisen.

Ich schaltete die Lampe wieder aus und dachte nach. Wie könnte das Wasser sonst noch abfließen? Wäre es möglich, dass …

Ich atmete ein paarmal tief durch, drückte auf den Knopf der Taschenlampe und tauchte unter. Nach wenigen Sekunden hatte ich den Abfluss entdeckt. Knapp zwei Meter unter der Wasseroberfläche führte eine Öffnung mit einem Durchmesser von schätzungsweise eineinhalb Metern aus der Höhle. Dass das Wasser nicht abfloss, bedeutete, dass sich auf der anderen Seite ebenfalls ein See befinden musste, dessen Wasserstand exakt demjenigen des Sees entsprach, in dem ich mich gerade befand. Ich musste unbedingt in den anderen See tauchen, denn dort war vermutlich nicht nur der gemeinsame Abfluss, vielleicht gab es in der angrenzenden Höhle auch eine Stelle, an der ich aus dem

Wasser steigen konnte. Mittlerweile waren meine Finger bereits taub, ich durfte nicht länger in dem kalten Wasser bleiben.

Ich beschloss, mir die andere Höhle anzusehen, ohne meine Sachen mitzunehmen. Mit zwei kräftigen Stößen tauchte ich zu dem Durchgang und schwamm hinein. Im Lichtstrahl der Lampe sah ich, dass der Gang ungefähr zehn Meter lang war, die ersten drei Meter lagen bereits hinter mir. Für den Bruchteil einer Sekunde dachte ich daran, umzukehren, doch dann war die Öffnung vor mir bereits näher, als diejenige, durch die ich gekommen war. Mit schnellen, kraftvollen Zügen näherte ich mich dem Ende des Ganges, schwamm hindurch und tauchte auf. Meine Lungen brannten. Keuchend sah ich mich um. Ich befand mich in einer deutlich kleineren Höhle. Auch hier gab es keinerlei Möglichkeit, an den glatten Wänden nach oben zu klettern. Auf der dem Inneren des Berges zugewandten Seite des kleinen Sees fiel der Strahl meiner Taschenlampe jedoch auf eine schmale Öffnung knapp oberhalb der Wasseroberfläche. Der gemeinsame Abfluss der beiden Seen. Ich schwamm zu dem Durchgang und leuchtete hinein. Ein ovaler Gang führte steil nach unten. Nach ungefähr zehn Metern machte er eine leichte Biegung, sodass ich nicht sehen konnte, wo er hinführte. Der glatte Boden des Ganges glänzte feucht im Licht der Taschenlampe.

Ich beschloss, meine Sachen zu holen und zu dem Gang zurückzukehren. Vielleicht konnte ich den Berg auf demselben Weg verlassen wie das Wasser. Doch auch wenn der Gang sich als Sackgasse erweisen sollte, bot er doch zumindest eine Möglichkeit, für eine Weile aus dem Wasser zu kommen.

Ich tauchte zurück in die große Höhle und schwamm zu der Nische mit meinen Sachen. Ungefähr auf halbem Weg über den kleinen See stieß meine Stirn gegen etwas, das auf dem Wasser trieb. Es war das kupferne Metallröhrchen, hinter dem die Frau und die drei Männer her waren, und das ich auf meinem Weg in den See verloren hatte. Ich hatte zum ersten Mal Zeit, es mir genauer anzusehen. Seine Oberfläche war mit filigranen Gravierungen verziert, die ein wenig an Efeuranken erinnerten. Auf einer

Seite befand sich eine Art Deckel mit Rillen, offenbar ein Drehverschluss. Ich hatte nicht vor, es zu öffnen, während ich noch im Wasser war, also steckte ich es ein und schwamm weiter.

Bevor ich das Funkgerät wieder in die Gürteltasche packte, probierte ich noch einmal, Kontakt mit Marlee aufzunehmen. Ich schaltete das Gerät ein, und noch bevor ich einen Funkspruch absetzen konnte, erklang aus dem kleinen Lautsprecher Marlees Stimme: »… melde dich!«

Ich drückte auf den Sendeknopf und sagte: »Marlee, hier spricht Nea, kannst du mich hören?«

Nach einigen Sekunden Knistern folgten undeutlich die Worte: »… verfolgt, ich musste … Abhang …«

»Ich sitze in der Höhle fest, bitte hole Hilfe!«

»… suchen noch nach mir.«

»Wer sucht nach dir?«, fragte ich.

»Die drei Italiener«, erwiderte Marlee, ihre Stimme war nun klar und deutlich zu verstehen. »Als ich gehört habe, dass jemand hochklettert, habe ich mich versteckt. Es war die Frau, sie ist in der Dunkelheit verschwunden. Kurz darauf tauchten auch die drei Typen wieder auf, und genau in dem Moment hat das Funkgerät geknistert und mich verraten. Die drei haben mich verfolgt, wahrscheinlich haben sie mich für die Frau mit dem Pferdeschwanz gehalten. Ich musste in den Abhang westlich des Gipfels flüchten, und dabei bin ich in der Dunkelheit hingefallen und ziemlich weit hinuntergerutscht. Ab und zu tauchen oben bei unserem Lager noch immer die Strahlen der Taschenlampen auf.«

»Vielleicht kannst du weiter absteigen und dich bis zum Wagen durchschlagen«, schlug ich vor. »Hast du die Autoschlüssel?«

»Ja, ich habe deinen Rucksack mitgenommen, als ich geflohen bin. Ich brauche mindestens zwei Stunden, bis ich in der Dunkelheit beim Wagen bin, und dann noch eine Stunde bis Bloomfield. Hältst du solange durch?«

Ich wollte gerade antworten, als Marlees Stimme erneut erklang: »Verflucht! Das brennt wie Feuer!«

»Was ist los?«

»Ich habe mich irgendwie verletzt …, das tut höllisch weh, ich muss …«, erwiderte Marlee undeutlich.

»Wo hast du dich verletzt?«, fragte ich.

»An der Wade, Moment … eine Schlange!«

»Du bist von einer Schlange gebissen worden?«, fragte ich aufgeregt.

»… ich kann nicht … Licht …«

Das war der letzte Funkspruch, den ich von Marlee empfing. Während einiger Minuten versuchte ich immer wieder, Kontakt mit ihr aufzunehmen, doch sie meldete sich nicht mehr.

40

Vor dem Funkkontakt mit Marlee war ich einigermaßen ruhig gewesen, doch nun packte mich Verzweiflung. Nicht meinetwegen, ich saß zwar fest, befand mich jedoch nicht in unmittelbarer Gefahr. Nein, es war Marlee, die meine Kehle zuschnürte. Von einer Schlange gebissen lag sie irgendwo in der Dunkelheit auf der Westflanke des Berges, während die drei schießwütigen Typen nach ihr suchten. Das nächste Krankenhaus war mindestens dreißig Kilometer entfernt, und das Handy in meinem Rucksack hatte keinen Empfang mehr gehabt, seit wir die Bundesstraße verlassen hatten und in die Wüste gefahren waren. Marlee lag allein in der Dunkelheit zwischen den Felsen und starb, und ich konnte nichts für sie tun.

Ich schaltete das Funkgerät aus und packte es zusammen mit den anderen Sachen in die Gürteltasche. Auf dem Weg zurück zu dem Durchgang, der in die kleinere Höhle mit dem Abfluss führte, schwamm ich einen weiten Bogen, um den orangen Leuchtstab zu holen, der noch immer helles Licht abgab. Wenn die Batterien meiner Taschenlampe verbraucht waren, blieb mir bloß noch das Feuerzeug als Lichtquelle. Den Leuchtstab zurückzulassen, wäre eine Verschwendung gewesen, die ich mir vielleicht nicht leisten konnte. Solange er noch funktionierte, konnte ich die meisten Dinge ohne meine Taschenlampe machen.

Zurück in der kleineren Höhle kletterte ich in den schmalen, kaum einen Meter hohen Abfluss. Der Boden war rutschig und kalt. Ich setzte mich hin und stützte mich mit den Beinen an den Seitenwänden ab. Ein kühler Luftzug wehte mir entgegen und ließ meine Zähne klappern. Der Luftzug bedeutete jedoch auch, dass der Gang irgendwo wieder aus dem Berg hinausführte, und das war vielleicht meine einzige Hoffnung.

Ich packte das Funkgerät aus und versuchte erneut, Kontakt mit Marlee aufzunehmen. Sie meldete sich nicht. Vor meinem inneren Auge sah ich sie bewusstlos zwischen den Felsen liegen.

Es war unglaublich, wie sehr ich sie in der kurzen Zeit in mein Herz geschlossen hatte. Ich zitterte am ganzen Körper und weinte.

Nach einigen Minuten packte ich das Funkgerät wieder ein und machte mich daran, dem Weg des Windes zu folgen. Nach der ersten Biegung wurde der Gang noch deutlich steiler, und ich wagte es nicht mehr, stehend weiterzugehen. Halb sitzend bewegte ich mich auf allen Vieren weiter nach unten, jederzeit bereit, mich mit den Füßen an den Seitenwänden abzustützen, sollte ich ins Rutschen geraten.

Nach ungefähr fünfzig Metern endete der Gang in einer äußerst hohen, runden Höhle. Ihr Durchmesser betrug kaum zehn Meter, doch ihre Decke befand sich mindestens fünfzig Meter über mir, und der Grund, der von einer spiegelglatten Wasserfläche bedeckt war, lag ebenso weit unter mir. Selbst wenn das Wasser tief genug war, würde ein Sturz aus dieser Höhe mit großer Wahrscheinlichkeit den Tod bedeuten.

Auf der gegenüberliegenden Seite der eigenartigen Höhle führte der Gang weiter. Ich leuchtete die Wände ab und entdeckte zu meiner Linken einen schmalen Pfad, der der Wand entlang verlief und zu dem Gang auf der anderen Seite führte. Er war eindeutig von Menschenhand in den Stein gehauen worden. Das Problem war bloß, dass er unheimlich schmal und außerdem leicht abschüssig war. Ein Fehltritt bedeutete unweigerlich den Absturz. Andererseits war es zweifellos möglich, über den Pfad die andere Seite zu erreichen. Das Ganze war eine Mutprobe und ein Geschicklichkeitstest zugleich.

Ich richtete den Strahl der Taschenlampe auf die Wand über dem schmalen Pfad, sodass die Tiefe des Abgrunds nicht zu sehen war, und ging los. Einen Schritt nach dem anderen setzte ich auf den glatten Fels, den Blick immer auf den Pfad und die Stelle gerichtet, auf die ich als Nächstes einen Fuß setzen würde. Nach weniger als einer Minute hatte ich es geschafft, ich war auf der anderen Seite der Höhle beim Eingang des Ganges, der mich vielleicht nach draußen führen würde. Obwohl mir schrecklich kalt war, standen mir Schweißtropfen auf der Stirn.

Ich duckte mich und betrat den niedrigen Gang, der weiterhin steil nach unten führte. Nach einigen Minuten glaubte ich, etwas gehört zu haben. Ich hielt inne und lauschte angestrengt. Ein leises Rauschen war zu hören, wie von weit entfernten Stromschnellen. Ich ging weiter und erreichte nach einer äußerst engen Biegung schließlich den letzten Abschnitt des Ganges. Ungefähr fünf Meter vor mir endete er in einer großen Höhle, aus der nun ganz deutlich das Rauschen eines Wasserfalls zu hören war. Mit äußerster Vorsicht näherte ich mich der Öffnung. Ich hatte nicht vor, nach all den Strapazen aus dem steilen Gang zu rutschen und in die Tiefe zu stürzen. Am Ende des Ganges setzte ich mich hin, stützte mich mit den Beinen ab und ließ den Strahl meiner Taschenlampe durch die Höhle gleiten. Sie war deutlich größer als die drei, in denen ich schon gewesen war, und wurde vollständig von einem See ausgefüllt. Im Gegensatz zu den anderen Seen war die Wasseroberfläche in dieser Höhle jedoch nicht glatt. Aus mehreren Öffnungen in den Wänden floss Wasser in den See und überzog dessen Oberfläche mit unregelmäßigen Wellen. Am gegenüberliegenden Ufer floss an drei verschiedenen Stellen Wasser ab. Durch niedrige, schätzungsweise zwei Meter breite Öffnungen im Fels strömte das Wasser aus der Höhle und verschwand in der Dunkelheit. Ob sich hinter den Abflüssen Wasserfälle befanden oder bloß Gänge wie derjenige, in dem ich mich gerade befand, konnte ich von meiner Position aus nicht erkennen.

Ich blickte nach unten. Die Wasseroberfläche lag knapp zehn Meter unter mir. Nun musste ich mich entscheiden. Ich hatte immer noch die Möglichkeit, in die erste Höhle zurückzukehren. Dort würde man nach mir suchen, falls Marlee es schaffen sollte, Hilfe zu holen. Oder ich konnte in den See springen und mein Glück durch einen der Abflüsse versuchen. Wenn ich erst mal unten war, gab es jedoch kein Zurück mehr. Die Wände in dieser Höhle waren genauso glatt wie in den anderen. Aus dem See zurück zu der Öffnung zu klettern, war ausgeschlossen.

Eigentlich war es keine schwere Entscheidung. Ich konnte keine Hilfe von Marlee erwarten, sie war höchstwahrscheinlich nicht einmal mehr in der Lage, sich um sich selbst zu kümmern.

Alles, was ich tun konnte, war zu versuchen, aus eigener Kraft einen Weg aus dem Berg zu finden. Und falls ich es schaffen sollte, gab es vielleicht noch eine winzige Chance, Marlee zu retten, ihr irgendwie zu helfen. Ohne es direkt zu sagen, hatte ich ihr versprochen, mich um sie zu kümmern. Entschlossen warf ich den Leuchtstab in den See und sprang.

41

Das Wasser des großen Sees war deutlich kälter als dasjenige in den beiden anderen. Für einen Augenblick konnte ich kaum atmen. Unter mir sah ich den Schein meiner Taschenlampe in die Tiefe sinken, offenbar hatte ich sie beim Eintauchen in das eiskalte Wasser erneut losgelassen. Ich schwamm an die Oberfläche und atmete tief durch. Nachdem ich mich vergewissert hatte, dass meine Gürteltasche den Sprung heil überstanden hatte, tauchte ich unter und schwamm auf das blaugrüne Leuchten der Lampe zu. Nach einigen Zügen hatte ich den Grund erreicht. Ich griff nach der Taschenlampe und wollte bereits wieder auftauchen, als mein Blick an einer kleinen, dunkelroten Scheibe hängenblieb, die auf dem Boden des Sees zwischen zwei Steinen lag. Ich hob sie auf und schwamm zurück zur Oberfläche. Während ich durchatmete, sah ich mir die Scheibe genauer an. Sie war kreisrund, hatte einen Durchmesser von ungefähr vier Zentimetern und bestand aus blutrotem, poliertem Stein mit dunklen Einschlüssen. In der Mitte befand sich ein kleines Loch, und auf beiden Seiten waren abstrakte Symbole eingeritzt. Offenbar handelte es sich um eine Art Amulett. Ich steckte es ein, nahm den Leuchtstab und schwamm zu den drei Abflüssen.

Aus einigen Metern Entfernung leuchtete ich mit der Taschenlampe in die Öffnungen. Die Strömung war zwar nicht besonders stark, doch ich wollte nicht das Risiko eingehen, ungewollt in einen der Abflüsse gezogen zu werden. Das Wasser floss durch steile Gänge in die Tiefe, ganz ähnlich dem Gang, durch den ich soeben gekommen war, allerdings waren sie deutlich niedriger, allerhöchstens einen halben Meter hoch, dafür jedoch gut zwei Meter breit. Ich versuchte herauszufinden, ob aus einem der Gänge ein Luftzug kam, konnte jedoch nichts spüren.

Ich entfernte mich einige Meter von den Öffnungen, löste die Tasche von meinem Gürtel und hielt sie über die Wasseroberfläche. Nachdem das Wasser abgetropft war, holte ich den Schokoriegel heraus, riss ihn auf und biss hinein. Der Geschmack der Schokolade trieb mir erneut Tränen in die Augen. Ich war unterkühlt und konnte jedes bisschen Energie gebrauchen, doch ich weinte nicht deswegen. Die köstliche, wundervolle, kostbare Süßigkeit erinnerte mich an Marlee und was mit ihr geschehen war, und ich hielt es einfach nicht mehr aus, daran zu denken. Ich hätte nicht mit ihr zum Angel Peak reisen sollen, hätte sie nicht allein auf dem Berg zurücklassen dürfen, hätte sie vor den Männern beschützen müssen, die sie in den Abhang und zu der Schlange getrieben hatten. Ich hatte tausend Fehler gemacht, hatte sie im Stich gelassen, ich hatte versagt. Obwohl ich noch nie zuvor etwas Ähnliches erlebt hatte, wusste ich, dass ich die Art von Schuld auf mich geladen hatte, die einen für den Rest des Lebens begleitet.

Eine Weile trieb ich im nun rasch schwächer werdenden Licht des Leuchtstabs auf dem See. In wenigen Minuten würde wohl bloß noch ein schwaches Glimmen übrig sein. Trotzdem fiel es mir schwer, den kleinen Stab loszulassen. Schließlich tat ich es doch. Ich beobachtete, wie er zuerst langsam, dann immer schneller auf die Abflüsse zu trieb. Mit einem kurzen Hüpfen verschwand er in der mittleren der drei Öffnungen und ließ mich in vollkommener Dunkelheit zurück. Die Leuchtzeiger meiner Uhr fielen mir ein. Ich hob den Arm und blickte auf die winzigen, grün und orange schimmernden Balken. Es war halb zwei. Marlee war vor mehr als einer Stunde gebissen worden.

Irgendwo über mir wurde eine Taschenlampe eingeschaltet. Ihr Strahl glitt über das Wasser und blieb an mir hängen. Ich blickte nach oben. Die Lampe schien irgendwo an der Decke zu sein.

»Hallo!«, rief ich nach oben, obwohl eine Verständigung wahrscheinlich unmöglich war. Das Rauschen der diversen kleinen Zuflüsse, die zum Teil aus großer Höhe in den See flossen, war einfach zu laut.

»Hallo!«, rief ich noch einmal, erhielt jedoch weiterhin keine Antwort.

Ich schaltete meine eigene Taschenlampe ein und richtete den Strahl nach oben. Das Licht über mir erlosch. Im Strahl meiner

Lampe sah ich ein kleines Loch in der Decke der Höhle, mindestens dreißig Meter über mir und kaum zwanzig Zentimeter im Durchmesser. Der Kopf einer Taschenlampe verschwand darin, und kurz darauf wurde eine Hand hindurchgesteckt. Sie deutete in Richtung der Abflüsse. Die Hand wurde zurückgezogen, und es erschien wieder die Taschenlampe in der kleinen Öffnung. Sie wurde eingeschaltet, doch ihr Strahl richtete sich nicht auf mich. Ich löschte meine eigene Lampe. Der dünne Lichtstrahl war auf den mittleren der drei Abflüsse gerichtet.

Die Taschenlampe fest umklammert ließ ich mich auf die Öffnung zutreiben. Die Strömung reichte nicht aus, um mein Gewicht über den Rand zu ziehen. Ich half nach und kam sofort ins Rutschen. Mit den Füßen voran glitt ich immer schneller durch den engen Gang. Wasser umspülte mich, schwappte über mein Gesicht, während die Decke dicht vor meinen Augen vorbeiraste. Es erforderte einige Willenskraft, nicht den Kopf zu heben, um zu sehen, wohin ich rutschte. Hätte ich es jedoch getan, wären mir üble Kopfverletzungen sicher gewesen. Der Boden des Ganges war zwar glatt, doch kleine Unebenheiten verpassten mir schmerzhafte Schläge. Plötzlich verschwand der Boden unter mir, und ich befand mich erneut in freiem Fall, allerdings bloß für den Bruchteil einer Sekunde, dann tauchte ich in orange glimmendes Wasser ein.

Ich tauchte auf und sah mich um. Neben meinem Kopf trieb der Leuchtstab. Ich war in einem kleinen See von kaum zwanzig Metern Durchmesser gelandet. Das Ufer war so flach wie an einem Sandstrand, man konnte einfach aus dem Wasser gehen. Rund um den See standen mindestens ein Dutzend Männer mit Taschenlampen, drei von ihnen hatte ich vor kaum vierundzwanzig Stunden schon einmal gesehen, auf der Ladefläche eines verbeulten Pickups.

42

Zehn Minuten später saß ich eingehüllt in eine schwere Decke, die nach trockenem Gras und Salbei roch, in der Fahrerkabine des grünen Pickups neben einem Mann namens Bilson Kee. Er war schätzungsweise fünfundvierzig und trug einen langen, von grauen Strähnen durchzogenen Pferdeschwanz. Wir fuhren langsam durch die Wüste Richtung Norden, eine Straße war nicht zu erkennen. Hinter uns folgten drei weitere Wagen.

Ich blickte durch das staubige Seitenfenster nach draußen. Außer den Strahlen der Scheinwerfer im aufgewirbelten Staub war nichts zu sehen, der Angel Peak und die Canyons lagen verborgen in der Dunkelheit hinter uns.

Ich war erschöpft und unterkühlt, hatte eine hässliche Prellung an meiner linken Hüfte, und mein Rücken schmerzte bei jeder Bewegung. Trotzdem war ich so glücklich, dass ich mich beherrschen musste, nicht wieder zu heulen. Marlee war am Leben und in Sicherheit. Bilson Kee – oder Ahiga, wie er lieber genannt werden wollte – und seine Leute hatten sie gefunden und in ihre Siedlung gebracht.

»Seit der Zeit, als mein Großvater noch ein Kind war, ist niemand mehr den Weg der Naabaahii gegangen«, sagte Ahiga. »Er ist gefährlich, und wir sind keine Krieger mehr. Früher traten die jungen Männer in der Tabaha-Höhle durch ein uraltes Ritual in den Kreis der Erwachsenen. Die Mutigsten von ihnen stellten sich am Ende der Zeremonie dem Weg durch das Herz des Berges und wurden dadurch zu den Beschützern unseres Volkes, zu Navajo Kriegern.«

Im Licht der Scheinwerfer tauchte eine unbefestigte Straße vor uns auf. Wir folgten ihr Richtung Osten.

Eine Weile lenkte Ahiga den Wagen schweigend durch die Nacht, dann blickte er zu mir und sagte: »Du trägst den Namen eines Tieres. Das ist gut. Wir nennen es Maii. Es ist klug und weiß viel über das Leben und den Tod.«

In der Dunkelheit vor uns tauchten Lichter auf, und kurz darauf war eine kleine Siedlung aus ungefähr einem Dutzend einstöckiger Häuser zu erkennen.

»Da wären wir«, sagte Ahiga, während er vor dem größten Haus anhielt und den Motor abstellte. Es war aus rötlichen Backsteinen gebaut und wirkte neu und modern. Durch große Fenster und eine breite Glastür fiel helles Licht auf einen kleinen, gepflegten Kakteengarten, der zwischen Haus und Parkplatz lag.

»Das Gemeindezentrum von Chodahoo, hier kannst du dich ausruhen, die Sachen deiner Freundin sind bereits hier«, fuhr Ahiga fort.

»Ihr Name ist Marlee«, sagte ich. »Wo ist sie?«

»Sie hat mit einer Schlange gekämpft und verloren, sie muss behandelt werden«, erklärte Ahiga. »Die Vorbereitungen sind bereits im Gange. Die Zeremonie wird bald beginnen.«

»Wo?«, fragte ich.

»Die Heilung findet an einem heiligen Ort in der Wüste statt«, erwiderte Ahiga. »Fremde dürfen daran nicht teilnehmen.«

Falls Marlee ihre wahre Herkunft mir gegenüber nicht meisterhaft verborgen hatte, floss in ihren Adern so wenig Navajo-Blut wie Trinkwasser in der Themse, was bedeutete, dass zumindest eine Fremde an der Zeremonie teilnehmen würde. Ich verzichtete jedoch darauf, Ahiga auf diese Tatsache hinzuweisen. Die Indianer hatten mir geholfen und Marlee wahrscheinlich das Leben gerettet, Höflichkeit war das Mindeste, was wir ihnen schuldeten. Allerdings musste ich mich vergewissern, dass mit Marlee alles in Ordnung war. Vielleicht brauchte sie ein Serum gegen Schlangengift und musste dringend in ein Krankenhaus gebracht werden. Bei aller Dankbarkeit den Navajo gegenüber, ich würde Marlee auf keinen Fall länger allein lassen.

»Mein Name ist Nea, das weißt du schon«, sagte ich. »Ich komme von weit her, aus London in England, und ich habe der Frau, die von der Schlange gebissen wurde, mein Versprechen gegeben, das ich mich um sie kümmern werde. Du und ich, wir sind nun keine Fremden mehr. Für deine Hilfe bin ich dir sehr dankbar. Nun muss ich gehen.«

Mit diesen Worten streifte ich die schwere Decke von meinen Schultern, stieg aus und folgte mit schnellen Schritten einer kleinen Gruppe von Männern, die mit Taschenlampen in den Händen zwischen zwei Häusern hindurch in Richtung Wüste gingen. Einige hundert Meter entfernt auf einer flachen Anhöhe brannte ein großes Feuer. Die Männer gingen darauf zu, ich folgte ihnen. Die Siedlung lag bereits ein ganzes Stück hinter mir, als Ahiga mich einholte. Er versuchte nicht, mich aufzuhalten. Stattdessen legte er die Decke um meine Schultern und ging dann schweigend neben mir her. Nach einer Weile sagte er: »Ich hatte vergessen, dass du eine Naabaahii bist, Maii, bitte verzeih mir.«

Ich fühlte mich zwar überhaupt nicht wie eine Kriegerin – ich konnte kaum gehen, auch wenn ich mir alle Mühe gab, es mir nicht anmerken zu lassen – doch ich sagte nichts. Mir war klar, dass seine Worte ein Zeichen von großem Respekt waren, eine Ehre, die man nicht kommentiert.

43

Um das Feuer waren Steine zu einem großen Kreis angeordnet. Sein Durchmesser betrug ungefähr zehn Meter, und an seiner östlichsten Stelle wies er eine Lücke auf. Weit außerhalb des Steinkreises in der Wüste standen Leute, mindestens fünfzig, wahrscheinlich mehr. Im schwachen Schein der Flammen sahen ihre Gesichter geisterhaft aus. Einige unterhielten sich leise.

»Nea!«, hörte ich Marlees Stimme.

Sie saß in Decken gehüllt innerhalb des Kreises auf dem Boden und versuchte aufzustehen, schaffte es jedoch nicht. Ich rannte die letzten Meter zu ihr, fiel auf die Knie und schloss sie in die Arme. Marlee schluchzte und heulte hemmungslos. Ihr Oberkörper zitterte, während sie sich mit aller Kraft an mich klammerte. Es war nicht leicht, in dieser Situation die Fassung zu bewahren. Zum Glück standen die meisten weit weg in der Wüste, und das schwache Licht des Feuers war ebenfalls hilfreich. Eine Frau mit langen, kunstvoll geflochtenen Haaren und ein alter Mann waren damit beschäftigt, verschiedene Tongefäße um das Feuer zu verteilen. Die beiden schienen uns keinerlei Beachtung zu schenken.

»Wie geht es dir?«, fragte ich.

»Die Bisswunde ist geschwollen und brennt, und seit einer Weile ist mein Bein irgendwie taub, ich kann kaum noch stehen«, erwiderte Marlee, ohne mich loszulassen. »Ich habe gedacht, ich würde dich nie mehr wiedersehen!«

Ich schluckte, sagte jedoch nichts. Es war erstaunlich, welche Kräfte in Marlees dünnen Armen verborgen waren! Irgendwie war das auch beruhigend, denn wer so zupacken konnte, in dem steckte eindeutig noch jede Menge Leben.

»Die Frau mit der roten Taschenlampe hat mir das Leben gerettet«, sagte Marlee.

»Was ist passiert?«

»Kaum eine Minute nachdem mich die Schlange gebissen hatte, tauchte sie plötzlich auf. Sie flüsterte mir zu, ich solle mich möglichst nicht bewegen, und dass sie etwas gegen das Gift tun werde, das den Schmerz unter Umständen vorübergehend noch verstärken könnte.«

Ich setzte mich neben Marlee, die mich endlich losgelassen hatte, und hörte zu.

»Im roten Licht ihrer Taschenlampe holte sie ein kleines Gerät aus ihrem Rucksack und presste es fest auf die Stelle, an der mich die Schlange gebissen hatte. Im nächsten Augenblick tauchten die Taschenlampen der drei Männer oberhalb unserer Position am Hang auf. Sie nahm meine Hand, legte sie auf das Gerät und wies mich an, es weiterhin fest auf die Bisswunde zu pressen und den Hebel erneut herauszuziehen und wieder hineinzudrücken, falls es sich lösen sollte, dann verschwand sie in der Dunkelheit. Ungefähr eine halbe Minute später leuchtete ihre rote Taschenlampe etwas weiter südlich am Hang auf. Die Italiener hatten sie offenbar auch gesehen, denn sie verschwanden rasch in südlicher Richtung. Sie hat deren Aufmerksamkeit absichtlich auf sich gelenkt, davon bin ich überzeugt!«

Marlee holte ein kleines gelbes Gerät aus ihrer Hosentasche und reichte es mir. Es sah aus wie eine überdimensionale Spritze. Mit dicken schwarzen Buchstaben standen die Worte *The Extractor* darauf. Anstelle einer Nadel befand sich an seiner Spitze eine Art Trichter aus durchsichtigem Kunststoff. Er war mit eingetrocknetem Blut verschmiert. Ich hatte schon von dem Gerät gehört. Es hieß Sawyer Extractor und wurde dazu benutzt, Gift aus Biss- und Stichwunden zu saugen. Es erzeugt ein starkes Vakuum und verursacht dadurch, dass eine Mischung aus Gewebeflüssigkeit, Blut und Gift aus der Wunde fließt. In Filmen sah man manchmal, wie Menschen mit dem Mund Gift aus Bisswunden sogen, doch ich wusste, dass der Unterdruck, den ein Mensch mit Mund und Lunge erzeugen konnte, viel zu schwach dazu war.

»Wahrscheinlich hatte sie das Ding für sich selbst dabei«, sagte ich. »Für alle Fälle. Wir hätten uns auch besser ausrüsten sollen.«

Marlee nickte.

»Konntest du sie gut sehen? Würdest du sie erkennen?«

»Nein, ich glaube nicht. Ich hatte höllische Schmerzen, außerdem hat sie mir die meiste Zeit den Rücken zugewandt. Sie hat dunkle Haare und trägt einen langen französischen Zopf. Und sie hat denselben komischen Akzent wie du.«

»Und was geschah dann?«

»Ich lag eine Weile in der Dunkelheit. Der Schmerz ließ langsam nach, und ich versuchte ein paarmal, dich per Funk zu erreichen, aber es klappte nicht. Ich hatte schreckliche Angst um dich!«

Marlee sah mich wieder mit ihren großen, glänzenden Augen an, es war furchtbar.

»Ich habe mich tiefer ins Innere des Berges bewegt«, sagte ich. »Wahrscheinlich reichte die Sendeleistung der Funkgeräte nicht aus, um noch eine Verbindung herzustellen. Wie ging es weiter?«

»Nach einer Weile tauchten die Indianer auf und brachten mich hierher. Ich habe mich zuerst gewehrt, weil ich nicht ohne dich weg wollte. Sie sagten mir, sie würden nach dir sehen, ich solle mir keine Sorgen machen.«

Eine Hand legte sich auf meine Schulter. »Alles ist bereit, Maii«, sagte die Stimme von Ahiga hinter mir. »Du und ich, wir müssen einen Platz außerhalb des Kreises einnehmen. Nur Nascha, Ashkii und Anaba dürfen sich während der Zeremonie im Kreis aufhalten.«

Als er den letzten Namen sagte, deutete er auf Marlee. Ich stand auf und sagte: »Anaba?«

»Es bedeutet, dass sie von einem Kampf um Leben und Tod zurückgekehrt ist«, erklärte Ahiga. »Und nun komm.«

Ich folgte ihm aus dem Kreis. Er ging ein paar Schritte, blieb stehen und deutete auf den Boden. Ich setzte mich. Ahiga nickte und ging zu den anderen, die weiter entfernt in der Wüste standen.

44

Die Frau und der alte Mann stellten sich nebeneinander vor Marlee, die mit halb geöffnetem Mund auf dem Boden saß und zu den beiden hochblickte.

»Ya'at'eeh«, sagte die Frau. »Yinishye Nascha.«

»Ya'at'eeh«, wiederholte der alte Mann. »Yinishye Ashkii.«

Marlee nickte unbeholfen. Der alte Mann, dessen Name offenbar Ashkii war, begann, langsam um das Feuer zu gehen, wobei er mit geschlossenem Mund leise summte. Von Zeit zu Zeit griff er in einen Beutel, den er an einer Kordel um den Hals trug, und warf etwas ins Feuer, das wie getrocknete Blüten aussah. Ein eigenartiger, faszinierender Duft breitete sich aus.

Währenddessen kniete Nascha zu Marlees Füßen nieder und legte ein bemaltes Tuch auf den Boden. Danach zog sie Marlee Schuhe und Strümpfe aus, legte ihre nackten Füße auf das farbige Tuch und schob ihre Hosenbeine bis über die Knie nach oben. Marlee saß regungslos da und beobachtete das Ganze. Nun sah ich zum ersten Mal die Bisswunde. Sie befand sich auf der Innenseite der linken Wade und war ziemlich geschwollen. Die Einstiche der Fangzähne waren deutlich zu sehen, eingetrocknetes Blut bildete einen kreisförmigen Hof darum, das Ergebnis der Behandlung mit dem Sawyer Extractor.

Nascha begann, die Wunde mit einem feuchten Tuch zu reinigen. Bei der ersten Berührung zuckte Marlee zurück, doch dann schien sie sich zu entspannen. Nach kurzer Zeit war außer der Schwellung von dem Biss nichts mehr zu sehen.

Ashkiis Gesang hatte sich unterdessen verändert. An Stelle des wortlosen Summens war eine Art Sprechgesang getreten. Ich verstand zwar nichts, doch es war eindeutig, dass es sich dabei um Worte handelte. Ashkii öffnete einen der vielen Tontöpfe, griff hinein und nahm eine Handvoll des feinen blauen Pulvers, das sich darin befand. Geschickt begann er, mit dem Pulver Linien auf den Boden zwischen dem Steinkreis und dem Feuer zu malen, indem er ein gleichmäßiges, dünnes Rinnsal zwischen seinen Fingern hindurchgleiten ließ. Nach einer Weile öffnete er ein weiteres

Gefäß und fuhr mit einem gelblichen Pulver fort.

Unterdessen hatte Nascha Marlees Beine und Füße mit einem Öl eingerieben, ihre Haut glänzte im Schein des Feuers. Nun begann sie, auf die Bisswunde selbst eine dickflüssige, grünliche Salbe aufzutragen. Nachdem sie damit fertig war, tat sie dasselbe an exakt derselben Stelle an Marlees gesundem Bein.

In der Zwischenzeit hatte Ashkii zwei weitere Farben zu dem kreisförmigen Sandgemälde hinzugefügt. Schlanke Figuren mit dunkelblauen Körpern und Adlerfedern im Haar standen in einem Kreis um ein rundes Symbol, das ein wenig an einen Strudel erinnerte. Es wurde von feinen, golden schimmernden Wellenlinien durchzogen, die sich in der Mitte zu einem Ring verbanden.

Nascha umwickelte Marlees verletzte wie auch ihre gesunde Wade mit Stoffbändern und fixierte sie mit ungleichmäßiger, dünner Schnur, die vermutlich aus Pflanzenfasern bestand. Als sie damit fertig war, stand sie auf, griff in ihr Kleid und holte ein bemaltes Tontöpfchen hervor. Sie kniete neben Marlee nieder und öffnete das kleine Gefäß. Es enthielt eine Art Paste. Nascha tauchte einen Finger hinein und bestrich Marlees Lippen mit der dickflüssigen Substanz. Marlee zögerte einen Augenblick, dann öffnete sie den Mund und leckte die dunkle Paste von ihren Lippen. Ihr Gesichtsausdruck ließ keine Schlüsse darauf zu, ob ihr die geheimnisvolle Medizin schmeckte. Das Ganze wiederholte sich, bis das kleine Gefäß leer war.

Nascha setzte sich in die Lücke des Kreises, während Ashkiis Gesang immer lauter und eindringlicher wurde. Wie in Trance tanzend bewegte er sich um das Feuer, und jedes Mal, wenn er bei Marlee vorbeikam, berührte er ihre Stirn mir einer bläulich schimmernden Feder. Marlee starrte mit glasigen Augen ins Feuer. Unvermittelt hörte der Gesang auf, und Ashkii kniete neben Marlees Beinen nieder. Vorsichtig zog er das Tuch unter ihren Füßen hervor, wickelte eine Ecke um sein Handgelenk, stand auf und begann, ganz langsam um das Feuer zu gehen, wobei er das schwere Tuch hinter sich her über den Boden schleifte und so das Sandgemälde zerstörte, das er während der letzten Stunde angefertigt hatte. Als er die Runde abgeschlossen hatte, war von dem Gemälde bloß noch ein unregelmäßiger Ring aus vermischten Pulvern übrig. Ashkii nahm eine Handvoll davon und warf sie ins Feuer, worauf die Flammen ein bisschen schwächer wurden. Er fuhr fort, bis von dem Feuer nur noch Glut übrig war. Marlees Augen waren geschlossen. Im Dämmerlicht der Glut nahm Ashkii das farbige Tuch, verließ den Kreis durch die Lücke im Osten und verschwand wortlos in der Dunkelheit der Wüste. Nascha kniete neben Marlee auf den Boden und hob sie auf ihre Arme, als ob sie nicht mehr als ein Bündel trockenen Strohs wiegen würde. Marlee ließ den Kopf hängen, offenbar war sie eingeschlafen. Mit raschen Schritten verließ Nascha den Kreis und ging Richtung Gemeindezentrum, ich stand auf und folgte ihr.

Ich blickte auf die Leuchtzeiger meiner Uhr: Es war drei Uhr morgens. Marlee lag auf einem schmalen Metallbett gleich neben meinem eigenen im Schlafsaal des Gemeindezentrums und murmelte unverständliche Worte. Seit der Zeremonie war sie nicht mehr zu sich gekommen. Ahiga hatte mir erklärt, dass sie, sobald ihr Körper vom Gift gereinigt sei, aufwachen und wie neu geboren sein würde. Ich machte mir trotzdem große Sorgen.

Leise schlug ich die Decke zurück, stand auf und setzte mich auf den Rand von Marlees Bett. Ihre Stirn glänzte im fahlen Licht des grünen Leuchtzeichens, das den Ausgang des großen Saals markierte, und ihr Oberkörper zitterte. Vorsichtig hob ich die Decke und legte mich hinter Marlee in das schmale Bett. Ich legte meinen Arm um ihre Schulter und hielt sie fest. Nach einer Weile ließ das Zittern nach, und bald darauf verstummte auch das Murmeln. Marlees Atem wurde ruhiger, und ich schlief ein.

Als ich erwachte, brach gerade der Tag an. Der große Schlafsaal lag in grauem Dämmerlicht. Marlee war wach. Sie hatte sich umgedreht und lag nun ganz nahe vor mir und sah mir in die Augen.

»Ich habe nur dich«, flüsterte sie und strich mir dabei eine Strähne aus dem Gesicht.

Ich schlief wieder ein, und als ich viel später erneut erwachte, war Marlee weg.

45

Die Sonne fiel durch die heruntergelassenen Jalousien und warf dünne Streifen gleisenden Lichts auf den hellgrünen Linoleumboden. Ich setzte mich auf und zuckte zusammen. Mein Rücken war steif und schmerzte bei der geringsten Bewegung. Ich sah auf die Uhr. Es war halb neun. Nicht nur Marlee war weg, auch ihr Rucksack war verschwunden. Ich stand auf, zog mich so schnell mein lädierter Rücken es zuließ an und verließ den Schlafsaal. Mein linkes Hüftgelenk hatte offenbar auch etwas abbekommen. Bei jedem Schritt zuckte ein stechender Schmerz durch meine linke Pobacke.

Der Flur und die kleine Halle beim Eingang waren verlassen, also ging ich nach draußen. Auf einer Bank vor dem Haus saßen zwei Jungen, schätzungsweise sieben oder acht Jahre alt.

»Hallo, ich bin Nea«, sagte ich. »Wart ihr schon hier, als meine Freundin weggegangen ist?«

Die beiden nickten.

»Habt ihr gesehen, wo sie hingegangen ist?«

»Sie ist mit Bidziil zu den Canyons gefahren, um euer Auto zu holen«, erwiderte der größere der beiden.

»Wann war das?«, fragte ich.

»Vor ungefähr einer Stunde.«

»Müsste sie da nicht längst zurück sein?«

Der Junge zuckte mit den Schultern. Im nächsten Augenblick bog der Jeep auf die schmale Straße, die durch die kleine Siedlung führte und vor dem Gemeindezentrum endete. Marlee hielt an und sprang aus dem Geländewagen.

»Hi Nea!«, rief sie, während sie auf mich zukam. »Endlich aufgestanden, du Murmeltier! Bereit für eine kleine Fahrt ans Meer?«

Offenbar bereitete ihr das Bein keinerlei Schwierigkeiten mehr. Ich stützte die Hände auf die Hüften und zog sie ruckartig wieder weg. Der Bluterguss war unheimlich druckempfindlich!

»Wie geht es dir?«, fragte ich. »Hast du noch Schmerzen?«

»Mir geht es prächtig«, sagte Marlee strahlend. »Ich habe mich schon lange nicht mehr so frisch und ausgeruht gefühlt!«

»Und dein Bein?«

»Ist wieder völlig in Ordnung!«, sagte Marlee und nahm mir meinen Rucksack ab. »Ich habe keine Schmerzen mehr, und die Schwellung ist fast vollständig verschwunden. Nur die Einstiche der Fangzähne sind noch zu sehen. Nascha sagt, dass kleine Narben zurückbleiben werden. Cool, was?«

Marlee ging zurück zum Wagen und verstaute meinen Rucksack auf der Rückbank. Ich humpelte ihr hinterher und sagte: »Du hast mit Nascha gesprochen? Wann?«

»Heute Morgen. Sie saß an meinem Bett, oder besser gesagt, an unserem Bett, als ich aufgewacht bin. Sie hat die Bänder entfernt, meine Beine gewaschen und sich die Wunde angesehen. Du hast davon überhaupt nichts mitbekommen, du hast geschlafen wie ein Streifenhörnchen im Februar.«

Marlee kletterte hinter das Lenkrad, schob von innen die Beifahrertür auf und sagte: »Steig ein, wir haben eine lange Fahrt vor uns, und in knapp zwölf Stunden geht unser Flug!«

»Wir haben einen Flug?«, fragte ich verwirrt.

»Ja, das Handy funktioniert immer noch nicht, aber im Gemeindezentrum gibt es ein Telefon. Ich habe Harry angerufen und ihm alles erzählt. Er hat für uns zwei Plätze gebucht. Um halb zehn heben wir ab!«

»Sollten wir uns nicht bedanken? Wir können doch nicht einfach so abhauen, nach allem, was die Leute hier für uns getan haben.«

»Ich habe mich schon bedankt«, sagte Marlee. »Bei Nascha und Ashkii für die Heilungszeremonie, und auch bei Hastiin, er hat mich den ganzen Weg vom Angel Peak bis zu den Wagen getragen, nachdem sie mich gefunden hatten.«

»Ich möchte mich noch von Ahiga verabschieden«, sagte ich.

»Ich glaube, er möchte sich auch von dir verabschieden«, sagte Marlee und deutete die Straße runter.

Ahiga stand vor einem der Häuser, die Daumen in die Taschen seiner ausgebleichten Jeans gehakt. Er sah in unsere Richtung, machte jedoch keinerlei Anstalten, zu uns zu kommen.

»Bin gleich zurück«, sagte ich, schloss die Beifahrertür und humpelte auf Ahiga zu. Trotz meines uneleganten Ganges kam er mir keinen Schritt entgegen. Als ich endlich vor ihm stand, sagte er: »Du könntest auch eine Heilungszeremonie gebrauchen, Maii.«

»Da hast du wohl Recht«, erwiderte ich. »Ich möchte mich für die Hilfe und die Gastfreundschaft der Navajo bedanken.«

Er nickte schweigend, ohne den Blickkontakt abbrechen zu lassen, und sagte dann: »Anaba ist etwas Besonderes. Sie hat große Kraft und ist schwach zugleich. Du musst dich um sie kümmern, Maii. Ich verlasse mich auf dich.«

»Das werde ich«, sagte ich.

Ich griff in meine Hosentasche und reichte Ahiga das Amulett aus dunkelrotem Stein, das ich auf dem Grund des großen Sees gefunden hatte.

»Hier«, sagte ich, »das gehört euch.«

Er betrachtete es eine Weile und sagte schließlich: »Das ist das Nilchitso. Ich habe seit vielen Jahren keines mehr gesehen. Nur wer den Weg durch das Herz des Berges gegangen ist, darf es tragen. Es ist das Zeichen der Naabaahii. Komm mit.«

Mit diesen Worten drehte er sich um und ging die Straße runter. Ich winkte Marlee zu, die auf der Motorhaube des Jeeps saß und uns beobachtete. Sie kam zu mir, und wir folgten Ahiga. Er ging zu einem kleinen Haus gleich am Anfang der Siedlung, klopfte an die Tür und wartete. Jemand im Inneren rief etwas, und nach einer Weile öffnete eine alte Indianerin die Tür und bat uns hinein. Sie führte uns durch einen engen Flur in ein kleines Zimmer, das offenbar so etwas wie eine Werkstatt war. Auf einem Tisch lagen Silberdrähte und flache Scheiben aus Kupfer, rohe und polierte Stückchen verschiedenster Mineralien lagerten in flachen Tontöpfchen, und in der Mitte stand ein kleiner Gasbrenner.

Während Ahiga mit der Frau sprach, kniete Marlee vor einem großen Tuch nieder, das vor dem Fenster auf dem Boden lag. Ungefähr zwei Dutzend fertige Schmuckstücke waren darauf ausgebreitet. Es gab Armreife, Halskettchen mit Anhängern und Ohrringe.

Ahiga wandte sich mir zu. In der Hand hielt er eine schwarze, geflochtene Kordel.

»Das Nilchitso wird um den Hals getragen.«

Er steckte ein Ende der Kordel durch die Öffnung in der Mitte des kleinen Amulettes, verband die Enden mit einem seltsamen Knoten, den ich noch nie zuvor gesehen hatte, und legte es mir um den Hals.

»Es muss direkt auf deinem Herz liegen«, sagte Ahiga und sah mich dabei auffordernd an.

Ich hob das kleine Amulett an der Kordel hoch, ließ es unter mein T-Shirt gleiten und bedankte mich. Ahiga nickte zufrieden.

»Sind die zu verkaufen?«, fragte Marlee hinter mir. In der Hand hielt sie ein Paar silberne Ohrringe mit filigranen Einlagen aus Türkis. Die alte Indianerin nickte heftig und strahlte Marlee dabei freudig an. Marlee strahlte zurück, und so freundlich und gewinnend der Ausdruck auf dem Gesicht der Indianerin auch war, in dieser Disziplin konnte niemand es mit Marlee aufnehmen.

Zehn Minuten später holperten wir durch die Wüste in Richtung Bundesstraße 550, und ich erzählte Marlee, was ich im Angel Peak erlebt hatte.

»Was befindet sich in dem kleinen Kupferröhrchen?«, fragte Marlee, nachdem ich geendet hatte.

»Ich habe noch nicht nachgesehen!«, erwiderte ich. »Bei der ganzen Aufregung habe ich gar nicht mehr daran gedacht!«

Ich nahm das kleine Röhrchen aus der Gürteltasche und untersuchte es. Es war offensichtlich, dass es sich bei dem Ring am dickeren Ende um einen Verschluss handelte, allerdings ließ er sich nicht drehen. Das Gewinde saß fest, und der schmale Ring bot kaum Halt. Grinsend zog Marlee ihr Messer aus der Hosentasche, reichte es mir und sagte: »Die kleine Zange könnte vielleicht hilfreich sein …«

Ich nahm das klobige Messer, und nach einer Weile hatte ich die Zange unter den zweiunddreißig anderen Werkzeugen auch endlich gefunden. Ich klappte sie aus und versuchte es noch einmal, und diesmal löste sich der Verschluss problemlos.

»Und?«, fragte Marlee ungeduldig. »Was ist drin?«

»Ein zusammengefalteter Zettel«, erwiderte ich, während ich das Röhrchen schräg in das Sonnenlicht hielt, das durch das Seitenfenster in den Wagen fiel. Ich schüttelte es auf und ab und klopfte mit der offenen Seite nach unten auf das Armaturenbrett, doch das Papier bewegte sich keinen Millimeter.

»Die Pinzette könnte hilfreich sein …«, sagte Marlee und deutete auf ihr Messer, das in meinem Schoß lag.

Ich rollte mit den Augen, klappte die kleine Zange ein und zog die Pinzette heraus. Natürlich war es damit kinderleicht, das Papier aus dem dünnen Röhrchen zu ziehen. Ich entfaltete es. Eindeutig mit derselben Handschrift geschrieben wie Agathas Brief stand auf einer einzigen Zeile:

zyvvslkyr cq jilwcwwlyr asfh

»Was steht auf dem Zettel?«, fragte Marlee ungeduldig.

Ich las ihr die Nachricht vor, die Agatha vor vielen Jahren in der Höhle hinterlassen hatte.

»Und was soll das bedeuten?«, fragte Marlee.

»Das ist bestimmt ein Code«, sagte ich. »Harry und Hope werden sich freuen.«

Kaum hatten Marlee und ich die Bundesstraße 550 und somit eine asphaltierte Fahrbahn erreicht, schlief ich ein. Als ich wieder erwachte, war es Viertel vor elf und wir standen vor dem Geschäft namens Frank's Outdoor Gear in Gallup, in dem wir zwei Tage zuvor eingekauft hatten. Marlee öffnete gerade die Tür, um auszusteigen.

»Was machen wir hier?«, fragte ich gähnend.

»Ich will noch so ein Messer kaufen«, sagte Marlee. »Bin gleich zurück.«

»Weshalb?«, fragte ich.

»Na ja, für Hope habe ich die Ohrringe gekauft, und ich dachte, wir sollten Harry auch etwas mitbringen.«

»Verstehe, gute Idee«, sagte ich. »Was hältst du davon, wenn wir anschließend etwas essen gehen, ich habe einen Riesenhunger.«

»Dafür haben wir leider keine Zeit«, sagte Marlee. »Wir haben noch eine lange Strecke vor uns. Wir müssen Sachen zum Mitnehmen kaufen und während der Fahrt essen, sonst sind wir nicht rechtzeitig in Los Angeles.«

»Alles klar«, murmelte ich.

46

Ich lehnte mich zu Marlee und blickte aus dem kleinen Fenster des Flugzeugs, das in einem weiten Bogen über dem Pazifik aufstieg. Unter uns breitete sich das Lichtermeer von Los Angeles aus. Nach einigen Minuten ging die Maschine in eine waagrechte Lage über, und die Lichter der Stadt verschwanden unter den Tragflächen.

Ich lehnte mich zurück und schloss die Augen. Erst vor einer halben Stunde hatten wir Annes Jeep auf einem riesigen Parkplatz vor dem Flughafen abgestellt und waren in Richtung Abfertigungshalle gelaufen. Obwohl wir nur angehalten hatten, um zu tanken und Essen zu kaufen, war es äußerst knapp geworden. Ich hatte Anne mit dem Handy aus dem Wagen angerufen und mit ihr vereinbart, dass wir den Jeep auf dem Parkplatz am Flughafen zurücklassen würden, wo sie ihn später abholen konnte. Anne hatte einen Ersatzschlüssel, also hatten wir den Zündschlüssel eingeschlossen. Den kleinen Revolver hatte ich unter dem Fahrersitz versteckt.

»Bist du auch so hungrig?«, fragte Marlee, während sie sich das Spielfilmprogamm ansah. »Irgendwie werde ich heute einfach nicht satt.«

»Muss wohl an der Zeremonie und der Medizin liegen, die du bekommen hast«, erwiderte ich.

»Ich kann mich gar nicht richtig daran erinnern«, sagte Marlee. »Ich weiß noch, wie wir am Feuer über die Frau mit der roten Taschenlampe gesprochen haben, danach folgt eine verschwommene Mischung aus Ashkiis Gesängen und einem bedrohlichen Traum, in dem ich von einem Falken verfolgt wurde, der eine Mohnblüte im Schnabel trug. Im nächsten Augenblick erwachte ich in dem engen Feldbett.«

Marlee sah mich einen Augenblick an und sagte dann: »Vielen Dank, dass du in der Nacht zu mir gekommen bist.«

Die Getränke wurden serviert. Ich durchsuchte meinen Rucksack nach der Packung Schmerztabletten, die ich gegen Abend an einer Tankstelle gekauft hatte. Seit ich im Auto zwei davon genommen hatte, waren die Schmerzen in meinem Rücken und meiner Hüfte deutlich abgeklungen, doch nun meldeten sie sich langsam wieder. Da ich vorhatte, den Flug diesmal wirklich zu verschlafen, schluckte ich nochmal zwei Tabletten.

»Dein Rücken ist wohl ziemlich schlimm, was?«

»Ich werde eine Weile auf rhythmische Sportgymnastik verzichten müssen«, erwiderte ich. »Ist kein großer Verlust.«

»Kann ich mir deine Ersatztaschenlampe mal ansehen«, fragte Marlee. »Ich meine die mit den roten Leuchtdioden.«

»Na klar«, sagte ich, holte die kleine Lampe aus meinem Rucksack und reichte sie ihr. »Astronomen verwenden übrigens auch rotes Licht, wenn sie nachts Beobachtungen machen.«

»Ich habe zwar ein kleines Teleskop, aber als Astronomin würde ich mich deswegen noch nicht bezeichnen«, sagte Marlee, während sie mit der Taschenlampe spielte.

Nach dem Essen räkelten wir uns in unsere Decken und sahen uns den Anfang eines Filmes an. Nach fünf Minuten war Marlee bereits eingeschlafen. Ihr Kopf lag auf meiner Schulter, und sie atmete ruhig und tief. Vorsichtig schaltete ich den kleinen Bildschirm ab, der in die Rückenlehne des Sitzes vor ihr eingebaut war. Kurz darauf schlief ich selbst ebenfalls ein, und ich erwachte erst wieder, als eine freundliche Flugbegleiterin das Frühstück servierte.

47

Als wir um vier Uhr nachmittags in Heathrow die Empfangshalle betraten, wartete Hope bereits auf uns. Sie hatte kein eigenes Auto, aber einen Schlüssel zu meinem, und mit dem war sie gekommen, um uns abzuholen. Wir luden das Gepäck in den Wagen und fuhren zu Marlee. Die Hitzewelle war vorüber, London war grau und nass. Hope hatte sogar die Heizung des Wagens eingeschaltet.

Als wir vor Marlees Haus anhielten, sah ich sofort, dass etwas nicht in Ordnung war. Die Haustür stand einen Spalt breit offen. Nicht viel, bloß ein paar Zentimeter, doch das genügte, um bei mir sämtliche Alarmglocken schrillen zu lassen. Ich stieg aus und lief durch den strömenden Regen zum Haus, Marlee und Hope folgten mir. Die Tür war aufgebrochen worden, die Verankerung des Riegels ragte in einem schiefen Winkel aus dem zersplitterten Holz des Türrahmens. Mit der Spitze meines Schuhs schob ich die Tür auf und trat ein. Im Inneren war es kühl und zugig. Offenbar hatte der Einbruch schon vor einer ganzen Weile stattgefunden. Ich warf einen Blick ins Wohnzimmer. Einige Dinge lagen verstreut auf dem Boden, und die Türen einer altmodischen Kommode standen offen. Wir sahen uns den Rest des Hauses an, und auch in den anderen Zimmern herrschte ein Durcheinander. Jemand hatte das Haus durchsucht, das war offensichtlich.

»Fehlt etwas?«, fragte Hope.

»Keine Ahnung …«, erwiderte Marlee geistesabwesend, während sie sich die Unordnung ansah.

»Jemand hat nach dem Picasso gesucht«, sagte ich, »und es war vermutlich nicht Emmett Cray.«

»Wie kommst du darauf?«, fragte Hope.

»Die Unordnung und die mit roher Gewalt geöffnete Tür, das passt einfach nicht zu ihm. Falls er es war, der am Samstag vor einer Woche die Bilder von Agatha aus diesem Haus gestohlen hat, hat er doch schon bewiesen, dass er in das Haus einsteigen kann, ohne irgendeinen Schaden an einer Tür oder einem Fenster zu hinterlassen.«

»Stimmt«, sagte Hope. »Also war es dieser Franzose?«

»Kann sein«, erwiderte ich, »es könnten aber auch die Italiener gewesen sein, mit denen wir in New Mexico zu tun hatten, oder die unbekannte Frau mit dem langen Zopf.«

»Harrys Zettel!«, stieß Marlee hervor und rannte aus dem Zimmer.

Hope und ich folgten ihr ins Schlafzimmer.

Marlee durchsuchte kurz ihre Sachen, dann wandte sie sich um und sagte: »Der Zettel mit den Koordinaten, er ist weg! So haben sie uns gefunden!«

»Das würde auf die Italiener deuten«, sagte ich. »Die grobe Art des Einbruchs würde zu ihnen passen. Außerdem trafen sie nach uns auf dem Angel Peak ein. Hier wurde erst nach unserer Abreise eingebrochen, vermutlich in der darauffolgenden Nacht. Zu dem Zeitpunkt waren Marlee und ich bereits in Los Angeles. Die Italiener trafen ziemlich genau einen Tag nach uns bei dem Versteck ein, das würde passen.«

»Es könnte aber auch die Frau gewesen sein«, sagte Hope.

»Möglich wäre es«, erwiderte ich. »Offensichtlich weiß sie von dem Picasso und dem Rätsel, aber kannte sie auch die Koordinaten? Ich glaube, dass sie uns gefolgt ist, weil sie nicht genau wusste, wo die Stelle liegt.«

»Und gegen Chevalier-Caron als Einbrecher spricht, dass er überhaupt nicht in New Mexico aufgetaucht ist«, sagte Marlee. »Wenn er den Zettel gestohlen hätte, wäre er uns sicher gefolgt.«

»Genau«, stimmte Hope zu. »Dasselbe gilt für Emmett Cray.«

»Willst du Anzeige erstatten?«, fragte ich an Marlee gewandt.

»Ich glaube nicht«, erwiderte sie. »Vermutlich fehlt ja nichts außer dem Zettel. Was ich aber unbedingt möchte, sind bessere Schlösser, eine robuste Tür und sichere Fenster. Dass einfach jeder in dieses Haus einbricht, wann immer es ihm passt, finde ich überhaupt nicht komisch.«

»Ich kenne jemanden, der sich in solchen Dingen auskennt«, sagte ich. »Er heißt Alex Walker und kann dir helfen, das Haus in eine Festung zu verwandeln, wenn du willst auch mit einer Alarmanlage.«

»Super, vielen Dank!«, sagte Marlee.

»Ich rufe Alex heute Abend an, damit er sich die Sache so bald wie möglich ansieht.«

»Alles klar«, sagte Marlee.

»Die Tür verfügt neben dem normalen Schloss zusätzlich noch über einen Sicherheitsriegel, der nicht vorgeschoben war, als die Tür aufgebrochen wurde«, erklärte Hope. »Er kann zwar nicht von außen bedient werden, aber wenn du im Haus bist, kannst du die Tür damit verriegeln.«

»Okay«, sagte Marlee.

»Oh, ich habe noch etwas vergessen«, sagte Hope. »Bin gleich zurück!«

Marlee und ich sahen zu, wie Hope durch den strömenden Regen zum Wagen spurtete, etwas aus dem Gepäckraum holte und wieder zurückkam.

»Hier sind ein paar Lebensmittel, damit du nicht verhungerst«, sagte Hope und reichte Marlee eine große Papiertüte.

»Vielen Dank!«, sagte Marlee strahlend. »Ich habe tatsächlich schon wieder Hunger! Du bist wirklich lieb!«

Hope stand verlegen neben der Tür, blickte auf ihre triefend nassen Turnschuhe und murmelte etwas Unverständliches. Ich konnte es kaum fassen! War es möglich, dass Hope irgendwie an Marlee interessiert war? War sie nicht erst vor ein paar Tagen fast ausgeflippt, als Marlee gefragt hatte, ob sie und ich ein Paar wären? Auch hatten Hope und ich nie über meine Beziehung zu Emily gesprochen. Ich hatte immer den Eindruck gehabt, dass ihr die Sache irgendwie unangenehm war. Doch nun stand sie hier in Marlees Diele und benahm sich wie ein verliebter Teenager! Nun fehlte bloß noch, dass Marlee ihr die Ohrstecker schenkte, die sie für sie gekauft hatte. Doch das tat sie nicht.

48

Hope hatte auch für mich eingekauft, und bei mir hatte sie die Sachen sogar schon eingeräumt. Im Kühlschrank befand sich frische Milch, die Fruchtschale war mit Äpfeln, Orangen und Bananen gefüllt, und im Brotkorb lag ein knuspriges Brot und eine Tüte mit vier großen Blaubeermuffins.

Während Hope in ihrer Wohnung in trockene Sachen schlüpfte, machte ich Tee und räumte meine Reisetasche aus. Gerade als ich damit fertig war, öffnete sich die Tür und Hope trat ein. Wir setzten uns an die Theke, tranken Tee und aßen Muffins, und ich erzählte, was Marlee und ich in New Mexico erlebt hatten.

»Kann ich das Kupferröhrchen mal sehen?«, fragte Hope.

»Nein, das hat Marlee«, erwiderte ich. »Aber ich habe den Text notiert.«

Ich holte den Zettel und reichte ihn Hope.

»Sieht wie ein einfacher Substitutionscode aus«, sagte sie. »Es dürfte nicht allzu schwierig sein, den zu knacken.«

»Das dachte ich zuerst auch«, erwiderte ich, »aber irgendwie passt keine Verschiebung. Wir haben im Flugzeug alle sechsundzwanzig Möglichkeiten durchprobiert, ohne Erfolg.«

»Einen Substitutionscode kann man auf viele verschiedene Arten verbessern. Man könnte zum Beispiel sechsundzwanzig verschiedene Tabellen benutzen. Für den ersten Buchstaben des zu verschlüsselnden Textes verwendet man die erste Tabelle, für den zweiten die zweite und so weiter. Beim siebenundzwanzigsten Buchstaben fängt man wieder von vorne an.«

»Klingt naheliegend«, sagte ich. »Allerdings gibt es natürlich fast unendlich viele Möglichkeiten, wenn man solche Varianten berücksichtigt. Hast du eine Idee, wie wir der Sache auf die Spur kommen könnten?«

»Die habe ich tatsächlich«, erwiderte Hope grinsend und stand auf. »Ich mache mich gleich an die Arbeit!«

»Bitte lass es mich wissen, wenn du etwas herausfindest«, rief ich ihr nach, doch sie war bereits weg.

Ich setzte mich mit einer frischen Tasse Tee auf das Fensterbrett und blickte hinaus auf London. Dunkle Regenwolken hingen tief am Himmel und tauchten die Stadt in ein Meer von Grautönen. Die Scheinwerfer der Wagen spiegelten sich im nassen Asphalt, und unzählige nass glänzende Schirme bewegten sich über die Westminster Bridge Richtung Süden. Es war halb sechs an einem Montagabend, die Menschen waren auf dem Weg nach Hause.

Ich beobachtete die Wassertropfen, die auf der Außenseite der Scheibe hinunterliefen, und dachte nach. Das nasskalte Wetter, das nach einer langen und heißen Trockenperiode nach London zurückgekehrt war, gab mir das Gefühl, zu Hause zu sein. Gleichzeitig überkam mich jedoch auch eine eigenartige Traurigkeit. Eigentlich liebe ich Regentage, sie lösen in mir den Wunsch aus, in einen warmen Pullover zu schlüpfen, Kerzen anzuzünden und es mir zu Hause mit Tee und süßem Gebäck, mit Büchern und Freunden gemütlich zu machen. So hatten Emily und ich graue Tage und lange Nächte eines eisigen Winters in meiner Wohnung verbracht, nur durch den Blick aus dem Fenster auf die verschneite Stadt mit der Welt verbunden. Alles, was wir gebraucht hatten, war in den warmen Zimmern meiner Wohnung zu finden gewesen.

Emily war weg, und ich hatte sie endlich losgelassen. Trotzdem vermisste ich die vollkommene Nähe, die wir für kurze Zeit geteilt hatten, noch immer sehr. Zuhören, wie sie mit ihrem irischen Akzent aus der *Sunday Times* vorliest, während ich das Abendessen zubereite, bei Kerzenlicht unter der warmen Dusche stehen und spüren, wie ihre Hände jede Stelle meines Körpers mit Seife einreiben, im Morgengrauen unter der warmen Bettdecke in ihren Armen einschlafen. Durchwachte Nächte und verschlafene Tage einer besonderen Liebe.

Ich wählte die Nummer von Scotts Mobiltelefon. Nach nur einem Klingeln ging er ran. »Scott Porter«, meldete sich seine raue Stimme.

»Hi Scott«, sagte ich. »Hier spricht Nea. Ich bin wieder in London. Hast du Lust, heute Abend mit mir zu essen?«

»Hätte ich schon«, erwiderte Scott, »aber ich muss bis elf arbeiten.«

»Wo?«, fragte ich.

»In Whitechapel«, erwiderte Scott. »Wie wär es morgen?«

»Ich weiß leider noch nicht, ob ich morgen Zeit habe.«

»Mist«, sagte Scott.

»Ich würde dich wirklich gerne heute noch treffen«, sagte ich. »Ich habe ein paar wilde Geschichten zu erzählen, und außerdem habe ich einen Bluterguss, den du dir unbedingt ansehen solltest.«

»Sag bloß, du hast ein Veilchen?«

»Nein, er ist an einer anderen Stelle …«

»Wir könnten uns um halb zwölf in der Lounge treffen«, schlug Scott vor.

»Warum kommst du nach der Arbeit nicht einfach bei mir vorbei. Du warst noch nie in meiner Wohnung, und ich würde dir auch einen Mitternachtsimbiss zubereiten …«

»Klingt toll«, sagte Scott. »Wie lautet deine Adresse?«

Ich gab sie ihm, und wir verabschiedeten uns.

49

Um sieben rief ich Harry an und erzählte ihm, was wir in den letzten Tagen in New Mexico erlebt hatten. Einiges hatte er schon von Marlee erfahren, als sie ihn aus dem Reservat angerufen hatte, doch von dem Röhrchen und der Nachricht wusste er natürlich noch nichts, und genauso wenig von dem Einbruch in Marlees Haus.

Den Rest des Abends verbrachte ich bei Hope. Sie arbeitete an einem Computerprogramm, das den Code knacken sollte, den Agatha für ihre Nachricht verwendet hatte. Hope bestellte eine große Pizza mit Gemüse und Oliven, und ich steuerte eine Flasche Rotwein bei. Eigentlich hatte ich mir vorgenommen, mehr über Hopes Gefühle Marlee gegenüber in Erfahrung zu bringen, doch irgendwie bot sich keine passende Gelegenheit, das Thema anzusprechen.

Um Viertel nach elf verabschiedete ich mich und ging zurück in meine Wohnung. Bei dem Gedanken, dass Scott jeden Moment auftauchen würde, wurde ich ganz kribbelig. Mein Instinkt sagte mir, dass Scott in Ordnung war, aber eigentlich kannte ich ihn kaum. Wir hatten einen Abend zusammen verbracht, als wir auf Lily und Josh aufgepasst hatten, wir waren zusammen ein paar Runden um den See im Hyde Park gelaufen, und wir hatten eine Weile eng umschlungen in der Lounge getanzt. Als Nächstes hatten wir uns auch schon in Scotts Bett gewälzt, hemmungslos und gierig, die Welt reduziert auf zwei verschwitzte Körper in der Dunkelheit einer schwülen Sommernacht. Es war eine wilde, unbändige Art von Sex gewesen, das genaue Gegenteil von dem, was ich mit Emily erlebt hatte. Mit ihr zu schlafen war wie ein langsamer, zärtlicher Tanz gewesen, ein stetiger, behutsamer Aufstieg, der in einem langen Höhepunkt gipfelte, der meinen ganzen Körper erfasste und mich zitternd in Emilys Armen zurückließ.

Kaum hatte ich die Tür meiner Wohnung hinter mir geschlossen, klingelte es.

»Ich bin's«, erklang Scotts Stimme aus der Gegensprechanlage. »Ich hoffe, du hast noch nicht geschlafen.«

Ich erklärte ihm kurz den Weg zu meiner Wohnung und drückte auf den Knopf für das Türschloss. Danach schob ich ein Stück Pizza in den Ofen und schenkte zwei Gläser Wein ein. Als ich damit fertig war, reichte die Zeit gerade noch, um einen prüfenden Blick in den Badezimmerspiegel zu werfen, dann klopfte Scott auch schon an die Tür. Ich öffnete und bat ihn herein.

Wir tranken Wein, Scott aß seine Pizza, und ich berichtete zum dritten Mal an diesem Abend von meinen Abenteuern in New Mexico, obwohl ich mich überhaupt nicht konzentrieren konnte.

»Und was ist nun mit diesem Bluterguss?«, fragte Scott, nachdem er sein spätes Abendessen beendet hatte.

Ich zog das T-Shirt aus der Hose und zeigte ihm den oberen Rand des hässlichen Flecks, der sich vom Hüftknochen über die linke Pobacke bis zum Oberschenkel zog. Im nächsten Augenblick klingelte das Telefon. Ich warf einen Blick auf die Uhr, es war bereits nach Mitternacht. Ich griff nach dem Hörer.

»Hi Nea«, flüsterte Marlees Stimme. »Bei mir treibt sich schon wieder jemand rum!«

»Im Garten?«, fragte ich.

»Nein«, erwiderte Marlee. »Jemand sitzt in einem Wagen auf der anderen Straßenseite und beobachtet mit einem Fernglas das Haus.«

»Was für ein Wagen ist es? Kannst du das Nummernschild erkennen?«

»Es ist ein Kleinwagen, ich glaube er ist grün, sicher bin ich aber nicht. Das Kennzeichen kann ich nicht sehen.«

»Klingt ganz nach Monsieur Chevalier-Caron«, sagte ich. »Offenbar fährt er noch denselben Mietwagen.«

»Was soll ich tun?«, fragte Marlee noch immer flüsternd.

»Wo bist du im Augenblick?«

»Am Fenster im Schlafzimmer meiner Großmutter im ersten Stock, natürlich habe ich das Licht ausgeschaltet.«

»Okay, bleib vorerst da und behalte den Wagen im Auge, ich mache mich sofort auf den Weg. Falls der Typ aussteigt und zum Haus kommt, verbarrikadierst du dich wieder im Schlafzimmer wie beim letzten Mal.«

»Alles klar«, sagte Marlee. »Bitte beeil dich!«

Ich legte auf und sah zu Scott.

»Probleme?«, fragte er.

»Eher eine Gelegenheit«, erwiderte ich. »Wahrscheinlich reicht es, mal Klartext mit dem Kerl zu reden, um ihn ein für alle Mal loszuwerden.«

»Brauchst du Hilfe?«

»Du kommst doch gerade erst von der Arbeit«, sagte ich. »Bist du nicht müde?«

»Überhaupt nicht«, sagte Scott. »Und je schneller wir das erledigt haben, desto schneller können wir uns wieder unserem Date widmen.«

»Wir haben ein Date?«

»Du hast mich zum Essen in deine Wohnung eingeladen.«

»Da ist was dran«, sagte ich, während Scott den leeren Teller und die Weingläser in die Spülmaschine stellte.

Scott teilte sein Bett mit mir, kümmerte sich um das schmutzige Geschirr und half mir bei der Arbeit. Vor meinem geistigen Auge sah ich für einen kurzen Moment ein stilvolles Messingschild mit der Aufschrift *Fox & Porter - Private Investigators* an der Tür meines Büros hängen.

50

Wir beschlossen, mit zwei Autos zu Marlee zu fahren. Ich hatte nicht vor, an einer nächtlichen Verfolgungsjagd durch London teilzunehmen. Falls Chevalier-Carons Wagen sich nicht zufällig in einer engen Parklücke befand, würde er mit Sicherheit versuchen, abzuhauen, sobald er uns bemerkt hatte. Ich erklärte Scott kurz den Verlauf der Straßen in Marlees Umgebung, dann fuhren wir los. Als wir die kleine Vorortsstraße, an der Marlees Haus lag, fast erreicht hatten, trennten sich unsere Wege. Ich hielt am Straßenrand an und wartete darauf, dass Scott sich meldete. Kaum eine Minute später knisterte das Funkgerät und Scott sagte: »Okay, ich bin fast da, fahr los.«

Ich startete den Motor und bog in Marlees Straße. Ungefähr hundert Meter vor mir sah ich die Scheinwerfer von Scotts Wagen auf mich zukommen, und am linken Bordstein stand der grüne Mietwagen des Franzosen. Abrupt riss ich das Steuer herum und kam mit quietschenden Reifen nur wenige Zentimeter vor der Stoßstange des kleinen Wagens zum Stehen. Verwirrt blinzelte Chevalier-Caron in die Scheinwerfer des Range Rovers, die sich gut fünfzehn Zentimeter über der Motorhaube seines eigenen Wagens befanden. Im nächsten Augenblick hielt Scott dicht hinter ihm an und verunmöglichte so jeden Fluchtversuch.

Ich sprang aus dem Range Rover und lief zur Beifahrertür des Mietwagens, doch als ich am Griff zog, hatte der Franzose die Tür bereits von innen verriegelt. Zum Glück war Scott mitgekommen, denn während Chevalier-Caron mich noch erschrocken durch die beschlagene Scheibe auf der Beifahrerseite anstarrte, flog die Fahrertür auf, und eine Sekunde später wurde die Beifahrertür entriegelt. Genauso wie sein Auto zwischen unseren Wagen eingeklemmt war, fand sich der verängstigte Franzose nun gefangen zwischen Scott und mir wieder. Er griff nach dem Zündschlüssel, doch der baumelte bereits an Scotts rechtem Zeigefinger.

»Wir wissen, wer Sie sind«, begann ich. »Ihr Name ist Verney Chevalier-Caron. Und wir wissen auch, dass Sie den Picasso stehlen wollen, der rechtmäßig Ms Fynn gehört. Selbst wenn Sie dies schaffen sollten, besteht nicht die geringste Chance, dass Sie damit durchkommen. Sie sollten dankbar für das Gemälde sein, das Sie schon haben.«

»Wenn du noch mal hier auftauchst, verstehen wir das als persönliche Beleidigung«, fügte Scott hinzu. »Haben wir uns verstanden?«

Der hagere Franzose nickte eifrig. Fast hätte er mir leid getan, doch für gierige Menschen habe ich nicht viel übrig, und für solche, die sich zudem auch noch auf Kosten anderer bereichern wollen, erst recht nicht. Ich schloss die Beifahrertür, ging zum Range Rover und setzte langsam einige Meter zurück. Der Motor des kleinen Mietwagens heulte auf, und mit quietschenden Reifen fuhr er los und verschwand in der Dunkelheit.

Ich parkte am Straßenrand vor Marlees Haus, stieg aus und beobachtete, wie Scott seinen Wagen wendete und vor meinen setzte. Er stieg aus und blieb im Licht der Straßenlampe dicht vor mir stehen. Einen Augenblick sahen wir uns in die Augen, dann schlangen wir die Arme umeinander und küssten uns leidenschaftlich. Ich presste meinen Mund auf seine Lippen, keuchte, spürte, wie seine Hände meine kurze Jacke nach oben schoben und über meinen geschundenen Rücken glitten. Wie kleine Blitze zuckten Schmerzen durch meine Wirbelsäule, doch ich war außerstande, zu entscheiden, ob sie eine Qual oder ein Genuss waren.

Hinter mir hörte ich den Riegel von Marlees Haustür. Abrupt lösten Scott und ich uns voneinander. Ich atmete tief durch, steckte hastig das T-Shirt zurück in die Jeans und richtete meinen Pferdeschwanz. Marlee öffnete die Tür und bat uns hinein. Sie wirkte nervös und unruhig. Scott und ich folgten ihr ins Haus.

»Das ist Scott«, sagte ich. »Ein Freund, der zufällig bei mir war, als du angerufen hast.«

Marlee schüttelte seine Hand und sagte abwesend: »Hi …«

»Und das ist Marlee«, fuhr ich an Scott gerichtet fort.

»Freut mich, dich kennenzulernen«, sagte Scott. »Wegen dieses Kerls brauchst du dir keine Sorgen mehr zu machen, der kommt bestimmt nicht wieder.«

Marlee nickte und sagte: »Vielen Dank.«

»Ist alles in Ordnung?«, fragte ich.

»Ja«, erwiderte Marlee, meinte jedoch ganz offensichtlich das Gegenteil.

»Hör mal«, sagte Scott an mich gewandt. »Du brauchst meine Hilfe nicht mehr. Ich glaube, ich mache mich so langsam auf den Weg, ich habe morgen einen langen Tag vor mir.«

Ich konnte kaum fassen, dass Scott sich nun aus dem Staub machen wollte! Wir hatten Dinge angefangen, die zu Ende gebracht werden mussten.

Er trat ein paar Schritte zurück und blieb bei der Tür stehen, sodass Marlee und ich ungestört reden konnten.

»Was ist los?«, fragte ich.

»Ich habe Angst, allein hier zu bleiben.«

»Der Typ ist weg, glaub mir, den siehst du nicht wieder.«

»Und was ist mit den Italienern?«, fragte Marlee. »Die sind doch viel gefährlicher als dieser Franzose.«

»Da hast du wahrscheinlich Recht …«, stimmte ich ihr zu.

Ich warf einen Blick zu Scott, der an der Wand neben der Tür lehnte, und schon beschleunigte sich mein Puls wieder. Ich seufzte und sagte: »Möchtest du wieder bei mir übernachten?«

Wortlos legte Marlee ihre Arme um mich und drückte mich einen Augenblick fest an sich. Große Schwestern haben es wohl nicht immer leicht.

51

Am nächsten Morgen klingelte wie üblich um halb neun der Wecker. Wenn mich nicht ein schrecklicher Hunger gequält hätte, wäre ich einfach liegengeblieben. Ich hatte in letzter Zeit nicht annähernd genug geschlafen, und außerdem machte mir die Zeitverschiebung noch immer zu schaffen.

Angeblich arbeitet die innere Uhr des Menschen mit einem 25-Stunden-Tag. Mit anderen Worten, wenn Menschen ohne Uhren in einem Haus ohne Fenster leben, fallen sie nach einer Weile in einen Tagesrhythmus mit fünfundzwanzig Stunden. Das bedeutet natürlich, dass wir ständig mit der Tendenz zu kämpfen haben, später schlafen zu gehen und entsprechend später aufzustehen. Mit dieser Erkenntnis wird auch die Beobachtung erklärt, dass es den meisten Menschen leichter fällt, sich nach einem Flug in westlicher Richtung an die neue Tageszeit zu gewöhnen, als nach einer Reise in den Osten.

Ich stand auf und schlurfte ins Wohnzimmer, in der vagen Hoffnung, dass Marlee wie beim letzten Mal vor mir aufgestanden war und Frühstück gemacht hatte, aber offenbar war auch ihre innere Uhr noch nicht umgestellt. Ich widerstand der Versuchung, leise in mein Schlafzimmer zurückzuschleichen, um meine Kamera zu holen. Marlee lag in einer äußerst albernen Pose auf dem Sofa, ein Bein hing auf den Boden, das andere hatte sie angewinkelt wie ein Frosch. Ihr rechter Arm ragte in einem schiefen Winkel über die Armlehne, der linke lag eigenartig verdreht auf ihrem Rücken. Ich hob die Decke auf, die neben dem Sofa auf dem Boden lag, und deckte Marlee zu. Sie murmelte etwas Unverständliches und schlief weiter.

Gerade als ich die Badezimmertür hinter mir schloss, klingelte das Telefon. Ich ging zurück ins Wohnzimmer, nickte Marlee zu, die mit wild aufstehenden Haaren verwirrt über die Lehne des Sofas blinzelte, und griff nach dem Hörer. Es war Harry. Er wusste, dass ich an Wochentagen um halb neun aufstand, aber natürlich hatte er keine Ahnung davon, dass Marlee bei mir übernachtet hatte.

»Was gibt es?«, fragte ich gähnend.

»Ich habe die Nachricht entschlüsselt«, erwiderte Harry feierlich. »Der Text lautet *Verborgen im persischen Gold.*«

»Bin beeindruckt«, sagte ich. »Wie hast du das geschafft?«

»Es handelt sich um einen einfachen Substitutionscode«, erklärte Harry, »mit einer einzigen kleinen Schwierigkeit: Die Zeichen an ungerader Position in der Nachricht werden mit einer anderen Verschiebung verschlüsselt als die Zeichen an gerader Position, wobei die Leerstellen nicht gezählt werden. Mit anderen Worten: Es gibt zwei Verschiebungen, mit welchen die Zeichen abwechselnd verschlüsselt werden.«

»Du meinst, für den ersten Buchstaben wird das Alphabet zum Beispiel um fünf Stellen und für den zweiten Buchstaben um elf Stellen verschoben?«

»Ganz genau«, sagte Harry. »Der dritte Buchstabe verwendet dann wieder dieselbe Verschiebung wie der erste und so weiter.«

»Gute Arbeit«, sagte ich. »Wie bist du darauf gekommen?«

»Dass es sich um einen Substitutionscode handelt, war naheliegend, man sieht ja praktisch die Wörter. Die Frage war also bloß noch, welcher Schlüssel verwendet wird, und da ist mir eingefallen, was du mir über die Windrosen erzählt hast, die Agatha auf ihre Bilder gemalt hat.«

»Natürlich!«, sagte ich. »Die Windrosen sind mit falschen Buchstaben beschriftet, zwei davon sind Agathas Initialen. Und die anderen beiden …«

»… zeigen die Verschiebung der Buchstaben«, beendete Harry meinen Satz. »Der Buchstabe im Norden gilt für die Zeichen an ungeraden und derjenige im Süden für die Zeichen an geraden Positionen. Ich habe mir die Windrose auf dem Bild in dem Katalog mit einer Lupe genauer angesehen, bei Norden steht ein *E*, bei Süden ein *U*.«

»Eigentlich ganz einfach«, sagte ich. »Nun müssen wir bloß noch herausbekommen, was mit der Nachricht gemeint ist.«

»Daran arbeite ich noch«, sagte Harry. »Vielleicht hat Marlee eine Idee, sie kennt das Haus und Agatha am besten.«

Nachdem ich Harry in groben Zügen geschildert hatte, was in der Nacht geschehen war, verabschiedeten wir uns.

Eine halbe Stunde später klopfte es an der Tür, und Hope trat ein, Marlee und ich saßen gerade beim Frühstück. Hope hatte dunkle Ringe unter den Augen und sah schrecklich müde aus, allerdings strahlte sie auch über das ganze Gesicht.

»Ich habe den Code geknackt!«, sagte sie mit unverhohlener Freude, während sie sich zu uns setzte. »Gerade eben!«

Marlee und ich sahen uns an, sagten jedoch nichts.

»Agathas Nachricht lautet *Verborgen im persischen Gold*«, fuhr Hope fort. »Es ist ein Substitutionscode mit alternierenden Schlüsseln.«

Ich dachte noch darüber nach, wie wir Hope schonend beibringen konnten, dass Harry sie geschlagen hatte, als Marlee sagte: »Wow! Das hast du ganz alleine und ohne Hilfe herausgefunden? Das ist richtig toll!«

Hope nickte verlegen und errötete.

»Hast du schon gefrühstückt?«, fragte ich.

»Nein«, erwiderte Hope. »Ich hab' einen Bärenhunger!«

Während ich Brot in den Toaster schob und Rührei auf einen Teller lud, erzählte Marlee, was in der Nacht vor ihrem Haus geschehen war, und natürlich auch, dass Harry das Rätsel mit Hilfe der Buchstaben in der Windrose ebenfalls gelöst hatte.

»Hast du eine Idee, was Agatha damit meinen könnte?«, fragte Hope an Marlee gewandt.

»Leider nicht«, erwiderte Marlee. »Ich kann mich nicht erinnern, dass sie jemals etwas von persischem Gold erzählt hätte. Was ist das überhaupt? Ist damit echtes Gold gemeint?«

»Das glaube ich nicht«, sagte Hope. »Wie sollte man Gold aus Persien von anderem unterscheiden können?«

»Vielleicht ist damit sowas wie eine antike, persische Schatulle gemeint, die mit Goldfarbe bemalt ist«, sagte ich.

»Es könnte in einer Kiste voller persischer Goldmünzen versteckt sein!«, sagte Marlee aufgeregt.

»Du meinst, Agatha hat einen Schatz in einem noch viel größeren Schatz versteckt?«, fragte Hope grinsend.

»Wir müssen das Haus unbedingt noch einmal durchsuchen«, sagte Marlee. »Und diesmal achten wir auf alles, was irgendwie mit Gold zu tun hat.«

»Einen Versuch ist es auf jeden Fall wert«, stimmte Hope zu. »Ich kann aber erst am Nachmittag helfen, ich muss bis Mittag noch etwas erledigen.«

»Da fällt mir ein, dass ich mich noch um die kaputte Tür kümmern sollte«, sagte Marlee.

»Stimmt«, sagte ich, »das habe ich ganz vergessen. Ich rufe Alex an und frage ihn, ob er Zeit hat, sich die Sache anzusehen.«

Mit diesen Worten ließ ich Hope und Marlee allein und ging in mein Schlafzimmer, um zu telefonieren.

»Alex Walker am Apparat«, erklang Alex' vertraute Stimme.

»Hi Alex«, sagte ich. »Hier spricht Nea.«

»Hey Nea! Nochmals vielen Dank, dass du letzten Dienstag so kurzfristig eingesprungen bist.«

»War mir ein Vergnügen«, sagte ich wahrheitsgemäß. »Hör mal, ich brauche deine Hilfe. Hättest du heute Zeit, einen Blick auf das Haus einer Klientin zu werfen? Bei ihr wurde in den letzten Tagen zweimal eingebrochen. Das Haus braucht dringend ein paar Verbesserungen, was die Sicherheit betrifft. Die Haustür wurde aufgebrochen, dabei wurde das Hauptschloss zerstört.«

»Na klar«, sagte Alex. »Wo liegt das Haus?«

Ich gab ihm die Adresse.

»Ich könnte so gegen elf Uhr kurz vorbeischauen, wäre das in Ordnung?«, bot Alex an.

»Passt perfekt!«, sagte ich. »Vielen Dank!«

»Kein Problem«, sagte Alex.

»Wie geht es Tom? Ist er noch im Krankenhaus?«

»Ja, er liegt immer noch im King's College«, erwiderte Alex. »Der Knöchel macht keine Probleme, aber das Ganze braucht einfach seine Zeit. Tom langweilt sich schrecklich, du kennst ihn ja. Außerdem scheint ihm das Krankenhausessen überhaupt nicht zu schmecken. Ich sehe heute Nachmittag noch einmal nach ihm, am Donnerstag wird er voraussichtlich entlassen.«

»Soll ich dich begleiten?«, bot ich an.

»Klar, wenn du Lust dazu hast, ich könnte Verstärkung gebrauchen. Toms schlechte Laune kann ziemlich anstrengend sein.«

»Alles klar, wann hattest du vor, dort zu sein?«

»Nach dem Mittagessen«, erwiderte Alex. »Wie wär's um zwei beim Eingang?«

»Abgemacht«, sagte ich. »So kannst du mir auch gleich erzählen, welche Maßnahmen du für das Haus vorschlägst.«

Wir verabschiedeten uns.

Zurück im Wohnzimmer berichtete ich Marlee, dass Alex sich ihr Haus um elf ansehen würde.

»Dann sollte ich wohl so langsam meine Sachen zusammenpacken und mich auf den Weg machen«, sagte sie, stand auf und verschwand im Badezimmer.

Ich warf einen Blick auf die Uhr, es war schon beinahe zehn.

»Bist du zum Mittagessen hier?«, fragte ich Hope, während ich das schmutzige Geschirr in die Spülmaschine räumte.

»Klar«, erwiderte sie. »Ich habe mit Marlee abgemacht, dass ich ihr am Nachmittag bei der Suche helfe, aber bis dahin bin ich zu Hause.«

»Ich treffe Alex um zwei im King's College, ich könnte dich auf dem Weg bei Marlee absetzen.«

»Toll, vielen Dank!«, sagte Hope.

52

Um zwölf verließ ich mein Büro und machte mich auf den Weg nach Hause. Als ich auf den Bürgersteig trat, regnete es noch immer in Strömen. Grundsätzlich teile ich die Ansicht, dass man das, was man tut, entweder richtig oder gar nicht tun sollte, doch das aktuelle Tiefdruckgebiet im Großraum London nahm seine Aufgabe eindeutig zu ernst.

Ich klappte den Kragen meiner Jacke hoch und ging mit schnellen Schritten los. Kalter Regen tropfte von der Krempe meines Hutes. Normalerweise trage ich keine Hüte, aber bei ganz üblem Wetter mache ich schon mal eine Ausnahme. Es handelte sich um einen schlichten schwarzen Trilby von Jess Collett, Hope hatte ihn mir geschenkt. Sie liebte Hüte und verfügte über eine beachtliche Sammlung, das Passende für jede Gelegenheit.

Als ich an Hopes Wohnungstür klopfte und eintrat, strömte mir ein verführerischer Duft entgegen. Hope saß wie üblich bereits an der Theke und las die *Times*, während sie auf mich wartete. Es ist toll, wenn man von der Arbeit nach Hause kommt und von jemandem erwartet wird, der Tisch ist gedeckt, und das Essen ist bereit. Hope wohnte zwar erst seit einem halben Jahr in der Wohnung neben meiner eigenen, doch in dieser Zeit waren mir unsere gemeinsamen Mittagessen zu einer lieben Gewohnheit geworden, und das lag nicht etwa daran, dass Hope immer für mich gekocht hätte. Mindestens genauso oft brachte ich etwas mit, das ich auf meinem Heimweg bei einem der vielen Take-Aways gekauft hatte. Es war das gemeinsame Essen, die Gespräche über nichts Besonderes und auch die Regelmäßigkeit. Wenn man sich einmal im Monat mit jemandem zum Essen verabredet, ist es nicht dasselbe, wie wenn man sich jeden Tag sieht. Trifft man sich einmal alle paar Wochen, spricht man ganz automatisch nur über die wichtigsten Dinge, die geschehen sind, seit man sich zuletzt gesehen hat. Trifft man sich jedoch täglich, hat man genügend Zeit, über all die kleinen, unbedeutenden Dinge zu sprechen, die das Leben letzten Endes zu einem großen Teil ausmachen. Bei Annie gibt es eine neue Sorte Marmelade, Cranberry mit roten

Kirschen, die solltest du unbedingt einmal probieren. Heute Abend läuft ein interessanter Film auf Channel 4. Was hältst du von dem neuen Solarboot im Hyde Park?

»Riecht köstlich!«, sagte ich, während ich meine nasse Jacke auszog und zum Trocknen an Hopes Kleiderständer hängte. »Was gibt es?«

»Chinesische Nudelsuppe«, erwiderte Hope. »Ich dachte, eine heiße Suppe passt gut zu dem kalten Wetter.«

Hope füllte Suppenschalen mit dampfender Suppe aus einem großen Topf, während ich zwei Gläser Eistee einschenkte. Die Suppe war ausgezeichnet, würzig aber nicht zu scharf. Nachdem wir beide eine zweite Schale geleert hatten, machte Hope Kaffee und ich packte die beiden Limettenquarkschnitten aus, die ich auf dem Weg nach Hause in Burke's Bakery gekauft hatte. Eine Mahlzeit ohne Nachtisch ist einfach irgendwie unvollständig, finde ich.

»Hör mal«, begann Hope zögerlich, während sie Sahne in ihren Kaffee goss. »Ich würde dich gern etwas Persönliches fragen, ich verstehe aber, wenn du nicht darüber sprechen möchtest.«

»Worum geht's?«, fragte ich, durch Hopes ernsten Tonfall leicht beunruhigt.

»Hattest du vor Emily schon mal etwas mit einer Frau?«, fragte Hope, wobei sie konsequent in ihre Kaffeetasse starrte. »Vielleicht bevor wir uns kennengelernt haben?«

»Nein«, erwiderte ich, ohne eine Gegenfrage zu stellen. Es war offensichtlich, dass es Hope schwer fiel, über das Thema zu sprechen.

»Und wie war es bei Emily?«, fragte Hope nach einer unangenehm langen Pause. »War sie schon immer …«

»Soweit ich weiß, ja«, erwiderte ich.

Erneut herrschte betretene Stille. Normalerweise war es genau umgekehrt. Hope fiel es leicht, über wichtige Dinge zu sprechen, während ich große Mühe damit hatte.

»Weshalb hat sie dich verlassen?«, fragte Hope zaghaft.

»Sie ging zurück zu ihrer vorherigen Freundin, mit der sie mehrere Jahre zusammen war, bevor wir uns kennenlernten.«

Ich staunte über mich selbst. Wie leicht ich plötzlich über meine Beziehung zu Emily sprechen konnte, war mehr als erstaunlich.

»Und nun bist du mit diesem Typen zusammen, mit dem du letzte Nacht bei Marlee warst?«

»Sein Name ist Scott«, sagte ich. »Wie kommst du darauf?«

»Marlee hat aus dem Haus beobachtet, wie ihr euch geküsst habt.«

»Verstehe«, murmelte ich.

Ich überlegte. Waren Scott und ich ein Paar? Wir hatten eine Nacht zusammen verbracht, und Scott hatte meine Einladung zu Pizzaresten in meiner Wohnung als Date bezeichnet, aber ein Paar waren wir eigentlich nicht, jedenfalls noch nicht.

»Nein, wir sind nicht zusammen«, sagte ich. »Wir kennen uns erst seit kurzer Zeit, es ist noch zu früh, so etwas zu sagen.«

»Aber ihr könntet ein Paar werden?«, hakte Hope nach.

»Ich glaube schon«, sagte ich verunsichert, während ich darüber nachdachte, worauf sie eigentlich hinauswollte.

»Verstehe«, sagte Hope.

»Du weißt, dass ich nichts von Schubladendenken halte«, sagte ich, nachdem ich endlich begriffen hatte, worum es ging. »Zwischen Scott und mir besteht eine ziemlich heftige Anziehungskraft, und irgendwie ist er genau das, was ich im Moment brauche.«

Hope sah mich verwirrt an.

»Ich bin froh, dass ich mich mit Emily eingelassen habe, ich würde es wieder tun, und ich kann mir auch vorstellen, mich in eine andere Frau zu verlieben. Es ist völlig anders als mit einem Mann, und auf eine besondere Weise wunderschön.«

Hope nickte und blickte wieder in ihren Kaffee, von dem sie noch keinen Schluck getrunken hatte.

»Geht es um Marlee?«, fragte ich.

Hope sah auf und nickte, sagte jedoch nichts. Ich wartete.

»Ich fand sie von Anfang an nett«, begann Hope schließlich, »sie ist so spontan und hat dauernd irgendwelche albernen Einfälle. Es macht einfach Spaß, mit ihr zusammen zu sein.«

»Ich weiß, was du meinst«, sagte ich. »Ich mag sie auch sehr.«

Hope warf mir einen fragenden Blick zu.

»Nur als Freundin natürlich«, fügte ich hinzu.

Hope grinste.

»Aber bei dir geht es über Freundschaft hinaus?«, fuhr ich fort.

»Ich weiß nicht«, erwiderte Hope. »Als wir am Sonntag nochmal zusammen auf dem Dach waren und ich ihr das Teleskop genauer erklärt habe, ist etwas passiert.«

Hope schwieg.

»Das ist Folter, das ist dir doch wohl klar?«, protestierte ich.

»Es war eigentlich nichts Konkretes, mehr so ein Gefühl. In dem Ausguck ist es ziemlich eng, man sitzt ganz dicht nebeneinander. Einmal, als Marlee und ich uns am Teleskop abgewechselt haben, haben sich versehentlich unsere Wangen berührt, nur ganz kurz, doch für mich war es wie ein elektrischer Schlag. Ich war eine Weile völlig perplex. Für Marlee war es offenbar nichts Besonderes, sie hat überhaupt nicht reagiert. Später hat sie versehentlich mit ihrer Hand meinen Oberschenkel gestreift. Das Ganze dauerte nur einen Sekundenbruchteil, doch mich durchlief ein Kribbeln, das nichts mit Freundschaft zu tun hat.«

Ich dachte nach. Ich hatte Marlee versprochen, mit niemandem über ihre Gefühle für Hope zu sprechen, und dieses Versprechen würde ich auch einhalten, aber …

»Ich verlasse mich darauf, dass das unter uns bleibt«, sagte Hope. »Ich möchte sie auf keinen Fall als Freundin verlieren, und außerdem weiß ich ja selbst nicht, was ich eigentlich will.«

53

Nachdem ich Hope bei Marlee abgesetzt hatte, fuhr ich zum King's College Hospital. Als ich um Viertel vor zwei die Eingangshalle betrat, wartete Alex bereits auf mich. Er stand vor dem Schaufenster eines kleinen Ladens.

»Was hältst du von dem Ding?«, fragte Alex, nachdem wir uns begrüßt hatten. Er deutete auf ein kleines Gerät, das sich ein Regalbrett mit einem Rasierapparat, einem Wecker und einem tragbaren CD-Spieler teilte. »Glaubst du, das wäre etwas für Tom?«

»Das ist eine Playstation Portable«, erwiderte ich. »Hope hat auch eine.«

»Und?«, fragte Alex. »Macht sowas Spaß? Du weißt ja, dass Tom das Rumliegen schwer zu schaffen macht, und er ist nicht der Typ, der Bücher liest.«

»Klar könnte ihm sowas gefallen, aber die Spiele muss man extra kaufen.«

»Ich glaube, da sind schon drei Spiele dabei«, sagte Alex und deutete auf das Schaufenster. »Scheint eine Art Set zu sein. Die Tasche gehört wohl auch dazu. Ob's da auch andere Farben gibt?«

Ich sah mir das Angebot genauer an. Es handelte sich tatsächlich um ein Set mit drei Spielen und einer passenden knallrosa Tasche mit Perleffekt.

»Wir können ja mal fragen«, sagte ich. »Außerdem kann ein bisschen Rosa die harten Kerle von Scott, Braddock & Walker ja wohl kaum aus der Fassung bringen?«

Zehn Minuten später wanderten wir durch die Gänge. Wie um mir zu beweisen, wie furchtlos die Männer von Scott, Braddock & Walker tatsächlich waren, trug Alex die rosarote Tasche wie ein Damentäschchen an seiner muskulösen Schulter. Alle anderen Farben waren ausverkauft gewesen.

»Was sagst du zu dem Haus?«, fragte ich. »Lässt sich kurzfristig etwas machen?«

»Ist alles schon im Gange«, sagte Alex. »Noch heute wird das Schloss der Haustür ersetzt, und das neue Schloss wird eine ganze Menge mehr aushalten, darauf kannst du dich verlassen. Außerdem werden in alle Fenster im Erdgeschoss Sicherheitsriegel eingebaut, und die Hintertür bekommt ebenfalls ein neues Schloss. Ich habe versucht, Ms Fynn klar zu machen, dass nur solide Gitter vor den Fenstern einem professionellen Einbrecher ernsthaft Sorgen bereiten können, aber sie ließ sich nicht überzeugen. Wenigstens konnte ich sie überreden, drei Flutlichter mit Bewegungsmeldern installieren zu lassen, eines auf der Rückseite des Hauses und jeweils eines auf den beiden Seiten. Die sind nicht teuer und bringen viel.«

»Klingt toll, vielen Dank für deine Hilfe!«

»Kein Problem, war ja keine große Sache, zehn Minuten um das Haus gehen und zwei Anrufe.«

Wir hatten Toms Zimmer schon fast erreicht, als mein Blick an einem bekannten Gesicht hängenblieb. Matt kam uns entgegen, den Blick an mir vorbei in Richtung der Aufzüge gerichtet. Ich hatte nicht mehr daran gedacht, dass er im King's College arbeitete. Ohne mich zu erkennen, ging er an uns vorbei.

»Ich komme gleich nach«, sagte ich zu Alex, wandte mich um und lief zurück. Überrascht drehte sich Matt um, als ich seinen Namen rief. Ich blieb vor ihm stehen und wusste nicht wohin mit meinen Händen. Ich konnte ihn nicht umarmen, aber ich konnte ihm auch nicht die Hand reichen.

»Nea!«, stieß Matt hervor. »Was machst du denn hier?«

»Jemanden besuchen«, erwiderte ich und fügte beiläufig hinzu: »Malleolarfraktur am linken Fuß.«

Den Begriff hatte ich gerade eben von Alex gehört.

»Hör mal«, sagte Matt. »Ich möchte mich nochmal für neulich entschuldigen, ich hätte dich nicht bei unserem ersten Date auf diese Weise überfallen dürfen. Ich sollte …«

»Ich finde überhaupt nicht, dass du mich überfallen hast«, fiel ich ihm ins Wort. »Wenn ich es nicht auch gewollt hätte, wäre es nicht passiert.«

»Du wolltest es?«, fragte Matt. »Warum bist du dann weggelaufen?«

»Als wir uns küssten, ist mir klar geworden, dass wir nur Freunde werden können. Ich hätte nicht einfach abhauen sollen, es tut mir wirklich leid, das war feige von mir.«

Einen Augenblick standen wir schweigend am Rand des hell erleuchteten Ganges, während Schwestern und Patienten an uns vorbeigingen, ohne Notiz von uns zu nehmen.

»Ich glaube, das kann ich nicht«, sagte Matt schließlich. »Einfach nur Freunde sein, das würde nicht funktionieren.«

Ich schwieg.

»Wir sollten uns nicht mehr sehen«, fuhr er fort. »Ich werde nicht mehr an den See im Regent's Park gehen. Ich wünsche dir alles Gute, und pass auf dich auf. Bye Nea.«

Mit diesen Worten drehte er sich um und verschwand um die Ecke. Ich schluckte. Matt war furchtbar nett. Ehrlichkeit war das Mindeste, das er von mir erwarten konnte.

54

Alex und ich ließen einen gut gelaunten, spielenden Tom zurück. Das Geschenk war außerordentlich gut angekommen, und Alex hatte als Arbeitgeber trotz der pinkfarbenen Tasche jede Menge Pluspunkte gesammelt.

Es war Viertel vor vier, als ich vor Marlees Haus anhielt. Schon von der Straße aus konnte ich sehen, dass Alex nicht zu viel versprochen hatte. Zwei Männer in grauen Overalls arbeiteten an der Haustür, drei weitere waren mit den Fenstern beschäftigt. Marlee und Hope standen unter einem riesigen gelben Regenschirm auf dem Rasen und beobachteten das Ganze. Als sie mich sahen, kamen sie zum Wagen, um mich abzuholen. Ich duckte mich unter den Schirm, und wir gingen ins Haus.

»Habt ihr etwas gefunden?«, fragte ich, während wir uns in die Küche setzten. »Irgendwelche goldenen Truhen aus dem Orient?«

»Nein, aber wahrscheinlich gibt es auch nichts zu finden«, sagte Marlee. »Harry hat vorhin angerufen. Er hat herausgefunden, dass ein Bild meiner Großmutter den Titel *Das Gold der Wüste* trägt. Es hängt im Peacock Museum in Camden. Wir könnten es uns natürlich jederzeit als normale Besucher ansehen, aber wenn wir es genauer untersuchen wollen, brauchen wir eine Erlaubnis des Museums.«

»Stimmt«, sagte ich. »Und zumindest die Rückseite sollte wir schon genauer unter die Lupe nehmen können, immerhin schreibt Agatha in dem Brief ausdrücklich, dass sie einen Teil des Rätsels auf die Rückseite eines Bildes geschrieben hat.«

»Wir müssen uns einen glaubhaften Grund ausdenken, weshalb wir das Bild untersuchen wollen«, dachte Hope laut nach. »Vielleicht könnten wir sagen, dass wir an einem Artikel über Agatha arbeiten?«

»Und weshalb sollten wir uns dafür ausgerechnet dieses Bild genauer ansehen müssen?«, wandte ich ein.

»Es könnte eine besondere Bedeutung in Agathas Gesamtwerk haben«, schlug Hope vor. »Eine Art Schlüsselwerk.«

»Und wie wäre es mit der Wahrheit?«, schlug Marlee vor, während sie Tee einschenkte. »Ich bin Agathas Enkelin und habe vor kurzem einen Brief erhalten, in dem sie mir von Nachrichten auf den Rückseiten ihrer Gemälde berichtet, und nun will ich mir natürlich möglichst viele davon ansehen.«

»Könnte klappen …«, sagte Hope.

Während Marlee in den Flur ging, um zu telefonieren, sah ich mir eine Teedose an, die zwischen einem altmodischen Füllfederhalter und einem Stapel Selbstklebeetiketten auf dem Küchentisch lag. Offenbar hatte Marlee sie kürzlich neu beschriftet. Sorgfältig in ihrer Handschrift geschrieben standen auf dem Etikett die Worte *Cota Whoneh*. Ich öffnete vorsichtig den Deckel. Die Dose war gefüllt mit einer Mischung verschiedenster getrockneter Blütenblätter. Der Geruch, der davon ausging, war eigenartig, süß und herb zugleich. Ich fragte mich, wie der Tee wohl schmecken würde, als Marlee zurück in die Küche kam.

»Wir können uns das Bild morgen früh ansehen, ich habe einen Termin mit dem Kurator um zehn«, sagte Marlee. »Möchtest du den Tee probieren?«

»Nein, meine Tasse ist ja noch fast voll«, erwiderte ich. »Aber er riecht interessant, woher hast du ihn?«

»Nascha hat ihn mir gegeben«, erklärte Marlee, »als ich ihr die Skizze vom Angel Peak geschenkt habe, die ich an unserem ersten Abend in der Wüste gemacht habe. Sie hat gesagt, er zeige einem Dinge. Ich habe ihn noch nicht probiert.«

»Klingt ja interessant!«, sagte Hope und roch an der offenen Dose.

Mein Handy klingelte, es war Scott.

»Hast du heute Abend schon etwas vor?«, fragte er. »Ich würde dich gern zum Essen einladen. Nichts gegen einen nächtlichen Ausflug, um verängstigten Damen bedrohliche Unholde vom Hals zu schaffen, aber irgendwie habe ich mir unser Treffen romantischer vorgestellt.«

»Wann holst du mich ab?«, fragte ich damenhaft.

»Wie wäre es mit acht Uhr?«

»Passt perfekt«, sagte ich. »Wo gehen wir hin?«

»Lass dich überraschen!«

Wir verabschiedeten uns, und ich legte auf. Ein Blick auf die Uhr verriet mir, dass ich gerade noch genug Zeit hatte, nach Hause zu fahren und mich zurechtzumachen.

»Ich muss los«, sagte ich zu Hope. »Soll ich dich mitnehmen?«

Hope zögerte und warf einen Blick zu Marlee.

»Hey, ich würde mich freuen, wenn du zum Abendessen bleiben würdest«, sagte Marlee. »Wir könnten uns einen Film ansehen!«

Hopes Gesichtsausdruck verriet nichts, doch ihre Augen strahlten.

Um zehn vor acht klingelte es. Ich schlüpfte in meine Jacke, löschte das Licht und ging nach unten. Zwanzig Minuten später betraten Scott und ich das Akash Palace im West End, wo ein Tisch für uns reserviert war. Ich mochte das Lokal sehr und fragte mich, ob Scott womöglich Alex nach meinen Vorlieben gefragt hatte.

Um halb zehn verließen wir das indische Restaurant und schlenderten in Richtung Leicester Square. Offenbar hatte es erst vor kurzem aufgehört zu regnen. Die Straßen glänzten nass wie raue Spiegel, und in den Pfützen glitzerten die Lichter Sohos.

Ohne ein Wort zu sagen, nahm Scott meine Hand. Ich spürte, wie unsere Finger ineinander glitten, und trat an den Bordstein, um ein Taxi anzuhalten.

55

Am nächsten Morgen musste Scott früh los. Nach einer Tasse Kaffee und einer Schale Corn Flakes mit Milch und Zucker machte er sich auf den Weg zur Arbeit. Ich schleppte mich zurück ins Bett und verkroch mich unter der Bettdecke. Graue Wolken hingen tief über der Stadt, und es hatte wieder angefangen zu regnen. Hope und ich waren um zehn mit Marlee im Peacock Museum verabredet, ich konnte also noch knapp zwei Stunden schlafen.

Ich war gerade dabei, einzudösen, als das Telefon klingelte. Es war Marlee.

»Was gibt es?«, fragte ich, während ich mit dem Hörer des Funktelefons zurück ins Schlafzimmer ging.

»Der Kurator vom Peacock Museum hat gerade angerufen«, erwiderte Marlee. »Den Weg können wir uns sparen, das Bild ist letzte Nacht gestohlen worden.«

»Das Museum wurde ausgeraubt?«, fragte ich ungläubig.

»So kann man es nicht sagen, es wurde bloß dieses eine Bild gestohlen, obwohl die Diebe auch jede Menge wertvollere Gemälde hätte mitnehmen können.«

»Hat die Polizei schon mit dir gesprochen?«, fragte ich.

»Nein, warum sollte sie?«

»Na ja, sicher haben die Leute vom Museum der Polizei erzählt, dass du dich erst gestern für genau dieses Gemälde interessiert hast. Bei derartigen Zufällen gehen bei jedem halbwegs fähigen Ermittler doch sofort die Alarmglocken an.«

»Stimmt, daran habe ich noch gar nicht gedacht …«, sagte Marlee.

»Obwohl es ja schon ein bisschen sinnlos wäre, einen Termin zur Besichtigung des Bildes zu vereinbaren, nur um es dann in der Nacht davor zu stehlen. Wahrscheinlich wird sich die Polizei aber trotzdem bei dir melden. Immerhin ist es offensichtlich, dass du etwas über das Bild weißt, und das könnte ihnen weiterhelfen.«

»Was soll ich der Polizei sagen?«, fragte Marlee.

Ich dachte einen Augenblick nach und sagte: »Die Wahrheit, es gibt keinen Grund, etwas zu verschweigen. Der Picasso befand sich mit großer Wahrscheinlichkeit rechtmäßig im Besitz deiner Großmutter, und somit gehört er nun von Gesetzes wegen dir.«

»Ich wäre froh, wenn du dabei wärst.«

»Klar, ruf mich an, falls sie sich melden.«

Wir verabschiedeten uns, und ich legte auf, dann wählte ich Harrys Nummer.

»Harry Moefield«, meldete er sich verschlafen.

Ich hatte ganz vergessen, dass es erst Viertel nach sieben war.

»Tut mir leid, dass ich dich geweckt habe«, entschuldigte ich mich.

»Kein Problem«, sagte Harry. »Du hättest es ja nicht getan, wenn es sich nicht um einen Notfall handeln würde.«

Ein Notfall war es natürlich ganz und gar nicht, denn ich hatte Harry eigentlich bloß fragen wollen, ob er Lust hatte, mit mir zu Mittag zu essen. Ich entschied mich, dies für das Ende des Gesprächs aufzusparen, und erzählte ihm stattdessen von dem Einbruch im Peacock Museum.

»Mist«, stieß Harry hervor. »Wie kommen wir nun an den nächsten Hinweis?«

»Vielleicht befindet er sich ja gar nicht auf der Rückseite dieses Bildes«, sagte ich. »Möglicherweise ist es wie bei dem Gemälde mit dem Kaktus, irgendein verborgener Hinweis im Bild selbst, den wir auch auf einer Abbildung entdecken können.«

»Die Abbildung im Katalog von Abbymarle & Summerville habe ich mir schon genau angesehen. Falls tatsächlich ein Hinweis darin verborgen ist, dann ist er sehr viel besser versteckt als auf dem Bild mit dem Kaktus. Ich konnte jedenfalls nichts entdecken.«

»Hör mal«, begann ich, »hast du Lust, mit mir zu Mittag zu essen?«

»Klar«, erwiderte Harry. »Woran hast du gedacht?«

»Wie wäre es um halb eins im Aurora? Ich lade dich ein.«

»Klingt toll, ich wollte schon lange wieder einmal da hin.«

»Alles klar, ich freue mich!«

Wir verabschiedeten uns, und ich legte auf.

Ich beschloss, an diesem Morgen nicht ins Büro zu gehen und stattdessen etwas Schlaf nachzuholen. Vielleicht ging mir dadurch ein Auftrag durch die Lappen, doch ich hatte momentan ohnehin alle Hände voll zu tun. Gähnend legte ich das Telefon auf den Nachttisch und kuschelte mich unter die warme Decke.

56

Als ich das kleine italienische Restaurant betrat, war Harry bereits da. Ich bestellte einen grünen Salat, Rigatoni al arrabiata und Tonic Water. Harry entschloss sich für eine Tomatensuppe, Nudeln an Pilzrahmsauce und dazu ein Glas Chianti.

Während wir auf das Essen warteten, sprachen wir über den Einbruch im Peacock Museum.

»So schnell einen erfolgreichen Einbruch zu planen und durchzuführen, schafft nicht jeder …«, sagte Harry bedeutungsvoll.

»Du glaubst also, dass Emmett Cray Agathas Bild *Das Gold der Wüste* gestohlen hat?«, fragte ich. »Woher sollte er gewusst haben, dass es für das Rätsel von Bedeutung sein könnte?«

»Das ist die große Frage«, erwiderte Harry. »Wer könnte die Nachricht in dem Kupferröhrchen noch gelesen haben?«

»Die drei Italiener haben sie mit Sicherheit nicht gelesen, die geheimnisvolle Frau schon eher. Sie war zuerst in der Höhle und hat das Röhrchen gefunden. Allerdings war es verschlossen, als die Italiener es ihr abnehmen wollten. Sie müsste sich die Nachricht angesehen haben, bevor die drei sie eingeholt hatten.«

»Falls es so gewesen ist, müsste sie ein sehr gutes Gedächtnis haben«, wandte Harry ein. »Immerhin standen auf dem Zettel ja nur die unzusammenhängenden Buchstaben der verschlüsselten Nachricht. Sich diese auf die Schnelle zu merken, ist keine leichte Aufgabe.«

»Vielleicht hatte sie eine Kamera dabei«, sagte ich.

Der Salat und die Suppe wurden serviert.

»Nehmen wir mal an, die Frau hat die Nachricht tatsächlich gelesen und sie sich gemerkt oder ein Foto davon gemacht«, fuhr ich fort. »Wie erfährt Emmett Cray davon? Ist er nicht bekannt dafür, dass er niemandem vertraut und immer allein arbeitet?«

Harry ließ abrupt den Suppenlöffel auf den Teller sinken und sagte: »Ich kann es kaum fassen! Dass ich nicht schon früher darauf gekommen bin!«

»Worauf?«, fragte ich gespannt.

»Wie du schon gesagt hast«, begann Harry mit einem verschwörerischen Grinsen auf dem Gesicht, »Emmett Cray traut niemandem und arbeitet immer allein. Und obwohl er körperlich in seinem Alter eigentlich nicht mehr dazu in der Lage sein kann, schreiben ihm die Zeitungen noch immer die spektakulärsten Kunstdiebstähle zu. Regelmäßig taucht dabei das Gerücht auf, dass er vielleicht einen Sohn haben könnte, der in seine Fußstapfen getreten ist …«

»Du glaubst … «, begann ich verblüfft.

»… dass der Sohn womöglich eine Tochter sein könnte!«, beendete Harry meinen Satz.

»Das würde passen. Sie war unbewaffnet und auf dem besten Weg, uns das Röhrchen allein durch Geschick und Schnelligkeit vor der Nase wegzuschnappen. Ist es nicht auch Emmett Crays Markenzeichen, niemals Gewalt anzuwenden?«

»So ist es«, sagte Harry grinsend.

Das Essen wurde serviert. Ich dachte darüber nach, wie ich mit Harry über das Problem sprechen konnte, das mich beschäftigte. Ich wusste, dass Marlee in Hope verliebt war, und ich wusste auch, dass Hope Gefühle für Marlee hatte. Ich hatte beiden Stillschweigen versprochen, und ich hatte auch vor, diese Versprechen zu halten. Allerdings gab es unzählige Möglichkeiten, wie ich das Zusammenkommen der beiden fördern konnte, ohne mein Wort zu brechen. Das Problem war nur, dass sich ein Teil von mir dagegen sträubte. Wir bestellten Kaffee und Crème Brûlée zum Nachtisch.

»Ich brauche deinen Rat«, begann ich.

Harry nickte.

»Stell dir folgende Situation vor: Zwei deiner besten Freunde sind ineinander verliebt, doch keiner der beiden wagt es, den ersten Schritt zu tun. Beide sprechen mit dir offen über ihre Gefühle, du weißt also ganz genau Bescheid. Was tust du?«

»Den beiden helfen«, erwiderte Harry ohne zu zögern.

»Hm…«, murmelte ich.

»Außer ich würde befürchten, zwischen den beiden könnte sich eine engere Beziehung entwickeln als meine eigenen Freundschaft zu ihnen«, sagte Harry. »In diesem Fall könnte ich versucht sein, eine Liebesbeziehung zwischen den beiden zu verhindern.«

Der Nachtisch wurde serviert.

»Was natürlich völlig sinnlos wäre«, fuhr Harry fort, während er Sahne in seinen Kaffee goss. »Freundschaft kann man nicht dadurch schaffen, dass man andere Freundschaften verhindert, genauso wenig, wie man Liebe durch Eifersucht fördern kann.«

57

Nach dem Essen mit Harry ging ich Einkaufen. Die Lebensmittel, die Hope für mich gekauft hatte, waren fast aufgebraucht, und ich hatte vor, Scott bei der nächsten Gelegenheit ein reichhaltigeres Frühstück als Corn Flakes anzubieten. Als ich schwer beladen mit zwei großen Tüten in die Straße bog, in der meine Wohnung lag, entdeckte ich Chris. Er stand vor dem Schaufenster von Leyton's, einem eleganten, altmodischen Schuhgeschäft, dem ich erst ein einziges Mal einen Besuch abgestattet hatte. Zum einen, weil die Damenabteilung eher klein war, hauptsächlich jedoch, weil die Preise selbst für London ungewöhnlich hoch waren.

»Hi Chris!«, sagte ich. »Arbeitest du heute nicht?«

»Doch, ich habe bloß etwas früher Schluss gemacht«, erwiderte er. »Ich habe eine Menge Überstunden abzubauen. Kann ich dir helfen?«

»Sehr gern«, sagte ich und reichte ihm eine der Tüten. »Vielen Dank!«

»Die machen dicht«, sagte Chris und deutete auf das Schuhgeschäft, »am Samstag in einer Woche. Bis dahin gibt es alles zum halben Preis. Wollen wir uns mal umsehen?«

»Klar«, erwiderte ich und folgte ihm zur Tür.

Während Chris sich in der Herrenabteilung umsah, streifte ich durch die halbleeren Regale im Damenbereich. Meine Einkäufe hatten wir beim Eingang abgestellt. Ich wollte gerade zu Chris hinübergehen, um ihm die stilsichere Beratung einer Frau anzubieten, als mein Blick auf ein Paar schwarzweiße Schnürschuhe mit flachen Absätzen fiel. Vornehm zurückhaltend standen sie auf dem untersten Brett im Regal, kein bisschen gekränkt von dem roten Ausverkaufszettel, der lieblos mit einem Gummiband an ihnen befestigt worden war. Ich näherte mich vorsichtig und wagte es, einen Blick auf den Preis zu werfen. Mit dem Rabatt betrug der Preis noch immer achtundneunzig Pfund. Kein Wunder, dass der Laden schließen musste!

Ich ließ mir nichts anmerken und schlenderte zu Chris, der sich gerade in einem schräg gestellten, hohen Spiegel betrachtete.

»Was meinst du?«, fragte er.

Die Schuhe, die er anprobierte, waren schwarz, flach und unterschieden sich in meinen Augen nicht im Geringsten von all den anderen schwarzen Herrenschuhen, die an den Füßen von Geschäftsleuten in der Londoner Innenstadt unterwegs waren. Vielleicht war ich doch keine so große Hilfe für Chris.

»Die sehen sehr gut aus.«

»Nicht wahr?«, sagte Chris. »Die sind wirklich elegant!«

»Wenn du dich wohl darin fühlst …«, sagte ich geistesabwesend, während ich einen Blick in Richtung Damenabteilung warf.

»Ja, ich glaube, die nehme ich«, sagte Chris zufrieden. »Hast du auch etwas gefunden?«

»Na ja …«, begann ich.

Zehn Minuten später verließen wir Leyton's, beide mit einer großen Tüte Lebensmittel in der einen und einer eleganten beigen Tasche mit dem Schriftzug des Schuhgeschäftes in der anderen Hand.

»Es ist gleich vier«, sagte Chris. »Hast du Lust, noch auf einen Sprung zu mir zu kommen?«

»Klar«, erwiderte ich. »Wollen wir noch kurz bei Burke's vorbeischauen?«

»Unbedingt!«, sagte Chris.

Während Chris Tee machte, packte ich den gepuderten Topfkuchen aus, den wir in Burke's Bakery gekauft hatten. Der Duft von Zimt stieg mir in die Nase und vertrieb mit Nachdruck den Geruch der regennassen Stadt.

Ich erzählte Chris, was Marlee und ich in Amerika erlebt hatten. Zum Schluss berichtete ich von dem Einbruch im Peacock Museum, und dass wir nun nicht mehr wussten, wie wir ohne das Bild weitermachen sollten.

»Vielleicht kann ich euch helfen«, sagte Chris geheimnisvoll, während er unsere Tassen mit frischem Tee füllte.

»Wie?«, fragte ich neugierig. »Kennst du das Bild etwa?«

»Ich glaube, das Bild hat gar nichts mit dem Rätsel zu tun«, erwiderte Chris ruhig.

»Wenn du mich noch länger auf die Folter spannst, kriegst du keinen Kuchen mehr!«, protestierte ich, während ich den angeschnittenen Topfkuchen von ihm wegzog.

»Hedera colchica«, sagte Chris gelassen. »Gehört zur Familie der Araliaceae.«

Ich warf ihm einen finsteren Blick zu.

»Eine recht verbreitete Efeuart«, fuhr Chris fort. »Der goldgelben Farbe der Blüten wegen auch bekannt unter dem Namen *Persisches Gold.*«

58

Um halb acht stiegen Hope und ich vor Marlees Haus aus dem Wagen und gingen zur Tür. Wo sich am Tag zuvor noch das altmodische Messingschloss befunden hatte, glänzte nun eine polierte Chromstahlplatte, in die übereinanderliegend zwei schmale Schlüssellöcher eingelassen waren. Ich hatte noch nie ein Schloss dieses Typs gesehen und fragte mich, ob wohl beide Schlüssel gleichzeitig gedreht werden mussten, um es zu öffnen. Falls dem so war, würden die bewährten Methoden von Schlüsseldiensten, Einbrechern und Privatdetektiven bei diesem Schloss wohl schlecht oder gar nicht funktionieren. Besonders das Klopfen mit einem Skelettschlüssel war praktisch unmöglich, wenn man zwei Schlüssel zugleich vorspannen und auch noch zum exakt gleichen Zeitpunkt anstoßen musste.

Hope klingelte, und keine fünf Sekunden später öffnete Marlee auch schon die Tür.

»Hey, was gibt es denn nun für aufregende Neuigkeiten? Ich platze fast vor Neugier!«

Hope und ich grinsten wissend und traten ein. Nachdem wir Marlee erzählt hatten, was Chris herausgefunden hatte, stürmte sie zur Hintertür und verschwand im Garten, Hope und ich folgten ihr. Langsam gingen wir um den Pavillon, hoben die Ranke systematisch ein wenig ab und untersuchten das verwitterte Holz darunter. Nach einigen Minuten stießen wir auf die Zahl neunundzwanzig, die sorgfältig auf Augenhöhe in das Holz geschnitzt worden war. Wir schoben die Ranke zur Seite und sahen die ganzen Koordinaten:

S 25° 29' 44"   O 131° 02' 01"

»Wow!«, sagte Marlee strahlend.

Während Hope die Zahlen auf einem Zettel notierte, betrat ich den Pavillon, um mir noch einmal die Windrose anzusehen, die in der Mitte des kleinen Raumes in den Holzboden geschnitzt war. Die Himmelsrichtungen waren mit den Buchstaben *K*, *F*, *M* und *A* gekennzeichnet. Falls ich mich nicht sehr täuschte, war an der Stelle, auf welche die Koordinaten deuteten, eine weitere Nachricht von Agatha versteckt, und *K* und *M* waren mit großer Wahrscheinlichkeit die Schlüssel dazu.

Als ich aus dem Pavillon trat, versuchten Hope und Marlee gerade, eine Katze anzulocken, die einige Meter entfernt im Gras saß. Hals, Bauch und Pfoten waren weiß wie Schnee, alles andere war schwarz. Aus der Distanz war kein Halsband zu erkennen.

»Ich habe sie schon öfter gesehen«, erklärte Marlee. »Meist schläft sie oben auf dem Dach vor dem Fenster des Ateliers. Wahrscheinlich gelangt sie über einen der Bäume hinauf. Ins Haus ist sie noch nie gekommen, und anfassen kann man sie auch nicht. Sie ist furchtbar scheu.«

»Hast du es schon einmal mit etwas Essbarem versucht?«, fragte Hope. »Katzen schätzen sowas.«

Marlee sah verblüfft auf. Offenbar war ihr diese naheliegende Methode bislang nicht eingefallen.

»Ich muss unbedingt Katzenfutter kaufen«, sagte sie im zufriedenen Tonfall einer Frau, die soeben einen ganz und gar brillanten Entschluss gefasst hat.

Zehn Minuten später saßen wir in Marlees Küche und besprachen das weitere Vorgehen. Mit Hilfe des alten Globus in der Bibliothek hatten wir herausgefunden, dass die Koordinaten eine Stelle im australischen Outback markierten.

»Wann fliegen wir?«, fragte Marlee.

»Ich glaube, wir müssen unser Vorgehen ändern«, sagte ich. »Wir wissen nicht, an wie viele Plätze irgendwo auf der Welt uns das Rätsel noch führen wird. Gleichzeitig ist Zeit von entscheidender Bedeutung, denn zumindest die Crays, falls die Frau tatsächlich Emmett Crays Tochter ist, sind fast genauso weit wie wir, vielleicht sind sie uns sogar einen Schritt voraus.«

»Das verstehe ich nicht«, sagte Marlee.

»Nehmen wir mal an, dass es Crays Tochter war, die das Gemälde aus dem Peacock Museum gestohlen hat. Das würde bedeuten, dass sie die Nachricht in dem Röhrchen vom Angel Peak tatsächlich gelesen hat, bevor die Italiener aufgetaucht sind. Soweit ist noch nicht viel dabei, sie dürfte mindestens zehn Minuten vor den Männern in der Höhle gewesen sein. Dass sie das Bild im Peacock Museum gestohlen hat, beweist aber überdies, dass sie und ihr Vater auch den Code geknackt haben. Sicher haben sie das Bild unterdessen genau untersucht und dabei festgestellt, dass keine Hinweise darin versteckt sind. Also haben sie sich gefragt, was mit *Verborgen im persischen Gold* sonst noch gemeint sein könnte. Der Pavillon steht ungeschützt im Garten, jeder könnte ihn sich ansehen. Emmett Cray und seine Tochter sind womöglich bereits auf dem Weg nach Australien.«

»Und was schlägst du vor?«, fragte Marlee.

»Das Röhrchen in New Mexico wäre eigentlich nicht besonders schwer zu beschaffen gewesen, wenn uns nicht Crays Tochter und die Italiener in die Quere gekommen wären. Ich schlage vor, wir beauftragen jemanden in Australien damit, an der Stelle nachzusehen. Dadurch sparen wir viel Zeit. Außerdem kosten die Reisen ja auch eine Menge Geld, und es gibt keine Garantie dafür, dass wir den Picasso auch tatsächlich finden werden.«

»Können wir einem Fremden denn vertrauen?«, fragte Marlee.

»Ja, weil die Person nichts zu wissen braucht, außer dass an der Stelle, auf welche die Koordinaten deuten, etwas versteckt ist. Das Rätsel und den Picasso brauchen wir nicht zu erwähnen. Wir sind zum Angel Peak gereist, weil wir glaubten, dass dort vielleicht das Bild selbst versteckt sein könnte, doch nun wissen wir, dass das Rätsel viel umfangreicher ist. Ich bin überzeugt, dass der Picasso hier in England versteckt ist, bestimmt befindet sich in Australien bloß ein weiterer Hinweis. Wir sollten dafür sorgen, dass ihn jemand so schnell wie möglich in Sicherheit bringt.«

»Klingt vernünftig«, sagte Hope.

»Einverstanden«, sagte Marlee. »Aber irgendwann werde ich trotzdem noch zu dem Platz in Australien fahren. Die Gegend um den Angel Peak war außergewöhnlich und beeindruckend, ich bin sicher, dass auch die Stelle im Outback etwas ganz Besonderes ist.«

»Da hast du bestimmt Recht«, stimmte ich ihr zu. »Ich glaube, Agatha hat die Hinweise an Orten versteckt, die für sie eine besondere Bedeutung hatten.«

»Wie spät ist es jetzt in Australien?«, fragte Marlee.

»Wenn ich mich nicht irre, gibt es in Australien drei Zeitzonen, die Verschiebung dürfte zwischen acht und zehn Stunden betragen«, erklärte Hope.

»Dann werde ich gegen zehn Uhr ins Büro fahren und jemanden suchen, der die Sache für uns erledigen kann«, sagte ich. »Sicher gibt es in Australien jede Menge nette Privatdetektive.«

»Ich begleite dich!«, sagte Marlee.

»Das könnten wir auch von meiner Wohnung aus machen«, sagte Hope. »Ich habe ein Computerprogramm mit genauen Karten der ganzen Erde, damit können wir herausfinden, welche Stadt in der Nähe liegt. Danach suchen wir im Internet nach Privatdetektiven in dieser Stadt. Ich würde sagen, so ab elf Uhr könnten wir dann anrufen, um den Auftrag zu erteilen. In Australien wird es früher Morgen sein.«

»Gute Idee«, sagte ich. »Marlee, hast du Lust, mal wieder bei mir zu übernachten?«

»Na klar!«, sagte Marlee.

»Wir könnten auf dem Weg zu mir bei Mr Hu Halt machen …«, schlug Hope vor.

»Wer ist Mr Hu?«, fragte Marlee.

Hope und ich grinsten.

Um halb zwei Uhr morgens trat ich frisch geduscht aus dem Badezimmer. Ganz leise schlich ich ins Wohnzimmer und warf einen Blick auf das Sofa. Marlee war bereits eingeschlafen. Ich löschte das Licht, ging in mein Schlafzimmer und schlüpfte unter die Bettdecke. Ich war furchtbar müde. Es war ein langer, guter Tag gewesen. Ich war neben Scott aufgewacht, sein Arm um mich gelegt, mein Rücken an seine Brust geschmiegt. Beim Mittagessen mit Harry war ich mir über meine Gefühle in Sachen

Hope und Marlee klar geworden. Anschließend hatte ich die perfekten Schuhe entdeckt, die zwar immer noch teuer aber eigentlich doch ein Schnäppchen gewesen waren. Chris hatte das Rätsel um das persische Gold gelöst, worauf wir unter dem Efeu die Koordinaten in Australien entdeckt hatten. Und zu guter Letzt hatte ich einen tollen Abend mit Hope und Marlee verbracht, mit meinem Lieblingsessen von Mr Hu und jeder Menge Spaß. Wir hatten einen Detektiv in Alice Springs engagiert, der sich mittlerweile wahrscheinlich bereits auf den Weg zu dem Versteck in der Wüste gemacht hatte. Wenn alles nach Plan lief, würden wir schon am Morgen den nächsten Teil des Rätsels erfahren.

Ich drehte mich zur Seite, drückte das Kissen, auf dem Scott geschlafen hatte, an meine Brust und roch an dem weißen Baumwollbezug. Erinnerungen an die vergangene Nacht streiften durch meine Gedanken, und ich schlief ein.

59

Am nächsten Morgen weckte mich das Klappern von Geschirr und Pfannen. Ich krabbelte aus dem Bett, zog ein paar alte Tennisstrümpfe an, die ich als Hausschuhe missbrauchte, und schlurfte im Schlafanzug ins Wohnzimmer. Hope verteilte Tassen und Becher auf der Theke, während Marlee gleichzeitig French Toast und Rührei machte. Wie üblich standen ihre kurzen Haare wild in alle Richtungen ab. Marlee kämmte sich nie vor dem Frühstück, so viel hatte ich in den drei Nächten, die sie nun schon bei mir verbracht hatte, herausgefunden. Ich setzte mich auf einen der Hocker und wünschte den beiden gähnend einen guten Morgen.

»Mr Whaley hat sich wohl noch nicht gemeldet?«, fragte Hope.

»Nein«, erwiderte ich. »Ist ja auch eine lange Fahrt.«

Ray Whaley war der australische Detektiv, den wir am Abend zuvor beauftragt hatten, sich an der Stelle umzusehen, auf welche die Koordinaten deuteten. Sein Büro befand sich in Alice Springs, mehr als dreihundert Kilometer von Agathas Versteck entfernt.

Ich blickte zum Fenster und stellte erstaunt fest, dass die Gebäude auf der gegenüberliegenden Straßenseite in strahlendes Sonnenlicht getaucht waren. Ich trank einen Schluck Kaffee und betrachtete den wolkenlosen Himmel über den Dächern von Lambeth. Die Luft war ungewöhnlich klar. Im nächsten Augenblick stellte Marlee einen Teller mit dampfendem Rührei und zwei großen Scheiben French Toast vor mir auf die Theke. Der Duft von Zimt stieg mir in die Nase, und ich dachte gerade, dass der Tag unmöglich noch besser werden konnte, als mein Handy klingelte und Scotts Nummer auf der Anzeige blinkte.

»Hi Nea«, sagte Scott gut gelaunt. »Ich hoffe, ich habe dich nicht geweckt.«

»Natürlich nicht«, sagte ich, wobei ich ein Gähnen gerade noch unterdrücken konnte.

»Hast du heute Abend schon etwas vor?«

»Ja …«, sagte ich geheimnisvoll. »Ich gehe mit einem ziemlich attraktiven Typen aus.«

Hope und Marlee sahen mich fragend an.

»Ach ja? Wer ist der Kerl?«, fragte Scott.

»Kaum größer als ich, braune Augen, leicht verbogene Nase ...«

»Ach der«, sagte Scott. »Ja, der ist ganz in Ordnung. Kann verstehen, dass du dem nicht widerstehen kannst. Wo geht ihr hin?«

»Wir treffen uns um zehn in der Soho Lounge«, erwiderte ich. »Vielleicht lade ich ihn danach noch zu mir nach Hause ein ...«

Marlee neigte den Kopf, öffnete den Mund und tat so, als ob sie schockiert wäre, Hope rollte mit den Augen.

»Alles klar«, sagte Scott. »Morgen kannst du mir beim Frühstück erzählen, wie es gelaufen ist.«

Ich legte auf, wobei ich mir ein Grinsen nicht verkneifen konnte. Während wir frühstückten, beobachtete ich Hope und Marlee. Die beiden waren unheimlich süß. Ob Privatdetektivin, große Schwester oder beste Freundin, ich hatte eine Aufgabe. Zum Glück hatte ich schon einen Plan.

Kurz nach elf meldete sich Mr Whaley. »Die Stelle liegt ungefähr fünfzehn Kilometer vom Uluru entfernt in der Wüste«, berichtete er. »Da führt keine Straße hin, aber es ist leichtes Terrain, sodass ich mit dem Geländewagen keine Probleme hatte.«

»Und?«, fragte ich ungeduldig. »Haben Sie etwas gefunden?«

»Ja«, erwiderte er. »Ein kleines Metallröhrchen, genau wie Sie vermutet haben. Es war unter einem ziemlich auffälligen runden Stein vergraben, in einer Tiefe von schätzungsweise dreißig Zentimetern. Ich habe alles fotografiert, die Bilder habe ich vorhin per E-Mail an Ihre Adresse geschickt.«

»Und was war in dem Röhrchen?«, fragte ich.

»Ein zusammengerollter Zettel, auf dem sechs Buchstaben stehen: *KOQPOR*. Auch davon habe ich Fotos gemacht.«

»Gute Arbeit!«, sagte ich. »Hat sich sonst noch jemand für die Stelle interessiert?«

»Nein«, erwiderte Mr Whaley. »Ich habe nach der Frau und den Männern Ausschau gehalten, die Sie mir beschrieben haben, aber da war weit und breit niemand außer mir.«

»Alles klar«, sagte ich. »Nochmals vielen Dank für Ihre Hilfe!«

»Kein Problem«, sagte Mr Whaley. »Wenn ich mal etwas in London zu erledigen habe, denke ich an Sie.«

Ich legte auf und ging zu dem Computer in meinem Schlafzimmer, um mir Mr Whaleys Nachricht anzusehen, Marlee und Hope folgten mir. Insgesamt fünfzehn Fotos dokumentierten seinen Ausflug in die Wüste. Der Stein hatte ungefähr die Größe und Form einer Wassermelone und sah in der kargen Wüstenlandschaft tatsächlich auffällig platziert aus. Allerdings erschein dies wahrscheinlich nur einem Betrachter so, der an der Stelle nach etwas suchte, jeder andere würde einfach vorbeigehen, ohne einen zweiten Blick auf die runde Markierung zu werfen. Das Röhrchen, das Mr Whaley offenbar auf seinem Schreibtisch fotografiert hatte, sah genauso aus wie dasjenige, das wir in New Mexico gefunden hatten, und auch der Zettel war bis auf die Nachricht identisch. Hope notierte sich die Buchstaben auf der Handfläche und verschwand mit den Worten: »Bin gleich zurück!«

Als Hope wenige Minuten später zurückkam, saßen Marlee und ich noch immer am Computer und sahen uns Mr Whaleys Bilder an.

»Irgendetwas stimmt nicht«, sagte Hope. »Die Nachricht ergibt auch entschlüsselt keinen Sinn. Sie lautet *ACGDEF*.«

»Du hast die Schlüssel der Windrose im Pavillon verwendet?«, fragte ich.

Hope nickte.

»Vielleicht gibt es irgendwo unter dem Efeu noch eine andere Windrose«, mutmaßte Marlee, »und diejenige auf dem Boden des Pavillons hat überhaupt nichts mit dem Rätsel zu tun.«

»Ich glaube nicht, dass wir die falschen Schlüssel verwendet haben«, sagte Hope. »Alle sechs Buchstaben stammen vom Anfang des Alphabets, nur der Buchstabe *B* fehlt. Die Chance für eine solche Verteilung bei der Verwendung von falschen Verschiebungen ist verschwindend klein. Die sechs Buchstaben sind die Nachricht, davon bin ich überzeugt, wir haben sie bloß noch nicht verstanden.«

»Es könnten Noten sein«, sagte ich. »Die gehen von *A* bis *G*. Aber wie sollen uns ein paar Noten zum nächsten Hinweis führen?«

»Könnte das Bild vielleicht im Flügel in der Bibliothek versteckt sein?«, sagte Marlee aufgeregt. »Darin haben wir noch nicht nachgesehen!«

»Wäre möglich«, sagte ich. »Wir sollten uns den Flügel auf jeden Fall genauer ansehen.«

60

Um Viertel vor eins machten wir uns auf den Weg zu Marlees Haus, wo wir Harry treffen und anschließend zu viert den Flügel untersuchen wollten. Unterwegs hielten wir kurz an, um Sandwiches und eine Tüte Rosinenbrötchen zu kaufen. Als wir ankamen, sah Harry sich gerade Marlees neues Türschloss an.

»So eines habe ich noch nie gesehen«, sagte er. »Wer hat das eingebaut?«

»Keine Ahnung«, erklärte Marlee schulterzuckend. »Mr Walker hat alles organisiert.«

»Mr Walker?«, fragte Harry.

»Alex«, erklärte ich. »Nach dem zweiten Einbruch hat er sich das Haus angesehen und ein paar Maßnahmen vorgeschlagen.«

»Interessant«, sagte Harry. »Darf ich mir mal die Schlüssel ansehen?«

Marlee reichte sie ihm und erklärte: »Der obere Schlüssel dreht nach links, der untere nach rechts. Man muss beide gleichzeitig in Bewegung setzen, es braucht ein bisschen Übung.«

Für Harry war das Knacken von mechanischen Schlössern eine Art Hobby, wobei er grundsätzlich nur die klassische Methode mit Dietrichen anwendete. Für elektrische Picks, wie sie von Polizei und Schlüsseldiensten verwendet wurden, hatte er nichts als Verachtung übrig. Deshalb ließ ich ihn auch in dem Glauben, dass ich bei der Arbeit prinzipiell nie unbefugt eine Wohnung oder ein Haus betrat. In Wahrheit kommt früher oder später jede Privatdetektivin unweigerlich in eine Situation, in der sie dringend einen Blick hinter eine verschlossene Tür werfen muss. Ich besitze zu dem Zweck einen kleinen Elektropick mit verschiedenen Aufsätzen, der mit den meisten Zylinderschlössern schnell fertig wird. Für schwierige Fälle habe ich auch ein kleines Dietrichset, allerdings bin ich nicht besonders geschickt damit, meist verschwende ich bloß meine Zeit.

»Darf ich?«, fragte Harry und wandte sich der Tür zu.

»Na klar«, sagte Marlee und trat zur Seite. »Man hat den Dreh schnell raus, sozusagen.«

Harry steckte die beiden Schlüssel in die schmalen Schlitze, und nach wenigen Sekunden sprang die Tür mit einem kaum vernehmlichen Klicken auf.

Schweigend und offensichtlich beeindruckt betrachtete Harry das glänzende Schloss. Ich bereitete mich darauf vor, in Kürze erneut einen Anruf von Marlee zu erhalten, weil jemand sich an ihrer Tür zu schaffen machte. Es war offensichtlich, dass Harry sich unbedingt mal an dem neuartigen Schloss versuchen wollte.

Während Hope die Sandwiches und die Rosinenbrötchen auspackte, machte Marlee Tee. Harry und ich untersuchten unterdessen den Flügel in der Bibliothek. Es war schnell klar, dass Agatha nirgendwo auf der schwarz lackierten, makellosen Oberfläche einen Hinweis hinterlassen hatte. Während ich unter das Instrument kroch, um mit der Taschenlampe die Unterseite zu untersuchen, öffnete Harry den Deckel, um im Inneren nachzusehen.

»Nea, das musst du dir ansehen!«, sagte Harry aufgeregt.

Ich krabbelte hervor und stand auf. Fast die ganze Innenseite des Deckels wurde von einer großen Windrose bedeckt. Unzählige dunkelrote und goldfarbene Holzstückchen waren präzise eingelegt und anschließend mit einer glänzenden Lackschicht überzogen worden. Zweifellos handelte es sich dabei um die Arbeit eines erfahrenen Kunsthandwerkers.

»Das kann ja wohl kein Zufall sein«, sagte Harry. »Die Koordinaten sind bestimmt irgendwo in der Nähe.«

Ich öffnete die Abdeckung der Tastatur und spielte die Töne in der Reihenfolge, in der sie in der Nachricht vorkamen.

»Steht etwas auf den Tasten?«, fragte Harry. »Vielleicht auf den Seiten, die nur sichtbar sind, wenn die angrenzenden Tasten niedergedrückt werden?«

»Nein, aber die Töne kommen auf der Tastatur mehr als sieben Mal vor«, erwiderte ich. »Fang du bei den Bässen an, ich nehme mir die hohen Töne vor.«

Auf der dritten Taste, die ich untersuchte, wurde ich fündig. Auf der rechten Seite war kaum sichtbar eine Zahl ins Holz gekratzt worden, vermutlich mit einer Nadel oder der Spitze eines scharfen Messers. Die Linien waren extrem fein. Es war ausgeschlossen, dass jemand darauf aufmerksam wurde, wenn er nicht danach suchte. Die Zahl lautete *37*.

Einen Augenblick später fand Harry eine Zahl auf einem tiefen D, und nach und nach tauchten vier weitere auf, passend zu den Tönen in Agathas Hinweis.

»Das sind die Koordinaten«, sagte Harry. »Nun müssen wir sie bloß noch in die richtige Reihenfolge bringen.«

Während ich die angrenzenden Tasten hinunterdrückte, notierte Harry die Zahlen in der Reihenfolge, in der die entsprechenden Töne in der Nachricht auftauchten, die Mr Whaley im australischen Outback gefunden hatte. Die Koordinaten lauteten:

N 11° 29' 42"   O 37° 34' 46"

Harry und ich gingen in die Küche, wo Marlee und Hope in ein Gespräch über Tiffanylampen versunken waren. Um mit Marlee über altmodische Lampen zu sprechen, verzichtete Hope auf ein Rätsel? Ich musste wirklich dringend etwas unternehmen!

Nachdem wir die Sandwiches gegessen hatten, gingen wir zusammen in die Bibliothek, um auf dem Globus nachzusehen, worauf die Koordinaten deuteten. Die Stelle lag in Ostafrika, im Norden von Äthiopien.

»Scheint in der Nähe des Tana-Sees zu sein«, sagte Harry. »Da liegt die Quelle des blauen Nils.«

»Ob es da Privatdetektive gibt?«, fragte Marlee.

»In größeren Städten bestimmt«, sagte Hope. »Was liegt denn in der Nähe?«

»Bahir Dar«, sagte ich über den Globus gebeugt. »Addis Abeba ist etwas weiter entfernt, schätzungsweise dreihundert Kilometer, würde ich sagen.«

»Wir werden keinen Privatdetektiv brauchen«, sagte Harry. »Ein guter Freund von mir lebt in Asmara, er kann für uns an der Stelle nachsehen.«

»Du hast einen Freund in Eritrea?«, fragte ich erstaunt.

»Ich habe als junger Mann mal einige Jahre in Afrika gelebt«, erwiderte Harry. Als er meinen fragenden Blick bemerkte, fügte er grinsend hinzu: »Ein paar Geheimnisse habe ich noch, Ms Fox.«

61

Hope, Marlee und ich saßen in der Küche und aßen Rosinenbrötchen, als Harry sich zu uns setzte. Nachdem er mindestens fünf Minuten lang sein Adressbuch nach der Nummer seines geheimnisvollen Freundes in Asmara durchsucht hatte, war er in der Bibliothek verschwunden, um ungestört zu telefonieren.

»Ich habe Dennis erreicht«, erklärte Harry. »Er wird noch heute nach Bahir Dar fliegen. Spätestens morgen früh sollten wir mehr wissen.«

»Dort gibt es einen Flughafen?«, fragte Marlee verwundert.

»Ja«, erwiderte Harry. »Er ist nicht besonders groß, aber es gibt einen. Während wir telefoniert haben, hat Dennis auf einer Karte von Äthiopien nachgesehen. Die Koordinaten markieren eine Stelle in der Nähe der Tissiat-Wasserfälle, auch bekannt als die Fälle des blauen Nils. Sie liegen ungefähr dreißig Kilometer flussabwärts vom Tana-See entfernt. Dennis hat gesagt, sie seien außergewöhnlich und eine Reise wert.«

»Was genau ist der blaue Nil?«, fragte Marlee. »Gibt es nicht bloß einen Nil?«

»Es gibt zwei«, erklärte Harry, »den weißen und den blauen. Die Quelle des blauen Nils liegt in den Bergen südlich des Tana-Sees, und der weiße Nil entspringt dem Victoria-See. In Khartum vereinigen sie sich und fließen zusammen nach Norden, durch den nördlichen Sudan und die fruchtbaren Ebenen Ägyptens bis zum riesigen Nildelta im Mittelmeer. Es ist der längste Fluss der Erde.«

»Deine Großmutter scheint an vielen tollen Plätzen gewesen zu sein«, sagte Hope.

Marlee nickte schweigend. Es war offensichtlich, dass sie im Geiste bereits eine Reise zu den Fällen des blauen Nils plante.

»Ist euch eigentlich schon aufgefallen, dass jede der drei Stellen auf einem anderen Kontinent liegt?«, fragte Hope.

»Du hast Recht«, sagte ich. »Nordamerika, Australien und Afrika.«

»Du meinst, Großmutter hat auf jedem Kontinent einen Hinweis versteckt?«, fragte Marlee. »Wie viele wären dann noch übrig?«

»Das hängt davon ab, welches Modell man verwendet«, erklärte Harry. »Manche zählen Süd- und Nordamerika als einen Kontinent, manche als zwei. Dasselbe gilt für Europa und Asien. Außerdem wird die Antarktis von einigen Modellen als eigenständiger Kontinent gezählt, von anderen wiederum nicht. Die Anzahl liegt zwischen fünf und sieben, je nach Zählweise.«

»Also sind noch mindestens zwei Hinweise übrig«, dachte Marlee laut nach. »Vielleicht auch vier.«

»Ich tippe auf zwei oder drei«, sagte Harry. »Ich kann mir nicht vorstellen, dass deine Großmutter einen Hinweis in der Antarktis versteckt hat.«

»Und was machen wir nun?«, fragte Marlee.

»Bis Dennis sich meldet, können wir nichts tun«, sagte Harry.

Alle nickten.

»Habt ihr Lust, heute Abend etwas zu unternehmen?«, fragte Marlee. »Wie wäre es mit Abendessen? Ich lade euch ein!«

»Ich kann leider nicht«, sagte Harry. »Clara und ich haben bereits etwas vor.«

»Ich habe auch schon eine Verabredung …«, begann ich.

»Stimmt, das hatte ich ganz vergessen«, sagte Marlee enttäuscht.

Hope starrte in ihren Tee.

»Scott und ich treffen uns um zehn in der Soho Lounge«, fuhr ich fort. »Warum kommt ihr beiden nicht mit?«

»Das wäre super!«, sagte Marlee. »Ist das ein Klub? Ich war noch nie tanzen, seit ich in London bin! Wo wollen wir essen?«

»Klingt toll!«, sagte Hope. »Ich war schon lange nicht mehr aus!«

Mit einem zufriedenen Grinsen auf dem Gesicht lehnte Harry sich zurück, wobei er mir einen anerkennenden Blick zuwarf.

62

Nachdem Marlee, Hope und ich im Manna zu Abend gegessen hatten, machten wir uns um halb zehn auf den Weg zur Soho Lounge. Als wir den Klub betraten, saß Scott bereits an der Bar. Ich machte ihn mit Hope bekannt, Marlee hatte er schon Montagnacht kennengelernt.

»Wollen wir uns ein Sofa suchen?«, schlug Scott vor.

»Gute Idee«, sagte ich. »Was wollt ihr trinken?«

Nachdem der Barkeeper uns zwei Gläser Rotwein und eine Cola gebracht hatte, gingen wir zu einem freien Sofa im hinteren Teil des Klubs, das zwischen zwei zusammengebundenen Vorhängen an einer Wand stand und einen guten Blick auf die Tanzfläche bot. Marlee setzte sich auf die eine Seite, Hope auf die andere, sodass Scott und ich keine andere Wahl hatten, als uns dazwischen zu setzen. Die beiden machten es einem wirklich nicht leicht.

Nachdem wir eine Weile den eng umschlungen tanzenden Paaren zugesehen und über alle möglichen unbedeutenden Dinge gesprochen hatten, nahm Scott meine Hand und fragte: »Hast du Lust?«

»Sehr«, erwiderte ich grinsend, stand auf und folgte ihm auf die Tanzfläche.

Langsam drehten wir uns im Kreis, während Hope und Marlee uns beobachteten.

»Ich bin zwar kein Privatdetektiv«, sagte Scott, »aber eines weiß ich ganz genau: Die beiden hat es schwer erwischt.«

»Wie kommst du darauf?«

»Es ist die Art, wie sie sich ansehen. Außerdem achten die beiden so peinlich genau darauf, sich nicht zu berühren, dass wirklich jedem klar wird, dass sie sich eigentlich berühren möchten. Die brauchen Hilfe, das steht fest.«

»Und wie stellst du dir das vor?«, fragte ich.

»Also habe ich Recht?«

»Ich darf dazu nichts sagen«, erwiderte ich, »ich bin sozusagen eine Geheimnisträgerin.«

»Wir sollten sie dazu bringen, zu tanzen«, schlug Scott vor. »Ich habe gehört, das hätte schon so manches schüchterne Paar zusammengebracht …«

»Wir sind ein Paar?«, fragte ich und hielt inne.

Für einen Augenblick standen wir im Halbdunkel der Tanzfläche und blickten uns in die Augen, ohne ein Wort zu sagen. Es war einer jener magischen Momente, in denen in Sekunden auf einmal alles klar wird. Ich legte meine Arme um seinen Nacken, und wir küssten uns. In Scotts Armen drehte ich mich im Kreis, versunken im Gefühl dieses besonderen Augenblicks. Als das Lied zu Ende war und wir uns voneinander lösten, blickte ich zu Hope und Marlee. Beide sahen zu uns und lächelten.

Scott und ich blieben auf der Tanzfläche und planten das weitere Vorgehen.

»Wir müssen die Sache schrittweise angehen«, sagte Scott. »Zuerst holen wir sie auf die Tanzfläche, dann bringen wir sie zusammen.«

»Alles klar«, sagte ich.

»Wir müssen darauf achten, nahe beieinander zu bleiben, damit wir den Tausch leicht einleiten können, sobald das Lied zu Ende geht.«

»So machen wir es, Komplize«, sagte ich grinsend.

Nachdem der Song zu Ende war, gingen wir zurück zu dem Sofa. Scott reichte Hope seine Hand und sagte: »Darf ich?«

Hope sah mich fragend an.

»Na mach schon«, sagte ich grinsend, »bevor ich es mir anders überlege. Aber kein Geknutsche!«

Während Hope Scott auf die Tanzfläche folgte, reichte ich Marlee meine Hand und sagte: »Lust zu tanzen?«

Marlee kicherte verlegen, ergriff jedoch ohne zu zögern meine Hand und ließ sich von mir zwischen die tanzenden Paare führen. Zu den ersten Takten von Trisha Yearwoods *Real Live Woman* legte ich meine Hände auf Marlees Hüften, und sie legte ihre auf meine Schultern. Wir begannen, uns langsam an Ort und Stelle um uns selbst zu drehen.

»Warum hast du Hope die Ohrringe noch nicht geschenkt?«, fragte ich, während ich Scott und Hope beobachtete, die sich einige Meter von uns entfernt hatten.

Marlee hatte Harry nach dem Mittagessen in ihrem Haus feierlich und voller Stolz das Schweizer Armeemesser überreicht, das wir für ihn gekauft hatten.

»Ich weiß nicht«, erwiderte Marlee leise. »Sie könnte es falsch verstehen.«

»Falsch?«, sagte ich. »Du meinst wohl richtig.«

»Ich habe einfach schreckliche Angst davor, alles kaputt zu machen.«

Genau in dem Moment, in dem die letzten Töne verklangen, tauchten Scott und Hope wie zufällig neben uns auf.

»Partnertausch!«, sagte Scott und trat einen Schritt zurück, wobei er weiterhin Hopes rechte Hand hielt. So natürlich dies wirkte, so effektiv verhinderte es auch, dass Hope die Tanzfläche gleich wieder verließ. Beeindruckt von seinem Geschick tat ich dasselbe mit Marlee. Ich hielt ihre linke Hand und wandte mich Scott zu, sodass sie und Hope sich direkt gegenüber standen. Die beiden sahen sich unsicher an, doch als das nächste Lied begann, legte Marlee ihre Hände auf Hopes Schultern, und nach einem kurzen Zögern begannen die beiden zu tanzen.

63

Als ich am nächsten Morgen erwachte, stieg mir der Duft von frischem Kaffee in die Nase. Scott und ich hatten in der Nacht nicht viel Schlaf bekommen, und mein Blutzuckerspiegel näherte sich gefährlich demjenigen eines Siebenschläfers gegen Ende des Winterschlafs, also mobilisierte ich meine letzten Energiereserven, um aus dem Bett zu krabbeln und mich zur Futterstelle zu schleppen. Ich setzte mich auf und war gerade dabei, mir ein T-Shirt überzustreifen, als sich die Schlafzimmertür öffnete und Scott mit feuchten Haaren und einem Tablett in den Händen ins Zimmer trat, vollständig angezogen und nach Seife duftend.

»Na, hungrig, du Schlafmütze?«, sagte Scott gut gelaunt.

Ich antwortete nicht, da die Frage nur rhetorischer Natur sein konnte. Stattdessen betrachtete ich gerührt die warme Zimtschnecke, die auf einem kleinen Teller zwischen einer Tasse dampfendem Kaffee und einem Glas Orangensaft auf dem Tablett stand. Vier sorgfältig diagonal zerteilte Toasthälften mit Butter leisteten ihr Gesellschaft. Scott war viel gefährlicher, als ich zunächst geglaubt hatte!

»Ich habe einen deiner Wegwerfrasierer benutzt«, erklärte er, während er sich auf den Rand des Bettes setzte und dem Knoten seiner Krawatte den letzten Schliff verpasste. »Ich hoffe, es macht dir nichts aus.«

»Natürlich nicht«, erwiderte ich. »Wo hast du die tolle Zimtschnecke her?«

»Aus einer Bäckerei gleich hier um die Ecke«, erwiderte Scott. »Habe ich soeben extra für dich geholt.«

»Vielen Dank!«, sagte ich glücklich. »Du bist …, ich meine …«

Scott grinste und sagte: »Ich muss los. Wir telefonieren, ja?«

»Okay«, murmelte ich.

»Guten Appetit!«, sagte Scott und küsste mich, dann war er auch schon weg.

Um halb zwölf weckte mich das Telefon. Nun war ich bereits den dritten Morgen in Folge nicht im Büro gewesen. Ich hatte jemanden, der mir unter meiner großen Bettdecke Gesellschaft leistete, mir zum Frühstück Koffein und Zucker ans Bett brachte und mich zum Abschied küsste, aber was ich wirklich brauchte, war Disziplin!

»Dennis hat sich gemeldet«, sagte Harry. »Auch bei den Tissiat-Fällen hat Agatha ein Kupferröhrchen versteckt, es war in der Mitte einer kleinen Lichtung vergraben.«

»Und wie lautet die Nachricht?«, fragte ich verschlafen.

»Die Buchstaben auf der Windrose im Deckel des Flügels passen«, erwiderte Harry. »Entschlüsselt lautet der Text *Die Strahlen von Inti.*«

»Sagt mir gar nichts. Hast du schon eine Idee, was damit gemeint sein könnte?«

»Bisher habe ich erst herausgefunden, dass Inti ein Gott der Inka ist, der Sonnengott. Ich habe vorhin mit Marlee telefoniert, sie sieht sich im Haus nach Dingen um, die irgendwie mit den Inka in Zusammenhang stehen könnten.«

»Treffen wir uns am Nachmittag im Park?«, fragte ich.

»Na klar«, sagte Harry. »Marlee kommt auch.«

»Sehr gut, ich bringe Hope mit. Um drei an der üblichen Stelle?«

»Abgemacht«, sagte Harry.

Wir verabschiedeten uns, und ich legte auf.

Als Hope und ich um Viertel vor drei an den See im Regent's Park kamen, saßen Marlee und Harry bereits am Ufer. Frankie lief uns entgegen, um uns zu begrüßen. Ich legte die *Emily-Ann* ins Gras und setzte mich.

»Marlee hat eine Maske und zwei Tontöpfe entdeckt, die von den Inka stammen könnten«, sagte Harry.

»Ihr habt sie bestimmt schon gesehen«, erklärte Marlee. »Sie waren auf dem großen Regal neben dem Kamin in der Bibliothek, gleich neben dem Globus.«

»Ja, ich glaube, ich erinnere mich«, sagte Hope. »Die Maske sieht irgendwie aus wie eine Sonne mit einem Gesicht, nicht wahr?«

»Genau!«, sagte Marlee. »Und weil Inti der Sonnengott ist, glaubt Harry, dass die Maske der Schlüssel ist. Ich habe sie gründlich untersucht, aber leider nichts entdeckt.«

»Woraus besteht die Maske?«, fragte ich.

»Aus bemaltem Holz«, erwiderte Marlee, »mit ein paar Metalleinlagen aus Kupfer und Silber, und an einigen Stellen sind sogar kleine Goldplättchen eingelegt, jedenfalls sieht es so aus, und die Augen sind grüne Edelsteine.«

»Grüne Edelsteine?«, fragte Harry. »Sind die durchsichtig oder eher wie grüner Marmor?«

»Die sind durchsichtig wie Glas«, erwiderte Marlee. »Sind das vielleicht Smaragde?«

»Die Inka hatten Smaragde«, erklärte Harry. »Die schönsten Exemplare stammen sogar aus Südamerika. Allerdings sind klare Smaragde unheimlich wertvoll. Falls das tatsächlich echte Smaragde sein sollten, brauchst du dir über Geld nie mehr Sorgen zu machen.«

»Wow ...«, hauchte Marlee tonlos.

Während Harry Marlee die Steuerung seines Segelbootes erklärte, schlenderte ich mit Hope und Frankie zu dem Eisverkäufer auf der anderen Seite der großen Rasenfläche.

»Wie war dein Tanz mit Marlee gestern Abend?«, fragte ich.

Hope und Marlee hatten bloß während eines einzigen Liedes zusammen getanzt, dann hatten sie sich zurück auf das sichere Sofa gerettet.

»Ich war total verkrampft«, sagte Hope, »aber es war auch unheimlich schön, jedenfalls für mich.«

»Hat Marlee irgendetwas gesagt?«, fragte ich.

»Nein, wir haben während des ganzen Liedes kein einziges Wort gesprochen.«

»Verstehe«, sagte ich. »Warum habt ihr nicht weitergetanzt?«

»Als das Lied aufhörte, standen wir einen Augenblick unsicher herum, und da habe ich plötzlich die Nerven verloren und bin zurück zum Sofa gegangen, obwohl ich es eigentlich gar nicht wollte, ich war irgendwie ... in Panik.«

»Jedenfalls scheinst du nun besser zu wissen, was du willst …?«
»Hm…«, murmelte Hope.

Als wir zurück zum See kamen, steuerte Marlee bereits Harrys Boot über den See. In leichter Schräglage glitt es lautlos über das Wasser auf das gegenüberliegende Ufer zu. Ich reichte Harry sein Eis, schlüpfte aus meinen Schuhen und setzte mich ins warme Gras. Da Marlee mit der Steuerung der *Narnia* beschäftigt war, konnte sie Hope ihr Eis nicht abnehmen. Nach einem kurzen Zögern hielt Hope ihr die Eistüte vor den Mund. Ohne die Augen von dem kleinen Segelboot abzuwenden, leckte Marlee daran und wurde augenblicklich purpurrot.

64

Um sechs fuhren wir zu Marlees Haus, um uns die Inka-Artefakte anzusehen. Schon als wir aus dem Taxi stiegen, fiel mein Blick auf die schwarzweiße Katze, die auf einer verwitterten Holzbank vor dem Haus saß und uns aus fast geschlossenen Augen beobachtete, wobei Frankies Anwesenheit sie offenbar nicht im Geringsten beunruhigte.

»Konntest du sie unterdessen zähmen?«, fragte ich, während Hope den Taxifahrer bezahlte.

»Nicht so richtig«, erwiderte Marlee. »Sie frisst zwar, was ich ihr hinstelle, aber ich kann sie nicht anfassen, und ins Haus kommt sie auch nicht. Frida ist ziemlich schüchtern, oder sie möchte einfach nicht berührt werden.«

»Frida?«, fragte Harry. »Wie Frida Kahlo, die mexikanische Malerin?«

»Genau!«, sagte Marlee. »Ich finde ihre Bilder unheimlich interessant, besonders die Selbstportraits.«

Nachdem ich mir in der Bibliothek kurz die Inka-Artefakte angesehen hatte, überließ ich sie Hope und Harry zur genaueren Untersuchung und ging in die Küche, um Marlee beim Vorbereiten des Abendessens zu helfen. Ich wusch Salat, während Marlee Margarine in einer Auflaufform verteilte und einen großen Topf Salzwasser aufkochte, als mein Handy klingelte. Es war Scott.

»Hast du heute Abend schon etwas vor?«, fragte er.

»Ja, tut mir leid«, erwiderte ich. »Vielleicht können wir uns später noch sehen?«

»Lade ihn ein«, flüsterte Marlee in mein freies Ohr.

»Verstehe«, sagte Scott hörbar enttäuscht. »Ab wann hättest du denn Zeit?«

»Hör mal, gerade hat eine gastfreundliche Amerikanerin dich zu Teigwarenauflauf und Salat eingeladen. Was hältst du davon?«

»Klingt toll!«, sagte Scott. »Wann soll ich da sein?«

»So schnell wie möglich, wir sind bereits beim Kochen. Wo bist du?«

»Im Stau auf der Northumberland, ich kann in ungefähr einer halben Stunde da sein. Ist bis dahin noch etwas übrig? Ich bin nämlich ziemlich hungrig …«

»Der Auflauf ist noch nicht im Ofen«, erwiderte ich. »Eine halbe Stunde passt perfekt.«

Wir verabschiedeten uns.

Ich wollte Marlee gerade nach dem Tanz mit Hope fragen, als diese zusammen mit Harry in die Küche trat.

»Können wir helfen?«, fragte Harry.

»Nicht nötig«, erwiderte Marlee. »Wir haben alles im Griff. Habt ihr etwas entdeckt?«

»Leider nicht«, erklärte Harry. »Aber die grünen Augen der Maske sind mit Sicherheit keine Smaragde, dafür sind sie viel zu groß und zu rein. Wahrscheinlich handelt es sich um grünes Glas, und das ist das Eigenartige daran. Soweit ich weiß, kannten die Inka kein Glas.«

»Außerdem passen sie nicht richtig in die Augenöffnungen der Maske«, fügte Hope hinzu. »Ich bin ziemlich sicher, dass sie irgendwann nachträglich hinzugefügt worden sind.«

»Und was ist mit den Tontöpfen?«, fragte ich, während ich frische Tomaten in Scheiben schnitt.

»Ich bin kein Experte«, sagte Harry, »aber die sehen für mich soweit normal aus. Sie scheinen leer zu sein, und es gibt keine sichtbaren Auffälligkeiten. Ich bin ohnehin überzeugt, dass der Hinweis in der Maske versteckt ist, denn in dem Text ist von Inti die Rede, und zumindest die obere Hälfte der Maske stellt meiner Meinung nach Sonnenstrahlen dar. Es könnte sich durchaus um eine Darstellung des Sonnengottes handeln, obwohl ich natürlich nicht genug davon verstehe, um das fundiert beurteilen zu können.«

»In dem Hinweis ist von Strahlen die Rede«, sagte ich. »Das könnte bedeuten, dass der obere Teil, der wie eine Sonne aussieht, wichtig ist.«

»Das haben wir uns auch gedacht«, erklärte Hope, »aber da ist wirklich nichts Auffälliges zu entdecken.«

Während Hope und Harry den Tisch deckten, ging ich in die Bibliothek, um mir die Maske selbst nochmal genauer anzusehen. Zunächst untersuchte ich das Gesicht. Augen, Mund und Nase waren mit wenigen markanten Kerben ins Holz geschnitzt worden, die Einzelheiten hatte man anschließend mit Farbe hinzugefügt. Die Augen waren außergewöhnlich breit und wurden von den grünen Glasstücken nicht vollständig abgedeckt. Es sah tatsächlich so aus, als ob sie nachträglich hinzugefügt worden wären. Nach dem Gesicht untersuchte ich den Bogen darüber, der eindeutig Strahlen darstellte. Vorsichtig prüfte ich mit einem Fingernagel, ob sich eines der eingelegten Goldplättchen lösen ließ, doch sie saßen alle fest.

»Der Auflauf ist im Ofen«, sagte Marlee, als sie die Bibliothek betrat. »In einer halben Stunde können wir essen. Hast du etwas entdeckt?«

»Nein, aber vielleicht hast du mehr Glück«, erwiderte ich, reichte ihr die Maske und nahm vorsichtig einen der Tontöpfe von dem Regal neben dem Kamin. Auf der abgeflachten Vorderseite befand sich die stilisierte Darstellung eines Mannes mit überproportional großem Kopfschmuck, der in jeder Hand ein längliches Werkzeug oder vielleicht auch einen kurzen Speer hielt. Ich holte die Taschenlampe aus meinem Rucksack und leuchtete in die enge Öffnung. Der Boden des Gefäßes war sauber und trocken und wies keinerlei Verzierungen oder Bemalungen auf.

»Diese Glasaugen sind nicht wirklich rein«, sagte Marlee hinter mir. »Da sind irgendwelche Kratzer drauf.«

Ich wandte mich um. Marlee hielt sich die Maske vor das Gesicht und blickte durch die Augenöffnungen, wobei sie jeweils nur durch ein Auge gleichzeitig schauen konnte, da die Öffnungen viel weiter auseinander lagen als die Augen eines Menschen. Ich stellte den Topf zurück auf das Regal und folgte Marlee zu einer altmodischen Stehlampe, die zwischen einer kleinen Reisetruhe und einem afrikanischen Schild aus schwarzem Holz in der Ecke stand. In dem Augenblick, als Marlee die Maske unter die Lampe hielt, sah ich für den Bruchteil einer Sekunde ein Muster über den Boden huschen.

»Hast du das auch gesehen?«, fragte ich aufgeregt.

»Was meinst du?«, erwiderte Marlee, während sie sich die grünen Glasaugen im Licht der Lampe genauer ansah.

»Das Muster auf dem Boden«, sagte ich. »Lass mich mal etwas versuchen.«

Ich nahm die Maske und bewegte sie unter der Lampe hin und her, wobei ich die beiden Flecken grünen Lichts auf dem Boden beobachtete. Darin waren eindeutig die Umrisse von spiegelverkehrten Ziffern zu erkennen!

»Wow!«, sagte Marlee atemlos.

Ich drehte die Maske um, sodass das Licht nun von innen nach außen durch das grüne Glas der Augen fiel. Nun stand endgültig fest, dass es sich um Zahlen handelte. Ich ging zu einem Stück weißer Wand zwischen zwei Fenstern, hielt die Maske hoch und leuchtete mit meiner Taschenlampe durch eines der Augen. In dem grünen Lichtfleck war deutlich zu lesen:

N 40° 20' 22"

Ich hielt die Lampe hinter das andere Auge, und auf der Wand erschien:

O 113° 20' 11"

»Unglaublich!«, sagte Marlee, während sie die Koordinaten auf einem zerknitterten Einkaufszettel notierte.

Wir gingen zum Globus, um nachzusehen, worauf die Koordinaten deuteten. Die Stelle lag im Nordosten Chinas.

»Gibt es in China Privatdetektive?«, fragte Marlee.

»Keine Ahnung«, erwiderte ich. »Aber das werden wir bald erfahren.«

Es klingelte an der Tür. Ich legte die Maske auf den kleinen Tisch vor dem Sofa und folgte Marlee zur Haustür, um Scott zu begrüßen. Marlee öffnete die Tür und blieb wie versteinert stehen. Mit offenem Mund starrte sie auf die beiden Besucher.

65

Scott trug ein weites beiges Hemd mit offenem Kragen und hochgekrempelten Ärmeln, und in seinen muskulösen Armen lag Frida und betrachtete uns desinteressiert aus halb geschlossenen Augen.

»Darf sie ins Haus?«, fragte Scott.

»Na klar!«, erwiderte Marlee. »Wie hast du sie gefangen?«

»Hab' ich gar nicht«, erklärte Scott. »Kaum hatte ich den Garten betreten, kam sie auf mich zu gelaufen.«

Marlee trat beiseite, und Scott ging mit Frida an ihr vorbei ins Haus. Die Katze sah aus, als ob sie jeden Moment einschlafen würde, als ob sie schon tausend Mal über diese Schwelle getragen worden wäre. Ganz vorsichtig streckte Marlee ihre Hand aus und begann, Frida zu streicheln. Die Katze schloss die Augen und fing an zu schnurren. Entweder hatte Scott einen ganz besonderen Draht zu Tieren, oder Frida hatte seit unserer letzten Begegnung beschlossen, dass das Haus und seine Besitzerin keine Gefahr darstellten.

»Willst du sie mal halten?«, fragte Scott.

Marlee nickte, und Frida ließ sich ohne den geringsten Widerstand in Marlees Arme legen.

»Was ist mit Frankie?«, fragte Marlee, während sie über das ganze Gesicht strahlend mit der Hand über den schwarzen Rücken der Katze strich.

»Da brauchst du dir keine Sorgen zu machen«, erklärte ich. »Er kommt gut mit Katzen klar, liegt wohl an seinem ausgeprägten Selbstbewusstsein.«

Nun, da mein Platz endlich frei war, legte ich meine Arme um Scott, und wir küssten uns. Ich war völlig ausgehungert, und Marlee und ich hatten soeben das Geheimnis der Inka-Maske entdeckt, was Hope und Harry nicht geschafft hatten, eine Tatsache, auf die ich die beiden unbedingt baldmöglichst hinweisen musste. Doch kaum spürte ich Scotts Hände auf meinen Hüften, strömten Erinnerungen an nackte Haut und feuchte Lippen, an Wärme und Dunkelheit durch meine Gedanken. Überbackener Teigwarenauflauf, geheimnisvolle Rätsel, verborgene Kunstschätze, all dies erschien mir mit einem Mal furchtbar nebensächlich!

»Gibt es in dem Haus eigentlich ein Gästezimmer?«, fragte Scott grinsend.

Für zwei Sekunden dachte ich ernsthaft darüber nach, Marlee zu fragen, ob wir ihr neues Bett benutzen durften. Ich konnte wirklich nicht mehr klar denken!

Entschlossen trat ich einen Schritt zurück, nahm Scotts Hand und führte ihn in die Küche. Marlee saß auf ihrem Lieblingsplatz in der Ecke der Sitzbank und streichelte Frida, die schnurrend in ihrem Schoß lag. Frankie lag auf dem Bauch vor der offenen Hintertür und beobachtete die beiden.

Nachdem ich Harry und Scott vorgestellt hatte, sah ich nach dem Auflauf im Ofen. Danach richtete ich den Salat an, während Hope Wein einschenkte. Marlee hatte sich entschlossen, zusätzlich zu ihrem üblichen Becher Cola auch ein Glas Wein zu probieren. Wir übten wohl einen schlechten Einfluss auf sie aus.

Während des Essens berichteten Marlee und ich von unserer Entdeckung, und Harry und Hope mussten sich sichtlich beherrschen, nicht gleich in die Bibliothek zu stürzen, um die Sache mit eigenen Augen zu sehen.

»Ich kenne jemanden in Peking«, sagte Scott. »Wenn die Stelle nicht allzu weit entfernt ist, könnt ihr euch die Kosten für einen Privatdetektiv sparen. Ning schuldet mir noch etwas.«

»Die Entfernung dürfte so im Bereich von dreihundert Kilometern liegen«, sagte ich. »Glaubst, das ist deinem Freund zu weit?«

»Weiß nicht …«, erwiderte Scott. »Wie spät ist es denn gerade in Peking?«

»Wahrscheinlich vier oder fünf Uhr in der Nacht«, sagte Hope.

Scott warf einen Blick auf die Uhr und sagte: »Dann werde ich sie gegen elf mal anrufen.«

»Sie?«, fragte ich und sah auf.

»Ja«, sagte Scott. »Hab' ein paar tolle Tricks von ihr gelernt.«

Als er bemerkte, dass alle ihn fragend ansahen, fügte Scott hinzu: »Kampftricks natürlich!«

Nach dem Essen machte ich zusammen mit Scott den Abwasch, während Harry sich um die Zubereitung des Nachtisches kümmerte, einer großen Schüssel Schokoladencreme mit frischen Bananenstückchen. Marlee und Hope waren verschwunden, wahrscheinlich spielten sie irgendwo im Haus mit Frida.

»Woher kennst du Ning?«, fragte ich, während ich Teller abtrocknete.

»Ich habe mal ein paar Monate in Hong Kong gearbeitet«, erwiderte Scott. »Da haben wir uns kennengelernt.«

»Verstehe«, sagte ich.

Um elf rief Scott in Peking an. Ning hatte keine Zeit, selbst zu der Stelle zu fahren, doch sie hatte einen Vetter in Datong, einer Stadt, die kaum fünfzehn Kilometer von der Stelle entfernt lag. Wir warteten, während Ning versuchte, ihren Verwandten zu erreichen. Nach einigen Minuten klingelte Scotts Handy. Nings Vetter hatte sich bereit erklärt, nach dem Kupferröhrchen zu suchen, allerdings besaß er keinen GPS-Empfänger.

»Er soll einen kaufen«, sagte ich. »Wir übernehmen die Kosten. Selbstverständlich kann er ihn danach behalten.«

Scott leitete das Angebot weiter, und nach einem weiteren Anruf Nings bei ihrem Vetter war die Sache abgemacht.

Um halb zwölf verabschiedeten wir uns von Marlee und Frida, die offenbar definitiv eingezogen war. Mit Scotts Wagen fuhren wir durch die Innenstadt Richtung Norden, um Harry und Frankie abzusetzen, danach fuhren wir zu mir. Gähnend wünschte Hope uns eine gute Nacht, während sie ihre Wohnungstür aufschloss.

Mehr als eine Stunde später stolperte ich mit weichen Knien und verschrumpelten Fingern aus dem Badezimmer und humpelte in Richtung Küche. Mein rechter Oberschenkel schmerzte bei jedem Schritt, und die Prellung in meinem Rücken, die ich mir auf dem Weg durch den Angel Peak zugezogen hatte, war innerhalb der letzten Stunde wieder erheblich schlimmer geworden. Mit derartigen Nebensächlichkeiten konnte ich mich im Augenblick allerdings nicht aufhalten, ich brauchte ganz dringend Nahrung!

Nachdem ich ein großes Glas Milch eingegossen hatte, öffnete ich eine Packung Schokokekse und setzte mich an die Theke, wobei mein linkes Knie bedrohlich knackste. Ich hatte noch kaum die Hälfte der Kekse gegessen, als Scott lediglich mit einem Handtuch bekleidet in die Küche trat.

»Ich habe noch irgendwo einen alten Bademantel«, sagte ich. »Soll ich ihn für dich aufspüren?«

»Nicht nötig«, erwiderte Scott. »Mir ist nicht kalt. Einen Keks könnte ich aber vertragen …«

»Bedien' dich«, sagte ich. »Milch?«

»Sehr gern.«

Ich goss ein Glas für ihn ein und füllte mein eigenes nach. Eine Weile saßen wir schweigend da, aßen Kekse und tranken kalte Milch.

»Bist du verletzt?«, fragte ich.

»Ich glaube nicht«, erwiderte Scott grinsend. »Du?«

»Nichts, was eine ruhige Nacht erholsamen Schlafes nicht richten könnte.«

Wir sahen uns einen Augenblick an, dann lachten wir beide gleichzeitig laut los.

»Du hast allerdings schon ziemlich scharfe Zähne …«, sagte Scott, als wir uns endlich wieder erholt hatten.

»Und du hast eine raue Zunge und kratzige Bartstoppeln!«, gab ich zurück.

Im Flur klingelte Scotts Handy, vermutlich Neuigkeiten aus China. Während er den Anruf entgegennahm, stellte ich die Gläser in die Spülmaschine und warf die leere Verpackung der Schokokekse in den Mülleimer, dann ging ich ins Bad, um mir die Zähne zu putzen. Als ich zurückkam, legte Scott gerade auf.

»Nings Vetter hat die Nachricht gefunden, sie war offenbar auf einem kleinen Hügel ganz in der Nähe der chinesischen Mauer versteckt.«

»Und wie lautet sie?«, fragte ich.

»jfx xgfiizfx ekt ydnmkjksy«, erwiderte Scott grinsend.

Ich hatte ganz vergessen, dass die Nachrichten jeweils noch verschlüsselt waren. Allerdings hatten wir auf Intis Maske nirgendwo Agathas Windrose gefunden.

»Hope hat für den ersten Hinweis ein Computerprogramm entwickelt, das die Nachrichten auch ohne die Schlüssel dekodieren kann«, sagte ich. »Morgen früh bringe ich ihr den Text rüber.«

»Und was machen wir bis dahin?«, fragte Scott.

»Also ich gehe ins Bett«, erwiderte ich. »Ich bin fix und fertig, mir tut jeder Muskel weh.«

»Du Arme …«, sagte Scott. »Ich putze mir schnell die Zähne, dann massiere ich dich. Leg dich schon mal hin.«

Und das tat ich.

66

Als ich am Samstagmorgen um halb neun aufwachte, lag ich allein im zerwühlten Bett. Undeutlich erinnerte ich mich daran, wie Scott mich im Morgengrauen geküsst und mir einen schönen Tag gewünscht hatte. Als ich versuchte, mich aufzusetzen, meldete so ziemlich jeder Muskel seine Bedenken an, obwohl Scott mich vor dem Einschlafen wie versprochen massiert hatte. Allerdings waren wir danach nicht gleich eingeschlafen.

Ich stand auf und schleppte mich unter die Dusche. Als ich nach Seife duftend und mit frisch gewaschenen Haaren aus dem Badezimmer trat, fühlte ich mich erheblich besser. Mit einer Tasse Kaffee und Toast mit Kirschmarmelade setzte ich mich an die Theke und schlug die Zeitung des Vortages auf.

Als eine Viertelstunde später Hope auftauchte, machte ich gerade Rührei. Irgendwie wurde ich in letzter Zeit nie richtig satt. Sie trug ihren altmodischen Morgenmantel, und ihre Haare waren zu einem lockeren Knoten hochgesteckt.

»Na, gut geschlafen?«, fragte ich, während sie sich an die Theke setzte.

»Ja«, erwiderte Hope gähnend. »Ich habe geschlafen wie ein Murmeltier.«

»Möchtest du auch eine Portion Rührei?«

»Sehr gern.«

»Scotts Bekannte hat in der Nacht angerufen. Ihr Vetter hat die Nachricht gefunden, aber wir haben ja keinen Schlüssel. Kannst du sie knacken?«

»Na klar«, erwiderte Hope. »Wenn du sie zur Hand hast, gehe ich schnell rüber und starte das Programm.«

Ich reichte ihr den Zettel.

»Die Nachricht lautet *Der Wächter des Schleiers*«, sagte Hope, als sie einige Minuten später zurückkam. »Hat kaum zehn Sekunden gedauert, sie zu entschlüsseln.«

»Bin beeindruckt!«, sagte ich, während ich für Hope eine Tasse Kaffee eingoss. »Warum geht das plötzlich so schnell?«

»Weil ich nun weiß, wie die Nachrichten verschlüsselt sind«, erklärte Hope. »Bei der ersten war ja nicht klar, welche Methode verwendet wird, deshalb musste ich neben den eigentlichen Schlüsseln auch noch Tausende von verschiedenen Verfahren testen. Nun muss das Programm bloß noch alle 676 möglichen Schlüssel durchprobieren und danach jeweils prüfen, ob die entschlüsselte Nachricht sinnvolle Wörter enthält.«

»Verstehe«, sagte ich. »Was könnte damit wohl gemeint sein?«

»Damit ist Anubis gemeint«, erklärte Hope mit vollem Mund, »der ägyptische Gott der Unterwelt. Der Schleier symbolisiert den Übergang vom Leben zum Tod.«

Mit offenem Mund starrte ich sie an.

»Er wird normalerweise als schwarzer Schakal oder als Mensch mit dem Kopf eines Schakals dargestellt«, fuhr Hope fort.

»Woher weißt du das alles?«, fragte ich.

»Hab' im Internet nach *Wächter des Schleiers* gesucht«, gab Hope grinsend zu.

»Steht in Marlees Bibliothek nicht ein Topf mit dem Kopf eines Schakals auf dem Deckel?«

»So ist es«, sagte Hope, »und darin sind die Koordinaten des nächsten Verstecks verborgen, davon bin ich überzeugt.«

»Warum bist du so sicher?«

»Weil Anubis auch der Gott der Einbalsamierung war und es sich bei dem Gefäß mit großer Wahrscheinlichkeit nicht bloß um einen Topf, sondern um eine Kanope handelt.«

»Und was ist das?«, fragte ich.

»Kanopen sind eine Art Gipsvasen, in denen die Organe der Verstorbenen aufbewahrt wurden«, erklärte Hope.

»Verstehe«, sagte ich. »Dann sollten wir uns das Ding wohl unbedingt mal genauer ansehen, was?«

Hope grinste, während sie unsere Kaffeetassen nachfüllte.

»Ich hoffe bloß, dass da kein Organ drin ist«, fügte ich hinzu.

Während Hope sich ihrem Rührei widmete, rief ich bei Marlee an und berichtete ihr von Hopes Entdeckung. Sie versprach, zurückzurufen, sobald sie das Gefäß untersucht hatte.

Ich füllte eine Schüssel mit Corn Flakes, streute Zucker darüber und übergoss das Ganze großzügig mit Milch.

»Nun versuchen wir schon seit fast zwei Wochen, das Rätsel zu lösen«, sagte ich. »Glaubst du, wir finden den Picasso?«

»Daran zweifle ich keine Sekunde«, sagte Hope. »Das Rätsel ist dermaßen aufwändig und sorgfältig konstruiert, dass die Existenz des Bildes für mich außer Frage steht. Agatha hat sich bei den Hinweisen große Mühe gegeben, bestimmt hat sie das Versteck genauso sorgfältig ausgewählt.«

»Da ist was dran«, sagte ich. »Agatha war wirklich eine außergewöhnliche Frau.«

Hope nickte zustimmend.

»Und ihre Enkelin ist es auch«, fügte ich hinzu.

Hope lächelte verlegen.

Das Telefon klingelte, es war Marlee.

»Hast du etwas entdeckt?«, fragte ich.

»In der Vase befindet sich offenbar ein kleiner Gegenstand«, sagte Marlee. »Wenn man sie schüttelt, klimpert es, als ob eine Münze darin wäre. Leider sitzt der Deckel fest, und ich will sie nicht kaputt machen.«

»Ist dir sonst noch etwas aufgefallen?«, fragte ich.

»Auf dem Bauch sind einige Hieroglyphen.«

»Und Agathas Windrose?«

»Ist nicht drauf«, erwiderte Marlee. »Kommt ihr vorbei? Vielleicht kriegen wir das Ding ja gemeinsam auf.«

»Okay«, sagte ich und warf einen Blick auf die Uhr. »Hope und ich könnten so gegen elf bei dir sein.«

»Abgemacht!«, sagte Marlee. »Vielen Dank!«

Wir verabschiedeten uns, und ich legte auf.

Während Hope zurück in ihre Wohnung ging, um sich bereit zu machen, rief ich Harry an und erzählte ihm von der Nachricht, dem ägyptischen Gefäß und dem Treffen bei Marlee.

67

Als Hope und ich bei Marlee eintrafen, war Harry bereits an der Arbeit. Mit einer Taschenlampe und einem Vergrößerungsglas untersuchte er den Spalt zwischen Deckel und Gefäß.

»Scheint eine Art Wachs zu sein«, mutmaßte Harry über die Kanope gebeugt. »Vielleicht würde es helfen, den Rand zu erwärmen …«

»Ich hole eine Kerze!«, sagte Marlee.

»Es ist offensichtlich, dass die Vase bis auf den kleinen Gegenstand, der darin herumkullert, leer ist«, begann Hope. »Aber könnten sich darin nicht irgendwelche gefährlichen Pilzsporen oder sowas befinden?«

»Grundsätzlich ist deine Sorge berechtigt«, sagte Harry. »Aber ich zweifle nicht daran, dass Agatha den Gegenstand darin versteckt und den Deckel versiegelt hat. Die Kanopen in den Gräbern enthielten entweder Organe oder waren leer, manchmal waren sie auch aus Holz und wiesen gar keinen Hohlraum auf. Ich habe aber noch nie gehört, dass man Kanopen mit kleinen Metallgegenständen darin gefunden hätte. Außerdem glaube ich nicht, dass diese hier überhaupt echt ist.«

»Wie kommst du darauf?«, fragte ich.

»Der Deckel stellt den Kopf eines schwarzen Schakals dar«, begann Harry, »das Symbol von Anubis, dem Herrscher der Unterwelt. Er wurde oft auf Kanopen abgebildet, das ist also nichts Ungewöhnliches. Doch nun seht euch dieses große, goldene Zeichen auf dem Bauch des Gefäßes an.«

Harry deutete auf die Darstellung eines Raubvogels mit ausgebreiteten Schwingen, in dessen Fängen sich kleine Ringe befanden.

»Es ist das Symbol von Horus, dem Gott des Himmels. Auf Kanopen findet man häufig Darstellungen und Zeichen seiner Söhne Imset, Hapi, Duamutef und Kebechsenef, wobei jeder der vier für ein bestimmtes Organ zuständig ist. Horus selbst hat mit dem Tod und der Unterwelt jedoch nichts zu tun und wird nie auf Kanopen abgebildet. Diese Fälschung wurde nicht von einem

Ägyptologen hergestellt, sie ist das Werk eines interessierten Laien.«

»Interessierte Laien wissen manchmal auch ganz schön viel …«, sagte Hope anerkennend.

»Man tut, was man kann«, sagte Harry grinsend. »Dann lasst uns mal nachsehen, was Agatha darin versteckt hat.«

Mit diesen Worten begann er, die Kanope langsam über der Flamme der Kerze zu drehen, die Marlee aus der Küche geholt hatte. Nach zwei Umdrehungen legte Harry seine Hand um den Kopf von Anubis und zog. Mit einem leisen Ploppen löste sich der Deckel. Harry ging in die Knie und drehte das Gefäß um. Eine kleine silberne Brosche fiel lautlos auf den schweren Teppich. Sie hatte die Form einer Windrose, mit einem tiefblauen Stein in der Mitte und goldenen Spitzen an den Enden der schmalen Flügel. Marlee hob sie auf und hielt sie unter die Stehlampe, die uns auch schon bei der Inka-Maske gute Dienste geleistet hatte. Wie erwartet waren die Himmelsrichtungen mit falschen Buchstaben markiert: *M*, *F*, *F* und *A*.

»Sie ist wunderschön«, sagte Marlee mit gesenkter Stimme, während sie die Brosche betrachtete.

»Und es sind deine Initialen«, fügte Hope hinzu.

Marlee sah kurz auf, dann blickte sie wieder auf das filigrane Schmuckstück, das in ihrer Handfläche lag wie ein zerbrechlicher Schmetterling.

Eine halbe Stunde später saßen wir am Küchentisch und aßen belegte Brote. Harry blätterte in einem Buch über Hieroglyphen, das wir in der Bibliothek gefunden hatten.

»Das sind tatsächlich Zahlen«, sagte Harry und deutete auf die Zeichen auf der Kanope, »und zwar sehr große Zahlen. Wenn ich das richtig verstehe, bedeuten diese Frösche hier 500'000.«

»Vielleicht hat Agatha die Ziffern der Koordinaten aneinandergereiht«, sagte Hope. »Das ergäbe eine Zahl mit zwölf Stellen.«

»Das wären Billionen«, erwiderte Harry. »So große Zahlen kann man mit Hieroglyphen laut diesem Buch nicht vernünftig schreiben.«

»Wenn man Längen- und Breitengrade einzeln notieren würde, ergäbe das zwei Zahlen mit jeweils sechs Ziffern«, sagte ich.

»Da könnte was dran sein«, sagte Harry. »Hat jemand etwas zu schreiben?«

Marlee reichte ihm einen Block mit Haftnotizzetteln und einen Bleistift. Abwechselnd in das Buch und auf die Kanope schauend notierte Harry Zahlen und rechnete sie zusammen. Schließlich unterstrich er zwei sechsstellige Zahlen, blickte auf und sagte: »Es könnten Koordinaten sein, aber wir haben keine Informationen darüber, ob sie auf der Nord- oder der Südhalbkugel liegen, und dasselbe gilt natürlich auch für die Frage, ob sie sich auf eine Stelle westlich oder östlich des Nullmeridians beziehen.«

»Wollen wir uns die vier möglichen Stellen mal ansehen?«, schlug Hope vor. »Vielleicht fallen einige schon weg, weil sie im Wasser liegen, oder auf Kontinenten, die wir schon hatten.«

Zu viert suchten wir die vier möglichen Stellen auf dem Globus in der Bibliothek. Eine davon lag tatsächlich im Meer, im Süden des indischen Ozeans. Die zweite lag in Südamerika, in Patagonien. Die dritte mögliche Stelle befand sich in Kanada, also auf dem nordamerikanischen Kontinent, wo wir schon gewesen waren. Die letzte Position lag in Kasachstan.

»Zählt Kasachstan zu Asien oder zu Europa?«, fragte Hope.

»Ich glaube, zu beidem«, erwiderte Harry. »Wenn ich mich recht erinnere, zieht man die Grenze im Allgemeinen entlang dem Fluss Ural, und der fließt durch Kasachstan ins kaspische Meer. Die Stelle befindet sich jedoch eindeutig in Asien, sie liegt mindestens tausend Kilometer östliche des Urals.«

»Also bleibt eigentlich nur die Stelle in Südamerika übrig?«, fragte Marlee.

»Sieht ganz so aus«, stimmte Harry ihr zu.

68

Um halb fünf saßen wir in Marlees Küche, tranken Tee und aßen Zitronenkuchen. Vor vier Stunden hatten wir eine Privatdetektivin in Punta Arenas beauftragt, nach dem Kupferröhrchen zu suchen. Die Stelle lag in einem chilenischen Nationalpark namens Torres del Paine und war von Punta Arenas aus mit einem Kleinflugzeug innerhalb einer Stunde erreichbar. Eigentlich hätte die Detektivin sich längst melden müssen.

»Vielleicht war doch die Stelle in Kanada oder die in Kasachstan gemeint«, sagte Hope. »Dass Agatha auf jedem Kontinent genau einen Hinweis versteckt hat, ist ja bloß eine Vermutung. Es wäre durchaus möglich, dass wir erst einen Bruchteil des Rätsels gelöst haben.«

In diesem Moment klingelte das Telefon. Es war die Detektivin, die aus dem Besucherzentrum des Nationalparks anrief. Offenbar hatte ihr Handy in dem Park keinen Empfang, sodass sie, nachdem sie das Röhrchen endlich gefunden hatte, erst mal ein Telefon hatte suchen müssen. Sie diktierte mir die verschlüsselte Nachricht. Ich notierte sie auf einem Zettel und wiederholte sie zur Sicherheit, dann verabschiedeten wir uns.

Ich reichte den Zettel Hope, die bereits ihr Notebook gestartet hatte. Mit ihrem Programm ging das Entschlüsseln der Nachrichten deutlich schneller als von Hand. Nachdem sie den kodierten Text und Marlees Initialen als Schlüssel eingegeben hatte, erschien augenblicklich die Nachricht auf dem Bildschirm:

Die Tochter von Alice

»Sagt dir der Name etwas?«, fragte ich an Marlee gewandt. »Hatte Agatha vielleicht eine Freundin, die so hieß?«

»Ich habe keine Ahnung«, erwiderte Marlee. »Aber das hat nichts zu bedeuten, meine Großmutter kannte unheimlich viele Leute.«

»Eines steht jedenfalls fest«, sagte Hope. »Eine Suche im Internet bringt uns diesmal nicht weiter. Unter diesen Stichworten findet man bestimmt Tausende von Seiten.«

»Versuch es trotzdem mal«, schlug Harry vor. »Vielleicht sind die Worte in irgendeinem Zusammenhang ein bekannter Begriff, es könnte zum Beispiel der Titel eines Buches sein, oder derjenige eines Gemäldes.«

Marlee keuchte. Augenblicklich sahen wir alle zu ihr. Mit weit aufgerissenen Augen und offenem Mund starrte sie auf die vier Worte auf dem Bildschirm. Ein Lächeln breitete sich auf ihrem Gesicht aus.

»Gibt es etwa tatsächlich ein Bild, das so heißt?«, fragte Hope.

»Die Tochter von Alice heißt Suzanne!«, stieß Marlee hervor. »Ich weiß, wo der nächste Hinweis versteckt ist!«

Mit diesen Worten stand sie auf und stürmte aus dem Zimmer. Offenbar löste die Information über die Tochter von Alice auch bei Hope und Harry nichts aus. Verwirrt sahen wir uns an, als über uns ein Poltern zu hören war. Gleichzeitig standen wir auf und folgten Marlee nach oben.

Wir fanden sie im Atelier ihrer Großmutter, wo sie auf dem Boden kniete und eine verstaubte Pappschachtel durchwühlte.

»Wonach suchst du?«, fragte ich.

»Nach einem Puzzle …«, erwiderte Marlee abwesend.

»Und das gehörte Suzanne?«, fragte Hope.

»Hier ist es!«, sagte Marlee aufgeregt, während sie ein rundes Holzgefäß aus der Schachtel hob. Es hatte ungefähr die Form und Größe einer Honigmelone und war mit einem Deckel verschlossen, auf dem Agathas Windrose prangte. Die Bezeichnungen der Himmelsrichtungen waren *N*, *F*, *S* und *A*. Marlee öffnete es und schüttete den Inhalt auf den Boden. Hunderte von kleinen Puzzleteilen lagen verstreut zu unseren Füßen. Die dominierenden Farben waren hellblau und weiß, doch es gab auch rosafarbene und grüne Teile.

»Helft ihr mir?«, fragte Marlee, die bereits dabei war, die Teile nach Farben zu sortieren.

Ich stellte die Pappschachtel zur Seite, und Harry holte eine kleine elektrische Tischlampe von Agathas Schreibtisch, dann setzten wir uns im Kreis um den bunten Haufen von Puzzleteilen.

»Dieses Puzzle habe ich als Kind mindestens ein Dutzend Mal gemacht«, sagte Marlee. »Es zeigt Monets berühmtes Bild *Femme à l'ombrelle*.«

»Und wie kommst du darauf, dass der nächste Hinweis in dem Puzzle versteckt ist?«, fragte ich.

»Die Frau auf dem Bild ist Suzanne Hoschedé, die Tochter von Alice Hoschedé, Monets zweiter Frau.«

»Sehr geschickt«, sagte Harry. »Ich bin von Agatha beeindruckt. Diesen Hinweis könnte praktisch niemand außer dir richtig interpretieren. Zunächst mal muss man das Bild kennen und wissen, wer darauf dargestellt ist, doch das reicht nicht. Wer nicht weiß, dass deine Großmutter ein Puzzle des Bildes hatte, kommt nie darauf, danach zu suchen. Und selbst wenn jemand aus Verzweiflung das ganze Haus auf den Kopf stellt, wird er die Bedeutung des Puzzles nicht erkennen. Es besteht aus viel zu vielen Teilen, man kann unmöglich erahnen, was es darstellt, ohne es zusammenzusetzen.«

»Das ist wirklich genial«, stimmte Hope zu. »Damit hat Agatha wirkungsvoll sichergestellt, dass nur Marlee das Rätsel lösen und den Picasso finden kann.«

Wir brauchten ungefähr eine Stunde, dann lag das fertige Bild vor uns. Meine Ellbogen schmerzten, weil ich auf dem Bauch gelegen und mich auf dem harten Holzboden abgestützt hatte, aber Harrys Rücken hatte es noch deutlich schlimmer erwischt. Er streckte die Arme nach oben und stöhnte.

»Und wo sind Koordinaten nun versteckt?«, fragte Hope.

Harry beugte sich wieder vor, wobei sein Nacken bedrohlich knackste.

»Warum haben wir das Ding eigentlich nicht am Tisch in der Küche zusammengesetzt?«, fragte er.

»Ist auf dem Bild irgendetwas ungewöhnlich?«, fragte Hope an Marlee gewandt. »Ich meine, anders als bei der Vorlage.«

»Ich glaube nicht«, erwiderte Marlee. »Ich habe das Original im Musée d'Orsay in Paris gesehen. Aber ganz genau kann ich mich natürlich nicht erinnern. Aber im großen Ganzen stimmt es, der Schatten, die Art wie sie den Schirm hält, so ist es auch auf dem richtigen Bild. Es gibt übrigens noch ein zweites Gemälde, auf dem dieselbe Frau im gleichen Kleid und mit demselben Schirm an der gleichen Stelle abgebildet ist. Der einzige Unterschied ist, dass sie in die andere Richtung blickt. Es befindet sich ebenfalls im Musée d'Orsay, die beiden Bilder hängen direkt nebeneinander.«

»Auf dem zweiten Bild hat sich die Frau umgedreht?«, fragte Harry.

»Ja, warum?«, erwiderte Marlee.

Ich musste unwillkürlich grinsen. Agatha hatte sich wirklich etwas einfallen lassen!

»Wir brauchen ein dünnes Stück Pappe, das wir unter das Puzzle schieben können«, sagte Harry. »Ich glaube, wir sollten uns mal die Rückseite ansehen …«

Gemeinsam suchten wir im Atelier nach etwas Passendem, fanden jedoch nichts.

»Wenn wir das Puzzle zu der Luke schieben, können wir auch etwas Dickeres verwendet«, schlug Hope vor. »Vielleicht dieses Schachbrett …«

Sie nahm ein verstaubtes Spielbrett aus Holz von einem Regal und hielt es über das Puzzle, um zu sehen, ob es groß genug war. Es passte. Während Hope mit dem Schachbrett auf der Leiter stand, schoben Marlee, Harry und ich das Puzzle vorsichtig zu der Öffnung. Schließlich hatten wir es geschafft, das Puzzle lag intakt auf dem Brett.

»Nun brauchen wir ein zweites Brett, das wir darüber legen können«, sagte Harry. »Es braucht nicht dünn zu sein.«

»Die Unterseite eines Backblechs«, schlug Marlee vor.

Gesagt, getan. In der Küche legten wir ein Backblech auf das Puzzle und drehten das Ganze vorsichtig um. Die Spannung war groß, als Hope das Schachbrett abhob. Mit kaum sichtbaren, feinen Bleistiftstrichen waren große Zahlen auf die Rückseite geschrieben, zweifellos die Koordinaten des nächsten Verstecks. Die Ziffern waren so groß, dass die einzelnen Puzzleteile bloß von einer geraden oder leicht gebogenen Linie durchzogen wurden. Es war unmöglich, die Zahlen zu erkennen, ohne das Puzzle zusammenzusetzen.

Auf dem Globus suchten wir die Stelle, auf welche die Koordinaten deuteten. Sie lag an der Westküste von Großbritannien, ungefähr drei Kilometer südlich von Aberystwyth in Wales.

»Ist das weit von London entfernt?«, fragte Marlee.

»So an die dreihundert Kilometer, würde ich sagen«, erwiderte Harry. »Vielleicht auch etwas weniger.«

»Wer hat Lust auf eine Fahrt ans Meer?«, fragte Marlee strahlend.

Ich warf einen Blick auf die Uhr, es war kurz vor sechs.

»Du meinst heute Abend noch?«, fragte ich.

»Na klar!«, erwiderte Marlee. »Wir könnten an der Küste übernachten, und morgen erkunden wir in aller Ruhe die Stelle, an der meine Großmutter den nächsten Hinweis versteckt hat. Bestimmt ist es dort wunderschön!«

»Also ich bin dabei!«, sagte Hope.

»Ich auch«, sagte Harry. »Aber ich müsste noch bei mir zu Hause vorbei, um Frankie und ein paar Sachen zu holen.«

»Das gilt auch für mich«, sagte Hope.

»Alles klar«, sagte ich. »Ich schlage vor, wir fahren zuerst bei mir und Hope vorbei, und anschließend bei Harry. Wenn wir nicht trödeln, können wir in einer Stunde bereits unterwegs an die Küste sein.«

»Toll!«, sagte Marlee, und Harry und Hope nickten.

Während Marlee ein paar Sachen einpackte, telefonierte Harry mit Clara, und ich rief Scott an. Er musste zwar auch am Sonntag arbeiten, aber irgendetwas sagte mir, dass wir uns in der Nacht trotzdem noch gesehen hätten. Da ich nicht genau wusste, wann wir zurückkommen würden, vereinbarten wir, dass ich mich melden würde, sobald ich wieder in der Stadt war.

Nachdem Marlee ihren Rucksack gepackt hatte, füllte sie eine Schüssel mit Trockenfutter für Katzen und stellte sie neben einer Schale mit Wasser auf den Boden in der Küche.

»Wie kommt Frida ins Haus?«, fragte ich. »Hast du etwa schon eine Katzentür einbauen lassen?«

»Nein«, erwiderte Marlee, »ich lasse eines der Fenster im Atelier einen Spalt breit offen. Du weißt ja, dass sie irgendwie auf das Dach kommt. So kann sie rein und raus, ohne dass ich hier unten etwas offen lassen muss.«

»Hast du vor, sie zu behalten?«

»Na klar«, sagte Marlee. »Sie trägt kein Halsband, und ich habe überall in der Nachbarschaft gefragt, niemand kennt sie.«

Als ob sie auf ihr Stichwort gewartet hätte, schlenderte Frida gemächlich vor der Tür vorbei, die von der Küche in den Garten hinter dem Haus führte. Sie warf uns einen desinteressierten Blick aus halb geschlossenen Augen zu und verschwand hinter einem weißen Flieder, der gleich neben der Tür direkt an der Hauswand stand. Marlee grinste.

69

Um sieben waren wir auf der M1 unterwegs Richtung Westen. Unter einem wolkenlosen Himmel durchquerten wir die Midlands und Wales. Als wir um halb zehn die Küste erreichten, war es längst dunkel. Wir fuhren eine Weile durch Aberystwyth und hielten nach einem Hotel Ausschau. Schließlich entdeckte Hope ein Schild mit der Aufschrift *Marine Hotel*. Ich folgte dem Wegweiser, und kurz darauf standen wir auf dem Parkplatz des Hotels.

»Ich frage, ob sie freie Zimmer haben«, sagte Harry.

»Ich begleite dich«, sagte ich und stieg aus.

In der Dunkelheit war das Rauschen der Brandung zu hören, und der Geruch des Meeres erfüllte die Luft.

Harry und ich traten an den Empfang des altmodischen Hotels. Ein junger Mann, dessen sorgfältig zerzauste Haare einen interessanten Kontrast zu seinem eleganten Anzug bildeten, begrüßte uns freundlich.

»Wir haben Einzelzimmer, Doppelzimmer mit Einzelbetten, Doppelzimmer mit einem gemeinsamen Bett, und Familienzimmer mit einem großen und zwei kleinen Betten«, erklärte er.

»Möchtest du ein Einzelzimmer?«, fragte ich Harry. »Mir würde es nichts ausmachen, mir ein Zimmer mit dir zu teilen.«

»Natürlich nicht«, sagte Harry. »Ein Doppelzimmer mit zwei Betten finde ich gut.«

»Sind noch zwei Doppelzimmer mit getrennten Betten frei?«, fragte ich.

»Ja, nach den Sommerferien folgt immer eine ruhige Zeit.«

»Dann nehmen wir zwei …«, begann ich, hielt jedoch inne und blickte zu Harry. Er grinste.

»Wir nehmen ein Doppelzimmer mit getrennten Betten und eines mit einem gemeinsamen Bett«, sagte ich.

»Gibt es hier in der Nähe ein Restaurant, wo man um diese Zeit noch essen kann?«, fragte Harry.

»Das wird schwierig«, erwiderte der junge Mann am Empfang. »Aber gleich hier um die Ecke ist ein indisches Take-Away, die haben bis elf geöffnet.«

Nachdem wir die Formalitäten erledigt und die Zimmerschlüssel erhalten hatten, gingen wir zurück zum Wagen.

»Leider hatten sie bloß noch zwei Doppelzimmer«, erklärte ich. »Wie wollen wir uns aufteilen?«

Hope blickte verlegen zum linken Hinterreifen meines Wagens, und Marlee überkam das dringende Bedürfnis, ihre Turnschuhe neu zu schnüren.

»Ist es für dich in Ordnung, dir ein Zimmer mit mir zu teilen?«, fragte ich Harry zum zweiten Mal an diesem Abend.

»Natürlich«, erwiderte Harry. »Das wäre also geklärt. Lasst uns das Gepäck hineintragen, es ist schon spät. Wenn wir noch etwas zu essen kriegen wollen, sollten wir uns beeilen.«

Eine halbe Stunde später saßen wir in Harrys und meinem Zimmer und packten unser Essen aus. Der verführerische Geruch von Curry und Reis breitete sich aus.

»Laut dem GPS-Empfänger sind wir noch ungefähr drei Kilometer von der Stelle entfernt«, sagte Hope, während sie Pappteller verteilte. »Scheint direkt an der Küste zu liegen, außerhalb des Ortes.«

»Bestimmt ist es ein außergewöhnlicher Platz«, sagte Harry, »wenn man bedenkt, wo die anderen Hinweise versteckt waren.«

Als wir mit dem Essen fertig waren, war es bereits fast Mitternacht.

»Ich bin schrecklich müde«, sagte Harry und streckte sich. »Muss wohl an der Fahrt und dem Essen liegen.«

»Ich gehe auch bald schlafen«, sagte ich, während ich Marlee half, die leeren Pappschachteln zusammenzuräumen. »Es war ein langer Tag. Treffen wir uns um neun zum Frühstück?«

»Abgemacht«, sagte Hope, und Marlee nickte.

Nachdem die beiden weg waren, löschte ich bis auf eine Nachttischlampe sämtliche Lichter und öffnete die Fenster. Frische, kühle Luft strömte ins Zimmer, und der Geruch des Meeres breitete sich aus. In solchen Momenten frage ich mich, weshalb ich mitten in einer Großstadt lebe.

»Ich bringe den Abfall zu dem Mülleimer auf dem Parkplatz«, sagte ich zu Harry, der in seinem kleinen Koffer wühlte. »Bin gleich zurück.«

»Alles klar, vielen Dank«, sagte Harry. »Macht es dir etwas aus, wenn ich zuerst unter die Dusche gehe?«

»Natürlich nicht«, sagte ich. »Lass dir Zeit.«

Mit den leeren Tüten in der Hand verließ ich das Zimmer, ging ein paar Schritte den Flur runter und blieb vor Hopes und Marlees Zimmer stehen. Es war nichts zu hören.

Nachdem ich die Tüten weggeworfen hatte, ging ich zum Wagen und holte meine Jacke aus dem Gepäckraum. Es wehte ein leichter, stetiger Wind, und es war ziemlich kühl. Ich ging zur Strandpromenade, setzte mich auf eine verwitterte Steinmauer zwischen zwei Laternen und blickte auf das dunkle Meer. Weit draußen waren die Lichter eines Schiffes zu erkennen. Es war zwar schon nach Mitternacht, trotzdem erstaunte es mich, dass in einer so schönen Nacht außer mir niemand mehr unterwegs war.

Das Rauschen der Brandung erinnerte mich an den Abend mit Anne am Strand von Los Angeles. Ich hatte die ganze Zeit über das Gefühl gehabt, dass sie über etwas Wichtiges hatte sprechen wollen, aber irgendwie nicht die richtigen Worte dafür gefunden hatte. Nachdem ich mit ihr so oft über meine Erlebnisse mit Emily gesprochen hatte, konnte ich mir allerdings nicht erklären, weshalb sie nicht ebenso offen mit mir über die Dinge sprechen konnte, die sie beschäftigten.

Hinter mir hörte ich Schritte. Ich wandte mich um und sah Hope auf mich zukommen. Sie war gerade dabei, in ihren schwarzen Pullover zu schlüpfen.

»Was machst du hier draußen?«, fragte sie, während sie sich neben mich setzte.

»Ich habe den Abfall weggebracht«, erwiderte ich. »Harry ist gerade unter der Dusche, ich muss also ohnehin warten. Ich habe mir noch ein bisschen den Strand angesehen. Und warum bist du noch unterwegs?«

»Ich habe dich vom Fenster aus gesehen und wollte noch mit dir reden. Marlee ist ebenfalls gerade unter der Dusche.«

»Und worüber möchtest du mit mir sprechen?«

»In unserem Zimmer ist bloß ein Bett«, erwiderte Hope mit gesenkter Stimme, als ob diese Tatsache ein unaussprechliches, düsteres Geheimnis wäre.

»Ich weiß«, sagte ich. »Bestimmt verstehst du, dass es für Harry und mich unangenehm wäre, uns ein Bett zu teilen. Clara würde daran sicher keinen Gefallen finden, und Scott bestimmt auch nicht. Du und Marlee, ihr seid beide mit niemandem zusammen.«

»Ich will mich nicht darüber beschweren«, sagte Hope. »Ich wollte bloß …«

Sie hielt inne und blickte auf das Meer, während sie nervös auf ihrer Unterlippe herumkaute.

»Was wolltest du?«, fragte ich geduldig.

»Na ja, weißt du …«, begann Hope, »es könnte doch sein, dass sie …, dass wir …«

Sie verstummte erneut.

Ich schwieg einen Augenblick und fragte dann: »Warum machst du dir deswegen Sorgen?«

»Ich habe keinerlei Erfahrung«, sagte Hope. »Ich meine, ich bin zehn Jahre älter als sie und habe keine Ahnung, was ich tun soll. Aber du und Emily, du könntest …«

»Du machst dir zu viele Gedanken«, sagte ich. »Lass es einfach auf dich zukommen.«

»Bitte hilf mir«, sagte Hope und sah mich eindringlich an.

»Hör mal«, begann ich, »es gibt keine allgemein gültigen Tipps, die ich dir geben könnte, genauso wenig, wie es die für Sex zwischen Männern und Frauen gibt. Jeder und jede hat andere Vorstellungen, ich kann dir nicht sagen, was Marlee besonders mag.«

»Hm…«, murmelte Hope enttäuscht.

»Marlee ist eine Frau, und du bist eine Frau«, fuhr ich fort. »Bestimmt hast du eine ziemlich gute Vorstellung davon, was ihr gefallen könnte.«

Hope nickte nachdenklich, dann sah sie mich an und lächelte verlegen. Ich grinste zurück, stand auf und sagte: »Lass uns reingehen, es wird langsam kalt.«

70

Als Harry und ich am nächsten Morgen den Frühstücksraum des Hotels betraten, saßen Hope und Marlee bereits an einem Vierertisch am Fenster und tranken Kaffee.

»Endlich!«, sagte Marlee. »Wir sterben vor Hunger! Viel länger hätten wir nicht mehr auf euch gewartet!«

Mit diesen Worten sprang sie auf und eilte in Richtung des Buffets, Harry folgte ihr. Hope und ich sahen uns an, ohne etwas zu sagen. Sie lächelte, ihr Gesicht glühte, und sie sah wunderschön aus. An ihren Ohren glitzerten die silbernen Ohrringe der Navajo.

Um halb elf hatten wir unsere Sachen in den Wagen gepackt und fuhren los. Marlee saß mit dem GPS-Empfänger auf dem Beifahrersitz und wies mir den Weg. Nach kaum zehn Minuten kamen wir am Ende eines unbefestigten Feldweges zum Stehen. Ein Trampelpfad im Gras führte weiter den Hügel hinauf in Richtung des Meeres. Wir stiegen aus und zogen unsere Jacken an. Der Himmel war bedeckt, und es wehte ein starker auflandiger Wind.

Mit zusammengekniffenen Augen stapften wir hintereinander den Hügel hinauf. Als wir die Kuppe schon fast erreicht hatten, tauchte vor uns die Spitze eines Glockenturms auf. Wir gingen weiter, und nach und nach rückte ein immer größerer Teil einer kleinen Kapelle in unser Blickfeld, bis wir schließlich direkt davor standen. Kaum zwanzig Meter von der Kapelle entfernt fiel die Küste steil ab und endete an einem schmalen, von abgebröckelten Steinen übersäten Sandstrand. Der Ausblick war atemberaubend.

»Die Koordinaten deuten ganz klar auf die Kapelle«, sagte Marlee, den Blick auf die Anzeige des GPS-Empfängers gerichtet.

Hope drückte auf die verwitterte Türklinke und sagte: »Abgeschlossen.«

»Kannst du das Schloss knacken?«, fragte ich an Harry gewandt.

»Kein Problem«, erwiderte er, während er ein flaches Lederetui aus der Innentasche seines Mantels zog.

»Hast du das etwa immer dabei?«, fragte ich grinsend.

»Hast du die etwa immer dabei?«, erwiderte Harry und klopfte durch den Stoff meiner Jacke auf die Pistole, die ich in einem Gürtelhalfter im Kreuz trug.

Harry besaß zwar eine Waffe, aber er ließ sie immer zu Hause.

Während Harry an dem Schloss arbeitete, gingen Hope, Marlee und ich einmal außen um die Kapelle. Sie stand völlig allein am Rand der Klippen. Kein Zaun umgab sie, und es waren auch nirgends Grabsteine oder Überreste von Gräbern zu sehen. Auf beiden Seiten gab es vier schmale hohe Fenster, deren unterer Rand schätzungsweise zwei Meter über dem Boden lag. Hope und ich machten Steigbügel für Marlee, die ohne Zweifel die Leichteste von uns war. Mit einem Ruck hoben wir sie hoch, damit sie durch eines der Fenster einen Blick in die Kapelle werfen konnte.

»Ist ziemlich dunkel da drin«, sagte Marlee.

»Ich habe eine Taschenlampe in der Innentasche meiner Jacke«, erklärte ich. »Kommst du ran?«

Marlee beugte sich nach unten und griff in meine Jacke. Ich lehnte mich ein wenig zurück, damit Marlee besser an die Lampe kam, und blickte zu Hope. Verlegen starrte sie auf die attraktive Rundung von Marlees Hintern direkt vor ihrem Gesicht. Als sie bemerkte, dass ich sie beobachtete, wurde sie augenblicklich rot.

»Was siehst du?«, fragte ich, als Marlee mit der Taschenlampe in die Kapelle leuchtete und gleichzeitig mit plattgedrückter Nase und abgeschirmten Augen ins Innere blickte.

»Scheint leer zu sein«, sagte Marlee von oben. »Da drin gibt es weder Bänke noch Stühle und auch sonst nichts. Sieht nicht so aus, als ob die Kapelle noch benutzt würde.«

Wir ließen Marlee wieder runter und setzen unseren Weg um die Kapelle fort, ohne etwas Besonderes zu entdecken. Als wir wieder bei Harry anlangten, war die Tür noch immer verschlossen.

»Das Schloss ist einfach zu groß und zu grob für meine Werkzeuge«, erklärte Harry und stand auf. »Man bräuchte so etwas wie einen flachen Schraubenzieher mit einem dünnen Stiel …«

Marlee griff in ihre Jacke und holte das Schweizer Armeemesser hervor, das sie in den USA gekauft hatte. Mit einem offensichtlich oft geübten Handgriff klappte sie eine Art Ahle heraus und sagte: »Könnte es damit klappen?«

»Genau so etwas habe ich gemeint!«, sagte Harry und griff in seine Hosentasche. »Und ich habe sogar mein eigenes dabei! Ich muss mich wirklich dringend mit den Werkzeugen in dem Messer vertraut machen! Nochmals vielen Dank für das Geschenk!«

Marlee klappte ihr Messer wieder zu und steckte es ein. Nach weniger als einer Minute sprang das antike Schloss mit einem Klicken auf. Nachdem wir eingetreten waren, schloss Hope die Tür hinter uns, um den kalten Wind auszusperren. Alle Fenster der Kapelle waren intakt, doch der Wind zog durch Risse und Spalten in den Mauern und verursachte dabei ein leises, auf- und abschwellendes Rauschen.

Außer einem schlichten Altar aus Stein war die Kapelle vollkommen leer, genau wie Marlee gesagt hatte. Lediglich einige verwelkte Blätter hatten sich in den Ecken und unter den Stufen der kurzen Treppe angesammelt, die von der Tür nach unten führte. Während ich noch darüber nachdachte, woher die Blätter wohl stammen mochten – nirgendwo in der Umgebung hatten wir Bäume gesehen – leuchtete Harry mit dem Strahl seiner Taschenlampe auf eines der Fenster und sagte: »Seht euch das an, Agathas Zeichen!«

Tatsächlich war in der unteren rechten Ecke des Buntglasfensters mit schwarzer Farbe Agathas Windrose auf das Glas gemalt. Die Himmelsrichtungen waren mit den Buchstaben *N*, *F*, *S* und *A* bezeichnet, genau wie bei den Bildern, die ich bei Abbymarle & Summerville gesehen hatte.

»Warum sind Norden und Süden hier korrekt markiert?«, fragte Marlee.

»Wahrscheinlich weil die Windrose hier keinen Schlüssel für eine Nachricht liefern muss«, erwiderte Harry. »An den Plätzen auf den Kontinenten waren immer die verschlüsselten Nachrichten versteckt, die auf einen Ort oder einen Gegenstand in Agathas Haus oder Garten deuteten, wo dann jeweils die nächsten Koordinaten zu finden waren. Für die Nachricht, die hier versteckt ist, müssen wir die Buchstaben der Windrose auf dem Deckel der Holzdose verwenden, in der das Puzzle versteckt war.«

»Stimmt …«, sagte Marlee nachdenklich. »Auf den Zetteln in den Kupferröhrchen war nie eine Windrose, bloß die verschlüsselten Hinweise. Weshalb ist dann hier eine?«

»Ich vermute, Agatha wollte dir damit einen Hinweis darauf geben, wo in dieser Kapelle die Nachricht versteckt ist«, sagte Harry. »Und weil sie ja keine Schlüssel mit der Windrose liefern musste, hat sie einfach ihr normales Zeichen verwendet, auf dem Norden und Süden die korrekten Bezeichnungen tragen.«

»Und wo ist die Nachricht nun versteckt?«, fragte Hope. »In dem Fenster?«

»Hm…«, murmelte Harry und blickte nachdenklich zu dem Buntglasfenster hoch.

»Ist das Fenster nicht viel älter als Agathas Rätsel?«, fragte Hope.

»Davon können wir ausgehen«, sagte Harry. »Seht ihr die römischen Ziffern in dem schmalen blauen Balken am oberen Rand?«

Er richtete den Strahl der Taschenlampe auf die Stelle und fuhr fort: »Sie bedeuten, dass das Fenster 1897 hergestellt wurde.«

»Du glaubst, Agatha ist einfach irgendwann mit einem kleinen Pinsel und etwas Farbe hierher gekommen und hat ihr Zeichen auf das Fenster gemalt?«, fragte Hope.

»Genauso stelle ich es mir vor«, erwiderte Harry. »Fragt sich bloß, wie sie an das Fenster rangekommen ist. Selbst wenn es noch Stühle oder Bänke gab, als sie hier war, wäre sie nicht an das Fenster gekommen. Sie muss eine Leiter mitgebracht haben.«

»Dann ist die Nachricht also nicht in dem Fenster versteckt?«, fragte Marlee.

Erneut starrte Harry nachdenklich zu dem Bild aus farbigem Glas hoch.

»Vielleicht ist das Fenster selbst ein Hinweis«, mutmaßte ich. »In dem Brief schreibt Agatha, dass sie eine Nachricht auf die Rückseite eines ihrer Bilder geschrieben hat. Auf dieses Bild sind wir bislang noch nicht gestoßen, und mit Europa haben wir nun außer der Antarktis alle Kontinente durch. Die Vermutung liegt nahe, dass der Hinweis in dieser Kapelle unsere Aufmerksamkeit auf ein bestimmtes Bild von Agatha lenken soll.«

»Ein interessanter Gedanke«, sagte Hope und fuhr an Marlee gewandt fort: »Erinnert dich die Darstellung auf dem Fenster an ein Bild von Agatha? Oder existiert vielleicht ein Gemälde, auf dem die Kapelle zu sehen ist?«

»Nein«, erwiderte Marlee. »Ihr habt euch die Kataloge ja auch angesehen, da sind fast alle Bilder drin.«

»Die Frau auf dem Fenster ist Brigid von Kildare«, sagte Harry, »eine irische Heilige. Sie hat für Irland beinahe denselben Stellenwert wie St. Patrick.«

»Woran erkennst du sie?«, fragte ich.

»Seht ihr das kleine Kreuz, das sie halb verdeckt in ihrer linken Hand hält?«, erwiderte Harry. »Es wird Brigid's Cross genannt, und man findet es noch heute in vielen irischen Häusern. Es wird aus Binse gemacht und schützt der Legende nach das Haus vor Feuer.«

»Das Kreuz kenne ich!«, stieß Marlee hervor. »Es ist auf einem der Bilder, die noch in der Galerie sind!«

71

Während ich einige Fotos von der Kapelle und den Fenstern machte, versuchte Marlee mit meinem Handy, Mr Summerville zu erreichen. Wie erwartet war er nicht in der Galerie, das Geschäft war am Sonntag vermutlich geschlossen, also versuchte sie ihn zu Hause zu erreichen, doch auch da meldete sich niemand. Den kalten Meerwind im Rücken gingen wir zurück zum Wagen und stiegen ein. Nun saß Harry neben mir auf dem Beifahrersitz, und Hope und Marlee teilten sich die Rückbank. Es gab keinen Zweifel daran, dass die beiden sich in der Nacht nähergekommen waren, doch ihr Verhalten hatte sich nicht geändert. Keine Geste verriet, dass sich ihre Beziehung in der vergangenen Nacht wahrscheinlich grundlegend verändert hatte. Hope und Marlee verhielten sich wie Freundinnen, genauso wie sie es auch zuvor getan hatten. Da die beiden sich wohl kaum meinetwegen verstellten, konnte eigentlich nur Harry der Grund dafür sein. Allerdings hätte zumindest Hope wissen müssen, dass er keinerlei Vorurteile hatte und sich bestimmt über diese Entwicklung freuen würde.

Ich fuhr zurück in den Ort und hielt an einer Tankstelle. Während ich mich um das Benzin kümmerte, gingen Hope und Marlee in den kleinen Laden, um Proviant für die Rückfahrt nach London zu kaufen. Als ich gerade den Zapfhahn eingehängt hatte, hielt direkt hinter uns ein dunkelgrünes Jaguar Cabrio, und eine Frau mit einem langen französischen Zopf stieg aus und ging in den Laden. Ich hatte die Frau, die uns in New Mexico gefolgt war und später Marlees Leben gerettet hatte, zwar nie deutlich zu Gesicht bekommen, doch lange französische Zöpfe sind selten, und außerdem hatte ihr Wagen ein Londoner Nummernschild.

Hastig öffnete ich die Heckklappe und nahm einen der Sender aus dem Ablagefach hinter der Rückbank.

»Was ist los?«, fragte Harry vom Beifahrersitz aus.

»Ich glaube, die sagenumwobene Tochter von Sir Emmett Cray hat soeben ihren Sportwagen hinter uns abgestellt.«

»Wie bitte?«, sagte Harry und öffnete die Tür.

»Sie trägt einen langen französischen Zopf«, sagte ich, während ich die Heckklappe schloss. »Bitte gib mir ein Zeichen, wenn sie zurückkommt, ich will dem Wagen einen Sender verpassen.«

»Alles klar«, sagte Harry, stellte sich zwischen die beiden Autos und blickte zum Eingang.

Durch den Range Rover vor Blicken aus dem Geschäft geschützt ging ich am Heck des Jaguars in die Knie und tastete mit der Hand die Innenseite der Stoßstange ab. Nach kurzer Zeit fand ich, wonach ich suchte. Mit einem metallischen Klicken zog der starke Magnet des Senders sich an die Stahlverstrebung, an der die Stoßstange befestigt war. Ich prüfte kurz, ob er festen Halt hatte, dann stand ich auf und ging zurück zu meinem Wagen. Auf dem Weg warf ich einen Blick ins Innere des Jaguars. Auf dem Beifahrersitz lag ein kleiner GPS-Empfänger. Ohne stehen zu bleiben, ging ich weiter, stieg in den Range Rover und setzte die Sonnenbrille auf.

»Wie kann sie von der Stelle wissen?«, fragte Harry, als er ebenfalls wieder im Wagen saß. »Wir haben die Koordinaten auf der Rückseite des Puzzles doch erst gestern Abend gefunden.«

»Keine Ahnung«, erwiderte ich. »Hoffentlich erkennt sie Marlee nicht.«

»Ob sie letzte Nacht in Marlees Haus eingebrochen ist?«, dachte Harry laut nach. »Wir haben das Puzzle auf dem Küchentisch zurückgelassen, das war unvorsichtig.«

»Wäre möglich«, sagte ich. »Aber vergiss nicht, dass das Haus nun deutlich besser gesichert ist. Du hast das Schloss an der Haustür ja selbst gesehen.«

»Sie kommt«, sagte Harry.

Ich wandte mich ab, um zu verhindern, dass sie mein Gesicht sah. Während sie Marlee und mir in der Wüste gefolgt war, hatte sie jede Menge Zeit gehabt, sich uns bei Tageslicht genau anzusehen. Natürlich war es theoretisch möglich, dass sie uns seit unserer Abfahrt von Marlees Haus gestern Abend gefolgt war, aber das glaubte ich nicht, denn dann hätte sie wohl kaum direkt hinter uns an der Tankstelle angehalten.

»Sie scheint sich etwas zu essen gekauft zu haben«, sagte Harry. »Benzin braucht sie anscheinend nicht.«

Wir beobachteten, wie der kleine Sportwagen zurück auf die Straße fuhr und in Richtung Osten verschwand.

»Sie fährt zur Autobahn«, sagte Harry, »was wahrscheinlich bedeutet, dass sie schon bei der Kapelle war.«

»Gut, dass wir den Sender anbringen konnten«, sagte ich. »Nun können wir feststellen, wohin sie unterwegs ist.«

Noch während ich die Worte sagte, fiel mir ein, woran ich schon hätte denken müssen, als Emmett Crays erstaunliche Tochter beim Angel Peak aufgetaucht war.

»Harry, ich bin eine ganz schlechte Detektivin«, sagte ich niedergeschlagen.

Er wandte sich mir zu und dachte einen Augenblick nach, dann weiteten sich seine Augen und er sagte: »Wanzen …«

72

Leider konnten wir während der Fahrt die Position des Jaguars nicht verfolgen, da der Sender, den ich angebracht hatte, seinen Standort über das GSM-Netzwerk an einen Server im Internet meldete. Um die Daten abzurufen, brauchte man einen Computer mit Internetzugang.

Um halb fünf erreichten wir London. Als wir Marlees Haus betraten, schlief Frida auf dem Sofa im Wohnzimmer. Frankie warf ihr einen misstrauischen Blick zu und trottete zu seinem bevorzugten Platz in der Küche.

Jeder Privatdetektiv hat zumindest einen einfachen Detektor zum Aufspüren von Wanzen und versteckten Kameras mit eingebauten Sendern. Die kleinen Geräte sind nicht teuer und erleichtern die Suche nach den elektronischen Spitzeln erheblich. Leider hatten weder Harry noch ich einen Detektor dabei, also suchten wir die naheliegenden Stellen ohne Hilfe ab. Nach fünf Minuten hatten wir drei Wanzen entdeckt, eine im Telefon und jeweils eine unter dem Tisch in der Bibliothek und unter dem Küchentisch. Bei den Geräten unter den Tischen handelte es sich um ziemlich moderne Modelle, bei denen man die Aufzeichnungen per Telefon abrufen konnte. Wir entfernten die Wanzen und schalteten sie ab.

»Die wurden bestimmt bei dem ersten Einbruch installiert«, sagte Harry, »und das waren mit großer Wahrscheinlichkeit die Crays. Das erklärt, wie sie von dem Rätsel erfahren haben, und auch davon, dass ein Hinweis in einem Bild von Agatha versteckt ist. Zweifellos hat Emmett Cray deshalb versucht, in der Galerie die restlichen Bilder von Agatha zu kaufen.«

»Bestimmt hätten sie auch diese Bilder gestohlen«, sagte ich, »doch das war nicht mehr notwendig, nachdem sie die Koordinaten in New Mexico durch eine der Wanzen erfahren hatten.«

»Auf diese Weise haben Cray und seine Tochter von jedem Schritt erfahren, den wir gemacht haben«, sagte Hope. »Bis hin zu den Koordinaten auf der Rückseite des Puzzles, die wir erst gestern Abend entdeckt haben.«

Während Marlee Frida fütterte, versuchte ich noch einmal, telefonisch Mr Summerville zu erreichen. Da er sich zu Hause noch immer nicht meldete, wählte ich die Nummer der Galerie. Gleich nach dem ersten Klingeln ging er ran.

»Darf ich fragen, weshalb Sie am Sonntag im Geschäft sind?«, fragte ich, nachdem wir uns begrüßt hatten.

»Weil in unser Lager eingebrochen wurde«, erwiderte er. »Die Polizei ist hier.«

»Lassen Sie mich raten«, sagte ich. »Es wurde bloß ein einziges Bild gestohlen, und zwar eines von Agatha Fynn …«

»Stimmt!«, sagte Mr Summerville erstaunt. »Woher wissen Sie das?«

»War bloß eine Vermutung«, erwiderte ich. »War auf dem Bild ein gleichseitiges Kreuz zu sehen?«

»Genau!«, stieß Mr Summerville verblüfft hervor. »Was hat es mit dem Bild auf sich?«

»Das ist eine lange Geschichte«, erwiderte ich. »Wann fand der Einbruch statt?«

»Vor ein paar Stunden, um halb eins.«

Wir verabschiedeten uns, und ich legte auf. Emmett Crays Tochter konnte das Bild also unmöglich gestohlen haben, zu dem Zeitpunkt war sie wie wir selbst noch auf dem Weg von der Küste zurück nach London gewesen.

Der Geruch von frischem Tee lockte mich in die Küche. Marlee machte belegte Brote, und Hope verteilte den Inhalt einer Packung Kekse auf einem Teller. Ich berichtete, was ich bei dem Anruf erfahren hatte.

»Vermutlich war sie gleich nach uns in der Kapelle«, sagte Harry. »Und sie hat Brigid von Kildare ebenfalls erkannt und die Verknüpfung zu dem Bild mit dem Kreuz gemacht. Danach brauchte sie bloß noch ihren Vater anzurufen, worauf dieser sich sofort um das Bild gekümmert hat. Bestimmt stellen die Sicherheitsvorkehrungen von Abbymarle & Summerville keine besondere Herausforderung für einen Mann mit seiner Erfahrung dar.«

»Dann war alles umsonst?«, fragte Marlee.

»Natürlich nicht«, erwiderte ich. »Es wird höchste Zeit, den Crays einen Besuch abzustatten.«

73

Um sechs setzten wir Frankie bei Harrys Nachbarin Mrs Miller ab, dann fuhren wir zu mir. Während Harry und Hope sich um das Abendessen kümmerten, startete ich meinen Computer und stellte eine Verbindung zu dem Server her, der die Daten des Senders aufzeichnete. Gespannt blickten Marlee und ich auf den Bildschirm, als die Karte mit der aktuellen Position des Wagens sich aufbaute. Der Jaguar befand sich tatsächlich in London, in Greenwich, und er bewegte sich nicht.

»Ich bin beeindruckt«, sagte Marlee. »Wie funktioniert das?«

»In dem Sender befindet sich ein GPS-Empfänger, der alle fünf Sekunden die aktuelle Position aufzeichnet. Einmal pro Minute schickt er die neuen Daten über das GSM-Mobilfunknetzwerk an den Server, und dieser überträgt die Positionen auf die Karte. Ein Bewegungssensor schaltet das Gerät in einen Stromsparmodus, sobald es sich während drei Minuten nicht bewegt hat. Es ist eigentlich ganz einfach.«

»Ich kann es kaum erwarten, dahin zu fahren«, sagte Marlee. »Glaubst du, sie werden uns das Bild einfach so geben?«

»Das kann ich mir nicht vorstellen«, sagte ich. »Aber vielleicht können wir Emmett Cray ja überzeugen, das Richtige zu tun. Wenn auch nur die Hälfte der Geschichten über ihn der Wahrheit entsprechen, ist er ein Ehrenmann, ein Dieb zwar, aber doch ein echter Gentleman. Wenn wir vor seiner Tür stehen und ihn damit konfrontieren, dass wir über alles Bescheid wissen, wird er sich vielleicht geschlagen geben. Ich habe das Gefühl, dass die Sache für ihn so etwas wie ein Wettkampf ist, eine sportliche Herausforderung, denn um das Geld kann es ihm nicht gehen, davon hat er zweifellos genug. Natürlich reizt ihn wohl auch der Gedanke, ein bislang unbekanntes Gemälde von Picasso zu besitzen.«

»Ob auf dem Bild mit dem Kreuz wieder Koordinaten sind?«

»Das glaube ich nicht«, erwiderte ich. »Es müssten ja die Koordinaten einer Stelle in der Antarktis sein, und ich bezweifle ernsthaft, dass deine Großmutter dort ein Kupferröhrchen versteckt hat.

Ich gehe davon aus, dass wir auf der Rückseite des Bildes ein letztes Rätsel finden werden, das uns nach der langen Reise endlich zu dem Picasso führen wird.«

»Wo das Gemälde wohl versteckt ist?«, fragte Marlee.

»Ich vermute noch immer, dass der Picasso sich irgendwo in deinem Haus oder zumindest auf deinem Grundstück befindet. Vielleicht ist das Bild sogar auf eine Weise versteckt, die es Agatha ermöglicht hat, es sich anzusehen, wenn sie Lust dazu hatte.«

Noch während ich die Worte aussprach, fiel mir etwas äußerst Wichtiges ein. Während ich zum Telefon griff und Alex' Nummer wählte, sagte ich: »Wir sollten dein Haus ab sofort nicht mehr unbewacht lassen.«

Alex versprach, sofort jemanden zu Marlees Haus zu schicken. Ich bedanke mich und legte auf.

Um halb neun bogen wir in eine von großen Platanen gesäumte Straße im Süden von Greenwich. Der Himmel war bedeckt, und die Dämmerung war schon fast vorüber. Die letzten Reste Tageslicht schimmerten dunkelgrau durch das Blätterdach der Bäume, in wenigen Minuten würde es völlig dunkel sein.

Langsam fuhr ich durch die menschenleere Straße und hielt schließlich am Straßenrand an. Vor uns stand der dunkelgrüne Jaguar, dem wir am Morgen an der Küste schon einmal begegnet waren.

Ich beugte mich zu Harry und versuchte, einen Blick auf das Haus zu werfen, vor dem der Wagen stand, doch eine dichte Weißdornhecke und ein hohes Holztor schützten das Grundstück vor neugierigen Blicken.

»Bereit?«, fragte ich und wandte mich um.

Alle nickte. Wir stiegen aus und gingen zu dem breiten Tor. Kaum hatte Harry auf die Klingel gedrückt, schwang das massive Tor auch schon auf. Dahinter führte ein Kiesweg zu einer Garage, die neben einem großen, teilweise von Efeu bedeckten Haus stand. Altmodische Laternen tauchten den Garten in gedämpftes Licht.

Wir gingen zur Haustür und klingelten. Nach wenigen Augenblicken öffnete Sir Emmett Cray die Tür. Er trug einen eleganten, dunkelgrauen Anzug und sah genauso aus wie auf den Zeitungsfotos, die ich von ihm gesehen hatte.

»Guten Abend, Mr Cray«, sagte ich. »Mein Name ist Nea Fox, und das sind Ms Fynn, Ms Linney und Mr Moefield. Wir sind hier, um das Gemälde abzuholen, das Sie heute Mittag aus dem Lager von Abbymarle & Summerville entwendet haben.«

»Ich habe keine Ahnung, wovon Sie sprechen«, sagte Emmett Cray höflich, doch für den Bruchteil einer Sekunde huschte ein Schatten von Verunsicherung über sein Gesicht. Für mich bestanden keine Zweifel mehr daran, dass er für den Einbruch in der Galerie verantwortlich war.

»Das Bild gehört rechtmäßig Ms Fynn, genauso wie das Gemälde von Picasso, nach dem Sie suchen.«

»Ich fürchte, ich kann Ihnen nicht helfen«, erwiderte er nun wieder völlig gefasst.

Ich griff in meine Jackentasche, holte die Wanzen hervor und sagte: »Ich glaube, die gehören Ihnen.«

Eine Weile betrachtete er schweigend die Abhörgeräte in meiner Hand, dann sagte er: »Nun muss ich Sie leider bitten, zu gehen. Ich habe noch eine Menge zu erledigen.«

»Wir würden gerne mit Ihrer Tochter sprechen«, sagte ich, ohne seiner Aufforderung Beachtung zu schenken, »um uns für ihre Hilfe in New Mexico zu bedanken.«

»Bitte verlassen Sie das Grundstück, sonst rufe ich die Polizei«, sagte Mr Cray kühl, dann schloss er die Tür.

Schweigend gingen wir zurück zum Wagen. Kaum waren wir auf dem Bürgersteig, schloss sich auch schon das Tor hinter uns. Wir setzten uns in den Range Rover und besprachen das weitere Vorgehen. Noch bevor wir einen neuen Plan hatten, öffnete sich das Tor erneut, und Mr Cray und seine Tochter traten im Dämmerlicht der Straßenlaternen auf den Bürgersteig und gingen die Straße runter. Ungefähr dreißig Meter von dem Tor entfernt stiegen die beiden in einen alten Land Rover und fuhren davon.

»Sollten wir sie nicht verfolgen?«, fragte Marlee.

Harry sah mich verschwörerisch an und sagte: »Denkst du dasselbe wie ich?«

»Ich glaube schon …«, sagte ich grinsend.

»Du brauchst dir keine Sorgen zu machen«, sagte Harry an Marlee gewandt. »Emmett Cray mag der beste Dieb aller Zeiten sein, doch an Alex' Leuten wird er nicht vorbeikommen. Dein Haus ist sicher.«

»Und was habt ihr vor?«, fragte Hope.

»Wir sehen uns mal ein bisschen im Haus der Crays um«, erwiderte ich. »Und falls wir dabei zufällig auf das Bild des Kreuzes stoßen sollten, nehmen wir es natürlich mit.«

»Ihr wollt in das Haus eines Meisterdiebes einbrechen und ein Gemälde stehlen?«, fragte Marlee ungläubig.

»Stehlen ist das falsche Wort«, sagte Harry. »Das Bild gehört rechtmäßig dir. Was den Einbruch betrifft, sehe ich das so: Die Crays sind mindestens einmal in dein Haus eingebrochen, wenn wir nun dasselbe tun, sind wir quitt.«

Fünf Minuten später sprang ich von dem Pfosten neben dem Tor auf den Kiesweg dahinter, eine halbe Minute später folgte Harry. Hope und Marlee saßen im Wagen und hielten Ausschau nach den Crays, um uns zu warnen, falls die beiden zurückkommen sollten. Ich drückte auf den Sendeknopf des Funkgerätes und sagte: »Könnt ihr uns hören?«

»Klar und deutlich«, erklang Hopes Stimme aus dem kleinen Lautsprecher.

Harry und ich schlichen zum Haus. Ich richtete den Strahl der Taschenlampe auf das Türschloss, während Harry sein Dietrichset hervorholte. Das Schloss sah sicher aus, jedoch nicht annähernd so modern wie dasjenige in Marlees Tür.

»Kannst du es knacken?«, fragte ich flüsternd.

»Gib mir eine Minute«, erwiderte Harry mit gesenkter Stimme, während er vor der Tür in die Hocke ging.

Im Haus war alles dunkel, doch im Schein meiner Taschenlampe sah ich, dass hinter dem Fenster neben der Tür eine getigerte

Katze saß und uns beobachtete. Ihr Blick verriet nicht, was sie von unseren Aktivitäten hielt.

Nach fünf Minuten standen Schweißperlen auf Harrys Stirn, und die Tür war noch immer verschlossen. Ich wollte gerade vorschlagen, ums Haus zu gehen und nach einer einfacheren Möglichkeit zu suchen, hinein zu gelangen, als aus Richtung der Straße ein kurzes, dumpfes Poltern zu hören war. Harry und ich blickten gleichzeitig auf und horchten in die Dunkelheit. Wenige Sekunden später folgte ein erstickter Schrei. Ich sprang auf und lief so schnell ich konnte auf das Tor zu. Hinter mir hörte ich das Knistern des Funkgerätes. Als ich an dem Pfosten hochsprang, heulte auf der anderen Seite ein Motor auf, Reifen quietschten, und es roch nach verbranntem Gummi. Nach wenigen Sekunden war ich auf dem Pfosten und sprang auf den Bürgersteig. Am Ende der Straße verschwanden die Rücklichter eines Wagens um die Ecke, bereits viel zu weit weg, um ihn noch einzuholen. Ich blickte zu meinem Range Rover, und mein wild pochendes Herz blieb beinahe stehen. Neben dem linken Vorderrad lag Hope auf dem Bürgersteig, reglos, den Kopf eigenartig verdreht, das Gesicht in einer dunklen Pfütze auf dem Asphalt. Marlee war weg.

74

Hinter mir sprang Harry auf den Bürgersteig. Ohne zu zögern lief er an mir vorbei. Das löste meine Erstarrung. Ich folgte ihm und kniete neben Hope nieder.

»Sie lebt«, sagte Harry, während seine Finger an Hopes blutverschmiertem Hals ihren Puls fühlten. »Woher kommt bloß all das Blut?«

Vorsichtig drehten wir Hope in die Seitenlagen. Mit einem Taschentuch wischte Harry Blut von Hopes Nase, Mund und Wangen, während ich ihren Kopf hielt.

»Ihre Unterlippe ist aufgeplatzt«, sagte Harry, »aber das kann unmöglich so viel bluten.«

Ich schaltete meine Taschenlampe ein und richtete den Strahl auf Hopes Gesicht. Ihre linke Wange war schlimm aufgeschürft, doch das Blut stammte offenbar größtenteils aus ihrem Mund. Sie schlug die Augen auf und schürzte schmerzerfüllt die Lippen. Zwei der unteren Schneidezähne fehlten. Für einen Augenblick blinzelte sie verwirrt im Licht der Taschenlampe, dann fragte sie: »Wo ist Marlee?«

Noch bevor Harry oder ich antworten konnten, tauchten Scheinwerfer am Ende der Straße auf. Ich zog meine Pistole aus dem Gürtelhalfter, lehnte mich mit dem Rücken gegen die linke Vordertür und spähte über die Motorhaube. Der Wagen kam schnell näher. Als er zwanzig Meter von uns entfernt am Straßenrand anhielt, erkannte ich ihn. Es war der Land Rover der Crays. Mit Tüten in den Händen kamen die beiden auf uns zu. Offenbar hatten sie uns noch nicht bemerkt. Ich steckte die Pistole zurück in das Halfter und stand auf. Die Crays blieben augenblicklich stehen.

»Jemand hat Ms Fynn entführt, und Ms Linney wurde verletzt«, erklärte ich.

»Bartolli«, sagte Emmett Cray in einem verächtlichen Tonfall.

Hinter mir klingelte ein Handy. Es lag auf dem Dach des Range Rovers und rutschte bei jedem Klingeln vibrierend einige Zentimeter auf den Rand des Wagens zu. Ich nahm es vom Dach und drückte auf den Knopf für die Anrufannahme.

»Um Mitternacht übergebt ihr uns den Picasso«, sagte eine tiefe, kratzige Männerstimme in gebrochenem Englisch. »Ich rufe um elf nochmal an, um den Ort der Übergabe zu nennen. Wenn ihr nicht auftaucht oder die Polizei eingeschaltet wird, könnt ihr die Kleine morgen früh aus der Themse ziehen.«

»Wir haben das Bild nicht …«, begann ich, doch der Mann hatte bereits aufgelegt.

Harry sah mich fragend an.

»Wir haben bis Mitternacht Zeit, den Picasso zu finden, sonst stirbt Marlee.«

Hope fing an, heftig zu husten, Blut und Spucke liefen über ihr Kinn. Ich steckte das Handy ein, setzte mich auf den Boden und legte ihren Kopf in meinen Schoß. Hope rollte sich zusammen und begann, bitterlich zu weinen.

Emmett Cray trat neben mich und sagte: »Meine Tochter und ich werden alles tun, um euch zu helfen. Wir haben das Bild mit dem Kreuz von Brigid von Kildare, aber den Picasso haben wir nicht.«

»Und was steht auf der Rückseite des Bildes?«, fragte Harry.

»Es sind Koordinaten«, erwiderte Emmett Crays Tochter. »Sie markieren eine Stelle in der Antarktis.«

»Hope muss ins Krankenhaus«, sagte ich. »Wir überlegen uns auf dem Weg dorthin, wie wir weiter vorgehen wollen.«

Zehn Minuten später waren wir auf dem Weg zum King's College Hospital. Es war zwar nicht das Krankenhaus, das am nächsten lag, doch die Behandlung von Hopes Zahnverletzungen würde zweifellos einen Zahnarzt und wahrscheinlich auch einen Kieferchirurgen erfordern. Ich wusste nicht, ob es im näher gelegenen Greenwich District Hospital eine entsprechende Notfallabteilung gab, ich war mir jedoch sicher, dass beides im King's College rund um die Uhr zur Verfügung stand. Außerdem lag es ganz in der Nähe von Marlees Haus, wo wir ja mit großer Wahrscheinlichkeit sowieso hin mussten.

Harry und ich saßen auf der Rückbank und kümmerten uns um Hope, die zwischen uns saß, Emmett Crays Tochter fuhr, und ihr Vater folgte uns mit dem Jaguar.

»Mein Name ist Lilian«, sagte sie, während sie einen kurzen Blick in den Rückspiegel warf.

»Ich bin Nea«, sagte ich. »Und das sind Hope und Harry. Ich möchte dir noch dafür danken, dass du dich auf dem Angel Peak um Marlee gekümmert hast, als sie von einer Schlange gebissen wurde und die Italiener hinter ihr her waren.«

Lilian nickte, ohne etwas zu sagen.

Auf der Fahrt schilderte Hope in groben Zügen, was geschehen war. Sie war beim Tor gewesen, als ein Wagen direkt neben meinem mitten auf der Straße angehalten hatte. Drei Männer waren herausgesprungen und hatten versucht, Marlee aus dem Range Rover zu zerren. Hope lief zu ihr, um ihr zu helfen, doch einer der drei schlug ihr mit einer Stange oder einem Schlagstock direkt ins Gesicht, danach konnte sie sich an nichts erinnern.

Nachdem Hope in der Notaufnahme verschwunden war, setzten wir uns im Empfangsraum auf eine Bank und besprachen das weitere Vorgehen.

»Ich kann mir einfach nicht vorstellen, dass Agatha tatsächlich einen Hinweis in der Antarktis versteckt hat«, sagte ich. »Das Eis ist ständig in Bewegung, und durch die Schneefälle und die Bildung von neuem Eis würde das Kupferröhrchen doch immer tiefer im Eis versinken.«

»Es gibt auch keine entsprechenden Bilder«, sagte Emmett Cray. »Von allen anderen Orten, an denen Ms Fynn Hinweise versteckt hat, existieren Gemälde. Sie hat auf ihren Reisen offenbar viel gemalt. Es gibt jedoch keine Bilder, die in der Antarktis entstanden sein könnten.«

Ich warf einen Blick auf die Uhr, es war Viertel vor zehn. In etwas mehr als einer Stunde würden die Italiener sich melden, um uns den Übergabeort mitzuteilen, und wir waren noch keinen Schritt weiter.

»Wer ist dieser Bartolli?«, fragte ich.

»Ettore Bartolli ist ein Kunstsammler aus Venedig«, erwiderte Emmett Cray. »Leider ist er auch der Kopf einer gefährlichen Verbrecherorganisation. Er handelt mit allem, mit gestohlenen Kunstwerken, Drogen, Menschen, Waffen, er hat einfach überall seine Finger drin.«

»Bitte verstehen Sie mich nicht falsch«, sagte ich, »aber ich muss das fragen: Suchen Sie in seinem Auftrag nach dem Gemälde von Picasso?«

»Nein!«, stieß Emmett Cray hervor. »Ich würde niemals für einen Mann wie ihn arbeiten! Ich verabscheue jegliche Form von Gewalt!«

Bei dem Gedanken, dass Marlee sich in den Händen eines Mannes wie Bartolli befand, wurde mir beinahe übel, und ich war wütend auf mich selbst. Zum zweiten Mal hatte ich Marlee im Stich gelassen, ich hatte nicht gut genug auf sie aufgepasst, hatte mich nicht um sie gekümmert.

»Vielleicht gibt es in Ms Fynns Haus einen Gegenstand, der irgendwie mit der Antarktis in Zusammenhang steht, und in dem der nächste Hinweis versteckt sein könnte«, sagte Lilian. »Vielleicht ein Schneeschuh oder ein Schlitten oder etwas in der Art?«

Ich sah sie überrascht an, doch dann fiel mir ein, dass sie und ihr Vater mit Hilfe der Wanzen ja an jeder unserer Entdeckungen in Marlees Haus teilgehabt hatten.

»Das wäre eine Möglichkeit«, sagte Harry und stand auf. »Aber jemand muss hier bleiben und sich um Hope kümmern. Wenn es nur die beiden Zähne sind, wird sie wahrscheinlich nach einer provisorischen Behandlung wieder entlassen.«

»Das übernehme ich«, sagte Mr Cray. »Gegen die Männer von Bartolli bin ich ohnehin keine große Hilfe.«

»Alles klar, vielen Dank«, sagte ich und schrieb meine Handynummer auf einen Zettel. »Bitte geben Sie mir Bescheid, wenn Sie etwas Neues erfahren oder Hope entlassen wird.«

Lilian, Harry und ich gingen zurück zu meinem Wagen, um zu Marlees Haus zu fahren. Ich setzte mich hinter das Lenkrad, und

Harry kletterte auf den Beifahrersitz. Als Lilian hinten eingestiegen war, wandte ich mich um und sagte: »Ich bin froh, dass du uns helfen willst, den Picasso zu finden, aber ich muss mich darauf verlassen können, dass du nicht mit dem Bild verschwindest, falls wir es tatsächlich rechtzeitig finden sollten.«

»Ich gebe euch mein Wort«, sagte Lilian ernst. »Ich würde niemals ein Menschenleben aufs Spiel setzen, um ein Kunstwerk zu stehlen.«

Als ich vor Marlees Haus anhielt, stieg Leo Moore aus einem der schwarzen Geländewagen von Alex' Firma. Mit schnellen Schritten überquerte er die Straße und kam zu uns. Ich hatte schon einige Male mit Leo zu tun gehabt. Er hatte die Kraft und das Gemüt eines Bären.

»Hi Nea«, sagte Leo. »Bislang hat sich nichts getan. Ich gehe alle zehn Minuten um das Haus, bis jetzt ist alles ruhig.«

»Wahrscheinlich kommt auch niemand mehr«, sagte ich. »Deine Unterstützung könnten wir heute Abend aber trotzdem gebrauchen. Wir haben es mit ziemlich brutalen Typen zu tun.«

»Ich stehe zu deiner Verfügung«, sagte Leo.

Als ich Marlees Rucksack von der Rückbank nahm, um ihre Hausschlüssel rauszuholen, überflutete mich eine Welle der Schuld, und Tränen schossen mir in die Augen. Die Bilder der Lilien waren als Ausdruck einer Liebesbeziehung entstanden, und nun zerstörte eines von ihnen Marlees Leben. Ich stellte den Rucksack zurück auf die Rückbank und trocknete im Schutz der Dunkelheit im Inneren des Wagens meine Augen.

Als um Punkt elf das Handy der Italiener klingelte, hatten wir das Haus vom Keller bis zu Agathas Atelier nach Gegenständen durchsucht, die irgendwie mit der Antarktis in Zusammenhang stehen könnten, ohne Erfolg. Ich nahm den Anruf entgegen. Dieselbe Stimme wie bei dem ersten Anruf sagte: »Um Mitternacht am westlichen Ende der Thunderer Road. Seid pünktlich, sonst ist die Kleine Fischfutter.«

Wie zuvor wurde die Leitung sofort wieder unterbrochen.

»Wir können nichts anderes tun als zu dem Treffpunkt fahren und versuchen, sie zu überzeugen, dass wir das Bild nicht haben«, sagte Harry.

Leo und Lilian nickten. Im nächsten Augenblick klingelte es. Ich warf einen Blick aus dem Fenster und sah den dunkelgrünen Jaguar hinter meinem Wagen stehen. Ich öffnete die Tür, und davor stand Hope. Ihre Lippen waren geschwollen, und sie konnte offenbar den Mund nicht ganz schließen. Ihre linke Wange wurde vollständig von einer dicken Mullkompresse bedeckt. Ohne zu überlegen, schloss ich sie in die Arme und hielt sie fest.

»Wo ist sie?«, murmelte Hope undeutlich in mein Ohr. »Geht es ihr gut?«

Wir setzten uns in die Küche und erzählten Hope und Mr Cray, was geschehen war, seit wir sie in der Klinik verlassen hatten. Währenddessen suchte Lilian auf einem Stadtplan die Thunderer Road. Im Krankenhaus hatte man Hopes Unterlippe genäht, ihre Wange verbunden, die Reste der beiden Zähne entfernt und anschließend die Blutung mit speziellen Stoffpfropfen zum Stillstand gebracht. Außerdem hatte sie Schmerzmittel bekommen.

»Der Treffpunkt liegt weit außerhalb in den Industriegebieten im Osten«, sagte Lilian, »direkt an der Themse. Wir sollten sofort aufbrechen, je nach Verkehr könnte es bereits knapp werden.«

Auf dem Weg zu den Wagen fragte Mr Cray: »Wie haben Sie eigentlich mein Haus in Greenwich gefunden, Ms Fox?«

»Ganz einfach«, sagte ich, kniete hinter dem Jaguar nieder und griff unter die Stoßstange, um den Sender hervorzuholen. Meine Finger tasteten über das kühle Metall, doch die Verstrebung, in der ich ihn am Morgen angebracht hatte, war leer.

Aufgeregt stand ich auf und sagte: »Leo, kannst du in der Zentrale anrufen und jemanden bitten, im Internet für uns nachzusehen, wo sich der Sender zurzeit befindet?«

»Kein Problem«, erwiderte Leo und griff nach seinem Handy.

Weniger als eine Minute später diktierte ich ihm die Zugangsdaten für den Server, der die Position des Senders aufzeichnete, und Leo gab sie seinem Kollegen in der Zentrale weiter.

»Der Sender befindet sich zurzeit in Dulwich, er bewegt sich Richtung Süden«, sagte Leo. »Das kann bloß ein paar Kilometer von hier entfernt sein.«

»Marlee muss es irgendwie geschafft haben, den Sender mitzunehmen, als sie entführt wurde«, sagte ich.

»Dass die Typen sie nicht zum Übergabeort bringen, gefällt mir gar nicht«, sagte Lilian. »Wollen die sie vielleicht gar nicht freilassen?«

»Warum sollten sie das nicht wollen?«, fragte Harry. »Sie sind bloß an dem Picasso interessiert. Jedes Verbrechen, das sie begehen müssen, um das Gemälde in ihren Besitz zu bringen, bedeutet zusätzliche Probleme. Marlee etwas anzutun, wäre völlig unlogisch und würde nichts bringen.«

»Wir müssen uns aufteilen«, sagte ich. »Ein Teil von uns fährt zu der Übergabestelle und versucht, Bartollis Männern zu erklären, dass wir das Bild nicht haben. Vielleicht lassen sie Marlee dann frei. Die anderen folgen dem Sender. Falls sie Marlee nicht freilassen, können wir versuchen, sie zu befreien.«

»Ich folge Marlee«, sagte Hope entschlossen.

»Ich auch«, sagte Harry.

»Dann fahren wir zu dem Übergabeort«, sagte Emmett Cray mit einem Blick zu seiner Tochter. »Vielleicht können wir vernünftig mit Bartollis Leuten reden.«

»Leo, macht es dir etwas aus, die Crays zu begleiten?«, fragte ich. »Die Typen sind brutal und gefährlich. Ich würde mich erheblich besser fühlen, wenn ich wüsste, dass du bei dem Treffen dabei bist.«

»Verstehe«, sagte Leo. »Ich passe auf, mach dir keine Sorgen.«

Er reichte mir sein Handy und fuhr fort: »Der Mann in der Zentrale heißt Greg, es ist die erste Direktwahltaste, damit ihr ab und zu die aktuelle Position des Senders abfragen könnt.«

»Vielen Dank«, sagte ich. »Mr Cray hat die Nummer meines Handys. Bitte gebt uns so schnell wie möglich Bescheid, wie das Treffen gelaufen ist.«

»Alles klar«, sagte Emmett Cray, während er durch den Stoff nach dem Telefon in seinem Jackett tastete.

»Wir haben keine Zeit zu verlieren«, sagte Leo. »Wir nehmen meinen Wagen.«

Die drei stiegen in den schwarzen Geländewagen und fuhren davon. Ich reichte Harry Leos Handy und setzte mich ans Steuer des Range Rovers.

»Schnallt euch an, wir haben einen Vorsprung aufzuholen.«

75

Während wir London immer weiter hinter uns ließen, telefonierte Harry fortwährend mit Greg, der die Position des Senders am Computer in der Zentrale von Scott, Braddock & Walker verfolgte. Wir fuhren Richtung Süden, vorbei an Dulwich und Croydon, und kurz vor Mitternacht erreichten wir bei Caterham schließlich die M25. Der Abstand zu dem Sender war aufgrund meiner zügigen Fahrweise auf weniger als einen Kilometer zusammengeschrumpft.

»Sie fahren nach Westen«, meldete Harry.

Ich fuhr auf die Autobahn und beschleunigte, ohne mir Gedanken über Geschwindigkeitsbegrenzungen zu machen.

»Greg sagt, dass wir nun rasch aufholen.«

Hope rutschte ans linke Seitenfenster und blickte in die Wagen, die wir überholten. Viel war im Streulicht der Scheinwerfer allerdings nicht zu erkennen.

»Nun sind sie hinter uns«, sagte Harry. »Wir müssen sie überholt haben.«

Ich ließ die Geschwindigkeit auf hundert Stundenkilometer sinken und reihte mich auf der Spur ganz links ein.

»Sie holen wieder auf«, meldete Harry.

Hope kniete auf der Rückbank und sah nach hinten.

»Der Lieferwagen!«, stieß Hope hervor. »Der muss es sein!«

Ich blickte abwechselnd auf die Straße und in den Rückspiegel. Auf der mittleren Spur näherte sich ein Lieferwagen. Als wir auf gleicher Höhe waren, warf ich einen Blick in die Fahrerkabine. Im grünlichen Licht der Armaturenbeleuchtung erkannte ich drei Männer. Offenbar verfügte der Transporter über einen Zusatzsitz zwischen Fahrer und Beifahrer. Als er ungefähr dreißig Meter vor uns war, fuhr ich auf die mittlere Spur und beschleunigte. Im nächsten Augenblick klingelte mein Handy. Telefonieren mit Handgeräten ist während der Fahrt verboten, doch das war meine geringste Sorge. Ich nahm den Anruf entgegen, es war Lilian.

»Das Treffen ist schiefgelaufen«, sagte sie aufgeregt. »Als wir erklärten, dass wir das Bild nicht haben, ließen sie uns einfach stehen. Mr Moore hat versucht, sie aufzuhalten, doch dann haben sie auf uns geschossen! Ich sprang über eine Mauer, landete in der Themse und schaffte es erst nach einigen Minuten etwas weiter flussabwärts, wieder aus dem Wasser zu klettern. Als ich zum Wagen zurückkam, lag Mr Moore blutend auf dem Boden, und mein Vater war verschwunden!«

»Ist Leo am Leben?«, fragte ich.

»Ja, er wurde am linken Bein getroffen«, erwiderte Lilian. »Ein Krankenwagen ist unterwegs, und die Polizei auch. Ich musste sie verständigen, die Typen haben vielleicht meinen Vater! Es tut mir leid!«

»Mach dir keine Sorgen. Bis die mitbekommen haben, dass du die Polizei eingeschaltet hast, haben wir Marlee wahrscheinlich längst befreit. Wir haben den Wagen gefunden.«

»Da ist jemand«, flüsterte Lilian, »ich muss mich verstecken …«

Ich hörte ein kurzes Rascheln, dann wurde die Leitung unterbrochen.

Im nächsten Augenblick klingelte das Handy der Italiener.

»Ihr habt noch einmal vierundzwanzig Stunden Zeit, das Bild zu beschaffen«, sagte dieselbe kratzige Männerstimme wie bei den beiden vorherigen Anrufen. »Wir melden uns morgen Nacht.«

Auch diesmal legte der Mann sofort wieder auf. Harry sah mich fragend an.

»Die Übergabe ist schiefgelaufen«, sagte ich. »Leo wurde angeschossen. Die Italiener geben uns einen zusätzlichen Tag Zeit, das Gemälde zu finden.«

»Aber wir können die doch nicht mit Marlee abhauen lassen!«, protestierte Hope.

»Natürlich nicht«, sagte ich. »Selbstverständlich folgen wir dem Lieferwagen. Erstens, weil wir das Bild bis morgen wahrscheinlich ohnehin nicht finden werden, und zweitens, weil meine Geduld zu Ende ist. Bei der ersten Gelegenheit befreien wir Marlee.«

Meine Sorge war Wut gewichen. Bartolli nahm sich mit Gewalt, was er haben wollte. Seine Leute hatten zu dritt Hope zusammengeschlagen, waren in Marlees Haus eingebrochen und hatten es durchsucht, hatten Marlee entführt und erteilten uns nun Befehle, was wir zu tun hatten, damit sie sie nicht töteten, und das alles, um in den Besitz eines Gemäldes zu gelangen, das rechtmäßig Marlee gehörte. Ich hatte dermaßen die Schnauze voll von diesen arroganten, selbstgerechten, anmaßenden Scheißkerlen, dass ich am liebsten das Gaspedal durchgetreten, den Range Rover neben den Lieferwagen gebracht und die Fahrerkabine mit meiner Glock durchlöchert hätte.

»Die scheinen auf die M23 zu wollen«, sagte Harry.

Ich reihte mich zwei Autos hinter dem Lieferwagen auf der linken Spur ein. Wir verließen Londons Ringautobahn und fuhren auf der M23 weiter Richtung Süden.

»Wollen die etwa zum Flughafen?«, fragte Hope.

»Sieht fast so aus«, sagte Harry. »Obwohl die mit Marlee doch niemals durch die Sicherheitskontrollen kommen. Selbst wenn sie sie irgendwie bedrohen, damit sie keine Schwierigkeiten macht, hat sie ja wahrscheinlich gar keine Papiere dabei.«

Doch der Lieferwagen verließ die Autobahn tatsächlich eine Ausfahrt vor Crawley und fuhr nach Westen, direkt auf den Flughafen Gatwick zu.

»Ich schlage vor, sobald sie auf einem der Parkplätze anhalten, versuchen wir, Marlee zu befreien«, sagte Hope.

»Oder wir warten, bis sie im Flughafen sind, wo uns Sicherheitsleute helfen könnten«, schlug Harry vor.

Die Frage erübrigte sich, denn der Lieferwagen fuhr am Flughafen vorbei weiter in Richtung Westen. Auf dieser Seite des Flughafens ließ der Verkehr rasch nach, und die modernen Anlagen, die sich rund um Gatwick angesiedelt hatten, wichen Feldern und kleinen Waldstücken. Ich folgte dem Wagen mit ungefähr fünfzig Metern Abstand, als er verlangsamte und in einen einspurigen, unbefestigten Feldweg einbog. Nun konnten wir ihm unmöglich einfach so weiter hinterherfahren, ohne aufzufallen. Ich schaltete die Scheinwerfer aus, bog in den Feldweg und folgte in der Dunkelheit den Rücklichtern des Lieferwagens, die schätzungsweise dreißig Meter vor uns durch eine dichte Staubwolke schimmerten. Wir fuhren nicht schneller als zwanzig Stundenkilometer, trotzdem wurde der Range Rover heftig durchgeschüttelt.

»Da war was!«, sagte Harry aufgeregt. »Habt ihr das auch gesehen?«

Hope und ich starrten angestrengt in die Dunkelheit.

»Es hat ausgesehen, als ob jemand die Hecktür geöffnet hätte«, fuhr Harry fort. »Aber die fahren ja noch ...«

Noch während er es sagte, leuchteten die Bremslichter des Lieferwagens auf, und im nächsten Augenblick bog er scharf nach rechts ab und holperte einige Meter auf ein Weizenfeld, das direkt neben dem Weg lag. Seine Scheinwerfer leuchteten dicht über die goldgelben Ähren.

»Da ist Marlee!«, stieß Hope hervor, und im selben Augenblick setzte sich der Lieferwagen wieder in Bewegung. Marlee lief so schnell sie konnte auf einen Waldrand am anderen Ende des Feldes zu, die Hände offenbar hinter dem Rücken gefesselt.

Ich schaltete die Scheinwerfer ein, lenkte den Wagen in den Weizen und trat das Gaspedal durch. Mit vier durchdrehenden Rädern und einem Fauchen tauchte der Range Rover in das große Feld. Ähren stoben über Motorhaube und Windschutzscheibe, und trockene Stängel kratzten an den Türen, während wir durch die Dunkelheit schossen. Ich hatte vor, den Range Rover zwischen Marlee und ihre Verfolger zu bringen, und wenn nötig war ich auch bereit, eine Kollision in Kauf zu nehmen. In den hüpfenden Lichtkegeln des Lieferwagens sah ich, wie Marlee sich kurz umdrehte und in unsere Richtung blickte, doch sie lief weiter auf den Wald zu, was wahrscheinlich das Beste war, das sie tun konnte.

Mündungsfeuer blitzte hinter den Scheinwerfern des Lieferwagens auf, drei Schüsse in kurzer Folge, doch der Range Rover wurde nicht getroffen. Offenbar schossen die Typen auf Marlee! Mit einer Hand hielt ich das Lenkrad fest, mit der anderen griff ich nach der Backup-Waffe an meinem Knöcheln und reichte sie Harry. Ohne ein Wort des Spottes über Nutzen und Sinn von Handfeuerwaffen nahm er die Pistole, lud sie durch, öffnete das Fenster und drückte ab. Der Knall der Glock war ohrenbetäubend, doch Harry zögerte nur einen kurzen Augenblick, dann feuerte er erneut. Wir waren kaum noch zwanzig Meter auf direktem Kollisionskurs von dem Lieferwagen entfernt, als dieser abrupt bremste und mitten in dem Weizenfeld rutschend zum Stehen kam. Ich hielt ungefähr zehn Meter direkt davor an, sodass sich der Range Rover zwischen dem Lieferwagen und Marlee befand, die nicht mehr zu sehen war. Entweder hatte sie den Wald erreicht, oder sie lag irgendwo getroffen zwischen den Weizenstängeln.

»Kümmere dich um Marlee«, sagte ich zu Hope, während ich meine Taschenlampe nach hinten reichte. Sie öffnete die rechte hintere Tür, die von dem Lieferwagen abgewandt war, sprang aus dem Range Rover und verschwand in der Dunkelheit.

Harry und ich saßen im Scheinwerferlicht des Lieferwagens, das zum Glück von einer dichten Staubwolke gedämpft wurde, die von den beiden Wagen aufgewirbelt worden war.

Während Harry schon die Nummer der Polizei wählte, setzte der Lieferwagen zurück und entfernte sich mit wild hüpfenden Scheinwerfern von uns. Ich schlug das Lenkrad ein und gab Gas, doch ich merkte sofort, dass etwas nicht in Ordnung war. Der Range Rover zog deutlich nach links, wahrscheinlich war der linke Vorderreifen platt. Offenbar hatten die Italiener doch nicht nur auf Marlee geschossen. Der Lieferwagen hatte den Feldweg schon fast erreicht, als ich noch immer mitten in dem Feld wieder anhielt. Ich stellte den Motor ab und hörte zu, wie Harry der Polizei in groben Zügen schilderte, was geschehen war.

»Die hauen ab«, sagte ich, nachdem Harry aufgelegt hatte. »Wir haben einen platten Reifen, aber es wäre ohnehin ein Fehler, sie zu verfolgen. Soll die Polizei sich um die Typen kümmern. Komm, lass uns nach Hope und Marlee sehen.«

Harry nickte und stieg aus. Ich nahm eine Taschenlampe aus dem Handschuhfach und folgte ihm. Wir gingen einmal um den Wagen, um uns den Schaden anzusehen, außer dem platten Reifen konnten wir jedoch nichts entdecken. Mit raschen Schritten folgten wir der schmalen Schneise, die Hope in den Weizenstängeln hinterlassen hatte. Sie endete am Waldrand. Harry und ich löschten unsere Taschenlampen und starrten in die Dunkelheit.

Hope konnte noch nicht weit sein, sie hatte höchsten zwei Minuten Vorsprung. Ungefähr hundert Meter links vor uns sahen wir ein kurzes Flackern zwischen den Bäumen. Wir schalteten unsere Taschenlampen ein und liefen los. Als wir näher kamen, ging das Licht aus.

»Wir sind es«, rief Harry keuchend.

Die Lampe wurde wieder eingeschaltet, und Hope trat hinter einem Baum hervor. Sie sah schrecklich aus. Der Verband an ihrer Wange hatte sich gelöst und hing nur noch an einem schmalen Klebestreifen, und Tränen liefen ihr über das Gesicht. Harry reichte ihr sein Taschentuch.

»Wir finden sie«, sagte ich. »Weit kann sie noch nicht sein.«

»Ich habe eine Idee«, sagte Harry, während er Leos Handy aus seiner Tasche holte. »Vielleicht hat sie den Sender ja immer noch bei sich.«

Während ich Hopes Verband neu befestigte, telefonierte Harry mit Greg in der Zentrale von Scott, Braddock & Walker. Nach einer Minute unterbrach er die Verbindung und sagte: »Ich habe die Koordinaten. Ist der kleine GPS-Empfänger im Wagen?«

»Ja, ich hole ihn«, erwiderte ich. »Bin gleich zurück.«

Im Laufschritt lief ich zurück zum Wagen, um den Empfänger zu holen. Am Waldrand blieb ich kurz stehen, um zu sehen, ob die Italiener vielleicht zurückgekommen waren, doch weit und breit war niemand zu sehen, auch nicht die Polizei.

Zurück bei Hope und Harry tippte ich die Koordinaten des Senders in den Empfänger und wartete. Nach einigen Sekunden erschienen ein Pfeil und eine Distanzangabe auf der Anzeige. Marlee war knapp zweihundert Meter in östlicher Richtung von uns entfernt. Wir liefen los, wobei wir abwechselnd nach Marlee riefen, damit sie uns erkannte und sich nicht versteckte.

»Hier müsste sie sein«, sagte Harry und blieb stehen, wobei er angestrengt auf die grünlich leuchtende Anzeige des Navigationsgerätes blickte. »Vielleicht sollte ich nochmal anrufen. Falls sie sich noch bewegt, könnte sie unterdessen bereits ein ganzes Stück weitergekommen sein.«

»Hope?«, erklang Marlees Stimme aus der Dunkelheit hinter uns.

Wir wandten uns um und richteten die Taschenlampen auf den Stamm eines entwurzelten Baumes, der schräg über einer kleinen Mulde im Waldboden lag. Am Rand der kleinen Vertiefung wuchs ein großer Weißdornstrauch, der die Sicht unter den Stamm behinderte. Hope stürzte zu der Stelle und leuchtete hinter das dornige Gebüsch. Immer noch die Hände auf dem Rücken gefesselt kniete Marlee in dem Graben unter dem umgestürzten Baum. Die rechte Seite ihres Gesichtes war schmutzig, in ihren Haaren hatten sich Nadeln und dürre Zweige verfangen, und ihr Kinn blutete. Vermutlich war sie einige Male gestolpert und hingefallen, als sie mit gefesselten Händen und ohne Licht durch den Wald gelaufen war.

Hope rutschte den Rand der Senke hinunter, fiel auf die Knie und schloss Marlee in die Arme. Tränen liefen über Marlees Wangen, und ihr Oberkörper zitterte, als ob sie einen Fieberschub hätte.

»Ich liebe dich«, sagte Hope mit brechender Stimme, dann küsste sie Marlee unbändig und verzweifelt, als ob es das letzte Mal wäre, dass ihre Lippen sich finden würden. Marlee schluchzte, doch sie erwiderte den Kuss nicht weniger heftig, und gleichzeitig keuchte sie tonlose Worte, die ich nicht verstand, und die auch nicht für mich bestimmt waren.

Ich richtete den Strahl der Taschenlampe auf den Boden, Harry tat es mir gleich. Ich wandte mich zur Seite und blickte zu ihm. Es war das erste Mal, dass ich Harry weinen sah. Im schwachen Schein der Lampen liefen Tränen über seine Wangen, ansonsten war sein Gesicht wie versteinert. Ich griff in die Gesäßtasche meiner Jeans und reichte ihm ein Papiertaschentuch, dann wandte ich mich ab und blickte in Richtung des Waldrandes. Undeutlich waren die Blinklichter eines Polizeiwagens auf dem Weizenfeld zu erkennen.

Als Marlees Schluchzen verstummt war, kletterte ich unter den Baum, holte mein Messer hervor und schnitt ihre Fesseln durch. Gemeinsam mit Hope half ich ihr auf die Beine. Ihre Jeans war auf Kniehöhe zerrissen, und beide Knie waren aufgeschürft und schmutzig. Ohne Eile gingen wir zurück zum Waldrand.

76

Während Harry und ich den Reifen wechselten, kümmerte sich Hope um die Wunden an Marlees Kinn und Knien. Den Rest der Nacht verbrachten wir auf einem Polizeirevier in Crawley. Wir berichteten von dem Picasso und Agathas Rätsel, von Chevalier-Caron und den Italienern, die Marlee verfolgt hatten, seit sie in London angekommen war. Die Verwicklung von Lilian und ihrem Vater ließ sich leider ebenfalls nicht verschweigen, allerdings vermieden wir es, deren Einbrüche in Marlees Haus, im Peacock Museum und in der Galerie von Mr Summerville zu erwähnen. Die Crays hatten uns geholfen und Marlee womöglich sogar das Leben gerettet. Sie nun vor größeren Schwierigkeiten zu bewahren, war eine Selbstverständlichkeit. Außerdem würde ich dafür sorgen, dass nicht nur die Bilder, die sie aus dem Museum und der Galerie gestohlen hatten, zurückgegeben wurden, sondern auch jene, die aus Marlees Haus entwendet worden waren.

Gegen vier Uhr morgens tauchten Lilian und ihr Vater auf. Emmett war nicht von den Italienern entführt worden. Als diese angefangen hatten, zu schießen, war er auf ein angrenzendes Industriegelände geflüchtet und hatte sich versteckt.

Als wir um Viertel vor sechs im Morgengrauen das Polizeirevier verließen, wurde längst nach dem Lieferwagen und den Italienern gefahndet. Wir verabschiedeten uns von Lilian und ihrem Vater und fuhren zu Marlees Haus. Schweigend sahen Harry und ich zu, wie Hope und Marlee Hand in Hand zum Haus gingen. Als Marlee die Tür öffnete, trottete Frida aus dem Flur und strich um die Beine ihrer zerrissenen Jeans. Marlee hob sie auf die Arme und winkte uns zu. Ich startete den Motor und fuhr los.

Nachdem ich mich durch den Montagmorgenverkehr in der Innenstadt gequält hatte, um Harry bei seiner Wohnung abzusetzen, fuhr ich zu meinem Büro und parkte den Wagen in der Tiefgarage. Danach ging ich zu Fuß über die Westminster Bridge nach Hause. Nach einer Dusche und einer Schüssel Corn Flakes mit Milch und Zucker fiel ich ins Bett und schlief sofort ein.

Um halb fünf riss mich das Klingeln des Telefons aus einem seltsamen Traum, in dem ich erneut auf dem Angel Peak gewesen war, diesmal mit Anne. Ich saß auf der Felsplatte in der Nähe des Gipfels und blickte hinab auf die zerklüfteten Canyons, die im Licht der Abendsonne glutrot leuchteten. Ein stetiger, warmer Wind wehte über den Grat und zerzauste meine Haare. Anne saß neben mir und sagte etwas, doch ich konnte sie nicht verstehen. Ihre Lippen bewegten sich, doch ich hörte bloß ein eigenartiges Flüstern, als ob ihre Worte vom Wind weggetragen würden.

Ich stand auf und ging zum Telefon, es war Hope.

»Marlee hat die Nachricht in der Antarktis entdeckt!«, sagte sie aufgeregt.

Während ich noch darüber nachdachte, wie lange ich wohl geschlafen hatte, fuhr Hope fort: »Sie wollte sich die Stelle auf dem Globus in der Bibliothek ansehen, und als sie sich auf dem Boden kniend die Antarktis auf der Unterseite des Dinges ansah, entdeckte sie die Nachricht! An der Stelle wurde ein kleines Loch in den Globus gebohrt, und darin steckte ein zusammengerollter Zettel. Weil der Südpol zu Boden gerichtet ist, kann man das Loch und den Zettel nur entdecken, wenn man sich den Globus von unten ansieht.«

»Und was steht auf dem Zettel?«, fragte ich.

»*Die Lilie im Nebel*«, erwiderte Hope. »Auch diese Nachricht war verschlüsselt, mit den Buchstaben *E* und *S*.«

»Den Bezeichnungen der Windrose auf dem Bild des Kreuzes von Brigid von Kildare?«

»Ganz genau«, sagte Hope. »Jetzt haben wir alle Kontinente durch, das ist der Hinweis auf den Picasso!«

»Habt ihr schon eine Idee, was damit gemeint sein könnte?«, fragte ich.

»Bis jetzt noch nicht«, erwiderte Hope. »Kommst du zum Abendessen vorbei? Bestimmt können wir auch dieses letzte Rätsel zusammen lösen, Harry kommt sicher auch.«

»Wann soll ich da sein?«

»Komm so bald wir möglich, wir haben ein Meisterwerk zu finden!«, erwiderte Hope.

Kaum hatte ich mich von Hope verabschiedet, klingelte es an der Tür, es war Scott. Ich drückte auf den Knopf für das Türschloss, öffnete die Wohnungstür einen Spalt breit und setzte mich mit einem Glas Orangensaft an die Theke. Irgendwie war ich in Frühstücksstimmung, obwohl bereits später Nachmittag war.

»Hi Nea!«, sagte Scott strahlend, als er eintrat. »Wie geht es dir? Wie war der Ausflug an die Küste?«

Ich berichtete ihm in groben Zügen, was geschehen war, seit wir uns am Samstag verabschiedet hatten. Als ich damit fertig war, fragte ich: »Begleitest du mich zu Marlee? Oder musst du heute Abend schon wieder arbeiten?«

»Ich komme gerne mit«, erwiderte Scott. »Ich habe jede Menge Zeit, ich habe bis Mittwochabend frei.«

»Toll«, sagte ich. »Ich habe dich schon fast vermisst.«

»Du hast mich *fast* vermisst?«, fragte Scott beleidigt und stand auf.

Ich grinste, trank den letzten Schluck Orangensaft und sagte: »Na, ein bisschen habe ich dich vielleicht schon vermisst …«

Scott trat hinter mich, legte seine Hände auf meine Hüften und begann, sanft meinen Nacken zu küssen. Ich stellte das leere Glas auf die Theke und drehte den Kopf zur Seite. Unsere Lippen fanden sich, und ich spürte, wie Scotts Hände das Oberteil meines Pyjamas nach oben schoben und meine Brüste umfassten.

77

Es war bereits halb acht, als Scott und ich endlich bei Marlee eintrafen. Harry half Marlee beim Kochen, und Hope deckte den Tisch. Es gab gebratene Tofuwürfel mit Reis und dazu Tomatensalat mit Petersilie und fein gehackten Zwiebeln.

»Können wir irgendwie helfen?«, fragte Scott, und das Wort *wir* hörte sich richtig toll an.

»Nein, vielen Dank«, sagte Marlee, deren Kinn vollständig von einem großen, himmelblauen Pflaster bedeckt wurde. »Es ist schon fast alles fertig, in fünf Minuten können wir essen.«

Kaum hatte Scott sich gesetzt, sprang Frida auf seinen Schoß und rollte sich schnurrend ein. Zweifellos würde sie Marlee verlassen und bei Scott einziehen, wenn sie erst mal seine Adresse in Erfahrung gebracht hatte.

»Wie geht es deinen Zähnen?«, fragte ich Hope, als sie sich zu uns setzte.

»Es hat aufgehört zu bluten«, erwiderte sie, »und die Schmerzen haben auch deutlich nachgelassen. Ich muss bloß aufpassen, dass ich an der Stelle nicht kaue.«

»Hattet ihr unterdessen schon eine Idee, was das Rätsel betrifft?«

»Leider nicht«, sagte Marlee. »Zuerst dachten wir, mit *Nebel* könnte wieder eine Pflanze gemeint sein, wie beim persischen Gold, aber das hat Harry schon geklärt, es gibt keine Pflanze, die in Frage käme.«

»Na ja«, sagte Harry. »Eines wissen wir zumindest: Falls sich das Bild hier befindet, ist es sehr gut versteckt, immerhin haben wir das Haus schon mehrmals gründlich durchsucht. Also befindet es sich entweder an einem Ort, der nicht ohne Weiteres zugänglich ist, zum Beispiel in einer Wand, oder aber, und ich neige dazu, diese Möglichkeit als die wahrscheinlichste zu betrachten, es ist ganz und gar nicht gut versteckt, dies jedoch auf so geschickte Weise, dass es uns nicht aufgefallen ist, obwohl wir möglicherweise schon Dutzende Male daran vorbeigegangen sind.«

»Marlee und ich haben am Nachmittag die Kataloge nach Bildern von Agatha durchsucht, auf denen in irgendeiner Form Nebel zu sehen sein könnte«, sagte Hope, »leider ohne Erfolg. Sie scheint die Farbe weiß nicht besonders gemocht zu haben, es gibt kaum ein Bild, auf dem sie vorkommt.«

»Hm…«, murmelte Harry nachdenklich.

»Auf die Gefahr hin, eine dumme Frage zu stellen«, begann Scott. »Gibt es hier im Haus etwas Weißes, in dem das Bild versteckt sein könnte?«

Marlee und ich blickten uns einen Moment an, dann sprangen wir gleichzeitig auf und liefen zur Treppe.

»Was ist los?«, hörte ich Scott in der Küche fragen, doch ich hatte keine Zeit für Erklärungen.

So schnell ich konnte, kletterte ich hinter Marlee die Leiter zu Agathas Atelier hoch, dicht hinter mir folgte Hope. Als meine Augen gerade erst die Höhe des Fußbodens erreicht hatten, war Marlee bereits dabei, die altmodische Lampe auf Agathas Arbeitstisch zur Seite zu drehen. Es war erstaunlich, wie schnell sie nach oben gedüst war! Während Harry und Scott in das Atelier kletterten, nahm Marlee die leere Leinwand von der Staffelei und hielt sie vor die Lampe. Wie ein bläulicher Geist aus der Vergangenheit tauchten in der weißen Fläche die Umrisse einer Lilie auf.

78

Ich lag auf dem Rücken im Gras und blickte hinauf zu der Baumkrone eines Kastanienbaumes. Einzelne Blätter begannen bereits, sich zu verfärben, doch noch war der alte Baum nicht bereit, sie loszulassen. Es war der erste Tag des Septembers, und trotz des blauen Himmels und der warmen Sonnenstrahlen auf meinem Gesicht fühlte ich, dass der Sommer zu Ende ging, dass der Herbst vor der Tür stand. Ich glaube, es lag am Geruch. Die Veränderung war kaum wahrnehmbar, doch irgendwie war der Duft des Grases in der Sonne nicht mehr derselbe, und der See roch kühl und frisch, als ob er einen davor warnen wollte, sich noch ein letztes Mal hinein zu wagen.

Harry und Marlee ließen die Segelboote über das gekräuselte Wasser gleiten, und Scott lag neben mir im Gras, die Augen geschlossen, die Hände im Nacken verschränkt. Seit fast einer Woche hatten wir nun jede Nacht zusammen verbracht. Wir riefen uns nicht mehr an, um zu fragen, was wir am Abend vorhatten, es war selbstverständlich, dass wir unsere freie Zeit gemeinsam verbrachten.

Ein oranges Frisbee landete kaum einen Meter über Scotts Kopf im Gras. Er setzte sich auf und ließ es in Richtung eines Mädchens mit Pferdeschwanz und Sommersprossen fliegen, das in unsere Richtung gelaufen kam. Sie fing es auf, winkte uns zu und lief wieder zurück zu ihren Freunden. Scott grinste, sah mich an und sagte: »Die war süß, was?«

Ich grinste zurück und nickte, ohne etwas zu sagen. Scott beugte sich zu mir und küsste mich.

Um halb fünf tauchte Hope auf. Sie hatte den Nachmittag in der Klinik verbracht, wo sie ihre neuen Zähne erhalten hatte. Frankie lief ihr entgegen, als sie über die große Rasenfläche auf uns zu kam. Gespannt blickten wir alle auf ihren Mund, doch sie nickte uns bloß zu.

»Spann uns nicht so auf die Folter!«, sagte ich. »Wir wollen deine neuen Zähne sehen! Oder darfst du den Mund noch nicht öffnen?«

»Doch, das darf ich«, erwiderte Hope, wobei sie peinlich genau darauf achtete, dass die untere Zahnreihe stets von ihrer Unterlippe bedeckt blieb.

Marlee stand auf, legte ihre Arme um Hopes Nacken und küsste sie. Fast eine Minute lang knutschten die beiden, während Harry, Scott und ich zusahen, dann löste sich Marlee von Hope und sagte grinsend: »Glatt sind sie jedenfalls, fühlt sich gut an!«

Hope ließ ihre Tasche ins Gras fallen und versuchte, Marlee am Handgelenk zu packen, doch die war bereits ein Stück zur Seite gesprungen und hatte einen sicheren Abstand zwischen sich und Hope gebracht.

»Na warte!«, stieß Hope mit strenger Stimme hervor, doch dann musste sie lachen.

Ihre neuen Zähne aus weißem Porzellan sahen toll aus.

»Ich warte …«, sagte Marlee vergnügt.

Hope sprang in ihre Richtung, doch Marlee war unheimlich flink. Mit erstaunlicher Geschwindigkeit spurtete sie los, doch Hope war ihr dicht auf den Fersen, einige Meter dahinter folgte Frankie. Marlee lief einen weiten Bogen und kam wieder auf uns zu. Als sie noch ungefähr zehn Meter von mir und Scott entfernt war, ging ihr die Puste aus. Gleichzeitig lachend und keuchend ließ sie sich ins Gras fallen, drehte sich auf den Rücken und streckte Arme und Beine von sich. Einige Sekunden später hatte Hope sie endlich eingeholt. Keuchend setzte sie sich auf Marlees Hüften und begann, ihren nackten Bauch zu kitzeln. Für einen Augenblick versuchte Marlee erfolglos, Hope abzuwerfen, doch dann nahm sie Hopes Gesicht in ihre Hände und zog sie zu sich herunter. Hope wehrte sich nicht.

***

Nea Fox kehrt zurück in

DER VIERTE ASPEKT

Printed in Germany
by Amazon Distribution
GmbH, Leipzig